HEYNE BÜCHER

Von der gleichen Autorin erschienen außerdem
als Heyne-Taschenbücher

Auftrag in Venedig · Band 5271
Botschaft aus Malaga · Band 5319
Rebellion der Verdammten · Band 5385

HELEN MacINNES

DIE FALLE DES JÄGERS

Roman

WILHELM HEYNE VERLAG
MÜNCHEN

HEYNE-BUCH Nr. 5474
im Wilhelm Heyne Verlag, München

Titel der englischen Originalausgabe
THE SNARE OF THE HUNTER
Deutsche Übersetzung von Gisela Stege

Printed in Germany 1978
Umschlagfoto: Bildagentur Mauritius, Mittenwald
Umschlaggestaltung: Atelier Heinrichs, München
Druck: Ebner, Ulm

ISBN 3-453-00866-9

FÜR GILBERT
in zärtlicher Erinnerung
an mein Glück

Denn er errettet dich aus der Schlinge des Jägers.

PSALM 91,3

I

Ein Hauch von Trägheit, wie ein sanftes Hinübergleiten in den Schlaf, breitete sich über die Felder, als sich die Julisonne langsam westwärts neigte, als ihre Farben glühender, ihre Strahlen aber kraftloser wurden. Hier am Waldrand brachten die Schatten des Spätnachmittags abendliche Frische. Irina Kusak hüllte sich fester in den einfachen schmutzig-braunen Regenmantel, der ebenso unauffällig war wie ihr grauer Rock und ihre Bluse. Das dunkle Kopftuch, das ihr blondes Haar während der ganzen langen Tagereise nach Süden verborgen hatte, lag jetzt lose auf ihren Schultern. Sie zog es enger um den Hals und zitterte – weniger wegen der tiefer werdenden Schatten des Waldes als wegen der steigenden Angst und Furcht, die sie empfand, als sie über den langen, kahlen Grashang zum Stacheldrahtzaun hinüberstarrte. Die Grenze. Und dahinter, auf der anderen Seite, in einem anderen Land, ein stiller, schmaler Fahrweg, eingezwängt zwischen dem Stacheldrahtzaun der Tschechoslowakei und den Bergen Österreichs.

Josef lag nicht weit von dem Platz entfernt, an dem sie saß; er beobachtete abwechselnd den Fahrweg, den weiten Grashang vor ihnen und die Bäume, die ihnen als Schutz dienten. Er spürte ihre unterdrückte Erregung. »Ruhig!« Seine Stimme war ein leises, beinahe rauhes Flüstern, aber nicht unfreundlich. Ja, er lächelte ihr sogar aufmunternd zu. – Ein Fortschritt nach dem mürrischen Schweigen, das er die ganze Reise hindurch bewahrt hat, dachte sie. »Es ist gleich soweit. Vierzig Minuten noch, dann müßten wir den Wagen sehen, wenn er auf den Fahrweg einbiegt. Einen hellen Volkswagen. Sie kommen von Westen. Wenn die Sonne untergegangen, es aber noch nicht vollkommen dunkel geworden ist. Keine Sorge. Sie werden uns ganz sicher sehen.«

»Die anderen aber ebenfalls.« Sie betrachtete das freie Feld, das sich vor ihnen erstreckte. Es war exponiert, völlig kahl, ein trostloser Kontrast zu dem fruchtbaren Ackerland, dem Gewirr der Bäche, Pfade und Landstraßen, durch das sie bisher gekommen waren. Hier waren Bäume und Unterholz bis an den Rand des Hochwaldes gerodet worden. Sie war nicht sicher, ob ihre Füße, müde und voll Blasen nach dem beschwerlichen, drei Stunden langen Marsch, der sie bis an diese letzte Station ihrer Reise geführt hatte, sie schnell genug bis an den Zaun hinuntertragen würden. Die letzte Station? Es war der Beginn einer neuen Reise, eines neuen Lebens für sie. Das war es, was ihr Furcht einflößte. Eine Angst, finster und drohend, die aus dem Feld vor ihr kam und aus dem Stacheldrahtzaun. Sie schien ihr fast das Herz abzuschnüren.

»Ja, die anderen ebenfalls«, bestätigte Josef. Jetzt wurde er wenigstens gesprächig, beinahe freundlich. »Die Streifen kommen nur alle zwei Stunden. Um sechs Uhr waren sie zum letztenmal da. Um kurz vor acht, sobald es dunkel wird, soll drüben auf der österreichischen Seite der Wagen auftauchen. Und falls ein paar Bauern mit ihren Erntewagen vorbeikommen« – er deutete auf einen hochbepackten Heuwagen –, »wegen der Österreicher brauchen wir uns keine Gedanken zu machen. Die werden uns nicht bei der nächsten Polizeistation anzeigen.« Er hätte beinahe gelacht. »Komisch, nicht? Mein Großvater schimpfte ewig auf die Österreicher, weil sie die Tschechei annektiert hatten. Mein Vater schimpfte auf die Nazis. Mein Bruder und ich schimpfen auf die Russen.« Sein Ton wurde auf einmal bitter. »Ist das alles, was wir tun können? Auf fremde Eindringlinge schimpfen? Kleine geheime Widerstandsgruppen bilden?« Er beruhigte sich wieder, fuhr aber mit gedämpfter Stimme fort zu sprechen, als hätte er das Gefühl, sie mit Worten von ihrer Angst befreien zu können. »Mein Bruder – erinnerst du dich noch an ihn? An Alois?«

Sie durchforschte ihr Gedächtnis und war aufrichtig genug, den Kopf zu schütteln.

»Er schrieb für die ›Chronik‹, bevor sie verboten wurde. Aber dein Mann hat dir vermutlich nicht erlaubt, Untergrundzeitungen zu lesen.«

»Ich habe mich von meinem Mann getrennt.« Ihre Stimme war ebenso kalt wie ihre eisig-steifen Beine. Sie begann ihre Waden kräftig zu massieren und wünschte, ihre Gefühle ebenso einfach wieder beleben zu können. »Im letzten Monat hat er sich von mir scheiden lassen.«

»Wohl weil du eine zu große Belastung für ihn warst, wie? Weil du ihm sogar als die Tochter des großen Jaromir Kusak, unseres international gepriesenen Kulturhelden, nicht mehr von Nutzen sein konntest.«

»Bitte, Josef...« Sie biß sich auf die Unterlippe.

Er verstummte, entschuldigte sich aber nicht. War ihr denn nicht klar, daß er sie nur über die Grenze in Sicherheit brachte, weil sie Kusaks Tochter war, und nicht weil sie Jiri Hrádeks Ehefrau gewesen war? Offenbar hatte sie diesen Kerl endlich durchschaut; möglicherweise hatte sie überhaupt nicht gewußt, eine wie wichtige Position er bei der Sicherheitspolizei innehatte. Sie hat wirklich Kummer genug, fand er. Und vor sehr langer Zeit war sie einmal seine Freundin gewesen. »Es ist viele Jahre her«, sagte er, und seine Stimme wurde ein wenig weicher. Eine Gruppe Studenten hatte sich in Prag an einem Cafétisch versammelt, über Musik gesprochen, flüsternd Meinungen über Politik und den Aufstand in Ungarn ausgetauscht und gewartet – zu lange gewartet. »Ich weiß noch genau, daß du das hübscheste Mädchen von ganz Prag warst. Wie alt warst du damals eigentlich?«

»Siebzehn.« Immer wieder streckte sie Beine und Füße, Schultern und Rücken. Sie durfte nicht vor Kälte steif werden. Sie mußte beweglich bleiben, mußte in der Lage sein, sich möglichst schnell zu bewegen.

»Frisch vom Land, randvoll mit Begeisterung. Dein Lachen war so fröhlich, Irina. Ja, jedesmal, wenn ich deinen Namen hörte, mußte ich an dein Lachen denken.«

Sie versuchte auch jetzt zu lachen, brachte aber nur ein unsicheres Lächeln zustande. »Hast du dich darum freiwillig für den Auftrag gemeldet, mich nach Österreich in Sicherheit zu bringen?«

»Sagen wir lieber, es war Neugier. Ich wollte wissen, ob du noch immer die Tochter deines Vaters bist oder ob deine Mutter schließlich doch gewonnen hat.«

»Ich bin nie in die Partei eingetreten.« Ihre Stimme war kaum zu vernehmen.

»Na ja, vermutlich war deine Mutter kommunistisch genug für zwei. Ich muß sagen...« Aber er tat es nicht. Taktlos, warnte er sich; es würde zu sehr nach Schadenfreude klingen. Hedwiga

Kusak, das fanatische Parteimitglied, Hedwiga Kusak, die Anfang der sechziger Jahre von ihren eigenen Genossen als Abweichlerin verhaftet worden war. So hatte sie eine Kostprobe von dem bekommen, was sie anderen zugefügt hatte. »Die Politik reißt ganze Familien auseinander, nicht wahr? Und nun willst du zu deinem Vater. Warum bist du nicht mit ihm emigriert, als vor vier Jahren die russischen Panzer kamen?« Tatsächlich, es ist beinahe vier Jahre her, dachte er grimmig. August 1968. Heute war der 24. Juli 1972. Vier Jahre, und die Prozesse gingen immer noch weiter.

Irina schwieg lange. »Weil ich damals zwei Kinder hatte.«

Innerlich fluchte er. Die Tragödie der Kinder hatte er vollkommen vergessen gehabt. Zu stark beschäftigt mit seinem persönlichen Triumph über Hedwiga Kusak. Sie hatte die Karriere seines Vaters zerstört, hatte ihm verboten, zu unterrichten, zu dozieren, zu veröffentlichen. »Verzeih mir, Irina«, bat er sie.

Sie berührte kurz seine Hand. »Ich glaube, du bist immer noch ein Freund – trotz allem, was du sicher hier und dort über mich gehört hast.« Diesmal brachte sie ein festeres Lächeln zustande. »Heute während der Reise warst du fast immer so schweigsam, daß ich dachte ... Ach, na ja ...« Seufzend betrachtete sie den Himmel im Westen. Die Wolken waren von Gold durchzogen, zinnoberrot verfärbt. Ob sie wohl jemals wieder einen Sonnenuntergang in ihrem Heimatland beobachten würde? »Ich danke dir, daß du mich sicher bis hierher gebracht hast.«

»Man hat mir diesen Auftrag erteilt. Es war meine Pflicht.« Sein Ton war brüsk, aber er schien sich zu freuen.

»Du hast deine Sache ausgezeichnet gemacht.«

Geringschätzig zuckte er die Achseln.

»Wer hat dir diesen Auftrag erteilt?« Sie war schon wieder nervös geworden. Deutlich sah sie das harte, gut aussehende Gesicht des Mannes vor sich, der ihr Ehemann gewesen war: Er blickte sie aufmerksam an und sprach sehr ernst auf sie ein. Jiris Worte klangen so deutlich in ihrem Ohr, als spräche er sie jetzt zu ihr. *Du wirst in Sicherheit sein. Ich habe alles arrangiert. Es ist ganz einfach.* Es konnte alles ein Trick sein, wieder eine seiner Lügen. Vielleicht sollten Josef und sie an der Grenze in eine Falle laufen. Dann könnte Jiri sie ganz legal verhaften lassen und damit ihren Vater erpressen, den er ja aus dem Exil zurückholen wollte. Aber

Jiris Stimme hatte aufrichtig geklungen. Sie hatte ein Gefühl dafür entwickelt, wann er log und wann nicht. Wie dem aber auch sei – dies war ihre einzige Chance, das Land zu verlassen. Bis auf die letzten Wochen war sie ständig streng überwacht worden. Erst im letzten Monat hörten alle diese Kontrollen auf. Das gehörte zu dem Abkommen, das sie mit Jiri getroffen hatte. »Verzeihung«, wandte sie sich an Josef. »Was hast du gerade gesagt?«

»Daß ich dir nicht verraten kann, wer mir den Auftrag erteilt hat. Je weniger du weißt, desto besser für unser aller Sicherheit. Aber sobald du den Zaun hinter dir hast, wirst du in guten Händen sein. In deinem Fluchtwagen werden Ludvik Meznik und mein Bruder sitzen.« Er warf einen Blick auf ihr erschrockenes Gesicht. »Was ist?«

»Ludvik Meznik – gehört der auch zu eurer Gruppe?«

»Ich wußte nicht, daß du ihn kennst.«

»Nur flüchtig.« Fast wäre sie damit herausgeplatzt, daß sie gesehen hatte, wie er Jiri besuchte – heimliche Besuche. Aber das war vor drei Jahren gewesen, und sie sagte sich, daß Ludvik seine Einstellung auch geändert haben konnte – das taten viele –, oder daß er als geheimes Mitglied der Résistance mit der Aufgabe betraut gewesen war, sich in Jiris Stab einzuschmuggeln. Ich habe mit zuviel Mißtrauen leben müssen, dachte sie; das hat mein Urteilsvermögen verwirrt. Sie war inzwischen so weit gekommen, daß sie Wahrheit nicht mehr von Unwahrheit, den Freund nicht mehr vom Feind unterscheiden konnte.

»Ludvik ist schon in Ordnung«, erklärte Josef. »Er hat in Prag für uns gute Arbeit geleistet. Er hat Verstand und ist sehr mutig. Vor Gefahr fürchtet er sich nicht.« Josef sah auf seine Uhr. »Ist gleich soweit.« Die Dämmerung ließ die Konturen von Feldern und Hügeln verschwimmen. »Gerade noch hell genug, um etwas zu sehen, aber nicht mehr hell genug, um deutlich gesehen zu werden.« Aus einer tiefen Tasche an der Innenseite seiner zerknautschten Lederjacke holte er eine kleine, aber kräftige Drahtschere, aus einer anderen feste Gummihandschuhe. An den Füßen trug er Schuhe mit dicken Gummisohlen. Er bemerkte ihren verwunderten Blick. »Vorsicht ist besser. Vielleicht ist der Zaun elektrisch geladen. Ich gehe zuerst los. Du zählst bis zehn, dann folgst du mir. Aber berühre auf keinen Fall den

Draht. Ich werde dir durchhelfen. Und dann so schnell wie möglich zurücklaufen – für den Fall, daß wir einen Alarm ausgelöst haben. Der nächste Grenzübergang ist schwer bewacht, aber er liegt sechs Kilometer östlich von hier.«

»Vielleicht haben sie Suchscheinwerfer an den Jeeps«, sagte sie, während sie aufstand. Sie zog ihr Tuch wieder über den Kopf und knotete es unter dem Kinn. – Stacheldraht, dachte sie schaudernd. Dann nahm sie die Segeltuchtasche, die an dem Baum lehnte, unter dem sie gesessen hatten.

»In diesem Dämmerlicht sind Scheinwerfer so gut wie wirkungslos.« Das stimmte zwar nicht, aber er wollte sie beruhigen. Sie würde in den nächsten fünf Minuten schon genug Sorgen haben. »Außerdem müssen sie sechs Kilometer weit über unebene Wiesen fahren, denn die Straße liegt ja auf der österreichischen Seite.« Er lächelte breit, ein dreiunddreißigjähriger Mann mit hagerem Gesicht und scharfen, braunen Augen, deren Ausdruck weich wurde, als er sie musterte. »Es wird schon gutgehen, Irina. Bist du fertig?« Er deutete auf das schmale Band der Straße. Gerade war in der Ferne der Volkswagen aufgetaucht; er rollte langsam und ohne Lichter dahin.

»Lauf nicht denselben Weg zurück, Josef«, sagte sie hastig. »Und geh auch nicht dein Motorrad abholen. Nimm lieber eine ganz andere Richtung.« Sie dachte an Jiri.

Er zögerte kurz, starrte sie voller Verwunderung an. »Nur keine Sorge, Irina. Ich bin ein alter Hase in diesem Spiel.« Er schulterte ihre Tasche und lief mit schnellen Schritten los. Sie vergewisserte sich, daß der Knoten ihres Kopftuches festsaß, zählte bis zehn und trat unter den Bäumen hervor. Atemlos lief sie hinter ihm her, stolperte zweimal auf dem unebenen Boden, verringerte ihr Tempo aber nicht. Josef hatte den Zaun erreicht, bevor sie die Hälfte der Entfernung zurückgelegt hatte, und begann sachverständig den Draht zu durchschneiden. Der Volkswagen war immer noch ein Stück entfernt. Gott sei Dank, dachte sie, als die das gefährliche Stachelgewirr erreicht hatte, Gott sei Dank, daß Jiri sein Versprechen gehalten hat. Keine Streifen, die aus dem Versteck des Waldes hinter ihr hervorbrachen, kein plötzliches Maschinengewehrfeuer, das das freie Feld beharkte, keine Suchscheinwerfer. Lediglich der graue Schleier der Dämmerung, der sich immer dichter über die bewaldeten Hügel legte, die Farben dämpfte und die Stille vertiefte. Irina kniete nieder und berührte mit der ausgestreckten Hand den Erdboden.

»Jetzt!« sagte Josef. Er hatte die Drahtschere fallen lassen. Nun hielt er die unteren Stränge auf einer Seite der geschnittenen Öffnung mit den Füßen fest. Die mittleren Stränge schob er mit einiger Anstrengung beiseite. Irina bückte sich tief, preßte die Arme eng an den Körper und schlüpfte unverletzt und mit nur einem kleinen Riß am Ärmel ihres Regenmantels hindurch. »Bleib da stehen!« warnte er sie, als sie sich umdrehte und ihn ansah. Auch er trat zurück, nachdem er die Drahtstränge losgelassen hatte. Dann nahm er ihre Tasche und warf sie ihr in hohem Bogen über den Stacheldrahtzaun zu. Sie konnte nichts sagen. Sie stand nur da und sah ihn an. Hinter ihr hielt der Volkswagen. Ein Mann sprang heraus, kam über den schmalen Grasstreifen, der den Fahrweg von dem Grenzzaun trennte, auf sie zugelaufen. Hart packte er sie am Arm – es war Ludvik Meznik – und riß sie in Richtung des Wagens herum. »Steigen Sie ein!« befahl er und lief an ihr vorbei zum Zaun. »Alles in Ordnung, Josef? Kein Alarm?«

»Alles in Ordnung.« Josef hob die Drahtschere auf, um sie wieder in seiner Jackentasche zu verstauen.

In diesem Augenblick fiel ein Schuß. Eine einzelne Kugel, die tiefe Stille zerreißend. Aufgestört stob ein Schwarm Raben aus den Baumwipfeln empor. Ihr heiseres Geschrei echote durch das flache Tal.

Irina, fast schon am Wagen angelangt, fuhr herum. Zuerst sah sie nur Ludviks stämmigen Körper, der vom Grenzzaun zurückwich. »Einsteigen! Einsteigen!« schrie er ihr zu und packte sie abermals am Arm. »Sonst legen sie uns noch alle um!«

Sie riß sich los und starrte den durchschnittenen Drahtzaun an. Josef lag ganz still da. Sie wollte zu ihm. Ludvik griff ihren Arm fester und zog sie zum Wagen. Der Fahrer war jetzt auch ausgestiegen, und Ludvik packte ihn ebenfalls. »Steigt ein, ihr verdammten Idioten!« befahl er. »Dem können wir doch nicht mehr helfen. Josef ist tot. Verdammt noch mal, steigt endlich ein, sonst erwischen sie uns alle!« Aufgeregt stieß er sie vor sich her.

»Aber wir können ihn doch nicht liegenlassen!« schrie Irina.

»Er ist mein Bruder!« rief Alois.

Dann jedoch beendete ein Scheinwerferstrahl, der den Himmel abtastete, die Auseinandersetzung, und aus der Ferne näherte sich das Geräusch eines starken Motors. »Ich werde fahren«, bestimmte Ludvik.

Rücksichtslos, mit grimmigem Gesicht und finster schweigend jagte er über die Radspuren und Grasbuckel.

Alois sprach kein Wort. Er war wie gelähmt von dem Schock. Irina weinte. Als sie ihre Stimme wieder in der Gewalt hatte, sagte sie: »Aber woher kam der Schuß?«

Ludvik konzentrierte sich auf die Straße, auf die er eingebogen war, eine breitere, gut gekennzeichnete Straße. Er schaltete die Scheinwerfer an und reihte sich mit normaler Geschwindigkeit in den Verkehrsstrom ein. »Wir fahren jetzt vom Grenzübergang aus in südlicher Richtung. Sehen Sie das Wachgebäude da? Ein symbolischer letzter Blick auf die Tschechoslowakei, Irina. Sehen Sie gut hin!«

Aber sie drehte sich nicht mehr um, sondern wiederholte ihre Frage: »Woher ist der Schuß ...?«

»Aus dem Wald, glaube ich.«

»Nein, nein! Dort hatten wir uns doch versteckt! Josef hatte alles ausgekundschaftet. Er hat mir versichert, daß keine Gefahr bestand.«

»Dann aus dem Gehölz weiter östlich. Wo diese verdammten Vögel hockten.«

Immer noch nicht überzeugt, schüttelte sie den Kopf. »Aber die Beleuchtung war doch so schlecht. Wie kann jemand bei dem Licht schießen und ...«

»Da gibt es alle möglichen Hilfen. Infrarot, zum Beispiel. Mich dürfen Sie nicht fragen. Ich bin kein Waffenexperte. Vielleicht war es auch nur ein Zufallstreffer von einem der Spezialscharfschützen. Schließlich war es ja vollkommen windstill. Kaum Unwägbarkeiten. Der erste ging ziemlich weit daneben.«

»Zwei Schüsse? Ich habe nur einen gehört.«

»Der erste hat uns beide verfehlt. Und dann, als Josef sich gerade umdrehte, um zurückzulaufen, und diese Vögel mit ihrem Höllenlärm anfingen, fiel der zweite Schuß. Der hat ihn getroffen.«

Ja, dachte Irina, durch das Geschrei der Raben habe ich den anderen sicher überhört. Sie verstummte.

Neben ihr saß Alois, steif, die Hände verkrampft, die Augen geschlossen.

»Wir sind jetzt auf der Landstraße Nr. 2«, erklärte Ludvik. »In zwei Stunden haben wir Sie in Wien in Sicherheit.«

Sicherheit... Sie mußte an Josefs leblosen Körper denken und begann wieder zu weinen. Diesmal lautlos.

Ludviks Stimme klang jetzt ärgerlich. »Einer muß heute abend schließlich kühlen Kopf bewahren. Und außerdem – was hätten wir schon tun können?«

Daraufhin schwiegen alle.

2

David Mennery konzentrierte sich angestrengt auf seinen Schreibtisch. Es gab noch eine Menge Arbeit zu erledigen, bevor er am nächsten Morgen nach New York zurückkehren würde. An diesem Wochenende hatte er trotz der ständigen Ablenkung durch das Wetter – Samstag und Sonntag konnte er nicht anders als schwimmen und faulenzen – einen recht guten Zeitungsartikel zustande gebracht, der aber noch redigiert, gestrafft werden mußte. Auch diesmal war es das gleiche wie immer: Bevor er sich an die Arbeit setzte, hatte er sich tagelang Gedanken darüber gemacht, ob er auch wirklich genug Material hatte; und als er dann mit dem Schreiben anfing, stellte er fest, daß es viel zuviel geworden war. Also las er sein Manuskript mit kritischem Blick noch einmal durch, spitzte eine Anzahl Bleistifte und versuchte, das rhythmische Brechen der Atlantikwellen am festen, weißen Sandstrand sowie die Nachmittagssonne zu ignorieren, die auf die hohen Dünen vor dem Strandbungalow herunterbrannte.

Die Fenster unter dem tiefen Dachvorsprung hatte er weit geöffnet und alle Läden zurückgeschlagen, damit der leichte Südwestwind durch die Räume streichen konnte. Nur nicht durch seine Arbeitsnische, in der er lose Zettel, Notizen und Konzertprogramme in Reichweite um sich herum liegen hatte. Durch ein nach Norden gelegenes Oberlicht aus Plexiglas hoch über ihm hatte er ausreichend Licht auf seinem Schreibtisch, und es war ihm beinahe ein wenig kühl, obwohl die Temperatur auf seiner

Vorderveranda ungefähr vierunddreißig Grad betrug. Kein Grund zum Klagen also. Seit seiner Trennung von Caroline vor vier Jahren – großer Gott, wirklich schon vier? – hatte er dafür gesorgt, daß seine Arbeitsbedingungen gut waren, einfach, aber zufriedenstellend. Carolines Teppiche, über die man ewig stolperte, die Vorhänge, die Kissenberge auf unbequemen Couches, die Barockspiegel und die venezianischen Wandleuchter, so bezaubernd sie auch waren – alles war hinausgeflogen; statt dessen hatte er Bücherregale angeschafft, Stereo- und Hi-Fi-Lautsprecher, ein paar gemütliche Polstersessel auf dem hölzernen Fußboden, Lampen, in deren Schein man lesen konnte, und ein Teleskop für die Sterne über dem Ozean. Hier schaffte er viel mehr als in der Stadt und hatte dabei sogar noch Zeit für eine Vormittagsrunde Golf, einen Strandspaziergang, ein Sonnenbad am Nachmittag oder ein Abendessen mit einer der reizenden Badenixen, die den Sommer zu nichts anderem benutzten, als ihre Bräune zu pflegen. Hübsche Mädchen gab es in diesem Teil von Long Island buchstäblich wie Sand am Meer. Die vier Jahre waren im Nu verflogen.

Dennoch war die Stadt lebensnotwendig für ihn, sie war seine Operationsbasis als Musikkritiker des ›Recorder‹, einer Monatszeitschrift für jede Art von Musik, sei sie nun klassisch oder zeitgenössisch, Jazz oder Rock, Lieder oder Country-and-Western, Oper oder Symphonie. David Mennery gehörte zu den Stammautoren des ›Recorder‹ mit zwei Seiten allgemeiner Kritik in jeder Ausgabe. Darüber hinaus leitete er eine eigene Spezialabteilung, die aufgrund der Tatsache, daß er ein Buch über Musikfestspiele geschrieben hatte, mehr oder weniger von ihm ins Leben gerufen worden war. Er hatte zwei seiner Lieblingsbeschäftigungen, Reisen und Musik, miteinander kombiniert und dabei entdeckt, daß Tausende von Amerikanern, die Musikliebhaber waren, ebenso gerne reisten wie er. ›A Place for Music‹ bot ihm Beschäftigung als ungebundener Kritiker mit einem weiten Spektrum von Neigungen. Und was mindestens ebenso wichtig war: Es verschaffte ihm die notwendigen Mittel nicht nur für seine Reisen, sondern auch für andere unumgängliche Ausgaben wie die Schlachterrechnung und die Rechnungen für Hausreparaturen. Er hätte es sich nie träumen lassen, daß ein Buch, das zu schreiben ihm so viel Freude gemacht hatte, ihm auch noch Geld und eine feste Anstellung einbringen könnte. Die freiberufliche Arbeit als Kritiker, in der er sich vor dem Buch betätigt hatte, war für die Jahre, in denen er von der Hand in den Mund gelebt hatte, das Richtige gewesen, für jene Jahre, als er ein Twen und noch auf der Suche gewesen war. Jetzt aber, mit neununddreißig, wußte er, was er konnte und was er nicht konnte, und hatte wenigstens das Gefühl, endlich ein festes Ziel zu haben. Damit konnte er durchaus zufrieden sein und sich im Grunde sogar glücklich schätzen. So bescheiden zu sein, hatte er eigentlich nicht nötig. Er schrieb gut, mit scharfer, treffender Kritik. Er hatte seine Maßstäbe und zögerte nicht, nach ihnen zu urteilen. Er wußte eine Menge über Musik, über die Komponisten, über die Menschen, die sie dirigierten und interpretierten. Er gehörte keiner Clique an, folgte keinem Modetrend. Er war eine Persönlichkeit für sich.

Er hatte seinen letzten Bleistift gespitzt, schenkte sich ein kaltes Bier ein und fand dann keine Ausrede mehr für ein weiteres Hinausschieben der unumgänglichen, immer schmerzhaften Selbstverstümmelung. Er begann, überflüssige Sätze zu streichen, Formulierungen zu verändern, am freien Rand Notizen zu machen. Eine Passage, die ihm gestern abend noch taktvoll und diplomatisch vorgekommen war, erschien ihm nun, im nüchternen Tageslicht, wirr und verschwommen: ein abstraktes Suhlen in intellektuellem Morast. Einen modernen Komponisten konnte man als Kritiker einfach nicht mit Samthandschuhen anfassen, wenn seine Tonübungen letztlich nur dünn und schlichtweg langweilig waren. Den größen Gefallen tat man einem solchen Mann wahrscheinlich, wenn man ihm riet, den Weg ins Nichts, den er beschritten hatte, aufzugeben, nicht mehr mit Tricks zu arbeiten und eine Richtung einzuschlagen, die ihn zu einem realen Ziel führen würde. Musik war mehr als nur eine Anhäufung von Tönen.

Er arbeitete und vergaß dabei das Meer und die Sonne draußen, vergaß die Zeit. Er schrieb den gesamten Artikel um, bis er ihn endgültig in eine brauchbare Form gebracht hatte, und begann ihn dann sauber abzutippen. Er wollte ihn fertig haben, damit er ihn gleich am nächsten Morgen, bevor er zu den Salzburger Festspielen flog, im Verlag abliefern konnte. In diesem Augenblick schrillte das Telefon.

Als er aufstand, um an den Apparat zu gehen, warf er einen Blick auf die Uhr neben seinem Schreibtisch und sah verblüfft, daß es kurz vor sechs war. Er nahm den Hörer. Cocktailzeit, dachte er, und vermutlich die übliche, zwanglose Sommereinladung. In Gedanken legte er sich eine freundliche Absage zurecht, hatte aber keine Gelegenheit, sie auszusprechen. Denn der Anruf kam aus New York.

Zuerst erkannte er Mark Bohns Stimme nicht – einfach weil er sie nicht erwartet hatte. Bohn war ein Journalist, der hauptsächlich in Washington lebte, sich aber auf auswärtige Angelegenheiten spezialisiert hatte und sehr viel auf Reisen war. Er war ein alter Bekannter, tauchte aber immer nur sporadisch auf: Diesmal mußten seit ihrem letzten Treffen beinahe vier Jahre vergangen sein. Und jetzt war da seine Stimme im Hörer, lebhaft und präzise wie immer, und erklärte David, wie mühsam es gewesen sei, ihn endlich doch noch aufzutreiben. Bohn hatte mehrmals in Davids New Yorker Wohnung angerufen und schließlich mit dem Hausmeister telefoniert, der ihm – nach großen Schwierigkeiten – Davids Geheimnummer in East Hampton gegeben hatte. »Und die«, fuhr Bohn leicht vorwurfsvoll fort, »habe ich nur aus ihm rausgequetscht, weil ich ihm erklärt habe, Ihr Bruder hätte einen Unfall gehabt und ich wäre der Hausarzt.«

»Das würde James bestimmt nicht sehr komisch finden. Was für ein Unfall soll es denn gewesen sein?«

»Autounfall, natürlich. Wenn er Ihnen ähnlich ist, muß er ja ebenso verrückt nach Autos sein wie Sie, nicht wahr?«

Womit Bohn ausdrücken wollte, daß David gerne fuhr, Bohn aber nicht. David schwieg. Seine Überraschung, Bohns Stimme zu hören, hatte sich gelegt. Jetzt fragte er sich nach dem Grund für den Anruf: Bohn war in New York; vermutlich fand er die Hitze und Luftfeuchtigkeit ebenso unerträglich wie in Washington und wollte sich für ein paar Tage am kühlen Meer Davids Bungalow ausborgen.

Bohn redete weiter. »Ich muß Sie sprechen, Dave. Dringend. Wann kommen Sie nach New York zurück?«

»Morgen etwa gegen Mittag.«

»Dann komme ich bei Ihnen vorbei. Um zwölf?«

»Unmöglich. Ich muß noch einiges beim ›Recorder‹ erledigen.«

»Dann eben nach dem Mittagessen. Wäre Ihnen zwei Uhr lieber, oder drei?«

»Da muß ich packen. Ich fliege morgen am frühen Abend nach Salzburg.«

»Ja, ich weiß!« Bohns Stimme klang plötzlich scharf, als sei er nervös oder verärgert. »Zu den Festspielen, nicht wahr?«

»Und woher haben Sie diese Weisheit?«

»Ich lese den ›Recorder‹ und höre, was Ihre Freunde sagen. Aber ich dachte immer, die Festspiele wären im August.«

»Sie beginnen in der letzten Juliwoche. Kommenden Mittwoch um Punkt sieben gehe ich zum Premierenabend.«

»Was wird gespielt?«

»Figaros Hochzeit.«

»Können Sie's nicht verschieben und sich dafür die nächste Vorstellung anhören? Sie haben den ›Figaro‹ doch mindestens schon zwanzigmal gehört.«

»Aber nicht mit Karajan und den Wiener Philharmonikern.« Davids Ton wurde kühl. Bohn war ein sehr intelligenter Mann, in manchen Dingen aber verdammt ungebildet. »Außerdem kann ich mir auch die nächste Vorstellung nicht anhören, weil ich an dem Abend Geza Anda hören will, einen der größten Pianisten der ganzen Welt. Überdies kann man die Eintrittskarten jetzt nicht mehr so einfach tauschen. Ich habe meine, genau wie Tausende von anderen Musikfreunden, im vergangenen Jahr bestellt. Tut mit leid, Mark, es wird nicht klappen mit morgen. Wir müssen warten, bis ich Ende August wieder zu Hause bin. Ich plane eine Woche in Salzburg, anschließend eine Stippvisite in Bayreuth, einen Ausflug in die Schweiz, nach Luzern, und zuletzt Schottland, Edinburgh.«

Das brachte Bohn anscheinend zum Schweigen. Vielleicht überlegte er aber auch nur. Oder beriet er sich mit jemand anders? Dann sagte er: »Könnten Sie denn heute abend eine eventuelle Verabredung zu Spiel, Spaß und Entspannung absagen?«

»Ich habe heute abend keine Verabredung. Ich muß eine Arbeit fertig machen.« David hoffte, daß dieser Wink mit dem Zaunpfahl genügte. Er tat es nicht.

»Eine Stunde, mehr brauchen wir nicht. Sind Sie allein? Ohne Wochenendgast oder Hilfe beim Tippen?«

»Ich bin allein.«

»Gut.« Abermals Pause. Er berät sich tatsächlich mit jemandem, dachte David. »Dann bin ich gegen acht Uhr dort.«

»Sie wollen einhundertachtzig Kilometer in zwei Stunden fahren?« Das paßte überhaupt nicht zu Bohn. »Sie scheinen zu vergessen, daß es auf der Straße noch andere Autos gibt. Und Lastwagen. Ich habe den Eindruck, daß Sie heute ausgesprochen gefährdet sind.« Und außerdem, was konnte so dringend sein, daß er auf diese ausgefallene Idee kam? »Was soll das eigentlich?«

»Wir sehen uns gegen acht, halb neun. Ich möchte Ihren Bungalow finden, bevor es zu dunkel ist, um zu erkennen, wo ich bei den Kartoffelfeldern abbiegen muß. Als ich Sie das letzte Mal besucht habe, bin ich über den Montauk Highway gekommen, am Teich scharf nach links abgebogen, am Dorfplatz vorbeigefahren, dann weiter auf der Hauptstraße, alte Häuser und dicke Bäume, anschließend ein paar Geschäfte und so weiter, und schließlich eine Windmühle. Wie geht es weiter?«

»Sie halten sich rechts und nehmen die nächste Straße rechts, der Sie bis zum Golfplatz folgen. Dann links abbiegen und etwa eine halbe Meile geradeaus fahren.«

»Dann kommen die Kartoffelfelder. Oder sind die nicht mehr da?«

»Doch. Zum größten Teil. Der zweite Weg rechts. Bis ans Meer.«

»Und dort finde ich Sie dann, mitten zwischen Geißblatt, Dornbüschen und Dünen. Bis nachher.«

David starrte den stummen Telefonhörer an. Dann legte er ihn nachdenklich auf die Gabel. Mark Bohns Anrufe waren gewöhnlich kurz. Bohn liebte die Bequemlichkeit, und fünf Stunden Autofahrt – New York, hin und zurück – entsprachen bestimmt nicht seiner Vorstellung von reinem Vergnügen. Bohn tat nie etwas ohne Grund. Was also führte ihn so weit hinaus?

David legte ein Langspielband auf das Tonbandgerät, regelte Ton und Lautstärke und kehrte an seine Schreibmaschine zurück. Um halb acht hatte er seine Arbeit mit fröhlicher Unterstützung von Vivaldi und Albinoni beendet. Das Besondere an dieser Musik, dachte er, als er in seine Badehose schlüpfte, ist doch, daß sie niemals Depressionen und Ärger verstärkt. Sie verursachte niemals eine Gänsehaut und strapazierte niemals das

Gehör. Und das Erstaunliche war, daß sie nie süßlich wirkte. Kein Wunder, daß die Menschen sich noch nach zweihundertundfünfzig Jahren diese cleveren, alten Venezianer anhörten.

Er trat auf die Veranda hinaus und wartete, bis der letzte Satz eines Concerto von Albinoni zu Ende ging. Bei diesen ineinanderschwingenden Streichern, die von den klaren Tönen der Trompete beherrscht wurden, konnte man nicht einfach so davongehen. Der beste Trompeter der ganzen Welt, dachte er, als Maurice André die letzten Töne mächtig aufsteigen ließ. Aufsteigen bis zu den weißen, jetzt goldübergossenen Wolken über dem weiten Meer. Dann rauschten nur noch die Wellen im tiefen Spätnachmittagsschweigen.

David überquerte den schmalen Grasstreifen und folgte dem Pfad zwischen den Heckenrosen hindurch, bis er an die hohen Dünen kam, die seinen Bungalow vor den Winterstürmen schützten. Der Pfad wand sich um eine der Dünen herum – Long-Island-Bewohner haßten es, wenn die Dünen niedergetrampelt wurden –, an diesem Abend aber stieg David quer über sie hinweg und begann zu laufen, nachdem er auf den weichen, tiefen Sand hinuntergesprungen war. Je härter, glatter und nasser der Sand wurde, desto mehr steigerte er sein Tempo. Am Rand des Wassers stieß er einen lauten Freudenschrei aus und lief mit Zeitlupenbewegungen weiter, bis ihm das Wasser zur Hüfte reichte. Hier kamen die großen Wellen vom Atlantik herein. Er tauchte unter einer hindurch, bevor sie sich brach. Noch einmal getaucht, und er hatte die Brandung hinter sich. Mit kräftigen Stößen begann er zu schwimmen. An diesem Abend war das Meer für Atlantikverhältnisse ruhig, trotzdem aber war es besser, noch vor der zweiten Reihe der Brecher umzukehren, die über ein verborgenes Riff oder eine Sandbank hinwegrauschten. Er war ohnehin weit genug von der Küste entfernt; das Risiko reizte ihn zwar, aber leichtsinnig war er nicht. Der Rückweg zum Strand verlief mühelos, und das Meer selbst half ihm dabei: Eine unsichtbare Unterströmung trug ihn an Land. An manchen Tagen mußte er sich den Rückweg erkämpfen, an anderen würde er nicht mal einen Fuß ins Wasser setzen.

Er warf sich auf den weichen Sand und ruhte sich ausgiebig aus. Der Strand war menschenleer, nicht mal ein Fischerboot war zu sehen. Nur ein paar Möwen und Strandläufer, die am weißschaumigen Wellenrand entlanghuschten, während sie mit ihren scharfen Schnäbeln nach Nahrung suchten, solange die Sonne noch nicht ganz verschwunden war. Endlich stand er wieder auf und kehrte zu seinem Bungalow zurück. Er fing an zu frösteln, aber es war ein angenehmes Gefühl: Zum erstenmal an diesem Tag war ihm so richtig durch und durch kühl. Den ewig hereinrauschenden Wellen lauschend, überlegte er, wie die alten Walfänger früher wohl ihre Boote durch die Brandung gebracht hatten. Geschafft hatten sie es – aber wie? Das muß eine wirklich harte Arbeit gewesen sein, dachte er und schlug einen energischen Trab an.

In der Einfahrt neben dem Bungalow stand ein Buick. Auf der unbeleuchteten Veranda warteten zwei Männer.

»Viertel nach acht!« rief Mark Bohn laut. »Ich habe Ihnen ja gesagt, daß wir es schaffen. Außerdem habe ich vorsichtshalber einen guten Fahrer mitgenommen. Hugh McCulloch.« Mit dem Kopf deutete er auf den hochgewachsenen Mann neben sich.

Hugh McCulloch? David musterte den Fremden. Müßte ich ihn etwa kennen? dachte er. »Kommen Sie mit hinein«, sagte er laut, schüttelte beiden Besuchern die Hände und ging voraus, um drinnen das Licht anzumachen. »Nehmen Sie sich was zu trinken, ich ziehe mir nur schnell was an. Sie sehen beide so formell aus.« Hugh McCulloch hatte einen Aktenkoffer bei sich und sah sich nach einem Platz um, wo er ihn ablegen konnte. David duschte sich im Badezimmer rasch den Sand von der Haut und aus den Haaren. Zum Anziehen brauchte er nur zwei Minuten: Jeans, kurzärmeliges Hemd, Strandschuhe. Draußen im Wohnzimmer hörte er Mark die Drinks einschenken und das große Wort führen. Und er selbst hatte auf einmal das Gefühl, daß dieser plötzliche Besuch sie alle drei, jeden auf seine eigene Art und Weise, ein wenig in Verlegenheit brachte. Die beiden hatten sich ihm aufgedrängt, soviel stand fest. »Sehen Sie sich das an«, sagte Bohn, offenbar an Davids Schreibtisch. »Er scheint tatsächlich gearbeitet zu haben!« Das überraschte ihn offenbar. Die Besucher andererseits hatten diese lange und lästige Fahrt bis hier heraus auf sich genommen. Bohn würde bis ans Ende der Welt fahren, um eine gute Story zu erwischen. McCulloch dagegen machte nicht den Eindruck, als ob er irgendeine Reise unternehmen würde, die nicht dringend notwendig war.

3

»Na«, sagte David Mennery munter, als er ins Wohnzimmer zurückkehrte, »wollen wir jetzt essen oder später? Leider kann ich nicht viel anbieten. Wie Sie wissen, will ich verreisen.«

»Machen Sie sich keine Umstände«, antwortete McCulloch. »Wir können auf dem Heimweg nach New York irgendwo essen.« Er verließ die Bücherregale, in denen er sich die Titel angesehen hatte. Seine Stimme war angenehm: ruhig und freundlich, wie sein Verhalten, und dennoch energisch. Er war mindestens einsdreiundachtzig groß, etwa fünf Zentimeter größer als David und zehn Zentimeter größer als Mark Bohn. Seine Haare, früher einmal rötlichblond, waren jetzt schütter und graumeliert. Er trug sie in einem konservativen Schnitt, der ihm ein gepflegtes Aussehen verlieh. Seine Kleidung – ein leichter, grauer Anzug, weißes Hemd, marineblaue Krawatte – verriet denselben Stil. Aufmerksame, braune Augen, bleiche Gesichtsfarbe, als komme er wenig an die frische Luft. Ein Mann Mitte Vierzig? Sehr viel älter sicher nicht. – Nein, dachte David, ich erinnere mich nicht an ihn, obwohl er mich mit einem Blick ansieht, als habe er mich wiedererkannt.

»Mache ich nicht«, schwindelte David fröhlich. Zu schade, das schöne Steak! Er hatte es sich grillen wollen. Durch drei geteilt ergäbe es jedoch für jeden höchstens ein, zwei Bissen. »Es ist noch Käse und Schinken da. Und«, fügte er grinsend hinzu, als er Mark Bohns Gesicht sah – Mark, der weitgereiste Epikur, Mark, der Weinkenner –, »dazu können wir noch eine Dose Bohnen aufmachen.«

»Ich glaube, wir sollten uns zuerst mal unterhalten«, sagte Bohn.

»Gut.« David nahm den Scotch, den Bohn ihm reichte. Bohn gab sich Mühe, gelassen zu wirken, war aber ganz eindeutig sehr nervös. Äußerlich wirkte er genau wie immer: schmales Gesicht, Hakennase, ironische, graue Augen hinter der runden Gelehrtenbrille. Das dunkle Haar hatte er sich so lang wachsen lassen, daß sich die Locken über dem Hemdkragen kräuselten. Als Gegenstück dazu trug er dicke, buschige, graue Koteletten, die seine Wangen breiter machten. Falls Bohn sich durch all diese Haare jünger machen wollte, erreichte er genau das Gegenteil.

Er sah aus wie ein müder Fünfziger, auf dessen schmalen Schultern das ganze Gewicht der Welt lastet. In Wirklichkeit jedoch war er zwei Jahre jünger als David, das heißt also siebenunddreißig. David beschloß, sich gleich morgen früh die Haare schneiden zu lassen – nicht allzu kurz, aber auch nicht länger als bis zum Kragen. »Was ist denn nun eigentlich los?« fragte er. Und was, fügte er in Gedanken hinzu, führt drei Männer wie uns zusammen?

McCulloch hatte sich einen Sessel genommen; sein Aktenkoffer stand ordentlich und keineswegs allzu auffällig daneben. Anscheinend wollte er Bohn das Wort überlassen. Ein diplomatischer Mann, dachte David, der ihm gegenübersaß; er wirkt vollkommen kühl und frisch – ganz und gar nicht, als hätte er eine Fahrt durch ganz Long Island an einem heißen, drückenden Abend hinter sich. Bohn dagegen litt unter der Luftfeuchtigkeit, obwohl die Kühle vom Meer das Zimmer erfüllte. Er lockerte seine breite Krawatte aus italienischer Seide, knöpfte sein gestreiftes, englisches Hemd auf und entschloß sich dann, ganze Arbeit zu machen, indem er das zerdrückte Jackett seines leichten Gabardineanzugs auszog. Er warf es beiseite, nahm sich noch einen Drink und fuhr sich mit der Hand durchs Haar. Ja, dachte David, eindeutig nervös. Meinetwegen? Unwahrscheinlich. Wegen McCulloch, der doch den Eindruck eines gutmütigen Menschen macht? Dann jedoch legte Bohn seine Hemmungen plötzlich ab und wurde wieder ganz der alte: tüchtig, guter, schneller Redner, äußerst logischer Denker. Und er kam direkt zur Sache. »Jaromir Kusaks Tochter möchte aus der Tschechoslowakai fliehen.«

David spürte, wie seine Miene starr wurde. »Irina?«

»Irina. Und sie braucht Hilfe.«

David schwieg. Die Tür zu einem Zimmer seiner Vergangenheit war plötzlich aufgestoßen worden. Er hatte sie zugemacht, abgeschlossen und den Schlüssel weggeworfen gehabt, und nun stand sie wieder weit offen. Wenigstens bringe ich es jetzt wieder fertig, hineinzusehen und zu erkennen, daß es ein kleines Museum ist, sagte er sich. Sechzehn Jahre waren eine lange Zeit, genug, um sich gewisser Gefühle zu entledigen. Er empfand nichts mehr für Irina. Er konnte es sich jetzt sogar wieder leisten, an sie zu denken, an Prag im Herbst 1956 zu denken. An

Irina, die er an seinem ersten Tag dort kennengelernt hatte. Zufällig. Unerwartet. Er selbst damals ein junger Mann, nicht ganz vierundzwanzig, soeben vom Militär entlassen und mit genug gespartem Geld, um ein paar Monate lang kreuz und quer durch Europa zu ziehen. Es konnte eine Weile dauern, bis er wieder einmal Gelegenheit hatte, dorthin zu reisen; außerdem hatte er dadurch noch etwas Zeit für die Entscheidung, ob er aufs College zurückkehren sollte oder nicht. Er hatte sich nämlich nach seinem zweiten Jahr in Yale mitten im Koreakrieg, als die Zahl der Einberufenen stieg, freiwillig gemeldet. Einesteils weil er sich als Freiwilliger seine Waffengattung weitgehend aussuchen konnte. Andererseits aber auch – um bei der Wahrheit zu bleiben –, weil in seiner Clique von Kriegsdienstverweigerung gesprochen wurde – sollten das doch die anderen tun – und er dabei ein ungutes Gefühl gehabt hatte. Wer sollte es denn überhaupt tun? Alle, außer mir, mir selbst? Ohne mich, also? Ganz so deutlich wurde das alles natürlich nicht ausgesprochen; Ausreden gab es immer genug, und sogar die gute, alte Moral wurde an den Haaren herbeigezogen. Das Komische daran war, daß er sich in einem Zustand krampfhaft unterdrückter Wut freiwillig gemeldet hatte und dann gar nicht nach Korea geschickt worden war, um dort sein Blut fürs Vaterland zu vergießen. Statt dessen hatte man ihn nach Westdeutschland versetzt. Und als er entlassen wurde, war er nach Wien gegangen, weil sich dort alles abspielte, weil er dort Musik und internationale Politik erleben konnte, seine sich langsam entwickelnden Hauptinteressen. Seine Erlebnisse in Deutschland hatten sich nicht ausschließlich auf Wurst und Sauerkraut beschränkt.

In Osteuropa hatte in jenem Herbst die Rebellion geschwelt. Die ersten Aufstände in Polen hatten im Juli stattgefunden und waren fehlgeschlagen: fünfzig Tote, Hunderte von Verletzten. Auch im September herrschte in Warschau noch gefährliche Erregung. Darum war er von Wien aus nach Prag gefahren, in der Hoffnung, über die Tschechoslowakei nach Polen einreisen zu können oder, falls ihm das nicht gelang, einen weiteren Versuch in Ungarn zu wagen, wo es, wie er in Wien gehört hatte, ebenfalls Unruhen geben konnte. Ganz der waghalsige, schlaue, junge Reporter, der einen aufsehenerregenden Bericht schreiben würde, ein guter Fang für die ›New York Times‹ und zukünftiger Gewinner des Pulitzer-Preises. Ja, ja, dachte er jetzt, damals war ich wirklich noch jung! –

An seinem ersten Tag in Prag hatte er Irina kennengelernt. Und hatte alles andere vergessen. Nur noch Irina, Irina ... Drei Wochen Lachen, Musik, Liebe. So etwas hatte er noch niemals zuvor, aber auch später niemals mehr empfunden. Ein verrücktes, herrliches Gefühl des Glücks, eine Freude, die ihn über die strengen, grauen Häuser hinausfliegen und sein Herz in den nüchternen Straßen der Stadt tanzen ließ. Ja, es war Liebe mit all ihrer ersten Zärtlichkeit und Lust, eine Welt ohne jedes Ende. Der aber von außen ein Ende gesetzt wurde. Die Machtpolitik trat auf den Plan. Irina saß im Ostblock fest, er selbst wurde nach Wien zurückverfrachtet, ohne daß er sich überhaupt erklären konnte, wie all das so geschickt eingefädelt worden war. Aber so ging es einem eben, wenn man sich in ein Mädchen verliebte, dessen Mutter eine Funktionärin der Kommunistischen Partei und deren Vater unendlich weit von Prag entfernt und nicht in der Lage war zu helfen. Der saß als Gefangener in seinem eigenen Haus. Und das konnte selbst einem großen Romancier, einem für den Nobelpreis vorgeschlagenen Schriftsteller passieren, da er von seinen eigenen Landsleuten zu sehr bewundert wurde und im Ausland zu berühmt war, um ohne internationale Proteste ins Gefängnis geworfen zu werden.

»Dave«, sagte Mark Bohn betont geduldig. »Dave – haben Sie mich nicht verstanden? Jaromir Kusak ist vor vier Jahren aus der Tschechoslowakei geflohen und lebt jetzt im Exil. Irina möchte zu ihm. Sie braucht Hilfe.«

»Dann helfen Sie ihr doch«, antwortete David schroff. Dann gewann er seine Selbstbeherrschung zurück und fügte gelassen hinzu: »Sie haben doch Verbindungen in Washington, Leute, die genau wissen, wie man da helfen kann. Sollen Ihre Freunde von der CIA den Job übernehmen.«

»Die wollen nicht.«

»Wie bitte?«

»Die Engländer auch nicht. MI6 hat einen Rückzieher gemacht.«

»Ja, sind sie denn nicht daran interessiert?« Davids Stimme klang ungläubig.

»Selbstverständlich. Und voller Mitgefühl. Sie wünschen

Irina alles Gute, aber sie wollen sich auf gar keinen Fall einmischen.«

»Warum denn nicht?«

Jetzt brach McCulloch sein langes Schweigen. »Ich glaube, wir greifen da zu weit vor«, wandte er sich an Bohn. »Warum erzählen Sie die Geschichte nicht lieber von Anfang an, damit Mr. Mennery eine bessere Vorstellung von dem Problem bekommt?«

David war ihnen jedoch bereits um einiges voraus. »Wenn Sie hierhergekommen sind, weil Sie glauben, daß ich Ihnen helfen kann, haben Sie sich geschnitten!«

»Warum?«

»Weil ich für so einen Job nicht ausgebildet bin. Ich bin kein erfahrener Fluchthelfer. Ich könnte überhaupt nichts tun. Ich kann ja nicht mal in die Tschechoslowakei einreisen, jedenfalls nicht legal. Die haben mich damals, 1956, Hals über Kopf hinausgeworfen.«

»Aber das war in aller Stille, *sub rosa.* Ohne offiziellen Bericht. Dafür hat Irinas Mutter gesorgt. Sie hatte damals die Macht dazu und hat davon Gebrauch gemacht.«

»Alles nur zum Besten ihres Mannes«, sagte David bitter. Das hatte sie ihm jedenfalls als Grund für seine Ausweisung genannt. Wenn er bliebe, hatte sie gesagt, wenn er darauf bestünde, weiterhin mit ihrer Tochter zusammenzukommen, sei sie machtlos gegen die Feinde ihres Mannes. Es könnte bedeuten, daß seine Tochter als Druckmittel gegen ihn benutzt würde. Ein westlicher Militarist – war David nicht gerade erst aus der Army entlassen worden? –, mit Sicherheit aber ein Kapitalist und Antikommunist, vermutlich sogar ein Agent der CIA – Beweise waren nicht nötig, eine offizielle Erklärung genügte –, o ja, es würde genügen, um ihren Mann wegen des Verdachts einer Verschwörung zu verhaften. Ein überaus schwerwiegender Verdacht in jedem Fall; ein tödlicher Verdacht zu diesem Zeitpunkt, da sich in Polen trotz der großzügigen Behandlung der Juli-Aufstände gerade wieder Rebellion ausbreitete. Sogar jetzt noch hörte David das Maschinengewehrfeuer ihres erregten Wortflusses. »Und natürlich auch zu ihrem eigenen Wohl.«

»Das spielt dabei immer mit«, bestätigte McCulloch. »Aber sie hat ihren Ehemann stets beschützt, obwohl sie meilenweit voneinander getrennt waren – in ideologischer wie auch in physischer Hinsicht. Und was wäre wohl aus ihr geworden, wenn ihre Tochter illegal nach Amerika geflohen wäre? Man hätte sie dafür verantwortlich gemacht. Derartige Eskapaden stehen in kommunistischen Ländern nicht gerade hoch im Kurs.«

»Na schön, aber selbst wenn ich nicht offiziell auf einer schwarzen Liste stehe – ich bin für die Aufgabe, Irina dort herauszuholen, einfach nicht ausgebildet. Schließlich geht es um ihre Sicherheit.«

»Wir brauchen keinen ausgebildeten Fluchthelfer. Wir brauchen einen Mann, der Irina identifizieren kann. Einen Mann, der gut Auto fährt und sie aus Wien herausholen kann.«

»Wir?« In Davids Blick stand Trotz und Mißtrauen.

McCulloch unterdrückte einen leisen Seufzer. »Ich habe keinerlei Verbindung zur CIA oder einem anderen Zweig des US-Geheimdienstes.« Warum muß ich mich eigentlich deswegen entschuldigen? dachte er. Wenn wir keinen Geheimdienst hätten, wären wir immer noch nicht weiter als bei der blinden Idiotie von Pearl Harbor. »Ich bin Anwalt in Washington und war früher beim State Department. Meine Firma ist auf amerikanische Investitionen im Ausland spezialisiert, außerdem auf ausländische Firmen, die hier bei uns Tochtergesellschaften errichten. Wir haben Kanzleien in Paris und Genf. Bis dahin und nicht weiter erstrecken sich meine internationalen Beziehungen.«

Beim State Department? »Ich überlege immer noch, wo ich Sie schon mal gesehen habe«, sagte David. Er betrachtete McCulloch lange und eingehend. »Wien?« versuchte er es dann auf gut Glück.

»Ganz recht. Oktober 1956, obwohl Sie damals keinen Grund hatten, sich mein Gesicht oder meinen Namen zu merken. Ich war lediglich einer der jüngeren Beamten und konnte Ihnen überhaupt nicht helfen.«

Das war, als ich das Konsulat und die Botschaft bestürmte, Irina Kusak aus der Tschechoslowakei herauszuholen, damit ich sie heiraten konnte. »Und ich war ein kleiner, amerikanischer Staatsbürger, der Ihnen auf die Nerven fiel. Mein Gott, wie war ich damals jung! Nicht wahr?« Jetzt konnte er über sich selber lächeln. »Aber wieso erinnern Sie sich an mich? Sie müssen doch Hunderte von Beschwerden und Anliegen gehabt haben!«

»Von denen die meisten vergessen sind. Sie aber habe ich mir gemerkt. Wegen Jaromir Kusak. Ich gehörte zu seinen Bewunderern, das heißt, ich gehöre noch dazu. Ein hervorragender Schriftsteller und ein hervorragender Mann.«

Bohn, der meinte, lange genug im Hintergrund geblieben zu sein, mischte sich jetzt wieder ins Gespräch. »Hugh hier hat Sie überhaupt erst als Anwärter für diesen Job vorgeschlagen. Ich hatte eine Liste von fünf Amerikanern zusammengestellt, die alle Irina persönlich kennen. Einer von ihnen ist Dirigent eines Symphonieorchesters und befindet sich gerade auf Welttournee. Der zweite ist ein Geologe, der in der Wildnis Alaskas nach Öl sucht und so kurzfristig nicht abkommen kann. Der dritte ist Mitglied einer Nationalen Sicherheitsorganisation. Der vierte kandidiert für den Kongreß. Ich bin zwar immer noch der Ansicht, daß wir denen in der CIA die Daumenschrauben anlegen sollten, damit sie eingreifen, aber da die Zeit so kurz ist, mußte ich auf Sie zurückkommen.«

»Wie wär's denn vielleicht mit einem Engländer? Jaromir Kusak hat Freunde in London. Den Verleger, zum Beispiel, der im vergangenen Jahr eine Sammlung seiner frühen Werke herausgebracht hat.«

»George Sylvester? Das stimmt, er ist ein alter Freund von Kusak. Durch ihn habe ich ja den britischen Geheimdienst interessieren wollen. Leider vergeblich. Und diese beiden Engländer, die Irina kennengelernt haben, als sie vor einigen Jahren in der Tschechoslowakei waren – nun, einer von ihnen ist jetzt bei der NATO, und der andere arbeitet in der englischen Regierung.«

David machte einen letzten Versuch. »Ich habe schon damals nur ein paar Worte Tschechisch gekonnt. Jetzt kann ich überhaupt nichts mehr.«

»Aber Sie fahren ja gar nicht in die Tschechoslowakei! Sie fahren nach Wien. Und deutsch sprechen Sie doch ausgezeichnet. Autofahren können Sie auch. Und außerdem kennen Sie die österreichischen Straßen. Sie sind doch häufig dort gefahren, nicht?«

»Nur in bestimmten Gegenden.«

»Und in Norditalien, in der Schweiz und in Deutschland sind Sie ebenfalls gewesen.«

»Nur in bestimmten Gegenden«, wiederholte David. – Und

dir habe ich zuviel aus meinem Leben erzählt, dachte er mit einem finsteren Blick auf Bohn.

»Sie sind also für den Job wie geschaffen!« stellte Bohn mit breitem Grinsen fest. »Sie haben einen perfekten Grund für einen Aufenthalt in Österreich während der nächsten beiden Wochen.«

»Es ist nur eine.«

»Dann müssen Sie die eben in die Länge ziehen.«

Ja, natürlich; ich könnte meinen Aufenthalt verlängern. Aber will ich das? Vielleicht tut es doch noch zu sehr weh. Und was ist mit Irina? Ob sie mich überhaupt wiedersehen will?

»Niemand, nicht mal die Jungens vom staatlichen Sicherheitsdienst der Tschechoslowakei«, erklärte Bohn, »würden auf die Idee kommen, daß Sie mit dieser Sache zu tun haben. Sie sind in Salzburg – oder? Sie gehen im Smoking oder im Abendanzug Ihrem Beruf nach – stimmt's? Alles bereits vor Monaten arrangiert, lange bevor ich einen Brief von Irina bekommen habe. Sie sind der ideale Mann für diesen Zweck!«

»Ich dachte, ich wäre nur ein Notnagel«, erwiderte David, während er aufstand, um sich einen neuen Drink einzuschenken. McCullochs Glas füllte er ebenfalls. Mark Bohn trank bereits an seinem dritten.

»Nicht unter den Amateuren«, erklärte Bohn.

»Was ist mit dem Brief?« erkundigte sich David unvermittelt.

»Wie wär's mit irgendwas zu essen?« fragte Bohn dagegen. Und ging in Davids Küche voraus. Die selige Caroline hat hier tatsächlich einige Verbesserungen hinterlassen, dachte er, als er dem Kühlschrank zustrebte. Ob Dave wohl wußte, daß sie sich von ihrem zweiten Ehemann scheiden ließ und den dritten bereits anpeilte? Nein, das erwähnte er heute abend lieber nicht. David mußte ernst bleiben, und Caroline war eine Frau, die unfehlbar zum Lachen reizte.

Sie aßen rasch etwas, und als sie um den schweren Holztisch in einer Ecke der Küche beim Kaffee saßen, begann Bohn zu erzählen.

Ende Juni hatte er, zu jenem Zeitpunkt in Washington, einen in Wien aufgegebenen Brief von Irina bekommen. Geschrieben worden war dieser Brief in der Tschechoslowakei und dann – laut Bohns ziemlich eindeutiger Vermutung – von Irinas Freunden in einer Widerstandsgruppe außer Landes geschmuggelt worden. Irina berichtete darin, daß ihre Mutter und ihre beiden Kinder tot seien, daß sie ihren Mann verlassen, dieser nunmehr die Scheidung eingereicht hätte, und sie habe sich mit ein paar Freunden in Verbindung gesetzt, die bereit seien, ihr bei der Flucht ins Ausland zu helfen. Die Freunde könnten sie bis Wien bringen. Von dort aus brauche sie Hilfe, um zu ihrem Vater zu kommen, von dem sie nicht wisse, wo er sei. Dem Brief beigefügt war eine Nachricht, die Bohn an ›irgend jemanden, der mit meinem Vater Kontakt aufnehmen kann‹, weitergeben sollte. Die Nachricht war kurz. *Bitte, laß mich zu Dir kommen; ich brauche Dich.* Weiterhin gab sie eine Wiener Telefonnummer an, unter der Bohn sie erreichen konnte. Nachrichten, die unter Benutzung des Kennwortes Janocek für sie dorthin durchgegeben würden, sollten ihr zuverlässig übermittelt werden. Sie bat ihn, ihr mitzuteilen, ob er bereit sei, ihr zu helfen. Falls ja, könne sie innerhalb weniger Wochen aufbrechen.

»Alles klar und deutlich dargelegt«, endete Bohn. »Und die Telefonnummer war echt.«

»Sie haben dort angerufen?« fragte David.

»Ja, warum nicht? Außerdem habe ich erfahren, daß Irina Anfang August aus der Tschechoslowakei herausgebracht werden soll. Unser Zieldatum ist also die erste Augustwoche. Wahrscheinlich wird sie in Wien von ihren tschechischen Freunden in einem unverdächtigen Haus untergebracht werden, bis wir sie abholen können.« Er bemerkte Davids Stirnrunzeln. »Kein Lob für meine Tüchtigkeit? Na los, Dave – was stört Sie an der Sache?«

»Sie haben denen tatsächlich telefonisch zugesichert, daß Sie ihr helfen wollen? Ehe Sie noch irgend etwas arrangiert hatten?«

»Was hätten Sie denn an meiner Stelle getan – sie in der Luft hängenlassen?«

»Nein. Ich hätte gesagt, daß ich es versuchen würde. Ich hätte gesagt, daß ich den Brief bekommen habe und ihr Bescheid geben würde, sobald ich wüßte, ob ich was unternehmen kann.«

»Aber ich *habe* doch etwas unternommen«, entgegnete Bohn ein wenig ärgerlich. »Ich habe am selben Tag noch angefangen.

Ich bin nach Langley hinausgefahren, um mit meinen Freunden von der CIA zu sprechen. Der Brief wurde dort sofort weitergereicht, vermutlich in die höheren Kader. Wie ich hörte, wurden auch andere Geheimdienstabteilungen konsultiert. Riesenaufwand. Jaromir Kusak ist eben ein sehr wichtiger Mann, und jetzt sogar noch wichtiger als früher.«

Bohn machte eine Pause, um sich einen Brandy einzuschenken. McCulloch benutzte die Unterbrechung, um sich zu David hinüberzubeugen und leise zu sagen: »Mit den Einzelheiten über die zunehmende Bedeutung des Namens Kusak mache ich Sie später vertraut. Ebenso mit allen anderen Fragen, die Sie möglicherweise noch an mich haben.« Dann kehrte er zu seinem Kaffee zurück, während Bohn wieder das Wort ergriff.

»Ich war fest davon überzeugt, daß einer unserer Geheimdienste helfen würde, aber ich hatte mich leider getäuscht. Man wollte mir sogar weismachen, daß man nicht wisse, wo Kusak sich aufhalte. Also rief ich bei George Sylvester an, Kusaks Londoner Verleger, der mit ihm Kontakt haben *muß*, denn wie sollte er sonst an Kusaks Manuskripte kommen? Ich erzählte ihm, daß ich eine schriftliche Nachricht von Irina für ihren Vater erhalten und sie soeben an ihn, Sylvester, abgeschickt hätte; er solle bitte streng darauf achten, daß kein anderer den Brief öffne. Außerdem bat ich ihn, mich sofort zurückzurufen, wenn er den Brief erhalten hätte, und mich wissen zu lassen, ob und wie er helfen könne. Ich dachte mir, daß seine Freunde in Whitehall vielleicht daran interessiert seien und dafür sorgen könnten, daß alles glatt abgewickelt würde. Weiterhin sagte ich ihm, ich sei bereit, nach London zu fliegen, sobald er einen definitiven Vorschlag hätte; wir könnten uns dann privat unterhalten, und ich würde ihm einen Brief zeigen, den ich persönlich von Irina bekommen hätte.« Bohn atmete tief auf. »Ja, ich glaube, man kann wohl sagen, daß ich tatsächlich etwas unternommen habe.« Er sah David vielsagend an. »Dann suchte ich Hugh auf und weihte ihn ebenfalls ein. Er hat Verbindungen, Mittel und Wege.«

»Sie waren regelrecht verzweifelt«, antwortete McCulloch lächelnd.

»Kein Ergebnis bei George Sylvester?« erkundigte sich David.

»Ja und nein. Er hatte Irinas Nachricht an Kusak weitergeleitet, weigerte sich aber, mir Kusaks Adresse zu geben. Behauptete, er wisse sie nicht, er kenne lediglich den ersten Schritt einer ganzen Reihe von Kontakten, die letztlich zu Jaromir Kusak führten. Und Sylvesters Freunde aus den Geheimdiensten waren zwar sehr stark interessiert, meinten aber, ich solle den Job lieber selbst übernehmen. Komische Kerle! Als ich das letzte Mal in der Tschechoslowakei war, reiste ich ab, weil gewisse Gerüchte mich vertrieben hatten. Ich stehe eindeutig auf der schwarzen Liste der Tschechen. Eine konkrete Verbindung zu irgendeinem Geheimdienst hatte ich natürlich nicht, aber die Tschechen waren einfach besessen davon.«

»Und sind es noch«, murmelte McCulloch.

»Wie dem auch sei« – Bohn erhob sich und begann in der Küche auf und ab zu gehen -, »in dreierlei Hinsicht hat Sylvester mir trotzdem helfen können. Erstens: Kusak will seine Tochter sehen; ihre Nachricht an ihn ist echt, er hat ihre Handschrift wiedererkannt. Zweitens: Wenn ich Irinas Flucht bis über Wien hinaus arrangieren kann, will Sylvester dafür sorgen, daß Kusak auftaucht. Und drittens: Kusak hat ihn bevollmächtigt, alle Auslagen aus Kusaks Autorenhonoraren zu bezahlen.«

»Die Auslagen werden ziemlich niedrig sein«, ergänzte McCulloch. »Ich muß geschäftlich ohnehin nach Genf. Jo Corelli befindet sich ebenfalls auf einer Geschäftsreise – nach Wien. Und Walter Krieger will auch gerade wieder nach Österreich fahren, wo er öfter einmal zu tun hat. Also tragen wir unsere Reisekosten zum größten Teil selbst. Sonderposten erstehen lediglich aus einem Wagen oder den Reisekosten von Irina und Mr. Mennery. Das heißt, falls Mr. Mennery überhaupt mitkommt.«

»Wer sind Jo Corelli und Walter Krieger?« fragte David.

»Wir sind alle Freunde von Jaromir Kusak. Ganz einfach.«

»Die drei kennen sich alle aus«, versicherte Bohn. »Durch die Bank alte Hasen.«

David atmete tief durch. »Und was soll ich nun dabei tun?«

»Sieh mal an!« sagte Bohn. »Na, darauf müssen wir einen trinken.« Er ging zur Anrichte und holte zwei weitere Brandygläser.

»Die Einzelheiten werde ich Ihnen morgen im Flugzeug geben«, wandte McCulloch sich an David. »Welchen Flug nehmen Sie übrigens? Haben Sie die genauen Angaben?« Er holte ein kleines Notizbuch und einen Bleistift aus der Innentasche seiner Jacke. »Wahrscheinlich einen Direktflug nach Wien mit Zwischenlandung in Amsterdam, nicht wahr?«

David machte ein verdutztes Gesicht. Er nickte und nannte Abflugzeit, Flugnummer und Flugklasse. Das waren Details, die er sich jedesmal genau einprägte – für den Fall, daß er einmal ein Ticket verlieren sollte. »Aber ist das denn nicht ziemlich riskant – ich meine, wenn Sie und ich dieselbe Maschine nehmen und man möglicherweise sieht, daß wir uns miteinander unterhalten?« Er wurde sichtlich ein bißchen nervös.

»Warum sollte ich nicht diese Maschine nehmen? Oder Jo? Oder Krieger? Wir haben es eilig, und Sie müssen wissen, wie die beiden aussehen. Was wäre günstiger? Ich werde mit Ihnen sprechen. Ich werde sie Ihnen zeigen. Das ist alles. Nur keine Angst. Nicht einmal Jiri Hrádeks Agenten könnten uns miteinander in Verbindung bringen – nicht in diesem frühen Stadium.«

»Jiri Hrádek?«

»Chefadjutant des Leiters der tschechoslowakischen Staatssicherheit. Das bedeutet Geheimpolizei. Mit derselben Macht wie die Gestapo.« McCulloch zögerte. »Hrádek war mit Irina verheiratet.«

Alle schwiegen eine Weile.

»Irinas Mutter hat sich mit sicherem Griff den Richtigen ausgesucht, nicht wahr?« sagte dann Bohn. »Hrádek ist Anwärter auf den höchsten Posten bei der Staatssicherheit.« Mit einer gewissen Belustigung musterte er David. »Möchten Sie doch lieber noch zurücktreten?«

McCulloch wurde ärgerlich und zeigte es. »Hören Sie mit Ihren Witzen auf, Mark. Sonst vergessen wir noch irgendwas wirklich Wichtiges.« Dann wandte er sich wieder an David. »Wann können Sie in Wien eintreffen?«

»Am zweiten August.«

»Nicht eher?«

»Nein.«

»Und wie lange könnten Sie dort bleiben? Es wäre möglich, daß es Verzögerungen gibt.«

»Bis zum zwanzigsten.« Und dann ade Bayreuth, Luzern und Edinburgh.

»Na schön. Ich werde Ihre Daten an Krieger weitergeben und

es ihm überlassen, damit zurechtzukommen. Er ist für die Organisation in Wien verantwortlich.«

»Wann soll ich denn am besten hinkommen?« fragte Bohn.

»Wenn wir Sie brauchen, wird Krieger Ihnen Bescheid geben.«

»Aber natürlich brauchen Sie mich«, widersprach Bohn mit gutmütiger Ironie. »Sie werden mich doch nicht um eine fabelhafte Story betrügen, oder?«

»Das machen Sie besser mit Jaromir Kusak aus. Wenn er nicht wünscht, daß etwas über die Flucht seiner Tochter an die Öffentlichkeit dringt, dann werden wir uns danach richten. Verstanden?«

»Verstanden.« Bohn lächelte. »Ich werde den Alten ohnehin überleben. Eines Tages wird die Story veröffentlicht werden können, und dann bin ich der einzige, der sie veröffentlichen kann. He – sehen Sie mal auf die Uhr! Wir müssen nach New York zurück, Hugh! Ich möchte morgen so früh wie möglich in Wien anrufen und Bescheid sagen, daß wir startbereit sind. Dann bleibt ihnen genügend Zeit, Irina bis Anfang August über die Grenze zu holen.«

McCulloch nickte. Er beobachtete David. »Stimmt irgendwas nicht?«

»Nein, nein. Ich habe mich nur gewundert.«

»Worüber?«

»Jaromir Kusak. Lebt er im Exil so gut versteckt, daß kein Mensch weiß, wo er sich aufhält? Nicht einmal sein Verleger?«

»Sein Aufenthaltsort ist das bestgehütete Geheimnis seit der Atombombe«, erklärte Bohn.

»Er hat seine Gründe«, sagte McCulloch ruhig. Er hatte seinen Brandy nicht angerührt. »Ich muß fahren«, erklärte er grinsend und leerte statt dessen seine dritte Tasse schwarzen Kaffee. »Bis morgen, Dave.« Der Übergang zum Vornamen fiel kaum auf.

David nickte und ging mit ihm ins Wohnzimmer hinüber. Bohn war bereits auf die Veranda hinausgetreten und zog gerade seine Jacke an. McCulloch griff nach seinem Aktenkoffer, der immer noch neben dem Sessel stand, öffnete ihn und nahm zwei oder drei sauber maschinengetippte Papierbogen heraus, dreizeilig geschrieben und daher sehr leicht zu lesen. »Wenn Sie heute abend noch etwas Zeit haben sollten, könnten Sie sich das mal ansehen. Aber verbrennen Sie es, sobald Sie es gelesen haben.«

»Streng geheim?« erkundigte sich David lächelnd.

»Meine Spezialmarke. Sagen wir mal, daß es ein größeres Risiko ist, dies irgendwo herumliegen zu lassen, als wenn wir beide, Sie und ich, morgen zufällig zusammen in der Maschine gesehen werden. Übrigens, ich werde mir erlauben, Ihre Flugklasse in Erste umzutauschen. Da ist um diese Jahreszeit wesentlich weniger los. Irgendwelche Einwände?« David hatte keine.

Es folgte ein allgemeines Händeschütteln, aber keine weitere Unterhaltung auf der dunklen Veranda. McCulloch hatte eine Taschenlampe; in ihrem Schein fand er mit Bohn mühelos zu seinem Wagen. Ein letztes Winken noch von Bohn, dann fuhren sie davon.

David blieb noch eine Weile stehen, lauschte dem Meer und betrachtete den Himmel. Eine schöne, klare Nacht. Ein seltsamer, beinahe fantastischer Abend.

Als er schließlich ins Haus zurückkehrte, setzte er sich an seinen Schreibtisch, schob sein Manuskript beiseite und breitete McCullochs Papiere vor sich aus. Es waren drei knappgefaßte, aber ziemlich gründliche Biographien: Jaromir Kusak; Hedwiga Kusak, seine Frau; Jiri Hrádek, Irinas Ehemann. Als er sie gelesen hatte, verbrannte er sie in seinem Kamin und stocherte in der schwarzen Asche, bis sie vollkommen zu Pulver zerfallen war. Jetzt wußte er einiges über die vergangenen sechzehn Jahre von Irinas Leben. Traurig den Kopf schüttelnd, suchte er seine eigenen Papiere zusammen und begann sie für New York zu ordnen.

4

David machte es sich in der neuen Umgebung bequem. Hugh McCulloch hatte sein Touristenklasseticket für den Flug über Amsterdam nach Wien auf die Erste Klasse umschreiben lassen. Nicht daß McCulloch ein Snob oder Verschwender gewesen wäre; vielmehr stellte es sich heraus, daß seine Begründungen doppelsinnig auszulegen waren. »Da ist weniger los«, hatte er gestern abend gesagt, und das bedeutete auch, daß er sich bessere Chancen ausgerechnet hatte, in der Ersten Klasse für sich und seine Reisegefährten in letzter Minute noch einen Platz zu bekommen.

McCulloch war ein umsichtiger Planer, daran bestand nicht der geringste Zweifel. Er hatte sich sogar den Sitz neben David gesichert.

Als McCulloch seinen Platz einnahm, nickte er David freundlich, aber unpersönlich zu: ein Fremder, der einen anderen mustert, mit dem er auf engstem Raum eine lange Reise zurücklegen muß. David begriff und nickte ebenso zurück. – Wo Jo Corelli und Walter Krieger wohl waren? – Am Kennedy-Flughafen hatte er, insgeheim belustigt, verschiedene Personen in Betracht gezogen, während er auf die im Augenblick vor dem Anbordgehen übliche Prozedur wartete: Genaue Durchsuchung jedes einzelnen – Gott sei Dank war diese Fluggesellschaft wirklich vorsichtig und sah jeden als potentiellen Flugzeugentführer an, der Waffen bei sich führen könnte. Und erst recht einen, der sich wie ein primitiver Neandertaler benahm, etwa Selbstgespräche hielt oder aggressiv reagierte, die Augen rollte wie ein scheuendes Pferd oder die Umwelt mit haßerfülltem Blick musterte. Der sah sich unter Umständen keineswegs freiwillig einem kühl forschenden Psychoanalytiker gegenübergestellt, der ihn mit wachsendem Interesse untersuchte.

Inzwischen wurde es Zeit zum Anschnallen, und nervöses Schweigen trat ein. Die Maschine hob ab, gewann Höhe und blieb oben. Die Gurte konnten gelöst werden, jedermann entspannte sich. »Nächste Station Kuba?« fragte David.

»Solange der Besuch dort nicht zu ausgedehnt ausfällt...« McCulloch zuckte die Achseln, ohne den Satz zu beenden. Die Stewardeß, die ihre Bestellung entgegennehmen wollte, lachte nicht. Komische Art, wie manche Leute das Eis brechen, dachte sie, begrüßte sie aber trotzdem mit einem herzlichen Lächeln und sprach von Dinner in einer halben Stunde. »Oder auch ein bißchen später«, vermutete McCulloch. »Wie dem auch sei, Zeit genug für einen doppelten Martini.«

»Scotch on the rocks mit Wasser«, bestellte David. »Aber doppelt, bitte.« Damit konnte er eine Verzögerung im Service überbrücken! Die Kleine würde mit der Damengruppe auf der anderen Seite des Mittelganges alle Hände voll zu tun haben, von dem Jungen hinter ihm ganz zu schweigen.

Sie ging davon, adrett und unauffällig in ihrem flotten Kostüm, das hübsche Gesicht noch immer lächelnd. Die beiden machen bestimmt keine Schwierigkeiten, dachte sie. Im Gegensatz zu dem Bengel mit seiner Mutter auf dem Sitz dahinter oder den älteren, immer noch ziemlich nervösen Damen, die wohl ihren ersten Flug über den Atlantik unternahmen, um Tulpenfelder in Holland, Spitzengeschäfte in Brüssel und die Schlösser an der Loire zu besichtigen. Was die beiden Männer wohl sein mochten? Der ältere wirkte wie ein Akademiker; er hatte einen Aktenkoffer bei sich und erklärte, er habe noch zu arbeiten. Typisch Anwalt, die konnten sich nie von ihrem Beruf freimachen. Der andere hatte Zeitschriften – keine Illustrierten, sondern intellektuelle - und ein paar Paperbacks mitgebracht. Offensichtlich las er viel. Lehrer, im Verlagsgeschäft oder Manager. Die konnte man heutzutage nicht mehr auseinanderhalten; sie waren alle gleich gekleidet. Bühne oder Film auf keinen Fall; dafür war das Haar nicht wild genug, und außerdem trug er eine Krawatte. Talentsucher auch nicht: Dafür fehlte ihm der Röntgenblick, mit dem die alle Mädchen auszuziehen pflegten. Hellbraunes Haar, dunkle Augen – eine fabelhafte Ergänzung zu seiner gesunden Sonnenbräune. Seeehr attraktiv. *Molto simpatico.* Das einzige, was ihr an ihm nicht so sehr gefiel, war sein etwas eigenartiger Humor. Kuba, ausgerechnet ... Als sie mit den bestellten Drinks zurückkam, sah sie, daß sich die beiden miteinander bekannt gemacht, aber noch nicht das Stadium unbeschwerter Unterhaltung erreicht hatten. Wahrscheinlich zurückhaltend, alle beide. Um so besser, mit solchen gab es nie Probleme. In dieser Hinsicht konnte sie nicht klagen. Fröhlich eilte sie davon. Anderswo gab es genug zu tun.

David betrachtete den doppelten Scotch mit Soda in seinem Glas und schüttelte den Kopf. Niemand schien zuzuhören. Er hoffte, das würde während des ganzen Fluges so bleiben. Das Risiko, bei einer Unterhaltung mit McCulloch gehört zu werden, beunruhigte ihn immer noch. Unauffällig musterte er seine nächste Umgebung.

Die Damen auf der anderen Seite des Mittelganges hatten ihre Stimmen wiedergefunden. Jeweils zu zweit diskutierten sie bei

Champagner-Cocktails ihre Reisepläne und warfen dabei mit berühmten Namen um sich: Chaumont, Chambord, Chenonceaux, Cheverny. Und zum Teufel mit der korrekten Aussprache, dachte David, die Begeisterung macht alles wett. Aber wo waren denn die Ehemänner? Auf der Flucht vor der Kultur? Beim Angeln? Im Hinblick auf die bildungshungrigen Damen brauchte er sich jedenfalls keine Sorgen zu machen: Die waren viel zu sehr mit ihren eigenen Problemen beschäftigt, um sein Gespräch mit McCulloch zu belauschen. Der kleine Junge hinter David erzeugte eine eigene Art Barrikade. Mit seiner ewigen Quengelei übertönte er sämtliche Stimmen in einem Umkreis von fünf Metern. Wenn seine Mutter überhaupt einmal zu hören war – und das geschah nur, wenn sie die Stimme hob –, klang sie jung und völlig überfordert. Sie würde für nichts anderes Augen und Ohren haben als für den kleinen Plagegeist.

Der einzige potentielle Störfaktor befand sich in der Reihe vor ihm. Ein Störfaktor in überaus angenehmer Form übrigens, ein allein reisendes junges Mädchen ohne Sitznachbarn, das die Maschine direkt vor ihm betreten hatte. Dunkles Haar, glatt und glänzend, sorgfältig geschnitten. Da war etwas, was ihm an ihr aufgefallen war – die Haltung ihres Kopfes. Eine schlanke, sehr aufrechte Gestalt in einem elegant geschnittenen Hosenanzug, der zwar ihre Beine verbarg, Taille und Hüften jedoch auf das vorteilhafteste hervorhob.

McCulloch nahm seine Brille ab, faltete die Zeitung zusammen, die er gelesen hatte, und legte sie auf seinen Schoß. Auch er hatte ihre Umgebung beobachtet. »Wir können sprechen«, sagte er leise, während er die Brille in seine Brusttasche steckte.

David deutete vorsichtig auf den Platz vor ihnen.

»Das ist Jo.«

Sekundenlang war David sprachlos.

Jo Corelli. Sieh einer an!

Und ebenfalls geschickt plaziert. Er sah McCulloch an. »Mit Ihnen möchte ich nicht Schach spielen.« Dann gab er einem Zweifel Ausdruck. »Ist sie der Aufgabe auch gewachsen?«

McCullochs sonst so ernstes Gesicht verzog sich zu dem ihm eigenen freundlichen Lächeln. Er beantwortete die Frage, indem er schwieg. Dave würde bald genug selbst drauf kommen.

»Sie verläßt die Maschine mit mir in Amsterdam. Vorher werden Sie jedoch Gelegenheit haben, sie sich genau anzusehen und sie sprechen zu hören. Prägen Sie sich ihre Stimme gut ein; Sie müssen sie auch am Telefon wiedererkennen. Und merken Sie sich auch ihr Gesicht. Dasselbe gilt für Walter Krieger. Wenn er auf dem Weg in den Salon an uns vorbeikommt, werde ich Ihnen ein Zeichen geben. Fünf Minuten später können Sie ihm dann folgen. Sehen Sie ihn sich an und hören Sie zu, wenn er spricht – mehr nicht.«

»Und wo ist Bohn? Ich dachte, der würde sich auch anhängen.«

»Bohn hat seinen Teil des Unternehmens erledigt. Jetzt brauchen wir ihn nicht mehr.«

»Beim Endspurt wird er aber doch sicher dabeisein wollen. Von einer guten Story kann ihn nichts fernhalten.«

»Zweifellos.«

»Dann sind wir also vollzählig?« Jo Corelli, Krieger, McCulloch und ich, dachte er.

»Ganz recht. Ich selbst werde mich im Hintergrund halten und in Verbindung mit Ihnen allen bleiben. Krieger wird ständig in Ihrer Nähe sein, falls Sie ihn brauchen. Jo bleibt die meiste Zeit mit Ihnen zusammen.«

»Ich weiß nicht recht. Das gefällt mir nicht.«

»Jo ist sehr tüchtig.«

»An Jo dachte ich dabei eigentlich nicht. Ich möchte wissen, wer das Kommando hat.« Auseinandersetzungen darüber möchte ich auf der Fahrt nach Westen natürlich möglichst vermeiden, dachte er.

»Sie. Sie treffen die Entscheidungen, Sie wählen die sicherste Route. Und Sie werden ständig auf dem Plan sein, bis Sie unser ... unser Spezialpaket richtig abgeliefert haben.«

»Wo denn?«

»Das wird arrangiert. Sie werden den Bestimmungsort erfahren, sobald ich ihn weiß. Und während der Fahrt unterrichten Sie mich ständig von Ihren Fortschritten; mich oder Jo. Sie wird mich auf dem laufenden halten, wenn Sie dazu nicht in der Lage sein sollten. Das hier ist meine Telefonnummer« – er schob David eine Visitenkarte und einen Umschlag mit Bargeld in die Hand –, »und das ist Ihr Spesenkonto. Halten Sie Kontakt mit mir. Der Apparat ist Tag und Nacht besetzt. Und weshalb ich in Genf sein werde?« sagte er, eine weitere Frage vorausahnend. »Weil es zentral liegt. Guter Telefonservice, guter Flughafen, gute Straßen, gute Eisenbahn. Außerdem sind zwei Angehörige meines Personals dort, die absolut vertrauenswürdig und zuverlässig sind.«

David widerstand der Versuchung, Karte und Umschlag zu betrachten, verstaute sie in einer Innentasche und zog als Rechtfertigung für den Griff in sein Jackett ein Päckchen Zigaretten heraus. »Können Sie mir ungefähr sagen, wie lange wir noch warten müssen, bis wir mit der Lieferung beginnen können?« Das würde der beunruhigendste Zeitraum sein, dieses Herumsitzen in Wien, die Ungewißheit, das Warten.

»Das hängt vom Zeitpunkt Ihres letzten Konzertes in Salzburg ab.«

»Morgen in einer Woche – Mittwoch. Acht Uhr abends.«

»Und wo wird es stattfinden?«

»Im Großen Festspielhaus.«

»Aha. Schwarze Krawatte, wie? Und anschließend großes Abendessen, nicht wahr?«

»Richtig. Ich bin mit ein paar Freunden verabredet ...«

»Dann machen wir es anders, und Sie fahren am folgenden Morgen aus Salzburg ab.«

»Ich könnte die Dinnerverabredung absagen.«

»Nein, nein. Lassen Sie alles, wie es ist, und erregen Sie möglichst keine Neugier. Am nächsten Morgen aber nehmen Sie dann nur das Nötigste mit; alles übrige lassen Sie in Salzburg, wo es später abgeholt werden kann. Oder Sie lassen das Gepäck nach London oder Paris schicken – wie es Ihnen am liebsten ist. In Salzburg mieten Sie am besten einen Wagen, und zwar für eine ganze Woche. In Wien steigen Sie im Sacher ab; wir werden Ihnen ein Zimmer reservieren lassen, so daß Jo weiß, wo Sie zu finden sind. Sie wird Ihnen dann weitere Einzelheiten über die Arrangements geben können, die wir getroffen haben. Alles in allem haben wir eine Woche Zeit, um alles zu regeln.« McCulloch zeigte wieder sein verblüffendes Lächeln, und seine Augen begannen bei dem Gedanken zu funkeln. Dann war er wieder ernst und nüchtern. »Sie bleiben eine Nacht im Sacher. Die Abreise erfolgt am nächsten Morgen.«

So schnell? »Kann man sich darauf verlassen?« erkundigte sich David. Wenn McCulloch nur acht Tage für seine Pläne hatte – die Widerstandsgruppe, die Irina nach Wien bringen wollte, brauchte ganz bestimmt mehr Zeit. Eine Flucht erforderte Vorbereitungen. Es würde Verzögerungen, Verspätungen geben.

»Sie ist schon draußen«, sagte McCulloch ruhig.

Irina? Schon in Österreich? David starrte ihn fassungslos an, dann hatte er sich vom Schock erholt.

»Wann?«

»Gestern.«

»Großer Gott!« stöhnte David leise.

»Sie ist in Sicherheit. Und wartet auf uns.«

»Aber ich kann mich diese Woche noch nicht freimachen! Ich *muß* einfach in Salzburg bleiben.« Davids Stimme war leise, aber aufgebracht.

»Ich habe Sie nicht gebeten, irgend etwas abzusagen.«

»Der Gedanke, daß sie über eine Woche lang in Wien herumläuft, gefällt mir gar nicht.«

»Sie wird nicht herumlaufen. Sie bleibt die ganze Zeit versteckt. Machen Sie sich keine Sorgen über Dinge, die sich nicht ändern lassen. Wir halten uns an unseren Plan.« McCulloch preßte unmißverständlich die Lippen zusammen.

»Konnten's nicht abwarten, wie?« sagte David erbittert.

»Irgend jemand war zu voreilig. Als Bohn heute morgen anrief, um denen zu sagen, daß alles klappt, sagten sie's ihm.«

»Hat ihn wohl ziemlich umgehauen.«

»Nun ja, er ist etwas angekratzt. Aber das hat er schnell überwunden. Mark ist ein widerstandsfähiger Mann.«

Davids Gedanken wanderten plötzlich in eine andere Richtung. – Irinas Freunde müssen sehr fest davon überzeugt gewesen sein, daß wir mitmachen. Was hatte sie dazu veranlaßt? Zweifellos Bohns erstes Telefongespräch: typisch Bohn - immer zuversichtlich und optimistisch. »Großer Gott!« wiederholte er, als ihm die volle Bedeutung dieser letzten Neuigkeit aufging. »Und wenn ich mich gestern abend geweigert hätte?«

»Dann hätten wir hektisch nach einem Ersatzmann gesucht. Und gegen Ende dieser Woche hätte ich die Profis auf Händen und Knien angefleht, mir einen ihrer cleveren jungen Burschen zu überlassen.« McCulloch schüttelte den Kopf, als er an die

Antwort dachte, die er auf ein solches Verlangen vermutlich bekommen hätte.

»Und die hätten sich tatsächlich geweigert?« – Waren die in Washington plötzlich alle Feiglinge geworden? David starrte ungläubig McCulloch an, der schweigend seine Zeitung nahm und auf einen langen Bericht deutete, in dem ein Abschnitt mit Bleistift angekreuzt war.

David ergriff das Blatt und las eine Reuter-Meldung aus Prag vom Tag zuvor.

Die Schlagzeile lautete: WIEDER ZWEI UMSTÜRZLERPROZESSE IN DER TSCHECHOSLOWAKEI. Er wollte weiterlesen, kam aber nicht über den ersten Satz hinaus. Der Rollwagen mit dem Dinner traf ein.

»Heben Sie sich das für den Kaffee auf«, sagte McCulloch.

»Lesen Sie den Bericht aufmerksam. Möglicherweise wird Ihnen dann einiges klar. Und außerdem – kaltes Steak schmeckt nicht besonders.«

Die Stewardeß entschuldigte sich. »Tut mir leid, daß es so lange gedauert hat.«

Nicht lange genug, dachte David, der die Zeitung widerwillig beiseite legte.

»Ist uns überhaupt nicht aufgefallen«, sagte McCulloch, der Exdiplomat. »Ich glaube, der Gentleman hier und ich, wir werden uns eine Flasche Bordeaux teilen.« Ernst und höflich wandte er sich an David. »Ist Ihnen mein Vorschlag recht?«

Während das Geschirr abgeräumt wurde, sagte sich David, daß McCulloch abermals ins Schwarze getroffen hatte: Der Zeitpunkt ihres vertraulichen Gesprächs war außerordentlich geschickt gewählt gewesen, denn jetzt, nach dem Essen, breitete sich rings zufriedenes Schweigen aus, eine allgemeine Tendenz, es sich für den Rest des Abends bequem zu machen, und es gab weder eifriges Stimmengewirr noch fröhliches Lachen. Sogar der ungezogene kleine Junge hatte sich nach einem letzten lautstarken Protest schlafen gelegt.

David stellte die Leselampe über sich ein und griff nach der Zeitung. Das junge Mädchen auf dem Platz vor ihm jedoch sprach die Stewardeß an, als diese nach einem kurzen Besuch bei den Piloten den Gang entlangkam. »Wie ist es mit der Zeit?

Wunderbar. Dann werden wir ja ohne Verspätung ankommen.« Während sie mit der Stewardeß sprach, erhob sie sich von ihrem Platz. »Was sagt der Wetterbericht?« Die Stewardeß versicherte, alles sei in Ordnung.

»Ausgezeichnet«, sagte das junge Mädchen. Sie wandte sich dem rückwärtigen Teil der Maschine zu und zeigte David ihr Gesicht. »Dann haben wir ja die Turbulenzen wohl alle hinter uns.« Dabei warf sie einen Blick auf das friedlich schlafende Kind und tauschte ein verständnisinniges Lächeln mit der Stewardeß. Dann machte Jo sich auf den Weg zum Waschraum. Junges Mädchen? Wenn sie der Women's Lib angehörte und auf der Anrede Miß bestehen würde, wäre sie mit dieser Bezeichnung wohl kaum einverstanden. Aber, dachte David als männlicher Chauvinist, sie ist zwar eine erwachsene Frau Ende Zwanzig und mag klüger und intelligenter sein als ich, denn McCulloch, mit all seiner Vorsicht, würde natürlich niemals ein Spatzenhirn für so einen Job engagieren, aber vor allem ist sie eine Schönheit und ganz eindeutig weiblichen Geschlechts. Ovales Gesicht mit glatter, weißer Haut und feinen Zügen. Das Profil klar und gut ausgeprägt. Große Augen, dunkle Wimpern, sorgfältig nachgezogene Brauen – alles überaus attraktiv unter dem glänzenden, dunklen Haar. Dieses Gesicht würde er bestimmt nicht vergessen. Ebensowenig auch die Stimme: wohltönend, alles andere als rauchig oder herb; Mittellage mit einer Andeutung von Akzent. Engländerin? Eine leichte Verfärbung der Vokale, eher etwas Italienisches in der weichen Aussprache mancher Silben, darauf deutete ja auch der Name hin. Sollte sie tatsächlich anfangen, ihm Befehle zu erteilen – ihre Stimme würde ihn damit ein wenig versöhnen. Hoffentlich tut sie es nicht, dachte er; hoffentlich teilen wir uns in die Kommandogewalt. Aber er hatte seine Zweifel. Jo schien wahrhaftig überaus tüchtig zu sein. So, wie sie das eben eingefädelt hatte – das war Klasse!

Er konzentrierte sich auf seine Zeitung. McCulloch hatte ein paar Dokumente aus seinem Aktenkoffer geholt, die Brille aufgesetzt, einen Kugelschreiber aufgeschraubt und schien in seine Arbeit vertieft. David begann interessiert zu lesen. Die Schlagzeile war irreführend. ›Wieder zwei Umstürzlerprozesse‹ bedeutete in Wirklichkeit, daß diese Prozesse an zwei verschiedenen Orten stattfanden: in Prag selbst und dann in Brno, wo jeweils mehrere Gruppen liberaler Kommunisten in verschiedenen Prozessen schon seit der vergangenen Woche vor Gericht standen und die Verhandlungen immer noch weitergingen. Alle Angeklagten waren gebildete Leute: Ärzte, Historiker, ein Philosoph, zwei Ingenieure, ein Geistlicher, mehrere Anwälte. Sie waren im vergangenen November vor den tschechischen Wahlen wegen Verteilung von Flugblättern, in denen die Bürger an ihr verfassungsmäßiges Wahlrecht erinnert wurden, verhaftet worden. Einige von ihnen hatten auch westlichen Journalisten Interviews gegeben. Ihnen standen Gefängnisstrafen bis zu zehn Jahren bevor. Es war, so der von McCulloch angekreuzte Abschnitt, ein Versuch, ›auch der letzten aktiven politischen Opposition ein für allemal den Garaus zu machen. Daß sich diese auf dem Rückzug befindet, wird durch die Tatsache bestätigt, daß westliche Korrespondenten in den Monaten vor dem Beginn der Prozesse weniger als sonst von der oppositionellen Untergrundbewegung hörten.‹ Aber es gab noch einen anderen, sehr interessanten Satz: Der gegenwärtige Vorsitzende der Kommunistischen Partei, die die Kontrolle über die Regierung hatte, versuchte mit den Prozessen möglichst wenig Aufsehen zu erregen, die allgemeine Ruhe im Land nicht zu stören und den Vertretern des harten Kurses keine Gelegenheit zu geben, ›mit härteren Maßnahmen einzugreifen‹.

Hier ist irgendwo ein Fingerzeig darauf verborgen, warum sich unsere Geheimdienste augenblicklich so verhalten, wie sie es tun, aber ich kann ihn einfach nicht finden. Er studierte den Artikel noch einmal. Der Fingerzeig war da, aber er entging ihm immer noch. Etwas jedoch hatte er immerhin daraus entnommen: Es gab vier politische Gruppierungen in der Tschechoslowakei. Die erste war die Minderheit, die augenblicklich an der Macht war; das waren die Gemäßigten, die Rußland zeigen wollten, daß sie gute Kommunisten waren: Seht ihr, wie wir Disziplin halten? Die zweite war eine machtlose Mehrheit, liberal, aber nicht ganz so mutig wie Dubcek im Prager Frühling 1968; das waren diejenigen, die gemaßregelt wurden, damit sie es ja nicht wagten aufzumucken. Die dritte, das war die Gruppe im Hintergrund, die Verfolger des harten Kurses, die neuen Stalinisten, die ›härtere Maßnahmen‹ ergreifen wollten – womit Machtübernahme und Schocktaktiken gemeint waren. Die würden größere, bessere Prozesse inszenieren: Schauprozesse gegen Staatsfeinde und Verräter – genau wie in der früheren Zeit. Und die vierte waren die Nichtkommunisten und Exkommunisten, wahrscheinlich die kleinste Gruppe, die jetzt völlig zum Schweigen gebracht worden war. Wenigstens hatte der Reuter-Bericht sie kurzerhand beiseite geschoben: *In den Monaten vor dem Beginn der Prozesse hörten westliche Korrespondenten von der oppositionellen Untergrundbewegung weniger als sonst.*

David faltete die Zeitung zusammen und legte sie neben McCulloch. Er schloß die Augen, um nach der Lösung des Rätsels zu suchen. Die Untergrundbewegung war nicht tot, sonst wäre Irina jetzt nicht in Wien in Sicherheit. Aber sie war offenbar sehr vorsichtig, vermied jede offene Publicity. Und die amerikanischen Geheimdienste ebenso wie die britischen ließen die Finger von der tschechischen Opposition. War das die Erklärung? Keine Verbindung, auch nicht die geringste, zwischen westlichen Regierungen und dem tschechischen Untergrund? Nur nicht den Kommunisten vom harten Kurs einen Vorwand für Schauprozesse und eine Machtübernahme zur Sicherung hundertprozentiger Disziplin liefern? Größere und bessere Prozesse erforderten natürlich sensationellere Beweise, Dinge, über die die Welt erschrecken würde und die jeden Protest zum Schweigen brächten. Man wollte die Leute so weit bringen, daß sie sich sagten: »Selbstverständlich sind sie schuldig. Seht doch, wie wieder die CIA dahintersteckt! Eine Schande, wie die überall Unruhe stiften und dann die armen Teufel hier dafür büßen lassen.« Alles, was diese Menschen sehen würden, waren die Folgen, waren Qual und Leid: Massenverhaftungen, durchgreifende Säuberungen, Verurteilungen zu lebenslanger Zwangsarbeit, wenn nicht zum Tode. Die wahre Ursache würden sie nie erfahren: Die würde unter einem gewaltigen Erdrutsch von Propaganda begraben werden. Und das war natürlich ganz genau, was die Kommunisten des harten Kurses wollten. Das würde ihre Machtspiele wesentlich erleichtern.

Nun, diesmal werden wir euren Propagandaplanern den Gefallen nicht tun, dachte er. Wir sind eine ganz und gar zivile Gruppe. Er sah McCulloch an, der den Gang entlangblickte, und hätte beinahe laut gesagt: »Ich nehme alles zurück. Ich weiß jetzt Bescheid. Washington hält sich am besten aus allem heraus.«

Aber er sagte es nicht. Du magst zwar ein Amateur sein, sagte er sich, aber du kannst wenigstens so tun, als wärst du ein Profi. In diesem Augenblick spürte er, wie sich McCullochs Ellbogen in seine Rippen bohrte.

Ein Mann, untersetzt, mit gesunder Gesichtsfarbe, ging den Mittelgang hinunter. David sah einen grauen Haarschopf, einen dicken Schnurrbart, kräftige Augenbrauen und ein leichtes Tweedjackett von neutraler Farbe. Das also war Walter Krieger. In der Hand hielt er eine Pfeife, unter dem Arm trug er ein Buch. Beim Gehen blickte er weder rechts noch links. Noch fünf Minuten sollte er warten. Als sie fast um waren, sagte David: »Ich muß mir mal die Beine vertreten«, und stieg über McCullochs Füße hinweg. Gerade kam Jo an ihren Platz zurück. Er trat beiseite, um sie vorüberzulassen, erwiderte ihren Dank mit einem höflichen »Bitte sehr« und schritt davon.

Im Salon, wo es ziemlich eng war, hielten sich fünf Herren und drei Damen auf, die den Neuankömmling eingehend musterten. David setzte sich, lächelte in die Runde und bestellte einen Scotch. »Nein«, antwortete Walter Krieger einem Mann, der neben ihm Platz genommen hatte, »ich lebe nicht mehr in New York. Fahre höchstens noch mal besuchsweise hin.«

»Ich bin aus dem Mittelwesten. Kunststoffe. Viel besser als Glas und Porzellan. Erstklassiger Markt dafür, in Europa. Weil es neu ist. Darauf sind die nämlich scharf: auf was Neues. Wir kommen kaum mit den Aufträgen nach.«

»Ist ja großartig«, sagte Krieger. Seine Stimme war tief und voll, von einer dröhnenden Resonanz. Sollte er sie je in ihrer ganzen Kapazität entfalten, könnte er die Wand aus dem Flugzeug pusten, dachte David. Ein körperlich sehr kräftiger Mann, der auf die Fünfzig zuging, es aber mit jedem einzelnen im Salon aufnehmen konnte. Nicht sehr groß. Nur mittelgroß, aber sehr muskulös und durchtrainiert. Hatte einen eindrucksvollen Kopf – besonders beeindruckend vielleicht, weil er auf einem kleinen Körper saß. Oh, Verzeihung, sagte David in Gedanken zu Krieger. Sie sind gar nicht klein, mit Ihren knapp einssiebzig, denn Sie haben einen Brustumfang, der diesen Plastikfritzen vor Neid erblassen lassen müßte. Bei dem hatten sich die Polster hauptsächlich um die Mitte des Körpers angesetzt. Dennoch, ein netter Kerl mit rundlichem Babygesicht und offenem Gemüt.

»Ja«, sagte er jetzt, »synthetisches Material hat eine große Zukunft. Die ganze Welt steht uns offen. Alles, was wir noch brauchen, ist der Frieden. Stimmt's? Aber der kommt. Der kommt bestimmt.«

»Das wäre schön«, antwortete Krieger.

»Augenblicklich fliege ich nach Wien. Anschließend, wenn alles klappt, geht's in die Tschechoslowakei. Aber das kann man im voraus nie so genau wissen. Trotzdem, ein sehr vielversprechender Markt. Wir haben Verwendung für deren Produkte...«

»Zum Beispiel Glas?«

»Na ja, unter anderem. Und sie für unsere. Wie ich hörte, sind die Regale der Lebensmittelläden drüben allmählich recht gut gefüllt. Keinerlei Knappheit mehr. Macht die Bevölkerung zufrieden.«

»Anscheinend wirklich ein guter Markt.«

»Das Lebenselixier des Geschäftslebens. Und was machen Sie?«

»Schokolade.«

»Tatsächlich? Sind Sie bei einer ausländischen Firma? Oder bei einer amerikanischen?«

»Wir haben vor ein paar Jahren fusioniert.«

»Dann sind Sie also der Europavertreter.«

»Wenn das keine allzu hochtrabende Bezeichnung ist.«

»Wo haben Sie Ihren Hauptsitz?«

»In Vevey.«

»Ach so, in der Schweiz! Und was führt Sie nach Wien? Sie haben doch gesagt, daß Sie nach Wien wollen – oder habe ich Sie da falsch verstanden?«

»Nein«, antwortete Krieger, »ich fliege nach Wien. Sogar mehrmals im Jahr. In Österreich wird nämlich auch gute Schokolade hergestellt.«

»Was Sie nicht sagen! Übrigens, was halten Sie von McGoverns Chancen? Oder sind Sie vielleicht für Nixon? Sie wählen doch sicher auch von der Schweiz aus? Fernwahl, oder so?«

»Ich richte es jedesmal so ein, daß ich zu den Wahlen zu Hause bin.«

»Wenn Sie mich fragen...« Krieger hatte ihn nicht gefragt, aber der Geschäftsmann aus dem Mittelwesten redete einfach weiter drauflos. – Der gehört jedenfalls nicht zu unserer schweigenden Mehrheit, dachte David, während er sein Glas leerte. Reisen löst vielen Menschen die Zunge. Müßig lauschte er den Gesprächsfetzen. ›Wirklich, Acapulco würden Sie *einfach* nicht wiedererkennen ... München hat einen Haufen Geld in die Olympiade investiert ... Zwei Dollar fünfzig pro Person, fünf Dollar für uns beide, und fast jedesmal gehen wir mittendrin hinaus! Was ist bloß aus der Filmindustrie geworden ...‹ Dann verdrückte er sich, bevor ihn jemand ins Gespräch ziehen konnte. Doch Walter Krieger war jetzt mehr als ein Name für ihn.

McCulloch hatte seine Arbeit beendet; sein Aktenkoffer war geschlossen. Mit den Dokumenten war auch seine Zeitung verschwunden. Er schlief fest. Jo war anscheinend ebenfalls eingeschlafen, genau wie die Châteaux-Damen und der ungezogene Junge. Einige Passagiere hatten sich die Kopfhörer angelegt und sahen sich den Film an. David hatte ihn schon vor vierzehn Tagen in einer Sondervorführung in New York gesehen, und selbst wenn er mehr als zwei Dollar fünfzig Eintritt bezahlt hätte, wäre er mittendrin hinausgegangen. Wirklich, was war bloß aus der Filmindustrie geworden?

Zum Lesen hatte er auch keine Lust. Irgendwie war er innerlich nervös. Mit geschlossenen Augen überlegte er, über welchem Teil des Atlantiks sie sich jetzt wohl befanden, beneidete McCulloch um seine unerschütterliche Ruhe und ließ seine Gedanken ziellos wandern, bis er, ohne es recht zu merken, auch eingeschlafen war.

Als er aufwachte, war es gerade Zeit, sich für die Landung in Amsterdam anzuschnallen.

5

Als David in Salzburg eintraf, waren seine Gedanken immer noch nicht zur Ruhe gekommen und seine Gefühle immer noch gespalten. Die ersten drei Stunden in Salzburg kämpfte er mit sich selbst, und dann, beim Rasieren für die Eröffnungsvorstellung des ›Figaro‹, traf er endlich seine Entscheidung. Er hatte es hier mit zwei Aufträgen zu tun: mit einem für den ›Recorder‹

und einem zweiten für Irina. Sie standen in keinerlei Verbindung zueinander. Also mußte er sie auch in seinem Verstand voneinander trennen. Während der kommenden acht Tage wollte er sich ganz und gar auf die Musik konzentrieren; anschließend dann konnte er sich mit der Reise in den Westen beschäftigen. Denn wenn er es nicht so einrichtete, wenn er sich weiterhin sowohl um den einen als auch um den anderen Auftrag Gedanken machte, wie er es während der letzten vierundzwanzig Stunden getan hatte, würde er nicht in der Lage sein, auch nur einen einzigen vernünftigen Satz für seine Kritik zu schreiben und später frustriert und ärgerlich in Wien ankommen: für die Bewältigung einer so kritischen Aufgabe bestimmt nicht der richtige Gemütszustand.

Und diese Reise würde mit Sicherheit Probleme bieten. Davon war er überzeugt. Irinas Ehemann war nicht der Mann, sie einfach so aus Wien hinausfahren zu lassen. Es würde ihm – oder vielmehr seinem männlichen Selbst – eine persönliche Genugtuung sein, Irina in die Tschechoslowakei zurückschleppen zu lassen. Jiri Hrádek mochte sich aus persönlichen – oder politischen – Gründen von ihr losgesagt haben, die letzte Kränkung, die sie ihm zugefügt hatte, indem sie seinen Sicherheitsbeamten entkommen war, würde er ihr niemals vergeben. Diese Sicherheitsbeamten waren harte Burschen, diszipliniert, der Sache fanatisch ergeben und so listenreich wie eben alle Geheimdienstler. Wie hat Irina das nur geschafft? fragte sich David zum hundertstenmal. Dann dachte er jedoch sofort: Jetzt ist es aber endgültig genug; du hast deinen Entschluß gefaßt, also halte dich auch daran. Verschließ deine Gedanken vor Irina, sonst wirst du dich noch mit dieser neuen Klinge schneiden und mit blutverschmiertem Hemd im Großen Festspielhaus erscheinen.

Sie ist doch in Sicherheit, nicht wahr? Irina ist in einem sicheren Versteck und vorderhand vermutlich weniger gefährdet als in dem Augenblick, da sie in deinen Wagen steigt.

Er rasierte sich rasch fertig, zog sich an und las dabei, wie er es immer tat, den Programmbegleittext für die Vorstellung. Diese Standardroutine wirkte beruhigend. Er hatte die Selbstkontrolle wiedergefunden und lag nicht mehr mit sich im Widerstreit, als er die belebte Straße vor dem Hotel betrat, um sich der endlosen Prozession von Festspielteilnehmern, Paaren, Einzelpersonen, kleinen Gruppen, zum Weg über die Brücke in die Altstadt anzuschließen. Es waren relativ ruhige Menschen, junge, viele mittleren Alters, aber auch einige ältere, alle jedoch leise und lächelnd, die Damen in ihren schönsten Abendkleidern, deren lange Röcke in der Brise vom Wasser her lustig um seidene Schuhe flatterten und im hellen Tageslicht ein wenig fehl am Platze wirkten. Aber es war etwas mehr an dieser Szene als nur elegante Kleidung. Diese Leute kannten ihre Musik: Sie waren von weither gekommen, um sie hier in Salzburg hören zu können. Trotzdem waren sie nicht blasiert, sondern ihre Stimmen verrieten freudig gespannte Erwartung, und es lag eine gewisse Erregung in der Luft um die hochragenden Kuppeln und Türme von Salzburg, die die Pilger in den schmalen, gewundenen Gassen der Stadt begrüßten. Dies, dachte David, ist eine ganz andere Welt. Unrealistisch? Kaum. Auch die Stadt hatte jahrhundertelange Erfahrung mit Gefahr und tiefer Verzweiflung, ja, vor dreißig Jahren noch gab es hier Bombenkrater, Brände, Schutthaufen und kalte Asche: Realität übergenug. Er mußte plötzlich an seinen Gegenspieler beim ›Recorder‹ denken, einen kürzlichen Neuzugang, der harte Rock-Festivals liebte. Mit dem würde es noch Ärger geben; der war hinter seinem Job her. Mein lieber Woody, sagte er jetzt im stillen zu ihm, du kannst deine Subkultur geschenkt haben. Ich bevorzuge die Kultur. – Mit diesem Gedanken betrat er das geräumige Vestibül, drängte sich durch die dichter werdende Menge und sah zwei Bekannte, die am Fuß der Treppe standen. Freudig winkte er ihnen zu. Ehrlich gemeintes Lächeln, herzliches Händeschütteln. Er hatte sich jetzt wieder ganz in der Gewalt; er war einfach so wie immer.

Die acht Tage waren vorüber. Der letzte Bericht an den Redakteur des ›Recorder‹ war bereits mit der Post abgegangen. Der Leihwagen stand vor der Hoteltür. Die Hotelrechnung wurde am Empfang zusammengestellt. Er hatte gepackt: einen Koffer, den er beim Portier hinterlassen wollte, und eine Reisetasche, in die er strapazierfähigere Kleidung gestopft hatte und die er bequem mit sich herumtragen konnte. Die Autokarten, die er gestern beim Autoverleih gekauft hatte, waren zusammen mit seinem Österreich-Führer – einem kleinen Buch, in dem auch ein recht ordentlicher Stadtplan von Wien enthalten war – auf seinem Bett ausgebreitet, und er studierte sie aufmerksam, während er auf den Anruf der Rezeption wartete.

Das Telefon klingelte. »Ja?« meldete er sich, in Gedanken immer noch Kilometer umrechnend: etwa einhundertsiebzig Meilen auf der großen, neuen Autobahn bis zu den Außenbezirken von Wien. Die Autobahn mied sämtliche Städte und Dörfer, daher würde die Fahrt etwa drei Stunden dauern, falls er während der Mittagszeit fuhr, wenn alle anderen zum Essen eingekehrt waren, möglicherweise sogar noch weniger. Eine halbe Stunde ungefähr würden die zwölf Meilen Vorort- und Innenstadtstraßen bis zum Zentrum in Anspruch nehmen. »Ja?« sagte er noch einmal, als er merkte, daß es nicht der Portier war, der da sprach. »Hier Mennery.«

»Wie schön!« antwortete eine Frauenstimme. »Habe ich Sie geweckt?«

»Nein, nein. Ich wollte gerade abfahren.«

»Ich dachte, in Salzburg schläft man nach einem anstrengenden Abend mindestens bis elf. Gut, daß ich so früh angerufen habe. Unsere Pläne haben sich nämlich ein bißchen geändert.«

Es war Jo Corelli, daran bestand kein Zweifel. Sein Erstaunen wich einer leichten Besorgnis. »Ja?«

»Kein Grund zur Beunruhigung für Sie. Bagatelle. Da Sie von Westen kommen, können Sie nach dem Ende der Autobahn durch den Wienerwald fahren, und wir könnten uns dort irgendwo treffen. Machen Sie einen Vorschlag, wo.«

»Warum nicht in Grinzing?« Er hatte das nur als Scherz gemeint. Grinzing, ein ehemals selbständiges Dorf, war inzwischen von den sich ausbreitenden Wiener Vororten geschluckt worden: eine Touristenattraktion mit Lokalkolorit.

Sie aber nahm seine Worte ernst und sagte rasch: »Wunderbar! Günstiger könnte es für mich gar nicht sein.«

»Wirklich, so eine Gegend?« – Gar nicht ihr Stil, dachte er überrascht.

»Bis Sie eintreffen, haben die meisten Leute schon gegessen und der größte Andrang ist vorbei. Wir werden höchstens noch ein paar müde Kellnerinnen und ein paar Bierdeckel auf den Tischen vorfinden. Es gibt da ein recht hübsches Restaurant direkt an der Straßenbahn. Grüne Fensterläden, rote Geranien … Ja, ich glaube, das ist das richtige. Es heißt ›Zum Fröhlichen Landmann‹ oder so ähnlich, aber Sie können es nicht verfehlen: Die Straßenbahn hält direkt vor der Haustür, und daneben ist ein Parkplatz. Kinderleicht. Sie werden so gegen zwei Uhr eintreffen und ...«

»Plus oder minus eine halbe Stunde«, unterbrach er sie. Die Gute hatte einen richtigen Kommandoton.

»Mich werden Sie beim Wein unter den Reben im Garten finden. Der Wein ist schwer, also verspäten Sie sich bitte nicht.«

»Zu Befehl, Ma'am«, konnte er gerade noch sagen, bevor sie auflegte.

»Verdammt!« schimpfte er, während er Karten und Reiseführer zusammensuchte und seine Reisetasche verschloß. Das Telefon klingelte schon wieder, doch diesmal kam der Anruf vom Empfang. »Bin sofort unten«, antwortete er dem Portier. Er sah sich noch einmal prüfend im Zimmer um – unglaublich, wie man sich innerhalb einer Woche einleben konnte! – und machte sich auf den Weg.

Die gleichmäßige Fahrt bis zu den Vororten von Wien war einfach gewesen, der kleine Umweg nach Grinzing ein wenig komplizierter. David empfand Genugtuung darüber, daß er um fünf Minuten nach zwei an Ort und Stelle war. Er parkte den Wagen, machte sich in einem Waschraum, voll von Touristen hinterlassenem Abfall, frisch und ging in den Garten hinter dem Lokal. Dort saß Jo, wie versprochen, frisch und fröhlich in einem schlichten, schneeweißen Kleid. Seltsamerweise wirkte sie hier, in der von Weinreben umrankten Nische, wo das Sonnenlicht sanft durch die Blätter drang, keineswegs fehl am Platze. Der Garten war groß, vollgestellt mit Tischen und Bänken, von denen jedoch nur die Hälfte besetzt waren, in ihrer nächsten Umgebung sogar nicht ein einziger. Vor Jo auf dem Tisch stand ein halbleeres Glas sowie eine von der Tageshitze beschlagene Karaffe mit Weißwein. Sie war noch beinahe so gut wie voll, stellte er fest, als er den Tisch erreichte. – Um so besser, dachte er mit Erleichterung, dann brauche ich mich nicht zu entschuldigen; sie kann noch nicht sehr lange hier sein. »Zeitlich gut abgestimmt«, sagte er, als er ihr die Hand zu einem kurzen, höflichen Händedruck entgegenstreckte. »Und Gratulation für diesen Tisch.«

Dann jedoch wich sein Lächeln einem ziemlich verblüfften Ausdruck: Jo hielt nämlich immer noch seine Hand.

»Ich halte das für notwendig«, erklärte sie. »Die Kellnerin würde es Ihnen niemals verzeihen, wenn Sie mir nicht Ihre besondere Zuneigung zeigten. Sie hat mir geholfen, diese Nische zu ergattern. Und machte sich schon richtig Sorgen um mich, die gute Seele.«

»Was haben Sie ihr denn erzählt, damit sie Ihnen diesen Tisch gegeben hat?« Er verstärkte seinen Griff. – Wenn hier jemand Händchen hält, dann bin ich das, verstanden? Er setzte sich neben sie auf die Bank. »Sagen Sie mir Bescheid, wenn Sie einen Krampf bekommen.«

»Ich muß essen.« Damit entzog sie ihm ihre Hand. Und tatsächlich kam auch schon das Essen – auf einem riesigen Tablett, das eine füllige Blondine mittleren Alters im Dirndl auf einer Schulter balancierte.

»Wieso jetzt schon?«

»Weil ich mir erlaubt habe, schon zu bestellen«, antwortete Jo. »Sie würden hungrig sein, wenn Sie kommen, habe ich ihr gesagt. Außerdem gab es keine große Auswahl mehr. Schwein oder Kalb. Ich habe Kalb genommen. Okay? Besser, wenn wir die Serviererei gleich jetzt erledigen, damit wir anschließend in Ruhe reden können. Wie war die Fahrt?«

»Gut.« Vor ihn auf den Tisch wurde eine Wärmeplatte mit angezündeter Kerze gestellt.

»Und wie war die Musik? Angemessen?« Die große Platte voll Schnitzel landete auf der Wärmeplatte.

»Selbstverständlich.« In diesem Augenblick schien Salzburg unendlich weit zurückzuliegen. Eine Schüssel mit Gurkensalat fand ihren Platz auf dem Tisch. Dazu Graubrotscheiben. Und ein zweites Weinglas mit einer zweiten Karaffe.

»Liebling«, sagte Jo, »ich freue mich so, daß du endlich da bist!« Falls es ihre Absicht gewesen war, seine Aufmerksamkeit von dem perfekten Service abzulenken, dann war ihr das eindeutig gelungen. Er richtete seinen Blick lächelnd auf ihr Gesicht und hoffte, daß die Kellnerin seinen Ausdruck für hingebungsvolle Zuneigung hielt. Ein bißchen Klappern von schwerem Porzellan, von Messern und Gabeln, das Klatschen zweier karierter Servietten auf dem Holztisch, und die Kellnerin ließ sie mit einem letzten, verständnisvollen Lächeln und einem »Guten Appetit!« allein.

»Was haben Sie ihr denn nun wirklich von uns erzählt?« fragte er. »Daß ich Sie einem eifersüchtigen Ehemann entführe?« Das wäre allerbeste Operettentradition, und ganz Wien liebte ja seinen Strauß.

»Ich brauchte gar nicht viel zu sagen.« Jo schien nicht im geringsten verlegen zu sein. »Ich habe lediglich die Augen niedergeschlagen und bin ein bißchen rot geworden.«

Ganz plötzlich stieg ein Verdacht in ihm auf. »Wie lange warten Sie hier schon auf mich?«

»Na ja, ich wollte sichergehen, daß wir diesen Tisch kriegen, und es war noch immer so furchtbar voll.«

»Wie lange?« wiederholte er.

»Ach, etwa eine halbe Stunde. Möglicherweise auch etwas länger. Wissen Sie, ich konnte meine Ankunftszeit hier nicht so exakt berechnen. Deswegen...« Sie zuckte die Achseln. Wenn das stimmte, war das vermutlich das einzige, was sie nicht ganz exakt konnte. »Moment mal«, protestierte er, »ich kann mich selbst bedienen. Füllen Sie sich mal zuerst den Teller!«

»Mr. Mennery, wir sind im Land der pflichtbewußten Frauen. Beruhigen Sie sich und genießen Sie es, solange es geht.«

Er trank einen großen Schluck Wein. Ein bißchen süß, aber leicht und angenehm.

»Vorsicht«, warnte sie, »der ist heimtückisch. Sonderbar, daß ein so junger Wein – dieser hier kommt beinahe direkt aus der Kelter – einen viel mächtiger umhauen kann als ein alter.«

»Sie scheinen sich aber gut zu halten. Ihre Aussprache ist noch ganz klar.«

Endlich – das schien gesessen zu haben. »Ich habe genau ein halbes Glas getrunken.«

Wider Willen mußte er lächeln. »Dann können Sie zaubern: den Tisch hier eine Dreiviertelstunde lang bei einer einzigen, kleinen Karaffe Wein zu halten.«

»Das ist meine zweite. Die andere habe ich einfach ausgeschüttet. Keine Angst, es hat niemand etwas gesehen. Außerdem wird es den Weinreben guttun.«

Jetzt lachte er laut. »Ganz sicher. Die nächsten Trauben schmecken bestimmt doppelt so stark.«

»Unsere Kellnerin ist begeistert«, erzählte sie ihm. »Sie glaubt jetzt, daß ich Ihnen das lange Warten verziehen habe.«

»Ist sie so wichtig?« fragte er, immer noch ein wenig belustigt.

»Jeder einzelne ist wichtig. Vor allem in diesem kleinen Spiel, das wir jetzt spielen.«

Ein Spiel? Mehr war dies nicht für sie? Eine Unterbrechung des monotonen Gesellschaftslebens? Etwas Neues?

Er konzentrierte sich auf das papierdünne Wiener Schnitzel. Das schmeckt in Österreich immer und war sogar recht bekömmlich.

Jo musterte ihn aufmerksam. »Schade, daß keine Anchovis dabei sind; vermutlich haben sie keine mehr. Aber nur Mut: Die Zithermusik fängt erst am Abend an.«

»Mir gefällt die Zithermusik in ihrer heimatlichen Umgebung.«

»Mir auch«, sagte sie. »Mir gefällt das alles hier. Aber immer nur gelegentlich«, fügte sie hastig hinzu. »Keinesfalls als Dauerzustand.«

Wie das Spiel, das wir jetzt spielen? dachte er. »Als Unterbrechung der Monotonie?«

Sie spürte den Unterton in seiner Stimme und runzelte die Stirn. Dann gab sie ihm von dem Gurkensalat. »Ich habe mich hier mit Ihnen getroffen, weil ich unter anderem eine ganz bestimmte Absicht damit verfolge. Ich hielt es für angebracht, daß wir uns ein wenig näher kennenlernen, bevor wir morgen mit der Arbeit beginnen.«

Gar keine so schlechte Idee, mußte er zugeben. »Und die anderen Gründe?«

Sie senkte die Stimme. »Wir mußten unsere Pläne abändern. Krieger wird beschattet.«

Er sah sie an.

Ruhig und gelassen fuhr sie mit leiser Stimme fort: »Deshalb ist er aus dem Sacher ausgezogen, und ich bekam Order, hier mit Ihnen Kontakt aufzunehmen, weil wir die geplante Zusammenkunft heute abend in Ihrem Zimmer nicht abhalten können. Krieger ist natürlich noch in Wien und überwacht die Situation, aber er ist untergetaucht. Er hat sogar Bohn nach Wien kommen lassen.«

»Bohn ist auch hier?«

»Heute morgen angekommen. Und begeistert, daß er helfen darf. Er war am vergangenen Wochenende in London, um Onkel George und Hugh McCulloch zu überreden, daß sie ihn an dem glücklichen Wiedersehen zwischen Jaromir Kusak und seiner Tochter teilnehmen lassen. Das gibt für Bohn eine Riesenstory, und er ist entschlossen, sie sich nicht entgehen zu lassen.« Sie lachte leise. »Einen eifrigen Journalisten kann man nicht zurückhalten. Der taucht im richtigen Moment immer wieder auf!«

»Was soll Bohn denn hier unternehmen? Mit uns reisen?«

Jo schüttelte den Kopf. »Krieger brauchte ihn für zwei Telefongespräche. Mit der Nummer, die Irina in ihrem Brief an Bohn angegeben hat. Erinnern Sie sich?«

Als ob ich das je vergessen würde, dachte er. »Diese Nummer, bei der er als Erkennungszeichen nach Janocek fragen sollte?«

»Richtig.«

»Wieso *zwei* Anrufe?«

»Weil Krieger vorsichtig ist. Der erste dient dazu, Irina mitzuteilen, daß sie sich für die Abreise fertig machen soll. Und außerdem wollen wir dadurch feststellen, wieviel Zeit ihre Freunde brauchen, um sie per Auto von der Wohnung, in der sie sich versteckt hält, zur Oper zu bringen.«

Die Oper war ein zentral gelegenes Gebäude, wo viel Verkehr herrschte und auch die Straßen, die dorthin führten, überdurchschnittlich belebt waren. Außerdem lag das Sacher ganz in der Nähe: sozusagen Tür an Tür. Das macht die Sache einfach für mich, dachte David. So besteht wenigstens nicht die Gefahr, daß ich mich auf dem Weg zum Treffpunkt mit Irina in den Straßen von Wien verfahre.

»Sehen Sie«, erklärte Jo weiter, »wir haben nämlich keine Ahnung, wo Irina sich aufhält, ob in der Innenstadt oder außerhalb. Also ist die einzige Möglichkeit...«

»Ich verstehe. Die Zeit, die sie für die Fahrt brauchen, gibt uns einen Anhaltspunkt für unsere eigenen Überlegungen, so daß wir mit ein bißchen Glück praktisch gleichzeitig an Ort und Stelle sein können. Und Bohns zweiter Anruf soll Irina vermutlich den genauen Zeitpunkt übermitteln, an dem sie zum Opernhaus aufbrechen soll, wie?«

»Er wird den Anruf morgen vormittag tätigen und ihr fünf Minuten zum Aufbruch geben. Ihre Freunde werden sie jedoch nicht direkt zum Sacher bringen. Das wäre zu auffällig. Sie werden Anweisung erhalten, sie an der Oper abzusetzen; von da aus ist es nur ein paar Schritte zum ...«

»... Hotel? Sie soll zu Fuß zu unserem Treffpunkt kommen? Das ist doch Wahnsinn – heller Wahnsinn!«

»Im Gegenteil«, widersprach sie kalt. »Irina wird das Hotel nicht betreten, sondern durch den Straßeneingang ins Café gehen. Und genau da werden Sie sie sehen.«

»Hören Sie, es wäre doch viel einfacher und sicherer, wenn ich morgen mit dem Wagen bei der Oper stehe, dort warte, bis ihre Freunde sie an der Ecke absetzen, langsam hinfahre und sie ...«

»Sind Sie sicher, daß Sie sie auf diese Entfernung erkennen werden? Sie ist bestimmt nicht mehr so gekleidet, wie Sie sie in Erinnerung haben.«

Er zögerte. »Bohn soll genaue Anweisungen geben, wo ihre Leute sie absetzen sollen. Ich werde exakt an der Stelle warten.« Er atmete tief durch. »Wenn ich nahe genug bin, um ihr Gesicht zu sehen, werde ich sie auch erkennen.«

»Das können Sie im Café.«

»Warum ausgerechnet dort?« fragte er ärgerlich.

»Weil Sie mit absoluter Sicherheit feststellen müssen, daß es tatsächlich Irina ist und keine untergeschobene Fremde. Kein junges Mädchen von der tschechischen Geheimpolizei, eine gute Imitation von Irinas letztem Foto. Ich habe das Foto gesehen – Krieger besitzt einen Abzug davon –, nur könnte ich nicht mit Sicherheit feststellen, ob sie echt oder imitiert ist. Aber Sie können es, nicht wahr?«

»Ja«, sagte er bestimmt, »ich kann es.« Er schwieg. Dann fragte er: »Und wenn es nun nicht Irina ist – was dann?«

»Lassen Sie sie einfach sitzen. Wir wollen uns in diesen Fluchtversuch nur einschalten, wenn er auch echt ist.«

»Ich soll einfach aufstehen und gehen?« fragte er ungläubig. »Oder soll ich vielleicht sagen: ›Vielen Dank, Sie sind nicht Irina, verschwinden Sie wieder über die Grenze!‹?«

»Sie werden nicht aufstehen, weil Sie gar nicht sitzen werden. Warten Sie, ich erkläre es Ihnen ...« Sie hielt inne, weil die Kellnerin auf ihren Tisch zukam. »Später. Außerdem habe ich noch weitere Instruktionen für Sie.«

Das kann ich mir vorstellen, dachte er.

»Diesmal von Hugh McCulloch«, sagte sie. Ihre dunkelblauen Augen lächelten. »Lassen wir den Strudel weg und trinken wir lieber einen ordentlichen Kaffee. Okay?«

»Natürlich«, antwortete er. Blieb ihm eine Wahl? Mit Genugtuung stellte er jedoch fest, daß sie das Bestellen ihm überließ. »Sagten Sie nicht, McCulloch sei am vergangenen Wochenende in London gewesen?« fragte er, als der Tisch abgeräumt worden war. Die Kellnerin schüttelte den blonden Lockenkopf über ihren Spatzenappetit. Er hoffte, sie würde das als unglückliche Liebe auslegen.

»Ja. Er hat alles mit Onkel George arrangiert. Inzwischen ist er aber in Genf.«

»Fahren wir von Wien aus denn nach Genf?« Zentral gelegen, hatte Hugh McCulloch gesagt. Aber würde Kusak ausgerechnet Genf als Versteck zum Untertauchen gewählt haben? Dort lebten schon viel zu viele im Exil.

»Ich weiß es nicht.«

»Wir wissen es immer noch nicht?«

»Sie und ich, wir wissen es nicht. Sicherheitsmaßnahmen. Onkel George ist überaus vorsichtig.«

»Onkel George? Meinen Sie Sylvester, Kuskas Verleger?«

»Ja. Und er ist tatsächlich mein Onkel.«

Das war eine Überraschung. »Deswegen machen Sie also mit. Ich hatte mich schon gewundert.« – Wir sind alle Jaromir Kusaks Freunde, hatte McCulloch gesagt. »Kennen Sie Kusak?«

»Ja.«

»Sie haben ihn persönlich kennengelernt?«

»In London, vor beinahe vier Jahren, als er bei Onkel George wohnte. Aber das ist eine Story, die ich Ihnen später erzählen werde. Jetzt muß ich Ihnen zunächst Hughs Instruktionen weitergeben, und zwar in der richtigen Reihenfolge.« Sie rührte nachdenklich in ihrem Kaffee und fügte einen Löffel Schlagsahne hinzu. »Wo waren wir stehengeblieben? Sie können einen wirklich aus dem Konzept bringen!«

Dann geht es dir wenigstens nicht besser als mir, dachte er

und sagte laut: »Wir waren auf dem Weg zu einem bisher unbekannten Ort.«

»Die allgemeine Richtung führt nach Westen, falls Ihnen das weiterhilft.«

»Daß wir nach Süden, nach Jugoslawien fahren, hatte ich auch eigentlich nicht vermutet.«

»Hugh sagt, Sie sollen in die Schweiz fahren.«

»Weil sie zentral gelegen ist?«

»Ist sie doch auch! Außerdem gibt es dort in den verschiedenen Ortschaften gute Flugplätze. Denn wir werden mit dem Wagen nicht ganz bis – na ja, was immer das Ziel ist, fahren. Das kann Paris sein, Rom oder sonst eine Stadt. Ich bin der Ansicht – und das ist meine Privatmeinung –, daß wir zuerst in die Schweiz fahren, dort Anweisung erhalten, welchen Flugplatz wir ansteuern sollen, und dann den Rest des Weges per Flugzeug zurücklegen werden. Ist doch ganz einfach: Wir werden fahren, bis wir Hughs endgültige Instruktionen aus Genf erhalten.«

»Ich hätte einen praktischeren Vorschlag: Wir holen Irina und fahren mit ihr direkt zum Wiener Flughafen. Der ist neu, der ist groß und einer der modernsten Europas.«

»Und wird überwacht. Darauf können Sie Gift nehmen. Genau wie die Bahnhöfe von Wien. Vielleicht sogar auch die Donaudampfer. Nein, sehen Sie, der springende Punkt ist der, daß Irina die größte Gefahr in der Nähe der tschechoslowakischen Grenze droht, und Wien liegt nicht viel weiter als fünfzig Kilometer von der Grenze entfernt. Viel mehr jedenfalls sicher nicht. Je weiter wir nach Westen kommen, desto loser wird das Netz. Je schneller wir die Schweiz erreichen, desto größer die Sicherheit.« Sie holte tief Luft. »Das ist Hughs Ansicht, und Krieger ist ebenfalls dieser Meinung.«

»Möglicherweise haben sie recht«, gab er nach einigem Nachdenken zu. »Irgendwelche Instruktionen hinsichtlich der Route?«

»Krieger legt gerade unsere erste Haltestation fest. Von da an sollen Sie die besten Straßen wählen. Den logischen Weg über Innsbruck sollten wir meiner Meinung nach lieber meiden.«

»Weil er zu einfach wäre?« fragte er lächelnd.

»Weil zuviel Verkehr herrscht. Zu dieser Jahreszeit ist alle

Welt in neuen schönen Autos unterwegs. Gestern, zum Beispiel, war das gesamte Tal bis zu drei Stunden lang verstopft. Und wenn Sie erwägen, einen Umweg durch Süddeutschland zu machen und in die Schweiz von Norden her einzureisen – nun, ich selbst habe erst vor zwei Tagen in einer zehn Kilometer langen Warteschlange an der deutsch-österreichischen Grenze festgesessen.«

»Das klingt wie zu Hause auf dem Long Island Expressway«, sagte er. Nein, wirklich, das Fahren in einer Autoschlange war immer eine Nervenbelastung, und mit Irina im Wagen würde es noch viel schlimmer sein. Ihre Nerven waren augenblicklich bestimmt auch nicht die besten.

Jo hatte ihre Tasche geöffnet, eine hübsche, geräumige Reisetasche aus elegantem, schwarzem *Gucci*-Leder. »Übrigens, da fällt mir ein, Sie brauchen eine Straßenkarte.«

»Ich bin versorgt, vielen Dank.« Allerdings nicht ausreichend. In Salzburg hatte er keine Zeit mehr gehabt, nach der Karte zu suchen, die er wollte. Er würde sie in Wien auftreiben.

»Haben Sie diese?« Sie zog eine Freytag-Berndt-Karte von Österreich aus der Tasche. »Viersprachig. Mit Entfernungsangaben. Alle Straßen, von Autobahnen bis zu Feldwegen.« Sie legte die Karte auf die Bank neben sein Bein. Er nahm sie ohne Widerspruch an sich, sogar ohne zu erklären, daß er sich ebendiese Karte am Nachmittag hatte kaufen wollen. »Haben Sie eine rote Krawatte?« fragte sie dann.

»Wie bitte?«

»Eine rote Krawatte.«

»Ja, aber die liegt in meinem Koffer in Salzburg.«

»Dann nehmen Sie diese.« Sie reichte ihm einen kräftig dunkelroten Schlips. Er mußte lachen. »Für morgen«, erklärte sie ihm, und sein Lachen brach ab. »Was für einen Anzug werden Sie tragen?«

»Diese Jacke und eine Flanellhose.«

»Tweed«, sagte sie nachdenklich. Ein sehr leichter, graugrüner Tweed. Sie prägte sich die Farbe ein. »Dann kommt eine Blume im Knopfloch nicht in Frage. Vielleicht reicht auch die rote Krawatte. Haben Sie einen Regenmantel?«

»Jeder Tourist in Österreich hat einen Regenmantel.«

»Könnten Sie ihn über einer Schulter tragen?«

»Wie die Engländer?«

Sie nickte lächelnd. »Außerdem eine französische Zeitung, so gefaltet, daß der Titel sichtbar ist. Und unter dem Arm eine Ausgabe von ›Oggi‹. Das ist auffällig genug. Beide bekommen Sie...«

»Ich weiß, wo ich die Zeitungen bekomme. In der Kärntner Straße. Aber eines werde ich ganz gewiß nicht tun: mit einem Regenmantel über der Schulter ein Wiener Kaffeehaus betreten. Kommt nicht in Frage.«

»Dann tragen Sie ihn zusammengelegt über dem Arm. Das wäre alles, glaube ich... Haben Sie es sich gut gemerkt?«

»Wie ich morgen vormittag aussehe, wenn ich das Café Sacher betrete? Ja, allerdings.« Um sie zufriedenzustellen, zählte er alle Einzelheiten auf.

»Ich weiß, daß Sie das alles für komisch halten, und von mir aus können wir heute getrost drüber lachen. Weil es morgen für uns nämlich mit Sicherheit nichts zu lachen gibt.«

»Ja, morgen«, sagte er. »Was soll ich da eigentlich überhaupt tun? Abgesehen von diesem Maskenball? Sie wollten mir die Einzelheiten bei unserer letzten Tasse Kaffee erklären.«

»Krieger hat sich folgendes ausgedacht«, begann sie und gab ihm klare, deutliche Instruktionen. »Und jetzt wissen Sie genausoviel wie ich.« Sie trank ihren Kaffee aus. »Heute abend gegen elf werde ich Sie anrufen, ganz kurz nur, um Ihnen den genauen Zeitpunkt zu nennen, an dem wir morgen früh starten werden. Und jetzt fahre ich lieber in die Stadt zurück. Ich muß noch ein paar Einkäufe machen. Für Irina. Was für ein Typ ist sie denn – schlank, mittel oder etwas mollig?«

»Mittelschlank«, antwortete er knapp. »Und nicht ganz so groß wie Sie. Ungefähr fünf Zentimeter kleiner.« Er winkte der Kellnerin.

Dann ist Irina barfuß ungefähr einsfünfundsechzig groß, dachte Jo. Die genaue Größe war wichtig: Die veränderte sich in sechzehn Jahren nicht so stark wie mittelschlank. Hatte sie zu- oder abgenommen? Um ganz sicherzugehen, beschloß sie, ein Strickkleid zu wählen, das sich, falls notwendig, dehnen konnte, sowie einen Gürtel, für den Fall, daß sie möglicherweise zweimal hineinpaßte.

»Zweifellos bringt sie eigene Kleidung mit«, sagte David.

»Nicht, wenn es nach Kriegers Plan geht.« Sie sah auf ihre Armbanduhr. »Jetzt muß ich mich aber beeilen. Können Sie mich mitnehmen? Ich bin mit der Straßenbahn gekommen.«

»Das ist ja mal ganz was Neues.« Wahrscheinlich ein Scherz.

»Das dachte ich auch. In einer Straßenbahn würde mich der Mann am allerwenigsten vermuten.«

»Was für ein Mann?«

»Der mich heute morgen beschatten wollte.«

»Er ist Ihnen gefolgt?«

»Keine Angst«, beruhigte sie ihn. »Nichts passiert. Ich habe ihn schon drinnen in Wien erfolgreich abgeschüttelt.«

»Sind Sie ganz sicher?«

»Hundertprozentig. Nachdem ich aus dem zweiten Taxi ausgestiegen war, ist mir niemand mehr gefolgt.« David starrte sie beunruhigt an. »Ach so, glauben Sie etwa, ich wäre hergekommen, wenn ich nicht hundertprozentig sicher gewesen wäre?«

»Nein.« Das glaubte er wirklich nicht. Aber war sie tatsächlich beschattet worden? Oder hatte sie so etwas erwartet, und ihre Fantasie war mit ihr durchgegangen? Sie schien diesen kleinen Triumph, real oder nicht, eindeutig zu genießen. »Eines muß man Ihnen lassen«, sagte er ironisch. »Sie können wenigstens Straßenbahn fahren, ohne dabei Ihr Kleid zu zerknittern.«

»Aber es ist ein Stoff, der nicht knittert...«, begann sie indigniert. Dann sah sie sein belustigtes Lächeln.

»Ach ja, Sie sind ja Expertin im Reisen«, entgegnete er, als wäre ihm das gerade erst eingefallen. »Aber dieser Mann, der Sie beschatten wollte...«

»Sie glauben mir nicht?«

»Nun ja, vielleicht hat er das nur getan, weil Sie ihm gefielen.« Er konnte sich vorstellen, daß es einer Menge Männer Vergnügen bereiten würde, diesem hübschen Mädchen zu folgen.

»Also wirklich...« Jo schüttelte den Kopf. Seltsam, dachte sie, daß sie von den Männern nie ernst genommen wurde; oder nur von den älteren wie McCulloch und Krieger. Vielleicht hatte sie der Mann, der ihr heute vormittag gefolgt war, auch nicht ernst genommen – bis sie ihn abgeschüttelt hatte. »Nun«, sagte sie, jetzt wieder ganz kühl und überlegen, »ich habe Sie jedenfalls gewarnt.«

»Ich werde aufpassen«, versicherte er und winkte der Kellnerin zum zweitenmal. »Wenn ich in Wien bin, werde ich meine Radarantenne ausfahren.«

Krieger wird meine Geschichte sicher nicht komisch finden, sondern sich über meine Fortschritte freuen, dachte sie. Und tatsächlich lernte sie sehr schnell. Es war ein großartiges Gefühl, wenn sie an den Mann dachte, der sich an ihre Fersen geheftet hatte und ihr gefolgt war, nachdem sie das Taxi gewechselt hatte, und der dann, als sie aus dem zweiten Taxi geschlüpft, quer durch die Menge gerannt und hinter den sich schließenden Türen einer Straßenbahn verschwunden war, am Bordstein gestanden und in die falsche Richtung geblickt hatte.

Sie warf David, der auf die Rechnung wartete, einen Blick zu. Auch er würde all diese kleinen Tricks bald lernen, ohne über sich selbst zu lachen. Da sitzen wir nun, dachte sie, ohne eine einzige Waffe, ein Abhörgerät oder ein elektronisches Spielzeug. Zwei überaus kluge, moderne Agenten, nach den augenblicklich herrschenden Meinungstrends zu urteilen: keine Gewalttätigkeit, keine Ideologie, keine Kalter-Krieg-Mentalität. Wir helfen lediglich einem Opfer des kalten Friedens. Sind wir nicht zwei gutmütige Idioten?

Trotzdem, es ist der Mühe wert, dachte sie. Irgend jemand mußte den Auftrag ausführen. Und womit? Mit Köpfchen und gesundem Menschenverstand, hatte Walter Krieger gesagt. Auf das kam es in kritischen Situationen an. Und Krieger mußte es schließlich wissen. Er hatte vier Jahre mitten in Europa verbracht, zu einer Zeit, als es überall von Nazis wimmelte. Je weniger man sich auf Apparate verläßt, sagte er immer, desto weitgehender ist man gezwungen, auf die eigenen Fähigkeiten zurückzugreifen. Ohne ein als Feuerzeug getarntes Sprechfunkgerät, ohne das Gefühl, jederzeit die anderen zu Hilfe rufen zu können, verhalte man sich weitaus vorsichtiger. Das wichtigste sei, daß man sich selbst helfen könne und seine eigenen Grenzen kenne. So gebe es keinerlei Pfuscherei. Gott sei Dank, dachte sie, daß Krieger, der alte Hase, im Hintergrund sitzt und die Fäden in der Hand behält.

David legte ein großzügiges Trinkgeld auf den Rechnungsbetrag und sie verließen das Restaurant, begleitet von einem mehrstimmigen »Auf Wiedersehen!« »Es hat mir hier wirklich gut gefallen«, sagte David.

Sonnenlicht zwischen Weinblättern.

»Schade, daß wir nun doch keine Zeit mehr gehabt haben.«

»Wozu?« Sie sah ihn mißtrauisch an.

»Uns gegenseitig besser kennenzulernen«, zitierte er sie.

»Haben wir das nicht?« Sie lächelte.

Er ging zu einem weniger gefährlichen Thema über. »Woher kennen Sie dieses Lokal?«

»Ich war im vorigen Jahr mit einem österreichischen Freund hier, weil ich unbedingt Lokalkolorit erleben wollte, mit oder ohne Touristengedränge: Zitherspiel, Volksliedersingen, die ganze, schöne Gemütlichkeit. Er lächelte, weil es mir so gut gefiel, aber er freute sich auch ein bißchen.« Sie dachte über den damaligen Abend nach. »Ach ja«, sagte sie dann, »es ist doch gut, wenn man gelegentlich die intellektuellen Ansprüche vergißt, nicht wahr?«

Er nickte. Eine höchst sonderbare Mischung, dieses Mädchen: Warf ständig die ersten Eindrücke über den Haufen. Muß ich mir merken, sagte er sich; und hör endlich auf, David, jedesmal, wenn sie die Zügel ergreift, ein finsteres Gesicht zu machen. Wenn sie dir heute nicht Instruktionen gegeben hätte, wo wärst du dann? Du wärst unvorbereitet nach Wien gefahren. »Hinter diesem Krieger steckt mehr als Schokolade«, sagte er. »Was treibt er wirklich?«

»Schokolade?« Stirnrunzelnd versuchte sie, hinter den Sinn seiner Frage zu kommen. Dieser Mann mochte zwar manchmal schwierig sein, ein Dummkopf war er jedenfalls nicht. Ihre Stirn glättete sich wieder. »Er war beim OSS.«

»Das liegt ja Ewigkeiten zurück. Und seitdem keine Geheimdienstarbeit mehr?«

»Nein. Aber er hat gute Freunde bei der CIA und bei MI6. Ist das schlimm?«

»Nicht so schlimm, daß es eine Rolle spielt«, antwortete er, während er an den Reuter-Bericht aus Prag dachte. Und in den Salzburger Zeitungen hatte er weitere Artikel gelesen, die die Story bestätigten. Dann grinste er, als sei das Ganze ein Scherz gewesen, und sie lächelte ebenfalls.

Die fröhliche Stimmung hielt an, bis sie in seinem Leih-Mercedes, einer viertürigen Limousine in unauffälligem Dunkelgrün, die Innenstadt von Wien erreichten. Sie endete abrupt, als sie zu ihm sagte: »Hier können Sie höchstens neunzig Minuten parken.«

Übernahm sie schon wieder das Kommando? »Dann werde ich mir in der Nähe des Hotels eine Garage suchen und Sie vorher am Sacher absetzen.«

»Ich fahre mit in die Garage. Beim Neuen Markt gibt es ein großes Parkhaus.«

»Nein, wirklich? Und woher wissen Sie das?«

»Na ja, ich hatte mir schon gedacht ...«

»Selbstverständlich, Sie können ja denken!«

»Ich dachte nur, wegen morgen früh, daß ich den Wagen für Sie holen könnte. Das würde gut in Ihre Pläne passen.«

»Sehr gut sogar. Aber in *meine?*«

»Na ja, in Kriegers.« Sie sprach mit einem nervösen Lächeln in den blauen Augen, das sie rasch hinter den langen Wimpern verbarg.

»Das Office of Strategic Services hat seinen Namen zu Recht getragen.« Er schüttelte den Kopf, freute sich aber doch darüber, daß Jo anscheinend nicht lügen konnte.

»Wissen Sie«, sagte sie, als sie sich inmitten lebhaften Verkehrs dem Neuen Markt näherten, »es wäre einfacher, wenn wir uns gegenseitig beim Vornamen nennen – einfach, um das Ende eines Satzes zu kennzeichnen, oder so. Ich heiße Jo, Abkürzung für Joanna. Und Sie sind Dave, nicht wahr? Oder David?«

»Dave. So nennen mich jedenfalls alle.« Alle – außer Irina ... Nannte er sich deshalb in Gedanken David? Er lenkte den Wagen in eine ruhigere Straße und hielt am Bordstein. Nachdem er seine Reisetasche und den Regenmantel herausgenommen hatte, sagte er: »Okay, Jo, fahren Sie los. Vergessen Sie aber die Schlüssel nicht.« Und bevor sie auf den Fahrersitz gerutscht war, überquerte er schon die schmale Straße und schritt energisch in Richtung Sacher.

Jo rief ihn um elf Uhr an.

»Na, wie geht's?« fragte sie, damit er ihre Stimme erkannte.

»Ausgezeichnet. Und Ihnen?' «

»Ein ruhiger Abend. Ich schreibe Ansichtskarten. Zehn Stück, um genau zu sein.«

»Zehn?« wiederholte er zur Kontrolle.

»Stimmt. Und jetzt – ins Bett. Ich muß noch Schlaf nachholen. Bis bald.« Sie legte auf.

Zehn. Der Zeitpunkt war also festgelegt. Morgen früh um Punkt zehn Uhr würde Irina an einem Caféhaustisch sitzen. Er faltete die Autokarte zusammen – Jos Karte, die er studiert hatte, seit er von einem ausgezeichneten, aber einsamen Abendessen in sein Zimmer zurückgekommen war. Er steckte sie in die tiefe Tasche seines Regenmantels und vergewisserte sich, daß sie nicht herausfallen konnte. Im Gegensatz zu den anderen Autokarten, die er besaß, endete sie nicht an Österreichs Grenzen, sondern erstreckte sich noch über einen großen Teil der angrenzenden Nachbarländer. Dann packte er seinen Österreich-Führer und den gelben Rollkragenpullover ein, den er den ganzen Tag über getragen hatte, und warf die Zeitschriften und Paperbacks, die in seiner Tasche doch nur Platz wegnahmen, in den Papierkorb. Er glaubte kaum, daß er in den nächsten Tagen sehr viel zum Lesen kommen würde.

Wie viele Tage? Das konnte er jetzt noch nicht bestimmen. Er wußte ja noch nicht einmal, wo sie die erste Station auf ihrer Reise machen würden. Das wollte Krieger arrangieren, hatte Jo ihm gesagt.

Er überdachte noch einmal die ihm bisher bekannten Details. Er versuchte, nicht an Irina zu denken, aber der Versuch mißlang. Er war nervös, das konnte er hier, allein in diesem mit Gold und Rot dekorierten Schlafzimmer mit den vielen kleinen Tischen und den dick gepolsterten Sesseln, die ihm nicht einmal Platz genug ließen, seine Nervenspannung durch Auf- und Abgehen abzureagieren – ja, hier konnte er es zugeben. Eine halbe Stunde stand er an dem hohen Fenster, auf die Neonreklamen und die geschlossenen Geschäfte der Kärntner Straße hinabstarrend. Sechzehn Jahre waren eine lange Zeit. Vermutlich hat sie mich inzwischen vergessen, dachte er. Und möglicherweise ist es gar nicht Irina, die ich morgen sehen werde, sondern eine, die nur so aussieht. In diesem Fall ist Irina vermutlich tot. Man hatte sie vielleicht gezwungen, an ihren Vater zu schreiben, und dann... später...

Er riß sich zusammen. Er telefonierte mit dem Empfang und bestellte sich für sieben Uhr am nächsten Morgen das Frühstück aufs Zimmer. Es gab zunächst einige Schwierigkeiten – er hätte seine Bestellung früher aufgeben oder sie für den Etagenkellner aufschreiben müssen, oder so ähnlich –, doch dann setzte er sich mit Hilfe seiner fließenden Deutschkenntnisse durch. Eine sehr nützliche Sprache für Befehle. Er mußte sie mal bei Jo ausprobieren.

Dann blieb ihm nichts mehr übrig, als zu Bett zu gehen. Morgen...

6

Irina hatte durch das lange Warten jegliches Zeitgefühl verloren. Ein Tag verlief wie der andere in Ludviks Wohnung; die Tage rannen ineinander zu einer immer gleichen, sich wiederholenden Schablone. Nur der Sonntag hob sich durch das Läuten der vielen Kirchenglocken hervor. Am Montag dann wieder das ferne Rauschen des Verkehrs, das Rufen der Kinder vier Stockwerke tiefer auf der Straße. Alles, was sie draußen sehen konnte, war warmes Sonnenlicht auf den Hausdächern und Dachböden gegenüber. Ludvik hatte ihr befohlen, nicht in die Nähe der vorderen Fenster zu gehen. Sie sollte ganz außer Sicht bleiben, nicht Radio spielen, auf Klingeln an der Wohnungstür nicht reagieren, sondern sich in ihr kleines Schlafzimmer zurückziehen und einschließen und sich, falls tatsächlich einmal jemand die Wohnung betrat, vollkommen still verhalten.

Das oberste Stockwerk war klein, ärmlich eingerichtet und bei diesem Wetter ziemlich heiß. Alois steuerte zur Miete bei, aber Ludvik war es, der die Wohnung vor drei Monaten gemietet hatte. Bald würden sie wieder ausziehen; Irina hatte ihren Gesprächen entnommen, daß sie pro Jahr drei- bis viermal die Wohnung wechselten. Sogar ihre Jobs waren provisorischer Natur – möglicherweise, um ihre wahre Identität zu kaschieren. Alois, früher Journalist in Brünn, arbeitete jetzt nachts in einer Autoreparaturwerkstatt. Ludvik, der in Prag Buchhalter gewesen war, hatte einen Teilzeitjob als Kellner in einem Restaurant.

Auf diese Weise war immer einer von ihnen zu Hause und konnte einen eventuellen Telefonanruf beantworten. Vielleicht auch, um sicherzugehen, daß niemand ihre Wohnung durchsuchte. Besucher kamen nur wenige, und diese wenigen blieben nur kurz. Die freundliche, aber auch neugierige Hauswartsfrau war noch nie über die Wohnungstür hinausgekommen. Sie wohnte im Erdgeschoß, eine schon ältere Frau. Um sie brauchte man sich keine Sorgen zu machen, hatte Ludvik zu Irina gesagt, der werde er schon um den Bart gehen. Nur solle sie sich möglichst nicht sehen lassen.

Trotzdem wurde Irina die Angst hinsichtlich der Hauswartsfrau nicht los. Möglicherweise hatte die Alte gesehen, wie die beiden jungen Männer sie hergebracht und heimlich die lange, dunkle Treppe heraufgeschmuggelt hatten. Die Stufen bestanden alle aus Stein, wie sie sich erinnerte. Sie hatte sich Mühe gegeben, lautlos aufzutreten, aber sie war sehr erschöpft gewesen. Hatte die Hauswartsfrau das Klappern ihrer Absätze auf dem ersten Treppenabsatz gehört? Ihr eigenes Herz hatte bei dem leisen, in der Stille aber unerträglich lauten Geräusch fast stillgestanden.

»Unsinn!« hatte Ludvik erklärt. »Dann wäre sie am nächsten Morgen schon heraufgekommen, um zusätzliche Miete zu verlangen. Die interessiert sich viel mehr für Geld als für Politik. Sie ist eine gute Freundin von mir, wußten Sie das nicht? Ich habe die Wohnung durch sie bekommen.«

Alois hatte nichts gesagt. Aber er war ohnehin immer schweigsam. Er verließ die Wohnung abends gegen zehn, kam gegen acht Uhr morgens zurück, aß, was sie für ihn gekocht hatte, brachte kaum mehr heraus als ein Dankeschön und ging zu Bett. Wenn er um vier Uhr nachmittags aufstand, frühstückte er, las die Zeitungen und breitete dann, nachdem sie abgeräumt hatte, Papiere und Notizen auf dem Tisch aus, um an den Flugschriften zu arbeiten, die er zur Lieferung über die Grenze verfaßte. Seinen Bruder erwähnte er nie, sondern starrte sie nur mit traurigen Augen an, wenn sie versuchte, sich mit ihm zu unterhalten, und antwortete höchstens mit einem kurzen Satz.

Er gibt mir die Schuld am Tod seines Bruders, dachte Irina. Wenn ich nicht versucht hätte, über die Grenze zu fliehen, hätte Josef nicht kurz darauf tot neben dem Stacheldrahtzaun gelegen.

Und trotzdem hatte Alois ihr sein kleines Schlafzimmer überlassen, damit sie in Ruhe und bequem schlafen konnte. Der

Raum hatte ein hohes Fenster, so daß sie in diesen warmen Nächten frische Luft hatte. Er selbst war in ein winziges Kämmerchen umgezogen, vermutlich einen ehemaligen Abstellraum, der nur durch einen Ventilatorschacht Luft bekam. Am ersten Abend war sie viel zu aufgewühlt gewesen, um sich klarzumachen, was er getan hatte; ihren Protesten am folgenden Tag begegnete er mit eigensinniger Weigerung. Ludvik, der in dem durch einen grünen Vorhang vom Wohnzimmer getrennten Alkoven schlief, war amüsiert. »Alois muß Sie für etwas Besonderes halten«, erklärte er ihr. »Den anderen Gästen hat er noch nie sein Bett überlassen. O ja, natürlich haben wir andere Gäste. Hin und wieder. Und die Hauswartsfrau hat noch nie Verdacht geschöpft.« Ludvik war derjenige, der am meisten sprach. Er gab sich beträchtliche Mühe, sie zuversichtlich und bei guter Laune zu halten. Dafür hätte sie ihm dankbar sein müssen, im Grunde aber mochte sie ihn nicht. – Er gibt sich *zu* große Mühe, dachte sie immer wieder. – Aber wahrscheinlich bin ich dumm. Er ist freundlich und sehr tüchtig. Nur dieses ewige Stubenhocken und Warten macht mich nervös.

An diesem Nachmittag setzte sie sich Alois gegenüber an den Tisch. Es war fünf Uhr, und er war in den Entwurf einer neuen Kampfschrift vertieft. Überrascht hob er den Kopf. Gewöhnlich hielt sie sich im Hintergrund, las alte Zeitschriften, vermied aber die aktuellen Blätter, als erwarte sie nichts Gutes von ihnen.

Die kurzen Berichte der vergangenen Woche handelten alle von den Prozessen: vertraute Namen wurden genannt, die liberaleren Kommunisten verurteilt. Die lange Flugschrift, an der er arbeitete, nannte weitere Einzelheiten und gab den Menschen daheim in Prag ein genaueres Bild als ›Rude Pravo‹.

Irina sah ihn flehend an. Einen Moment lang schwiegen beide. – Sie ist zu blaß, dachte er, viel zu nervös. »Ist heute Mittwoch?« fragte sie.

»Nein, Donnerstag.«

»Wo ist denn bloß der Mittwoch geblieben? Und wie lange bin ich jetzt hier, Alois? Den elften Abend schon? Unmöglich!«

Aber er nickte. »Manchmal müssen wir eben warten. Nur keine Angst. Du bist in Sicherheit.«

»Ich weiß.«

Er legte seinen Füllhalter hin und musterte sie aufmerksam.

»Du brauchst frische Luft. Du mußt an die Sonne. Aber bald wirst du das ja alles haben.«

»Gehst *du* denn eigentlich nie spazieren? Gehst *du* nie ins Theater oder besuchst deine Freunde?«

»Ach, meine Freunde besuche ich für ein paar Tage, sobald...« Er zögerte.

»Sobald ihr mich los seid.« Sie starrte in das hagere Gesicht, das sie so sehr an Josef erinnerte: an einen älteren Josef, nicht so braun gebrannt, magerer, weniger kräftig, doch mit den gleichen intelligenten Augen. »Mein Gott, was habe ich euch nur angetan!« rief sie verzweifelt. Dann sprang sie auf und lief in ihr Zimmer.

Alois folgte ihr, aber sie hatte die Tür geschlossen. Drinnen hörte er sie schluchzen. Irgend etwas deprimiert sie zutiefst, dachte er, als er an den Tisch zurückkehrte. Das Warten allein ist es nicht; das ist nur eine zusätzliche Belastung. Was aber kann es denn nur sein? Josef? Er setzte sich und fing wieder an zu schreiben. Arbeit war für ihn die beste Methode, zu vergessen. Und nun, da Josef tot war, da Josef so, auf diese Art und Weise gestorben war, gestalteten sich die Worte, die aus seiner Feder flossen, um so gewichtiger.

Kaum zehn Minuten darauf läutete das Telefon. Während er auf die Wand neben dem Ofen zuging und den Hörer abnahm, sah er Irina an der Schlafzimmertür stehen. – Sie hört nicht auf zu hoffen, dachte Alois. Er meldete sich, lauschte, sagte etwas auf Englisch. Mit seiner freien Hand winkte er Irina aufgeregt zu. Er lächelte.

Sie kam zu ihm und blieb zögernd, unsicher, mit ängstlichem Blick neben ihm stehen. Er nickte ihr beruhigend zu, hob aber warnend eine Hand, um voreilige, aufgeregte Fragen abzuwehren.

In die Sprechmuschel sagte er: »Ungefähr eine halbe Stunde. Je nach Tageszeit. Wenn der Verkehr nicht allzu dicht ist, können wir in einer halben Stunde leicht an der Oper sein. Ja, sie wird abfahrbereit sein. Wir erwarten Ihre Anweisungen.« Als er den Hörer wieder auflegte, drehte er sich triumphierend zu ihr um. Die Veränderung in seinem Gesicht, in seinem Verhalten war so verblüffend, daß sie ihn stumm anstarrte. Dann warf sie ihm die Arme um den Hals. Alois hatte also auch befürchtet, daß der Anruf nie kommen würde.

Er führte sie zum Tisch. »Sie sind fertig. Morgen rufen sie noch einmal an und teilen uns den genauen Zeitpunkt mit. Der Treffpunkt liegt offenbar irgendwo in der Nähe des Opernhauses. Das erfahren wir ebenfalls morgen. Diese Leute sind äußerst vorsichtig, und das ist gut. Sie haben mir den Mann, der mit dir Kontakt aufnehmen wird, eingehend beschrieben, das heißt, die Kleidung, die er tragen wird, damit du ihn bestimmt erkennst. Zunächst aber... Hast du eine Handtasche? Du darfst nämlich kein Gepäck mitnehmen. Höchstens eine Handtasche.«

»Ich habe nur eine Art Börse, und die ist nicht groß genug, um darin...« Sie zögerte. »Um darin zwei Notizbücher mitzunehmen, die ich meinem Vater bringen muß. Seine Notizbücher; er mußte sie zurücklassen, und ich habe sie gefunden, ehe die Polizei das Haus durchsuchte, und...«

»Ja, ja, natürlich. Wie kommen wir jetzt an eine Handtasche? Wenn ich ein Lederwarengeschäft finde, das offen hat... In der Nebenstraße ist eines.«

»Aber ich brauche doch meine Kleider!«

»Kein Gepäck«, mahnte er. »Möchte wirklich wissen, warum. Offenbar wollen sie sich mit dir nicht im Freien, an einer Straßenecke etwa, treffen, sondern an einem Ort, wo Gepäckstücke komisch aussehen.«

Sie sah ihn verwundert an. Auf diese Schlußfolgerung wäre sie nie gekommen.

»Und außerdem wollen sie vermutlich, daß du anders aussiehst als gewöhnlich«, fuhr er fort. Er zog seine schmale Brieftasche heraus. Allzuviel war nicht mehr drin. Am Dienstag hatten sie die Miete bezahlt.

»Moment!« Irina lief ins Schlafzimmer und kam mit ihrer Börse wieder. Sie schüttete das Geld auf den Tisch. »Da, nimm! Kennst du ein Geschäft, in dem sie tschechisches Geld annehmen?«

»Ja, kenne ich.« Aber dort würde die Handtasche mehr kosten. Er nahm die zusammengefalteten Banknoten. Wieviel er brauchen würde, wußte er nicht. »Verschließ die Tür und stell einen Stuhl dagegen. Mach niemandem auf, nur Ludvik und mir. Auch keinem Boten – niemandem! Verstanden?«

»Und bring eine Tasche, die groß genug, aber nicht auffallend ist. Augenblicklich sind Schultertaschen sehr modern.«

Er mußte lächeln. Dann schloß er die Tür hinter sich und lief leichtfüßig die Treppe hinab. Auf der Straße verlangsamte er sein Tempo und ging mit normalen Schritten weiter. Er habe den Geburtstag seiner Freundin vergessen und sich jetzt erst wieder daran erinnert, würde er sagen. Und außerdem, als Erklärung für das Geld, mit einem ausgeprägten tschechischen Akzent sprechen. Die Österreicher waren an Flüchtlinge gewöhnt.

Nach vierzig Minuten war er wieder zurück. Die Handtasche war die beste, die er in diesem kleinen Laden gefunden hatte: aus braunem Leder, groß genug, ohne lächerlich zu wirken, und sogar mit einem Schulterriemen. »Das ist der Rest.« Sorgfältig zählte er das Geld auf den Tisch.

»Sie ist *sehr* hübsch«, sagte Irina, als sie die Handtasche untersuchte. Sie entsprach durchaus nicht ihrem Geschmack, aber das taten ihre Kleider ebensowenig: keineswegs der Stil, den man von Irina Kusak erwarten würde. »Vielen Dank, Alois.« Sie schenkte ihm ihr altes Lächeln. »Ich habe inzwischen Kaffee gemacht. Und nun erzähl mir von dem Telefongespräch.«

Sie setzten sich hin, Ellbogen auf der Tischplatte, und fingen munter an zu plaudern. Irinas Aufregung war ansteckend, so daß auch Alois nicht mehr so schweigsam und zurückhaltend sein konnte. Und so war er es auch, der plötzlich Josef erwähnte. »Josef würde sich für dich freuen«, sagte er. »Ich glaube, die Amerikaner haben alles sehr sorgfältig geplant. Ich habe jetzt ein wesentlich besseres Gefühl.« Er hielt inne. »Es war ein sehr böser Anfang.«

»Und ich weiß immer noch nicht, wie es geschehen ist.«

»Hast du darüber nachgedacht?«

»Ununterbrochen.«

»Ich ebenfalls.« Er sah ihr offen in die Augen, und sie wich seinem Blick nicht aus. »Du hast nichts gesehen? Keine Bewegung? Niemanden, der vom Waldrand her geschossen hat?«

»Niemanden. Nichts. Alles war friedlich. Ganz und gar ruhig.«

»Und dann fiel der Schuß. Du sagtest, daß du nur einen Schuß gehört hast ...«

»Ja. Nur einen.«

Er schwieg.

»Ich kann mich täuschen«, sagte sie. »Ludvik hat mir die Sicht versperrt. Vielleicht habe ich deswegen nicht gesehen, wohin der erste Schuß gegangen ist.«

»Möglich. Schließlich wurde es ja dunkel«, sagte Alois wie im Selbstgespräch.

»Jedenfalls ganz in unsere Nähe.« Falls es nicht ein völlig unkontrollierter Schuß gewesen war. Aber würde ein geübter Schütze wild herumballern? Abermals sah sie die letzte, kurze Szene auf dem schräg abfallenden Feld vor sich. Sie wurde undeutlicher, vage; nur Josefs Gestalt zeichnete sich deutlich ab. Er bückte sich, um die Drahtschere aufzuheben, und dann hatte sie ihn nicht mehr sehen können, weil Ludviks breiter Rücken ihn verdeckte. »Ein Schuß«, wiederholte sie. »Mehr habe ich nicht gehört.« Und dann war Josef lautlos gefallen. Gleich darauf sah sie ihn noch einmal ganz kurz, ehe sie zum Wagen gezerrt wurde. Er hatte dagelegen wie im Schlaf, ausgestreckt auf dem Gras, das Gesicht zum Himmel gewandt. Alois spürte ihre tiefe Bewegung und legte ihr den Arm um die Schultern. Es schien unvermeidlich, daß die Lebenden Fragen stellten, sich sogar an einem Tod schuldig fühlten. Aber was spielte das jetzt noch für eine Rolle? dachte er bedrückt. Josef ist tot. Begraben von Fremden und Feinden.

»Vielleicht ist Ludvik vorübergehend in Panik geraten«, sagte Irina. Sie suchte immer noch nach einer Erklärung. »In so einem Zustand kann man sich irren.« Wie gut ich das weiß, dachte sie; allzu gut. »Oder habe ich mich geirrt? Hast du nicht gehört...«

»Doch«, sagte Alois. »Ich habe nur einen einzigen Schuß gehört. Ludvik ist es, der sich geirrt hat.« Nur, Ludvik würde das niemals zugeben. – Aber ist das überhaupt noch wichtig? dachte Alois noch einmal. Er warf einen Blick zur Tür, sah Ludvik eintreten und nahm seinen Arm von Irinas Schulter.

Ludvik schien weder die verlegene Miene von Alois noch die Unruhe in Irinas Gesicht zu sehen. Er war jovial und völlig gelassen. »Na, habt ihr euch angefreundet?« sagte er. »Das ist ein Fortschritt.« Sie hatten jetzt also doch über Josef gesprochen. *Ich habe nur einen einzigen Schuß gehört. Ludvik ist es, der sich geirrt hat.* Das war natürlich zu erwarten gewesen, aber er hatte dennoch gehofft, daß es nicht so weit kommen würde. Ludvik lächelte breit, doch seine blassen Augen blieben ausdruckslos. Er tat, als suche er eine Flasche Bier. Er hatte sich also geirrt, wie? Es würde sicher nicht mehr lange dauern, bis Alois' logischer Verstand noch einen letzten Schritt weiterging. Und dann... Nun, bis dahin wollte er auf keinen Fall warten. »Irgendwelche Geheimnisse?« fragte er beiläufig. Seine Gedanken jedoch waren hart und kalt.

»Der Telefonanruf ist gekommen«, antwortete Irina. »Alois und ich haben gerade darüber gesprochen und...«

»Der Anruf ist gekommen? Wann?« Sein Ton klang scharf.

»Vor ein paar Minuten. Ich soll mich bereithalten, damit ich losfahren kann, sobald sie noch einmal anrufen.«

»Los, Alois!« Ludvik ignorierte Irina. »Gib mir die Einzelheiten. Alles – von vorn bis hinten.« Und als Alois endete, sagte er unwillig: »Mein Gott, warum haben die uns nicht sofort den Treffpunkt genannt? Und eine genaue Zeit festgesetzt? Das übrige hätten wir doch selbst organisieren können. Diese Amis glauben wohl, daß sie es mit Idioten zu tun haben.«

»Wahrscheinlich Sicherheitsvorkehrungen«, antwortete Alois ein wenig steif. »Mir gefällt es, daß sie vorsichtig sind.« Er sah zu Irina hinüber. »So kann ihr wenigstens nichts passieren.«

»Nun, in Gefahr gebracht haben wir sie schließlich auch nicht gerade. Immerhin, nun geht es los, kleine Irina. Wann soll der nächste Anruf morgen kommen?«

»Haben sie mir nicht gesagt.«

»Geheimniskrämer!«

»Warum auch nicht? Sie kennen uns doch nicht.«

»Und wir kennen sie nicht. Gleiches Risiko.« Er trank einen Schluck Bier. »Habe ich einen Durst gehabt! Den ganzen Weg bis zu Georg zu Fuß gelaufen. Übrigens, er braucht deine Flugschriften bis morgen. Wie viele hast du denn geschafft?«

»Drei. Wenn ich heute nacht hierbleibe und weiterarbeite, vier.« Alois stand auf, um ans Telefon zu gehen. »Ich werde meine Autowerkstatt anrufen und Bescheid sagen, daß ich nicht komme.«

»Bist du sicher, daß du nur wegen der Arbeit hierbleiben willst?« fragte Ludvik mit einem breiten Grinsen, das sein großes, eckiges Gesicht rund wie einen Vollmond machte. »Weißt du, es ist eigentlich gar nicht notwendig, daß wir morgen beide auf den Anruf warten. Ich kann das durchaus allein übernehmen und Irina zu ihrem Treffpunkt fahren.«

»Mußt du denn nicht arbeiten?«

»Ach was, da kann ich doch kommen und gehen, wie ich will. Das ist kein so festgelegter Job, und dafür bezahlen sie auch zu wenig.« Lachend hob er Irina sein Glas entgegen. »Den einen Tag können die mich schon entbehren.«

»Ich möchte hier sein, wenn der Anruf kommt, und möglicherweise kommt er sehr früh«, sagte Alois. »Ich möchte einfach ganz sichergehen – weiter nichts.« Er wählte die Nummer seiner Werkstatt. Der Eigentümer war ein Tscheche, der schon seit 1948 in Wien war und genug wußte, um keine Fragen zu stellen. Außerdem waren Arbeiter, die ihre Arbeitszeit nachholten, ohne Überstunden zu verlangen, heutzutage schwer zu finden.

Ludvik stand auf, leerte sein Glas und trug es zu dem kleinen Spülstein. »Soso, sehr früh, meinst du also. Dann hole ich jetzt lieber den Wagen und stelle ihn um die Ecke bei Anton unter, damit er fahrbereit ist, falls Sie morgen früh um sechs Uhr abmarschieren müssen«, wandte er sich an Irina.

»Um sechs?«

»Um zehn Uhr spätestens geht's ins Bett!« mahnte Ludvik. Er war glänzender Laune. »Und du solltest deine Flugschriften fertigmachen«, sagte er zu Alois, während er zur Tür ging. »Georg will sie morgen früh abholen lassen.« Bevor Alois etwas erwidern konnte, war er verschwunden.

»Wer ist Georg?«

»Ein Freund. Er nimmt die Flugschriften mit über die Grenze, wenn er nach Prag fährt.«

Irina nahm ihre neue Handtasche. Das Geld ließ sie auf der Tischplatte liegen. »Das brauche ich wohl jetzt nicht mehr. Ich würde es gern für eure Arbeit stiften.«

Alois schüttelte lächelnd den Kopf, nahm die Banknoten und das Kleingeld und drückte sie ihr in die Hand. »Reise niemals ohne Geld, nicht einmal mit guten Freunden.« Sie ist viel zu vertrauensselig, dachte er. Wie kann eine Frau, die so viel gelitten hat wie sie, immer noch Vertrauen haben? War sie deshalb Jiri Hrádek gegenüber blind gewesen? War es Vertrauen, fehlgeleitete Gutgläubigkeit oder durch Liebe ausgelöste Dummheit? Eines Tages, wenn wir uns wiedersehen, werde ich es vielleicht erfahren. Auf die Lösung dieses Rätsels bin ich wirklich neugierig.

»Ich packe um«, rief Irina ihm von der Schlafzimmertür aus zu. »Und dann werde ich das Abendessen machen.«

»Ist nicht so eilig«, erwiderte er und begab sich wieder an die Arbeit.

Der zweite Anruf kam am nächsten Morgen um zwanzig Minuten nach neun. Zufällig war Alois in der Nähe des Telefons. Als er den Hörer abnahm, machte er Irina ein Zeichen, die eilig durchs Zimmer zu ihm kam und bei ihm war, bevor Ludvik aus dem Bad auftauchte. Alois zog sie dicht an sich, damit sie mithören konnte. Ludvik trocknete sich die Hände ab, warf das Handtuch auf einen Stuhl, versuchte sich dazwischenzudrängen und gab dann auf. Zuerst wartete er ungeduldig, bis er Alois sagen hörte: »Ja, hier ist Janocek.« Dann trat er ans Fenster, öffnete es weit, steckte sich eine Zigarette an und sah auf die Straße hinunter. Nirgends etwas Außergewöhnliches; alles in Ordnung. Dann sah er, die Ellbogen aufgestützt, den Kopf aus dem Fenster gereckt, um die frische Morgenluft zu genießen, zu der kleinen Bäckerei hinüber. »Alles klar?« fragte er, als Alois den Hörer auflegte.

»Es geht los – in fünf Minuten. Erkennungszeichen wie besprochen.« Alois klang glücklich und erleichtert.

»Brauner Mantel, blaues Tuch«, repetierte Irina, während sie ins Schlafzimmer ging. Die Einzelheiten zu erklären, überließ sie Alois. Sie war bereit. Sie brauchte nur den Regenmantel und die vollgestopfte Handtasche zu holen. Und das Halstuch. Sie betrachtete die alte, ausrangierte Segeltuchtasche. Meine letzten Besitztümer, dachte sie. Alles, was wirklich wichtig war, hatte sie jedoch bei sich: Paß, Papiere, etwas Geld und die beiden Notizbücher, die ihr Vater in der Eile des Aufbruchs vergessen hatte. Und natürlich die Kleinigkeiten wie Puderdose, Lippenstift und Kamm. Und das Seidentuch, ein hübsches, hellblaues, das sie nun zur Krawatte faltete, um dem braunen Regenmantel einen fröhlicheren Akzent zu geben. Sie begutachtete die Flickstelle, wo der Stacheldraht den Stoff zerrissen hatte. Sie hatte sehr saubere Stiche gemacht: Sie fielen wirklich nicht sehr auf. Mit dem eng um die Taille gezogenen Gürtel, der über die Schulter gehängten Handtasche und der Aufregung in ihren Augen wirkte sie beinahe unternehmungslustig.

Als sie ins Wohnzimmer zurückkehrte, warf sie einen Blick auf ihre Uhr. Zwei Minuten waren vorbei; drei hatte sie noch vor sich. Die freudige Erregung legte sich. Angst und Beklemmung machten sich bemerkbar.

Alois hatte Ludvik inzwischen mit den Einzelheiten des Anrufs vertraut gemacht und suchte jetzt nach seinen Schuhen. »Verdammt noch mal, wo sind die Dinger?« schimpfte er, während er in seinen alten Pantoffeln im Zimmer umherlief. »Sie haben hier unter dem Stuhl gestanden, das weiß ich genau!«

»Ich hole den Wagen. Sie kommen in zwei Minuten nach«, wandte Ludvik sich an Irina. »Auf der Straße wenden Sie sich nach rechts. Ich erwarte Sie an der Ecke. Und keine Angst« – er nickte zu Alois hinüber –, »er wird seine Schuhe schon rechtzeitig finden. Er sucht dauernd seine Sachen. Ich werde Sie heil und sicher zur Oper bringen.« Damit war er aus der Tür, die er in der Hast sperrangelweit offenstehen ließ.

Irina löste ihre Augen nicht von der Uhr. Ihre Lippen waren trocken. Die zwei Minuten waren fast um.

»Da sind sie!« triumphierte Alois. »Möchte wissen, wer sie unter die Kommode gestellt hat! Los, Irina, beeilen Sie sich! Ich hab' Sie eingeholt, bevor Sie unten sind.«

Sie verließ das Zimmer, während er seinen Fuß in den ersten Schuh steckte, und rannte die Treppe zur nächsten Etage hinunter. Sie hatte beinahe den zweiten Stock erreicht, als ihr zwei Männer entgegenkamen. Angst packte grausam nach ihrem Herzen, und sie preßte sich eng an die Wand. Aber die beiden stiegen hintereinander an ihr vorbei nach oben, ohne ihr auch nur einen Blick zu gönnen. Sie atmete erleichtert auf und lief weiter.

Das Entrée im Erdgeschoß war trostlos und muffig und roch nach Katzen und nach Rotkohl. Hier wohnte die Hauswartsfrau. Irina lauschte, hörte aber nur hinter einer geschlossenen Tür ein Baby schreien. Leise wand sie sich um zwei verbeulte Kinderfahrräder, einen Kinderwagen und zwei Mülltonnen herum. Dann trat sie ins Freie und wandte sich nach links. Vor dem Hauseingang standen drei Frauen mit Einkaufskörben und unterhielten sich angeregt. Auf der anderen Seite der schmalen Straße lagen mehrere Geschäfte. Jetzt roch sie auch den Duft von frischem Brot und heißem Kaffee, der aus der kleinen Bäckerei mit angeschlossenem ›Café‹ herüberwehte. Und dann hatte sie die Ecke erreicht. Der Wagen wartete mit laufendem Motor, und Ludvik saß hinter dem Steuer.

Irina schlüpfte auf den Beifahrersitz. Fast fünf Minuten seit dem Ende des Telefongesprächs. Ludvik legte den ersten Gang ein und fuhr an. »Aber Alois ...«, begann Irina.

»Der wird's nicht mehr schaffen. Haben Sie auf der Treppe nicht Georg getroffen? Er will die Flugblätter abholen.«

»Ich bin zwei Männern begegnet.«

»Georg und einem anderen Freund. Sie brechen in einer Stunde zur Grenze auf. Jeder wird zwei von Alois' Schriftsätzen hinüberschmuggeln und sie in einer kleinen Stadt südlich von Prag drucken lassen. Morgen abend schon werden seine Arbeiten in den Straßen zirkulieren. Ist das ein Service?«

»Aber Alois wollte doch mitkommen. Er ...«

»Alois muß ihnen noch letzte Anweisungen erteilen, wie er die Flugblätter gedruckt haben will. Der ist ein alter Profi, unser Alois. Haben Sie je was von ihm gelesen?«

»Vermutlich.« Sie hatte mehrere jener einzelnen Nachrichtenblätter in der Hand gehabt, die in der Tschechoslowakei immer wieder kursierten. Aber die Artikel waren nie signiert. Also konnte sie nicht sagen, ob sie etwas von Alois gelesen hatte.

»Ja, ja, die Untergrundpresse«, sagte Ludvik mit breitem Lächeln. »Ihnen mag sie unbedeutend vorkommen, diesen Sicherheitshyänen aber bereitet sie schlaflose Nächte.«

»Wie oft macht Georg diese Tour?«

»Das ist ein Geheimnis, das nicht verraten werden darf«, spöttelte er. »Sagen wir, er fährt, wenn er kann, und wenn er Glück hat, kommt er auch zurück.« Sie gelangten jetzt in belebtere Straßen, und Ludvik mußte sich auf den Verkehr konzentrieren. »Sie sehen großartig aus«, lobte er. »Viel besser als neulich, als ich Sie zum erstenmal gesehen habe. Muß ziemlich langweilig für Sie gewesen sein, in der Wohnung. Ein bißchen anders als das, was Sie gewöhnt waren, nicht wahr? Aber wenigstens haben Sie sich ausgeruht. Wie weit soll denn die Reise gehn?«

»Keine Ahnung.«

»Wo ist denn Ihr Vater? Seine Hausnummer brauche ich nicht. Mir genügt schon das Land, in dem er lebt.«

»Nicht einmal das weiß ich.«

»Dann wissen es sicher Ihre amerikanischen Freunde. Es ist doch vermutlich die CIA, der sich mit Ihrem Fall befaßt. Oder nicht?«

»Ich weiß es nicht.«

»Ganz bestimmt. Eine solche Chance können die sich nicht entgehen lassen.«

»Chance – wieso?«

»Sie und Ihren Vater nach Amerika zu holen. Überlegen Sie doch mal, was das für ein Propagandagag wird!«

Sie versuchte, dem Gespräch eine andere Richtung zu geben. »Ist es noch weit bis zum Opernhaus?« Sie sollte vor dem Haupteingang aussteigen und dann allein zum Café Sacher hinter der Oper gehen. So lauteten die Instruktionen.

»Nein. Wir haben Glück gehabt mit dem Verkehr. Wahrscheinlich hat man deswegen auch diese Tageszeit gewählt. Mit wem werden Sie sich treffen? Alois ist nicht mehr dazu gekommen, mir das zu sagen. Oder aber er hat's vergessen.«

»Mit einem Mann.« Sie starrte auf die immer breiteren Straßen hinaus. Sie sah grüne Bäume, zahllose Blumenbeete, einen riesigen Park.

»Und wie ist er gekleidet? Sie müssen doch schließlich in der Lage sein, ihn sofort zu erkennen. Irina, ich mache mir große Sorgen um Sie.«

»Er hat Zeitungen und einen Mantel bei sich.«

»Mehr nicht?« fragte er scharf.

Wenn Alois ihm keine Einzelheiten mitgeteilt hat, werde ich es ganz bestimmt nicht tun, dachte sie. »Wir halten direkt vor der Oper«, mahnte sie ihn.

»Ich werde Ihnen den Fußweg ersparen. Ich bringe Sie bis zur Ecke hinter dem Opernhaus.«

»Nein.«

»Warum nicht?«

Sie schwieg und tat, als sei sie in die Betrachtung der Häuser vertieft. Sie waren alle groß und schön, solide, mit großen, freien Plätzen überall. Und Bäume. Wo man hinschaute, Bäume.

Ruhig sagte er: »Ich würde Sie gern in das Café begleiten. Die anderen würden es nicht merken. Ich halte mich in unauffälliger Entfernung.«

»Nein«, sagte sie abermals.

»Ich muß sichergehen, daß alles in Ordnung ist. Ich möchte Sie sogar heute den ganzen Tag im Auge behalten.«

»Sie werden mir auf keinen Fall folgen!«

»Aber diese Leute sind Ihnen fremd.«

»Das waren Sie und Alois auch.« Demonstrativ sah sie auf ihre Armbanduhr.

»Wissen Sie, Irina, Sie sind eine große Verantwortung.« Sein Ton war besorgt und freundlich zugleich. »Ich möchte nicht, daß etwas schiefgeht. Vor allem nicht jetzt.« Weiter sagte er nichts mehr.

Warum habe ich immer das Gefühl, Ludvik gegenüber undankbar zu sein? überlegte sie. Er will mir doch nur helfen, er hat viel für mich riskiert; und ich behandele ihn so schlecht. Ich fühle mich in seiner Gegenwart unbehaglich, aber warum, das weiß ich nicht. Es besteht ja überhaupt kein Grund dazu.

»Da wären wir.« Ludvik hielt an der Ecke eines imposanten Gebäudes. Nun hatte er sie doch bis zur Rückseite der Oper gebracht! »Ich werde hier warten, bis ich sehe, daß Sie das Café betreten«, erklärte er. »Wollen Sie wirklich nicht, daß ich den Wagen hier stehenlasse und mitkomme? In entsprechender Entfernung, natürlich«, setzte er hastig hinzu.

Diesmal lächelte sie, als sie nein sagte. Dann reichte sie ihm die Hand. »Keine Angst«, sagte sie, »es wird schon klappen. Und vielen Dank. Danken Sie Alois auch noch mal. Sagen Sie ihm, es tut mir sehr leid, daß ich mich nicht mehr von ihm verabschieden konnte.«

»Das Café liegt da drüben, an der Seite des Hotels. Sehen Sie es?« Er deutete nach links über die Straße.

Energisch stieg sie aus dem Wagen. Er fuhr nicht weiter. Er tut mehr, als von ihm verlangt wird, dachte sie nervös. Als sie die Terrasse vor dem Café erreichte, sah sie sich noch einmal nach der Straßenecke um. Ludvik fuhr gerade davon. Warum aber hatte er so lange gewartet? Aus Neugier, Vorsicht oder Mißtrauen den Amerikanern gegenüber?

Als sie die Terrasse überquerte, schmolz ihre Zuversicht völlig dahin. Hier saßen Leute, die ein spätes Frühstück einnahmen: Brötchen, eine Tasse Kaffee. Sie nahm sie wahr, sah sie aber nicht, hätte nicht mal ihre Gesichter oder Kleidung beschreiben können. Die Nervosität steigerte sich zur Furcht, als sie den Innenraum betrat. Wenn nun niemand kam? Wenn sie nun wartete und wartete, und niemand kam? In diesem Moment hätte sie fast gewünscht, daß Ludvik ihr folgte, auf sie aufpaßte, dafür sorgte, daß alles gutging.

Walter Krieger war so rechtzeitig eingetroffen, daß er beobachten konnte, ob alles glattlief. In fünfzehn Minuten mußte Irina aus dem Haus gegenüber von der Bäckerei kommen, in der er saß und seinen Morgenkaffee samt knusprig-frischen Brötchen genoß. An dem Fenster standen vier kleine Tische, und an einem davon saß er. Die einzigen anderen Gäste, die Kaffee tranken, waren zwei junge Männer, stämmige Kerle, die sich mehr für die Straße draußen interessierten als für die Kundinnen hinter ihnen im Laden, die Brot und Kuchen kauften und gutnachbarlichen Klatsch austauschten. Nach einem kurzen, aber scharfen Blick in seine Richtung hatten sie ihm den Rücken zugedreht. Was Krieger nur recht sein konnte. Er war nicht hier, um sich in freundliche Gespräche ziehen zu lassen.

Gestern war er zu Fuß durch diese Gegend geschlendert, um die Adresse zu kontrollieren, zu der die Janocek-Telefonnummer gehörte. Noch sechs Minuten nach seiner Uhr, dann würde Mark Bohn den letzten Anruf tätigen. Dabei hatte er die Bäckerei gefunden und beschlossen, sich hier zu stationieren, wo er in aller Bequemlichkeit Irinas Aufbruch beobachten konnte. Die Adresse in Erfahrung zu bringen, war nicht sehr schwierig gewesen, denn eine seiner alten OSS-Kontaktpersonen in Wien war ein treuer Freund geworden, der inzwischen Polizeiinspektor war – eine äußerst nützliche Kombination. Die Möglichkeit, daß Irina gar nicht an dieser Adresse wohnte, hatte natürlich bestanden, doch Bohn war nach seinen ersten Anrufen fest überzeugt gewesen, daß es sich bei ›Janocek‹ nicht um einen Auftragsdienst handelte: Dafür hatte sich der Teilnehmer zu schnell gemeldet, und außerdem hatte der Mann, mit dem Bohn sprach, Entscheidungen treffen können, ohne zuvor jede einzelne Frage an einen anderen Ort weiterzuleiten. Darüber hinaus wurde Kriegers Vermutung, daß Irina sich hier versteckte, noch von der Tatsache gestützt, daß Bohns Instruktionen am Abend zuvor ohne Einwände akzeptiert worden waren, daß Janocek keinerlei Schwierigkeiten darin sah, Irina fortzubringen, sobald der letzte

Anruf kam. Gewiß – das mußte Krieger selbst zugeben –, seine Schlußfolgerungen konnten durchaus falsch sein. Aber mehr Anhaltspunkte hatte er eben nicht. Besser das, auch wenn es nicht stimmte, als überhaupt nichts. Und der Kaffee war ausgezeichnet.

Obwohl er so tat, als sei er in seine Zeitung vertieft, behielt er seine Uhr im Auge. Um zwanzig nach neun legte er das Blatt beiseite und schenkte sich noch eine Tasse Kaffee ein. Dabei musterte er das Haus gegenüber und überlegte, in welcher der kleinen Wohnungen jetzt wohl das Telefon abgenommen wurde. – Wie angenehm, dachte er, hier zu sitzen und zuzusehen, wie etwas geschieht, wenn man selbst derjenige ist, der alles eingefädelt hat. Dann richtete sich seine Aufmerksamkeit jedoch plötzlich auf die beiden jungen Männer am Nebentisch. Verdammt, was erregte denn deren Interesse, daß sie so angestrengt hinausstarrten?

Wie zwei Jagdhunde, dachte er und nahm die Zeitung wieder auf, um seine Neugier zu kaschieren. Tatsächlich, sie beobachteten ein Fenster im vierten Stock des Hauses gegenüber. Ein Mann hatte es weit geöffnet. Er stand da, deutlich zu sehen, steckte sich eine Zigarette an und schaute auf die Straße herunter. Dann stützte er die Ellbogen auf die Fensterbank und reckte den Kopf heraus, als genieße er den Sommermorgen. Helles Haar, merkte sich Krieger, breite Schultern, blaues Hemd. Und, verdammt noch mal, er blickte, breit lächelnd, genau hier herüber! Dann zog er unvermittelt den Kopf zurück und wandte sich wieder ins Zimmer hinein. Das Fenster ließ er offenstehen.

Die beiden jungen Männer waren aufgestanden und bezahlten ihren Kaffee. Sie verließen die Bäckerei sofort, überquerten die Straße und betraten das gegenüberliegende Haus. Nanu, dachte Krieger, das ist ja interessant! Und beunruhigend. Er legte die Zeitung hin, stopfte sich eine Pfeife und beobachtete weiter.

Irgend jemand kam jetzt aus dem Haus: der Mann mit den hellen Haaren; mit einem grauen Jackett über dem blauen Hemd. Er war groß, durchtrainiert. Innerhalb weniger Sekunden verschwand er um die zwanzig Meter entfernte Straßenecke.

Krieger zog die Brauen hoch. Er warf einen Blick auf seine Uhr.

Zwei Minuten später tauchte ein junges Mädchen am Eingang des Hauses auf. Brauner Regenmantel mit Gürtel, blaues Seidentuch, blondes Haar. Über der Schulter trug sie eine Handtasche. Auch sie verschwendete keine Zeit, sondern ging geradewegs zur Straßenecke, wo ein grauer Fiat hielt, und saß nach wenigen Sekunden bereits in dem Wagen, der sofort davonfuhr.

Abermals sah Krieger auf seine Uhr. Siebenundzwanzig Minuten nach neun. Das war Irina. Sie war unterwegs. Ein äußerst zufriedenstellender Morgen, fand Krieger. Nur seine Pfeife war erloschen. Er steckte sie wieder an und stand auf, in der Hand genügend Kleingeld, um seine Rechnung an der Kasse zu bezahlen.

Die dralle Bäckersfrau ließ gerade die Kasse klingeln, als ihre freundlichen Bemerkungen plötzlich von dem durchdringenden Schrei einer Frau übertönt wurden. Krieger wandte sich zur Tür und sah vor dem gegenüberliegenden Haus etwas auf dem Straßenpflaster aufschlagen. Ein menschlicher Körper. Ein Mann. Die Frau, die schrie, stand nur wenige Meter entfernt. Und dann begannen auch die Frauen neben ihr zu schreien. Ein Mann rief etwas und begann zu laufen. Weitere Rufe, immer mehr rennende Menschen.

Krieger gesellte sich nicht zu den Neugierigen. Hier war ohnehin nichts mehr zu machen. Die Bäckersfrau war hinausgelaufen, um nachzusehen, kam aber – in Anbetracht ihrer offenstehenden Ladenkasse oder weil ihre Neugier befriedigt war – zurück. »Der Ärmste!« sagte sie zu Krieger, der an der offenen Ladentür stand. »Er war so zurückhaltend. Richtig nett. Und immer höflich.«

»Wirklich?«

»Wer hätte gedacht, daß er aus dem Fenster springen würde? Und fast hätte er die Frauen da auch noch erschlagen. Von ganz oben, vom vierten Stock. Urplötzlich. Ist das nicht furchtbar?«

»Wer war er denn?« fragte Krieger. Er beobachtete die beiden Männer, die aus dem Hauseingang kamen und einen Bogen um die Neugierigen schlugen – dieselben, die am Nebentisch gesessen und die Straße überwacht hatten. Jetzt gingen sie auf die Ecke zu, an der Irina in den Wagen gestiegen war.

»Einer von diesen tschechischen Flüchtlingen.« Vielleicht

hätte sie noch mehr gesagt, aber sie wurde im Laden gerufen und lief voller Eile hinein.

Irgendwie war Krieger beunruhigt. Ohne weitere Verzögerung machte er sich auf den Weg und folgte der Richtung, die die beiden Männer eingeschlagen hatten. Sie waren bereits an der Straßenecke, mußten gleich außer Sichtweite sein. Krieger beschleunigte seinen Schritt und sah eben noch, daß sie eine kleine Autowerkstatt betraten. Was sollte er nun tun? Warten? Er wollte auf keinen Fall Aufmerksamkeit erregen. Er zögerte noch, als plötzlich ein Volkswagen aus der Werkstatt schoß. Die beiden hatten es anscheinend sehr eilig. Er tat, als betrachte er die Schaufensterauslage neben ihm, erkannte sie aber eindeutig, als sie an ihm vorbeijagten. Als der erste Polizeiwagen eintraf, waren sie über alle Berge.

Krieger ging weiter. Die Unruhe, die ihn trieb, war längst nicht mehr vage. Er mußte unbedingt mit seinem Freund von der Polizei sprechen. Nur blieb ihm leider wenig Zeit in Wien. Aber dann mußte er sich die Zeit nehmen. Dieser tschechische Flüchtling war aus dem Fenster im vierten Stock weder gefallen noch gesprungen: Er war nicht auf dem Bürgersteig, sondern mitten auf der Fahrbahn aufgeschlagen.

7

Als David Mennery am Freitagmorgen in die Hotelhalle hinunterkam, hatte er noch eine halbe Stunde Zeit. Er hatte seine Rechnung bezahlt und, um sicherzustellen, daß er, soweit es das Sacher betraf, auch nicht das geringste unerledigt gelassen hatte, jede erreichbare Uniform mit einem Trinkgeld bedacht. Auf diese Weise würde man ihn rasch vergessen. Er stellte seine Reisetasche so dicht wie möglich am Haupteingang ab. »Ich warte auf einen Bekannten«, erklärte er dem dort postierten Pagen. »Ich brauche kein Taxi.« Und nun, um sechs Minuten vor zehn, begann er die am Schwarzen Brett neben dem Rezeptionsschalter angeschlagenen Theaterprogramme, Konzertankündigungen und Ausstellungslisten zu studieren. Seine Kleidung bestand aus seinem leichten Tweedjackett, einem grauen, gestreiften Hemd, das für die Reise praktisch war, und der verlangten roten Krawatte. Den Regenmantel trug er zusammengelegt über dem linken Arm, unter den anderen hatte er, sie mit der Hand festhaltend, je eine Ausgabe von ›Oggi‹ und ›Le Monde‹ geklemmt. Um zwei Minuten nach zehn verglich er seine Uhr mit der großen Uhr in der Halle. Die Zeit stimmte. Zwei Minuten vor der Zeit. Jetzt müßte Irina im Café eintreffen.

Es lag, wenn er sich dem Haupteingang zuwandte, zu seiner Rechten, ganz in der Nähe der Halle, jedoch separat, mit einem kurzen Durchgang zu einer Tür, die für die Benutzung durch Hotelgäste gedacht war. Er konzentrierte sich wieder auf das Programm eines Freiluftkonzertes in Schönbrunn. Ich werde Irina ein paar Minuten Zeit geben, damit sie sich einen Tisch suchen und Platz nehmen kann, beschloß er. Im Innenraum des Cafés wird sie an diesem sommerlichen Vormittag bestimmt einen freien Tisch finden: Die meisten Gäste sitzen draußen. Außerdem wird sie vermutlich irgendwo im Hintergrund sitzen. Er repetierte: brauner Mantel, blaues Seidentuch. Daran müßte er sie sofort erkennen, selbst wenn die Tische drinnen zufällig doch alle besetzt waren. Die Routine war ihm vertraut, aber er war trotzdem nervös. Er steckte sich eine Zigarette an und warf sie eine Minute darauf schon wieder in einen Aschenbecher. Noch einmal, zum letztenmal, ging er in Gedanken jeden Schritt durch, den er zu beachten hatte. Einige Details würde er wahrscheinlich doch noch zu ändern haben, würde unter Umständen improvisieren müssen. Darauf mußte man immer gefaßt sein.

Um fünf Minuten nach zehn ging er hinüber ins Café, ein Mann, der so aussah – das hoffte er wenigstens –, als habe er beschlossen, nachzusehen, ob sein Freund vielleicht die Treffpunkte verwechselt hatte. Der Page, der sich immer noch in der Nähe von Davids Reisetasche herumtrieb, schien ganz gewiß diesen Eindruck zu haben, denn er gab die Hoffnung auf Trinkgeld von David zugunsten eines vielversprechenderen Ankömmlings auf, der mit drei großen Koffern eintraf.

An der Tür zum Café blieb David stehen, dann trat er sehr langsam ein. Es waren mehr Tische besetzt, als er erwartet hatte. Eisiger Schreck traf ihn, als er direkt in der Mitte des Raumes eine Gestalt in Braun mit messingblonden Haaren sah, die ein dickes Stück Guglhupf vertilgte. Auf ihrem Kaffee türmte sich ein hoher Berg Schlagobers. Irina? Aber sie trug kein blaues Tuch. Voll dankbarer Erleichterung blieb er nach ein paar Schritten innerhalb des Cafés abermals stehen und ließ seinen Blick durch den Innenraum wandern. Eine Kellnerin kam und fragte ihn: »Sie wünschen einen Tisch, mein Herr? Dort drüben am Fenster ist ein sehr schöner frei.«

David schüttelte den Kopf. »Ich wollte hier einen Freund treffen, einen Mann mit langen, dunklen Haaren und Bart.« Er hatte noch nicht ganz ausgesprochen, da entdeckte er in der Ecke direkt hinter sich einen braunen Mantel und ein blaues Tuch. Zunächst wagte er jedoch nicht näher hinzuschauen.

»Habe ich hier nicht gesehen.« Die Kellnerin hatte jedes Interesse verloren.

Jetzt endlich konnte er hinüberblicken. Wie zufällig. Die Frau im braunen Mantel saß sehr still da, starrte geradeaus vor sich hin und schien dennoch nichts zu sehen. Niemand hatte bisher ihre Bestellung entgegengenommen; ihre Hände lagen fest gefaltet auf dem Tisch. Das war keine Betrügerin, das war Irina. Ganz eindeutig Irina. Einen Augenblick war David ebenso gelähmt wie sie. Dann setzte er sich in Bewegung.

Er drehte sich um, stieß gegen den Tisch neben Irina und ließ seine beiden Zeitungen darauf fallen. Sie musterte ihn nervös, sah ihm aber kein einziges Mal ins Gesicht: Sie betrachtete die französische Zeitung und die italienische Zeitschrift, die er von der Tischplatte aufnahm. Dann wanderte ihr Blick zu seiner Krawatte, zu seinem Jackett und zu dem zusammengelegten Regenmantel. Ein Ausdruck der Erleichterung trat in ihr Gesicht; ihre fest zusammengepreßten Lippen lockerten sich. Sie nahm ihre Handtasche, als habe sie keine Lust mehr zu warten, bis sie bedient wurde. Sein Gesicht hatte sie aber noch immer nicht angesehen.

Mit völlig normalem, ruhigem Schritt ging er hinaus, in Richtung auf die Hotelhalle. Dort holte er seine Reisetasche und trat auf die Straße. Gegenüber lag die Rückseite des Opernhauses. Sekundenlang versuchte er sich vorzustellen, wie sie einmal ausgesehen hatte, zerbombt, ausgebrannt, eine vom Krieg hinterlassene Ruine. Dann sah er wieder nur noch die friedliche Straße und das eindrucksvolle Gebäude, das wirkte, als habe es dort seit Ewigkeiten gestanden. Und dann kam der grüne Wagen aus dem Schatten auf ihn zu. Er trat ein paar Schritte von der Hoteltür fort auf das Caféhaus zu: So konnte der Wagen halten, ohne von der Hotelhalle aus gesehen zu werden, und das würde es Irina auch leichter machen. Gleich darauf kam der Mercedes lautlos neben ihm zum Stehen.

»Hallo!« begrüßte ihn Jo. »Alles klar?«

»Es ist wirklich Irina.« Er öffnete die Vordertür und sah zwei kleine Koffer auf dem Beifahrersitz. Also stellte er seine Tasche auf den Boden und warf Zeitungen und Regenmantel oben drauf. »Setzen Sie sich nach hinten. Ich fahre.«

»Sie sollten sich lieber auf Irina konzentrieren.«

In diesem Moment hätte er alles andere lieber getan als das. Jo entdeckte ein blaues Seidentuch. »Da kommt sie schon!« Damit war der Fall erledigt.

David hatte den hinteren Schlag geöffnet und eine Hand ausgestreckt, um Irina beim Ellbogen in den Wagen zu ziehen. Gerade als sie einstieg, warf sie einen kurzen Blick auf sein Gesicht. Sah noch einmal hin. Er hörte, wie sie den Atem anhielt. Mit festem Griff schob er sie weiter, unterband jegliches Zögern. Immer noch sprachlos, rutschte Irina auf den anderen Sitz hinüber, um ihm neben sich Platz zu machen. Er folgte ihr, schloß die Tür, und der Wagen setzte sich in Bewegung. Im Vorbeifahren spähte er zum Café hinüber: Niemand schenkte ihnen Beachtung; niemand kam herausgelaufen oder sprang von einem der Tische auf. Dann blickte er über die Schulter zurück. Der Hoteleingang lag ebenso ruhig da. »Ich glaube, wir haben es geschafft«, sagte er.

Jo sagte nichts, sondern sah stirnrunzelnd in den Seitenspiegel, um sich dann abwechselnd auf den Rückspiegel und den Verkehr auf dem Platz vor ihnen zu konzentrieren. Sechs Straßen mündeten hier ein; zwar nicht alle auf einmal, aber nah genug beieinander, um einen Fremden in Verwirrung zu bringen. Jos Stirn war immer noch gekraust. »Da drüben ist eine ruhige Stelle. Halten Sie dort, dann fahre ich.«

»Nicht jetzt!« Vor Besorgnis klang ihre Stimme scharf. Sie handhabte den Mercedes sehr geschickt. Genau wie alle geübten Fahrer, war David nervös, wenn jemand anders am Steuer saß, als er aber merkte, wie gut sie mit dem Wagen umgehen konnte, legte sich seine Nervosität. Sie fuhr hervorragend: keine hektischen Spurts, kein Herumreißen des Steuers im letzten Augenblick, kein Hin- und Herschlängeln durch den Verkehr. Was also machte ihr so große Sorgen? Abermals sah er zum Rückfenster hinaus. Irgend etwas hinter ihnen beunruhigte sie, aber was, das konnte er nicht feststellen. Sie bog nach links, fuhr nach Süden; als sie den Ring überquert hatte, jenen riesigen Boulevard, der die Innenstadt einschloß, wechselte sie wieder ihre Richtung und lenkte den Wagen jetzt nach Osten. Abermals eine Linkskurve, und es ging wieder nach Norden; dann wieder nach Osten, und schließlich, nach einem weiteren Abstecher nach Norden, nahm sie endgültig Richtung Westen. »Großartig, wie Sie das gemacht haben!« lobte David. Sie warf ihm ein Lächeln zu, sah sekundenlang Irina an und richtete ihre Aufmerksamkeit wieder auf den Verkehr. David war jetzt vollkommen beruhigt: Jo behielt die Straße sowohl vor als auch hinter ihnen im Auge.

Er lehnte sich bequem zurück und gestattete es sich zum erstenmal, Irina genauer anzusehen. Sie betrachtete ihn mit großen, erstaunten blauen Augen. Ihr Haar war noch immer so hellblond wie früher, aber sie trug es nicht mehr lang. Es fiel ihr nur noch bis über die Ohren, ein klein wenig unegal hier und da, aber immer noch so weich und glänzend. Im Café hatte sie sehr blaß gewirkt; jetzt wiesen ihre Wangen eine Andeutung von Farbe auf, eine leichte Röte, vermutlich Folge der Aufregung in diesen letzten fünfzehn Minuten. Ihr Gesicht war schmaler als früher, ihre Miene deprimiert. Sie war nicht mehr das junge, lachende Mädchen, an das er sich erinnerte. Aber sie war immer noch Irina.

»Nun«, fragte er mit absichtlich beiläufigem Ton, »hast du dich von dem Schock erholt?«

Irina schüttelte den Kopf. »Ich hatte dir nicht ins Gesicht gesehen. Ich hätte nie gedacht, daß ich den Mann kennen würde. Erst als ich hier in den Wagen stieg ...« Sie wandte den Kopf ab. »Ich hätte dich erkennen müssen!« Das schien sie wirklich zu quälen.

»Aber du fandest die Krawatte zu faszinierend?«

»Und beruhigend. Also war doch jemand gekommen.«

»Hattest du daran gezweifelt?«

»Ja. Schließlich hätte ja etwas schiefgehen können. Und dann – sah ich die rote Krawatte.«

»Dafür mußt du dich bei Jo bedanken. Jo Corelli.« Er deutete auf den Fahrersitz. »Sie hat in Vassar Psychologie studiert.«

Jo mußte lachen. »Glauben Sie ihm kein Wort. Ich habe so wenig wie möglich studiert. Diese Krawatte war Kriegers Idee.«

»Dann kann ich sie ja abnehmen, ohne Sie zu verletzen.« Mit einem Erleichterungsseufzer löste er die Krawatte und öffnete den obersten Hemdenknopf. Außerdem war es besser, sich allzu auffallender Kleidungsstücke zu entledigen.

»Ach so«, sagte Jo, »Sie sind der lässige Typ! Aber ich glaube, daß das jetzt tatsächlich besser ist.« Sie nahm ihren Hut ab – einen breitrandigen Filzhut, den sie elegant schräg über dem linken Auge getragen hatte – und warf ihn oben auf seinen Regenmantel. Und als sie eine gerade Strecke erreichte, löste sie eine Hand vom Steuer, um ihre eng an den Kopf frisierten Haare zu lockern.

»Fabelhaft!« staunte Irina, die sie beobachtet hatte. »Sie sehen vollkommen anders aus.«

»Nun, Sie werden wir bald auch ein bißchen verändern.« Jo klopfte auf den oberen Koffer. »Das hier gehört jetzt alles Ihnen.«

Ist das nicht ganz und gar verrückt? dachte David. Da sitze ich hier neben Irina, und alles, was mir einfällt, ist ein dummes Hin- und Hergerede mit Jo, während ich es nicht fertigbringe, auch nur ein Wort zu Irina zu sagen. Wo soll ich aber auch anfangen?

Möglicherweise war es sogar besser so. Es blieb alles ganz nüchtern, Gefühle kamen nicht ins Spiel. Immerhin war es anders, als er es erwartet hatte. Und was empfand Irina? Er sah sie an und entdeckte, als sie seinen Blick erwiderte, ein kleines Lächeln auf ihren Lippen. Sie streckte ihre Hand aus, die er ergriff.

Jo war es, die das Schweigen brach. »Jetzt stimme ich Ihrer Feststellung von vorhin zu, Dave. Jetzt glaube ich wirklich, wir haben's geschafft.« Als sie die letzten Vorortstraßen hinter sich ließen und die Schnellstraße erreichten, die sich an dieser Stelle am Südufer der Donau entlangzog, erhöhte sie die Geschwindigkeit.

»Was war denn los, in der Stadt?« Um Irinas willen hoffte er, daß seine Frage beiläufig geklungen hatte. Nur möglichst keine Emotionen auslösen, dachte er.

»Ein grauer Fiat.«

David spürte, wie sich Irinas Hand verkrampfte. »Bis wohin ist er uns gefolgt?«

»Ziemlich weit. Aber ich glaube, wir haben ihn abgeschüttelt.«

»Wo hat er unsere Spur aufgenommen? Beim Sacher?«

»Er hielt direkt auf der anderen Straßenseite. Und als wir losfuhren, folgte er uns.«

»Wer kann das bloß gewesen sein?« Jetzt machte sich David ebenfalls Sorgen.

»Wer kann bloß Walter Krieger die ganze Woche zu folgen versucht haben? Und mir gestern?« Das würde David nun endgültig einen Schock versetzen. Ob er ihr jetzt endlich glaubte? »Irgend jemand muß gewußt haben, daß wir in Wien waren.«

Und irgend jemand weiß auch, warum, dachte David. Aber woher? Wie konnte dieser Jemand das erfahren haben? Er spürte, wie Irina ihre Hand aus der seinen zog. Sie schlang die Arme um ihren Oberkörper, als fröre sie. »Alles in Ordnung, Irina?« Sie nickte, aber die kleine Falte zwischen ihren dunklen Brauen war immer noch da. Wir haben ihr Angst gemacht, dachte er; ganz natürlich, bei all diesem Gerede von Beschatten. Jo ist ärgerlich; ich bin verwirrt; aber Irina hat richtige Angst. Er sah sie an, versuchte den Kontakt wiederherzustellen. Doch eine Maske hatte sich über ihr Gesicht gelegt, ein Schutz gegen jegliches Gedankenlesen. Dabei hatte sie früher nichts vor ihm verborgen. Deutlich erinnerte er sich an ihre offene Fröhlichkeit, ihre Spontaneität, ihre Verachtung für prätentiöses Verhalten. Die Zeiten ändern sich, dachte er grimmig, während er diese Erinnerung aus seinem Gedächtnis strich. Sie war zu schmerzhaft, um sich noch länger damit aufzuhalten.

Irina sagte sich, daß es zu spät sei, etwas zu erwähnen. Sie hatte die Gelegenheit verpaßt. Sie hätte, als Jo von dem grauen Fiat sprach, sagen können, ja vielleicht sagen *müssen,* daß es keinen Grund zur Beunruhigung gebe, daß das nur Ludvik Meznik sei, der seinen Eifer übertrieb. Sie hätte die Situation mühelos erklären können. Doch da waren Dinge an Ludvik Meznik, die sie sich selbst nicht erklären konnte. Ludvik Meznik und Alois Pokorny waren für sie nicht mehr verantwortlich, sobald die Amerikaner sie übernommen hatten. Das war ihr von Josef vor

Beginn seiner Reise mit ihr an die Grenze ganz deutlich klargemacht worden. Und Josef hatte dabei nur die Instruktionen jenes Widerstandskomitees wiederholt, das diesen Teil ihrer Reise arrangiert hatte: Sie sollten sie bis zum Treffpunkt in Wien bringen – keinen Schritt weiter. Sie hatten keinerlei direkten Kontakt mit den Amerikanern und wollten auch keinen haben.

Richtig erschrocken war sie jedoch darüber, daß Ludvik über seine Instruktionen hinausgegangen war. Indem er versuchte, ihr zu folgen, brachte er unter Umständen seine Freunde zu Hause in Prag in Gefahr. Ihr geschiedener Ehemann würde mit Freuden jede Gelegenheit ergreifen, der Widerstandsbewegung Verbindungen mit dem amerikanischen Geheimdienst nachweisen zu können. Das hatte Jiri bei seinen taktvollen Hinweisen auf ›ausländische Hilfe‹ bei ihrer Flucht durchblicken lassen: Er war immer so fest davon überzeugt, daß hinter der gesamten Widerstandsbewegung die Amerikaner standen. War das vielleicht der eigentliche Grund, warum er sie hatte gehen lassen? Und nicht, damit sie ihren Vater überredete, in die Tschechoslowakei zurückzukehren, wie man ja auch bemüht war, andere Geflüchtete zurückzuholen? So lautete die Erklärung, die Jiri ihr gegeben hatte; das war das Anliegen, das er ihr so ans Herz gelegt hatte – zusammen mit dem gleichzeitigen Versprechen, ihren Vater am Leben und in Frieden schreiben zu lassen: keine Verfolgung, keine Vergeltung. Bestand der eigentliche, unausgesprochene Grund ganz einfach in dem Plan, den amerikanischen Geheimdienst und den tschechischen Widerstand zu einem Fehler zu verleiten, der gegen sie verwendet werden konnte? Und hier war nun Ludvik Meznik, der eigensinnige, töricht-clevere, übereifrige Ludvik, und spielte Jiri direkt in die Hand. Möglicherweise versuchte Ludvik sogar, Kontakt mit den Amerikanern aufzunehmen und sie in seiner selbstsicheren Art zu überreden, ihn mitzunehmen – er war genau der Typ, der damit prahlen würde, daß er Irina geholfen hatte, endlich ihren Vater wiederzusehen.

Irina schloß die Augen und versuchte ihre wirren Gedanken zu ordnen. Einiges hatte sie ganz richtig begriffen, das spürte sie, anderes jedoch wiederum nicht. Was aber richtig und was falsch war, das wußte sie einfach nicht. Es lief alles auf die Frage hinaus, wieweit sie Jiri Hrádek vertrauen konnte. Ob er, wie er behauptet hatte, tatsächlich um seine Position in der Partei kämpfte. Wenn das zutraf – wie ironisch das doch alles war! –, konnte sie ihm glauben: Die Rückkehr ihres Vaters in die Tschechoslowakei wäre dann ein persönlicher Triumph für Jiri. Ja, das wäre der einzige Grund, der sie überzeugen konnte, daß Jiri diesmal gezwungen gewesen war, die Wahrheit zu sagen. Lieber Gott! dachte sie. Dann machte sie die Augen auf, um zuerst David und dann Jo anzusehen. Und jetzt bemerkte sie zum erstenmal auch die Landschaft, durch die sie fuhren.

Sie sah einen gewundenen, kraftvoll dahinströmenden Fluß, Hügel, die sanft gewellt waren, mit Felsklippen auf ihrem Rükken und Weingärten an ihren tiefer gelegenen Hängen. Auf diesen Hügeln standen die Ruinen alter Burgen oder die hochragenden Türme noch bestehender Klöster aus dem Mittelalter. Einen Augenblick, voll panischer Angst, glaubte sie wieder in der Tschechoslowakei zu sein.

»Wo sind wir?«

»In fünfzehn Minuten überqueren wir die Donau«, antwortete Jo. »Dann sind es nur noch ungefähr fünf Kilometer bis Dürnstein. Dort machen wir halt, damit Sie Ihre Kleider wechseln können.«

David griff über den Vordersitz nach seinem Mantel und holte seine Autokarte heraus. Dürnstein. »Warum Dürnstein?« erkundigte er sich. Der Ort war höchstens achtzig Kilometer von Wien entfernt. Die Autobahn hatten sie inzwischen verlassen, die Landstraße erster Ordnung, der sie entlang des rechten Donauufers folgten, war zwar schmal, aber gut befahrbar. Bei dem Tempo, mit dem sie fuhren, lagen die Wiener Außenbezirke nur eine Stunde von ihnen entfernt.

»Weil Krieger dort ein Hotelzimmer für Irina bestellt hat. Er hofft, uns einen kurzen Besuch abstatten zu können. Und dann werden wir, erfrischt an Geist, wenn auch nicht an Körper und Seele, in die verschiedensten Richtungen auseinandergehen. Haben Sie schon beschlossen, wo Sie danach als nächstes Station machen wollen, Dave?«

»Darüber werde ich in Dürnstein entscheiden.« Daß man uns vom Sacher aus gefolgt ist, gefällt mir gar nicht, dachte er; und noch weniger behagt mir der Gedanke, daß jemand Krieger und Jo zu beschatten versuchte. Am allermeisten stört mich jedoch die Tatsache, daß Irina bei der Erwähnung des grauen Fiat so merkwürdig erstarrte. Sie verbrachte den größten Teil dieser Fahrt in ihre eigenen Gedanken verschlossen, und es mochten wohl keine angenehmen Gedanken sein.

»Wir sind früh dran«, sagte Jo jetzt. »Obwohl wir in Wien mit der Herumkutschiererei viel Zeit verloren haben. Krieger will sich mit uns um ein Uhr treffen. Also können wir am nächsten Aussichtspunkt anhalten und unsere Ankunft im Hotel Dürnstein präzise planen. Was wir machen, und wie wir es anfangen und so weiter.«

»Das wird uns Zeit und Unsicherheit sparen«, bestätigte David. »Okay, machen wir halt. Jetzt!« Der Wagen löste sich aus dem nicht allzu lebhaften Verkehr und hielt auf einem kleinen Parkplatz mit kiesbelegtem Boden und einem seitlich von Bäumen geschützten Blick auf den Fluß.

Irina hatte aufmerksam zugehört. »Krieger?« fragte sie, als sie ausstiegen. »Gehört der auch zur CIA?«

»Auch? Was soll das heißen – *auch?*« fragte David verblüfft. »Von uns gehört kein einziger dazu. Wir sind alle ganz einfache Zivilisten.«

Irina starrte ihn verständnislos an. Sekundenlang glaubte er, sie habe ihr Englisch in letzter Zeit so wenig benutzt, daß sie den Sinn seiner Antwort nicht verstanden habe. Früher hatte sie fließend Englisch gekonnt, sowohl im Sprechen als auch im Schreiben. »Ihr alle?« fragte sie. Anscheinend konnte sie es nicht begreifen.

»Ja. Eine Gruppe guter Freunde«, sagte Jo fröhlich. »Da ist zunächst mal Walter Krieger, der Ihren Vater 1943 in der Slowakei kannte, als sie mit ihren Unternehmungen die Nazis wild machten. Krieger war der Verbindungsmann, Ihr Vater einer der Widerstandskämpfer. Dann wäre da noch Hugh McCulloch, der früher Diplomat in Wien war und in die Tschechoslowakei fuhr, um Ihren Vater aufzusuchen. Das war, glaube ich, 1957. Und Onkel George, der seit 1935 der Londoner Verleger Ihres Vaters ist. Ich selbst kenne Hugh und seine Frau seit Jahren – in Washington, wo ich bei Maxwell eine sogenannte Boutique leite. Das ist die Firma, bei der die Diplomatenfrauen ihre Kleider kaufen und immer nach Sachen suchen, die sie an Paris, Rom, London oder so erinnern. Deswegen mußte ich im Juli nach Paris und bin von da aus dann nach Wien gekommen. Ich reise viel. Was Dave hier angeht – der ist jetzt ein bekannter Musikkritiker und reist ebenfalls ziemlich häufig. Ach ja, und Mark Bohn«, fügte Jo noch hinzu, als sei es ihr eben erst eingefallen. »Obwohl er nur so am Rande mitmacht.« Sie hielt inne. »Habe ich zu schnell gesprochen? Das tut mir leid. Soll ich es noch mal wiederholen – ein bißchen langsamer?« Jo war nämlich der Ansicht, daß alle diese kleinen Details für Irina wichtig waren. Ihnen konnte sie entnehmen, daß die Menschen um sie herum aufrichtig ihre Freunde waren.

Irina schüttelte immer noch verwirrt den Kopf. »Danke, das meiste habe ich verstanden. Aber so viele Umstände, so viel...« Sie brach ab. Es war ja Ludvik gewesen, der sie am selben Vormittag erst auf die Idee gebracht hatte, daß die Amerikaner Berufsagenten sein müßten. Und vor Ludvik hatte Jiri schon so etwas angedeutet. Auch er hatte vermutet, daß sie von der CIA übernommen werden würde. »O nein!« sagte sie und begann zu lachen.

David und Jo tauschten Blicke.

Irina wurde wieder ernst. Doch ihre Augen lächelten noch immer, als sie sich an David wandte. »Was soll ich tun, wenn wir in dem Hotel ankommen?«

Amüsiert deutete er mit dem Kopf zu Jo hinüber. »Kriegers Schaltzentrale«, sagte er. »Die mußt du fragen. Sämtliche Instruktionen gehen zunächst an Jo, und sie gibt sie anschließend an uns weiter.« Und mit Vergnügen, dachte er. Aber Modeeinkäuferin? Vermutlich befehligte sie die gesamte Firma Maxwell. In Paris war sie also gewesen, bevor sie nach Wien kam! Wegen der Modenschauen. Immerhin, dieser Vorwand für ihre Reise war wohl nicht weniger stichhaltig als sein eigener. Zu Jo sagte er: »Und was haben Sie in Wien eingekauft? Dirndl?«

»Alpaka und Petit Point«, antwortete Jo kurz. »Und jetzt zur Sache bitte. Erstens – die Pässe.« Sie zog einen englischen Paß aus ihrer Handtasche und gab ihn Irina, die mit dem Rücken zur Straße stand. »Sie können ihn sich ruhig ansehen«, sagte Jo. Niemand in den vorüberfahrenden Wagen konnte sehen, was Irina in der Hand hielt.

»Tesar? Irina Tesar? Aber das ist ja der Mädchenname meiner Mutter.«

»Sie hat Sie damals so eintragen lassen. Sie sind doch in London geboren, nicht wahr?«

»Das stimmt«, antwortete David. »Im März 1939.« Das war, nachdem Kusak seine schwangere Frau aus der Tschechoslowakei hinausgeschmuggelt hatte und dann zurückgekehrt war, um sich dem Anti-Nazi-Widerstand anzuschließen.

»Durchaus legal«, erklärte Jo weiter. »Die Engländer können Sie mit Recht als englische Staatsangehörige bezeichnen. Also tun Sie ihnen den Gefallen; mehr ist es nämlich wirklich nicht. Warum Ihre Mutter Sie jedoch nicht unter dem Namen Kusak gemeldet hat, begreife ich nicht. Es sei denn, sie war eine Vorläuferin von Women's Lib.«

»Vielleicht wollte sie Kusak schützen«, meinte David. Es war der erste freundliche Gedanke, den er für Hedwiga Kusak, geborene Tesar jemals gehegt hatte. Aber es konnte tatsächlich stimmen: Falls damals im Jahre 1939 ein Nazi-Spion berichtet hätte, daß Kusaks Frau und Tochter in London seien, hätte man sie – durch Androhung von Entführung oder sogar durch tatsächliches Kidnapping – benutzen können, um Kusak aus seinem Versteck zu zwingen.

»Stecken Sie den Paß in Ihre Handtasche – falls er hineingeht«, drängte Jo. »In Österreich müssen Sie in jedem Hotel bei der Ankunft Ihren Paß vorlegen. Ebenso in ...«, sie biß sich auf die Unterlippe: beinahe hätte sie verraten, daß es in die Schweiz gehen sollte, »... in anderen europäischen Ländern. Also, das wäre jetzt geregelt.«

Irina versuchte den Paß in ihre Handtasche zu zwängen. »Ich werde meinen alten rausnehmen«, beschloß sie dann. »David, würdest du ihn für mich aufbewahren?«

»Sie haben einen tschechoslowakischen Paß?« fragte Jo ungläubig. »Wie in aller Welt kommen Sie denn an den? Oder ist das ein alter, auf neu gefälscht?«

David, der ihn begutachtete, hielt ihn für echt, und neu war er außerdem. Klugerweise verbarg er sein Erstaunen. »Ich glaube, den solltest du selbst einstecken. Aber benutze ihn vorläufig lieber nicht. Soll ich sonst noch was für dich aufheben?«

Irina zögerte. Dann holte sie ganz unten aus ihrer Handtasche eine kleine Automatic.

»Großer Gott!« David nahm sie – sie war so klein, daß er sie in seiner Hand verborgen halten konnte – und schob sie in seine Tasche. Jo sagte gar nichts: Sie starrte wortlos auf die Straße, hatte vielleicht gar nicht bemerkt, was vorgegangen war. »Woher hast du die Waffe, Irina?« fragte er ruhig.

»Sie lag hinten im Schreibtisch meines Vaters. Ich fand sie, bevor...«

»Der Wagen!« sagte Jo entgeistert. »Er muß es sein! Dann ist er uns also doch gefolgt!«

»Der Fiat?« fragte David zurück. »Aber das ist nicht möglich!«

»Doch! Es war der graue Fiat.«

»Es sind Hunderte von Fiats unterwegs, und bestimmt sind Dutzende davon grau.«

»Aber ich habe mir seine Nummer gemerkt. Außerdem saß ein Mann am Steuer. Allein.«

»Hat er uns gesehen?« Verdammt idiotische Frage, dachte David, kaum daß er sie ausgesprochen hatte.

»Er *kann* uns gar nicht übersehen haben.«

»Dann werden zur Abwechslung mal *wir ihm* folgen.« Und versuchen, dem Rätsel auf den Grund zu gehen. Der Fiat war mindestens fünfzehn Minuten nach ihnen gekommen. »Haben Sie das Gesicht gesehen?«

»Ganz kurz. Er schaute im Vorbeifahren herüber. Er schien verblüfft, daß wir hier standen und die Aussicht bewunderten.« Dasselbe dumme, verdutzte Gesicht wie gestern, als ich auf die Straßenbahn gesprungen bin, dachte Jo. Ich könnte schwören, daß es derselbe Mann war: blondes, ziemlich wirres Haar und fassungsloses, eckiges Gesicht. Aber ich muß ganz sicher sein, bevor ich damit rausrücke. Irina war schon bei der Erwähnung des grauen Fiat zusammengezuckt. »Na schön, fahren wir weiter.« Jo war bemüht, einen möglichst sorglosen Eindruck zu machen. »Ich habe Irina noch einiges mitzuteilen. Irina, kommen Sie! Wir schmieden Pläne, und Dave chauffiert.«

»Kann sein«, sagte David, als er den Wagen wieder in den spärlichen Verkehrsstrom lenkte, »daß wir unsere Pläne ändern müssen. Wenn dieser Kerl an der Straße wartet, um zu sehen, ob wir über die Brücke fahren, hängt er uns ganz bis nach Dürnstein an den Fersen.«

»Aber wir müssen hin. Krieger...«

»Krieger kann mir im Augenblick gestohlen bleiben.«

»Nein, nein! Wir müssen Verbindung mit ihm halten. Sonst werden wir ... na ja ...« Jo ließ den Satz in der Luft hängen; sie hatte Irinas verkrampftes Gesicht gesehen.

Jetzt sagte Irina langsam: »Ich wurde heute vormittag zum Opernhaus gebracht. In einem grauen Fiat. Von einem der beiden Männer, die mich an der Grenze abgeholt haben.« Ihre Stimme war nur noch ein Flüstern. »Ludvik Meznik. Vielleicht versucht er uns zu folgen – um sich zu vergewissern, daß ich in Sicherheit bin.«

»Das erklärt aber immer noch nicht, wieso er von dieser Route weiß – so weit hinter uns«, entgegnete David. »Außerdem gibt es viele Fiats. Du weißt nicht zufällig die Nummer von Mezniks Wagen, Irina?«

»Nein.«

Natürlich nicht. Das hätte gar nicht zu ihr gepaßt. »Wie dem auch sei, an der Brücke wartet niemand auf uns«, sagte David. Nirgends ein grauer Fiat in Sicht. Auf dem Rücksitz hörte er Jo auf Irina einreden, um ihre Aufmerksamkeit behutsam wieder auf die bevorstehende Ankunft im Hotel Dürnstein zurückzulenken. Er selbst konnte jetzt nichts weiter tun als fahren und dabei versuchen, diese merkwürdigen Vorgänge zu entwirren.

Erste Möglichkeit: Der Mann hatte beobachtet, wie sie das Sacher verließen, hatte ihnen folgen wollen, es aber nicht geschafft. – Wie kam er dann eine ganze Viertelstunde nach ihnen hierher?

Zweite Möglichkeit: Der Mann hatte die ganze Zeit gewußt, wohin sie fuhren. Sein Versuch, ihnen vom Sacher aus zu folgen, war nur eine Kontrolle, um festzustellen, ob seine Informationen zutrafen. – Nicht ausgeschlossen, aber höchst unangenehm, was die Schlußfolgerungen daraus betraf.

Dritte Möglichkeit: Der Mann hatte es aufgegeben, ihnen zu folgen, und jemanden angerufen – oder kontaktiert –, der ihm ihr Ziel nennen konnte. – Sehr wahrscheinlich, aber ebenfalls ein überaus unangenehmer Gedanke.

Hoffen wir, dachte David, als er eine schwere Eisenbrücke zum anderen Donauufer überquerte, daß in Dürnstein ein ausgesprochener Mangel an Fiats jeglicher Couleur herrscht.

Es war ein kleines, sehr enges Dorf am Hang eines recht hohen

Hügels, der es von seinem Platz über der Donau beinahe ins Wasser hinunterzudrängen schien. Die einzige Hauptstraße folgte in etwa dem Lauf des Flusses, die mittelalterlich anmutenden Häuser zu beiden Seiten mit ihren Bogengängen waren sorgfältig restauriert und bemalt, und vor allen Fenstern blühten Blumen. Alle Straßen waren verstopft. Touristen machten Mittagspause, überall parkten Personenwagen und Busse. David mußte im Schrittempo fahren. »Wie geht's weiter, Jo?« fragte er verzweifelt. »Wie geht's weiter?«

»Oben über dem Fluß liegt eine Barockkirche. Können Sie den Turm sehen?«

»Springt ja ins Auge.«

»Das Hotel liegt gleich dahinter – ebenfalls ziemlich hoch über dem Fluß. Am Ende dieser Straße müssen wir links abbiegen. Krieger sagt, die Kurve sei ziemlich scharf.«

David schaffte es und fuhr durch einen breiten Torweg in einen ziemlich großen Vorhof. Auf einer Seite, zur Straße hin, versperrte eine hohe Mauer den Ausblick auf Verkehr und Häuser, auf der anderen wurde ein steiler Felshang zur Donau hin von einer niedrigen Brüstung begrenzt. Das Hotel selbst lag dem schweren Tor gegenüber und zog sich von einem Ende des Vorhofs bis zum anderen. Dann müssen wir also auf demselben Weg hinaus, wie wir hereingekommen sind, dachte David. Der Gedanke paßte ihm gar nicht: Falls der Fiat irgendwo zwischen den parkenden Wagen stand, war es gut möglich, daß er einen zweiten Ausgang brauchte. »Sehen Sie ihn?« fragte er Jo, während er sich auf die Suche nach einem Platz für den Mercedes konzentrierte. Gleich darauf hatte er einen gefunden – eng zwar, aber schön versteckt in der Ecke zwischen der hohen Mauer und dem Hotel. So hatte er wenigstens die offenliegendere Donauseite des Vorhofs vermieden.

»Großartig«, lobte Jo, die sich immer noch suchend umsah. »Nein, den Fiat sehe ich nicht, aber er muß hier irgendwo sein. Der Fahrer steht nämlich drüben an der Brüstung und beobachtet jeden Wagen, der hereinkommt.«

»Ist das wahr?«

»Ich irre mich nicht.« Jos Ton war scharf. »Und Sie kennen ihn, nicht wahr?« wandte sie sich an Irina. Es war eindeutig. Als sie den Mann sah, war Irina erschrocken zusammengezuckt.

»Ja. Ludvik Meznik«, sagte Irina. »Mein Gott, dieser Dummkopf!«

»Der ist mehr als nur ein Dummkopf. Ich habe den Eindruck, daß er uns noch einige Schwierigkeiten bereiten wird.«

David mischte sich ins Gespräch. »Ich gehe jetzt mit Irina ins Hotel und bringe sie heil bis in ihr Zimmer. Ja?«

»Ja. Aber warten Sie dort. Ich komme bald nach, mit Walter Krieger. Er müßte schon auf der Terrasse sitzen; es ist beinahe ein Uhr.«

»Wenn er von Ludvik hört, wird er diese Zusammenkunft sicher abblasen«, vermutete David. »Am besten sagen Sie ihm, daß ich wieder abfahre, sobald Irina sich umgezogen hat.«

»Abfahren? Wohin?«

»Nach Graz.«

»Nach Graz? Aber hören Sie, David! Das ist ganz unten, in der südöstlichsten Ecke von Österreich. Dreißig – vierzig Kilometer weiter nach links, und Sie landen in Ungarn; die gleiche Entfernung weiter nach Süden, und Sie sind in Jugoslawien. Graz liegt vollkommen abseits von Ihrer Route.«

»Nach Graz«, wiederholte David fest. »Und wenn Ihnen das unglaubhaft erscheint, dann werden es Ludvik und seine Freunde glatt für unmöglich halten. Können Sie ihn nicht kurzerhand über die Klippe stoßen? Damit er uns nicht sieht, wenn wir abfahren?«

»Wir haben noch ein As im Ärmel. Sehen Sie den dunkelblauen Chrysler dort drüben? Zwischen dem Renault und dem Cadillac? Der gehört Krieger, und den nehmen Sie, wenn Sie abfahren. Wir lassen Ihnen eine halbe Stunde Vorsprung, dann bringen wir den Mercedes nach Salzburg zurück. Wo werden Sie in Graz absteigen? Wissen Sie das schon?«

»In einem Haus, das sich Grand Hotel soundso nennt. Direkt am Fluß, bei der Hauptbrücke.«

»Sie kennen Graz?« Um so besser. »Okay. Also, ich werde es Krieger sagen. Und von Graz aus geht's wohin?«

»Lienz.«

»In die Nähe der italienischen Grenze?« Sie war verblüfft. »Damit werden Sie Ludvik wirklich an der Nase herumführen.«

»Ihn und jeden, der ihn ablöst.«

»Ja«, sagte sie langsam, »darauf muß man schließlich auch gefaßt sein. Na, ich werde alles Krieger überlassen. Soll der sich unseren Kopf zerbrechen. Und jetzt wäre es nett, wenn Sie und Irina Ludviks Aufmerksamkeit für einen kleinen Augenblick von mir ablenken würden... Geben Sie mir Ihre Reisetasche!«

David nickte. Mit einer Hand hob er die Tasche und seinen Mantel über die Lehne des Vordersitzes, mit der anderen reichte er Jo Schlüssel und Papiere für den Mercedes. Dann nahm er Irinas Koffer, stieg aus und half auch Irina aus dem Wagen. »Fertig?« fragte er, als sie neben ihm stand. Sie nickte; sie war blaß, aber ganz ruhig, als sie auf den Hoteleingang zuschritten. Gott sei Dank besaß sie die Fähigkeit, in kritischen Situationen gelassen zu wirken, und eine kritische Situation war dies allerdings. Er selbst war froh, daß Krieger in der Nähe war, konnte sich aber Kriegers Zorn vorstellen: All diese geschickt eingefädelten Pläne über den Haufen werfen zu müssen und plötzlich Graz vor die Nase gesetzt zu bekommen.

Irina fragte: »Was will sie denn mit deiner Tasche?«

»Zum Chrysler bringen.«

»Und Ludvik ist zu sehr damit beschäftigt, uns zu beobachten, um überhaupt von ihr Notiz zu nehmen?«

»So war's gedacht.« Außerdem sparte es Zeit, wenn er mit Irina Dürnstein verließ. Wahrscheinlich brauchten sie dann jede Sekunde. »Wir werden's schon schaffen«, tröstete er sie mit weit mehr Zuversicht im Ton, als er tatsächlich empfand. Zu ihrer Beruhigung zwang er sich, als sie das Hotel betraten, sogar zu einem aufmunternden Lächeln.

8

Die Terrasse des Schlosses Dürnstein, das jetzt ein Hotel war, gewährte eine herrliche Aussicht. Sie zog sich an der Seite des umgebauten Schlosses entlang und lag hoch oben über einer weiten Flußbiegung. Von hier zum Donauufer fielen steile Felswände ab. Der Kontrast zwischen dieser Nordseite des Flusses und dem gegenüberliegenden Ufer war verblüffend: Hier erhob sich eine riesige Felsklippe wie eine gepanzerte Faust über dem schnell dahinströmenden Wasser, drüben hatte die Strömung aus angeschwemmtem Sand eine sanfte, flache Uferlinie geschaffen, an die sich weite, sanft gewellte Hügel und Felder sowie hier und da ein Dorf anschlossen.

Jo Corelli gelangte über den ungefährlicheren Umweg durch den Speisesaal des Hotels auf die Terrasse. Der andere Zugang, vom Vorhof aus ein paar Stufen hinunter, lag offen im Blickfeld jenes Mannes, der noch immer an der Brüstung wartete. Strahlende Sonne, Tische unter lustigen Sonnenschirmen und eine Unmenge Menschen, die zum Mittagessen den schönen Blick genießen wollten. Nahrung nicht nur für den Körper, sondern auch für die Seele, dachte sie, als sie an der Speisesaalwand stehenblieb, um nicht vom Vorhof aus gesehen werden zu können. Doch unter der bunten Menge der Touristen, deren Kleidung ebenso gemischt war wie ihre Sprachen, entdeckte sie nirgends einen grauen Haarschopf, ergänzt von buschigen Augenbrauen, einem Schnurrbart und einer Pfeife. Krieger war nicht da.

Dafür sah sie aber Mark Bohn, die langen, schwarzen Haarsträhnen vom Wind zerzaust, die grauen Koteletten buschig auf den gebräunten Wangen. Er hatte ein Tischchen für sich allein, vermutlich, weil es am hintersten Ende der Terrasse dicht an der Hauswand stand und Aussicht lediglich auf die Rücken der übrigen Gäste bot. Er las eine Zeitung und trank seine zweite Flasche Bier. Daher bemerkte er Jo auch erst, als sie ihm gegenüber Platz nahm.

»Lobenswert pünktlich«, sagte Bohn. »Keinerlei Schwierigkeiten? Wie geht's ihr?«

»Gut. Wo ist Walter Krieger?«

»In Wien hängengeblieben.« Bohn mußte grinsen, als er ihre erschrockene Miene sah. Nachdem er so seinen Spaß gehabt hatte, fügte er beruhigend hinzu: »Keine Sorge. Ich bin ja hier.« Dann wurde er ernst. »Krieger hatte noch was zu erledigen – was, hat er mir nicht gesagt, als er mich um halb elf anrief, aber ich glaube, er wollte sich am Telefon nicht darüber äußern.«

»Klang er beunruhigt?«

»Keineswegs, Sehr energisch, sehr bestimmt. Bat mich, für ihn einzuspringen, und schickte mir sogar seinen Wagen zum Hotel. Das Ganze innerhalb von zehn Minuten. Na, ist das Zusammenarbeit?«

»Wann können wir mit Krieger zusammenkommen?«

»Überhaupt nicht. Er wird Sie um halb zwei von Wien aus anrufen.«

Jo sah automatisch auf ihre Armbanduhr. »Anrufen – wo? In Irinas Zimmer?«

»Ja. Das ist besser, als sich in einer Hotelhalle ausrufen zu lassen.«

Jo nickte. Ihre Magenmuskeln entkrampften sich wieder.

»Dieser Krieger – verdammt noch mal!« schimpfte sie. »Da hetzen wir uns ab, um nur ja pünktlich hier zu sein, und er erledigt gemütlich seine Angelegenheiten in Wien.«

»Auf dem Polizeipräsidium. Von dort kam jedenfalls der Anruf.«

»Und woher wollen Sie das wissen?«

»Elementar, lieber Watson. Ich habe den Mann gefragt, der mir Kriegers Wagen zum Hotel brachte.«

»Polizeipräsidium?« Dann fiel es ihr wieder ein. »Das war nicht geschäftlich, lieber Holmes. Das war ein Abschiedsbesuch bei einem Kriegskameraden. Diese Leute halten wirklich viel von alter Freundschaft, scheint mir.«

»So, wie ich Krieger kenne, diente dieser Besuch aber zweifellos auch einem nützlichen Zweck.«

»Mag sein«, räumte sie lächelnd ein. »Übrigens, wenn Sie für ihn einspringen wollen, sollten Sie sich jetzt was zu essen bestellen, damit Sie um ...«, sie überlegte, »eine halbe Stunde nach Daves und Irinas Abreise fertig sind. Die genaue Zeit werden wir Ihnen noch mitteilen. Sie bleiben doch hier?«

Mark war ein ausgesprochen unruhiger Geist; stets trieb ihn die Neugier umher.

»Wo soll ich denn sonst hin?« gab er zurück. »Den Berg zur alten Burg hinter dem Dorf gedenke ich nicht zu erklimmen, nicht mal in memoriam Richard Löwenherz. Und was die Klippen da drüben betrifft: ein kleiner Sprung in die blaue Donau? Nein, danke. Da bleibe ich lieber gemütlich hier sitzen und denke an die Menschenmassen in der Hauptstraße.«

»Ich wünschte, ich könnte Ihrem Beispiel folgen, aber ich muß Dave ins Bild setzen. Der wird toben. Er wollte fort, sobald er mit Krieger gesprochen hatte.«

»Weshalb diese Eile?«

»Weil sich im Vorhof ein Mann herumtreibt und unseren Mercedes im Auge behält. Wobei mir einfällt« – sie streckte die Hand aus –, »Dave braucht die Schlüssel für Ihren Chrysler, Mark.«

«Ach – wollen wir tauschen?«

»Ja. Sie bringen den Mercedes nach Salzburg zurück. Hier sind die Schlüssel und die Papiere.«

»Hören Sie mal, ich habe fürs erste genug vom Autofahren. Ich bin, verdammt noch mal, kein Chauffeur!«

»Aber ich werde Ihnen vermutlich Gesellschaft leisten. Stellen Sie sich vor, wie wir die Fahrt genießen werden! Außerdem ist es nicht allzu weit, und die Autobahn ist sehr bequem.«

»Und was dann?«

»Dann sind Sie frei. Und ich fahre nach Graz.«

Er starrte sie verwundert an. »Wer hat Ihnen denn diesen Floh ins Ohr gesetzt?«

»Dave.«

Bohn schüttelte amüsiert lachend den Kopf. »Will der vielleicht nach Jugoslawien?« Dann wurde er nachdenklich. »Oder etwa nach Italien? Hat Jaromir Kusak sich da versteckt?«

»Das wäre schön«, wich Jo seiner Frage geschickt aus. Wenn Mark nicht wußte, daß ihr Ziel die Schweiz war, würde er es von ihr bestimmt nicht erfahren. Nicht daß ihr Mark unsympathisch war. Im Gegenteil, in Washington hatte er ihr so manche Party verschönt. »Dann könnte ich mich bei meinen Eltern ausruhen.«

»Wo leben die denn jetzt eigentlich?« Ihr Vater war, wie Bohn sich erinnerte, ein ehemaliger italienischer Diplomat, der jahrelang in Washington stationiert gewesen war.

»In Rom.« Sie erhob sich. Marks Hartnäckigkeit belustigte sie immer aufs neue. Gleich würde er sich nach ihrer Adresse erkundigen und sich auf diese Art einen angenehmen Zwischenaufenthalt für eventuelle Italienreisen sichern.

»Sie haben noch Zeit. Wenn Krieger halb zwei sagt, dann meint er halb zwei.«

»Aber ich muß Irinas Zimmer suchen.« Und das konnte in diesem unübersichtlichen Labyrinth gut zehn Minuten dauern. Verzweifelt sah sie zu den Hotelfenstern auf und musterte die verschiedenen Flügel, die an das ursprüngliche Schloß angebaut worden waren. »Bis zwei«, sagte sie dann und ging davon.

Der Sohn des Hotelportiers, einer von drei kleinen Jungen zwischen neun und zwölf Jahren, die in der Hotelhalle warteten, um den Gästen mit dem Gepäck oder bei eventuellen Fragen behilflich zu sein, führte Jo durch mehrere schmale Gänge, die um einen Innenhof liefen, zur richtigen Tür. Als er sie ihr zeigte, war sein triumphierendes Lächeln ebenso reizend wie seine Hilfsbereitschaft.

»Vielen Dank. Ohne dich hätte ich mich bestimmt verirrt«, sagte Jo in ihrem besten Deutsch. Sie steckte ihm fünf Schilling zu, über die er sich sichtlich freute. »Und wenn du in einer halben Stunde wiederkommst, gebe ich dir noch mal fünf.«

»Hierher?« Er berührte die Wand neben der Zimmertür.

»Genau hierher. Wie heißt du, Kleiner?«

»Gerhard.«

»Also, Gerhard, in einer halben Stunde.« Damit er sie auch bestimmt verstand, zeigte sie es ihm auf ihrer Uhr. Er nickte feierlich und verschwand. Jo klopfte an die Zimmertür.

»Wer ist da?« hörte sie Davids Stimme.

»Euer kleiner Sonnenschein.« Die Tür wurde geöffnet, und sie schlüpfte hindurch. »Und Gott sei Dank zehn Minuten vor der Zeit«, sagte sie voll Erleichterung.

»Vor welcher Zeit?« Davids Ton war scharf.

»Vor halb zwei. Dann will uns Krieger aus Wien anrufen.«

David starrte sie fassungslos an. »Und wer hat den Chrysler hergefahren?«

»Mark Bohn. Er wartet draußen auf der Terrasse in einem karierten Leinenjackett. Überaus modisch. Wenn er sich nur diese dicken Koteletten ein bißchen ausrasieren würde. Die ...«

»Er wartet – worauf?«

Ja, dachte Jo, David hat es wirklich schwer. »Auf mich.« Sie sah zu Irina hinüber, die am Fenster stand. Der Koffer lag geöffnet auf dem Bett, Irina jedoch trug immer noch Rock und Bluse. Nun, wie schön, daß wenigstens einer von uns Zeit hat, diesen herrlichen Blick zu genießen! »Sie sollten sich jetzt lieber umziehen, Irina«, mahnte Jo. Und fragte David mit gesenkter Stimme: »Probleme?«

»Ich weiß nicht. Es ist, als habe sie Angst, offen mit mir zu sprechen.«

»Nicht nur mit Ihnen – mit allen Menschen. Ich bin überhaupt nicht an sie herangekommen. Na ja, machen wir, daß wir fertig werden.« Jo trat an den Koffer und nahm ein blaues Kleid sowie einen eleganten Kettengürtel heraus. »Sie ist schlanker, als ich gedacht hatte. Wie gut, daß ich den Gürtel gekauft habe. Damit kann sie ihre Taille einhalten. Irina!«

Langsam kam Irina ans Bett.

»Was ist?« fragte Jo rundheraus.

Irina nahm das Kleid in die Hand, schien es aber nicht mal zu bemerken. »Ich bringe Sie alle in Gefahr.« Ihre Stimme war kaum vernehmbar. »Ich hätte nicht kommen dürfen...«

»Unsinn! Und jetzt probieren wir das Kleid hier. Dave möchte mit Ihnen abfahren, sobald er mit Walter Krieger gesprochen hat. Nicht wahr, Dave?«

David nickte. Er beobachtete Irinas Gesicht. Sie meint es ernst, stellte er fest. Sie spürt eine Gefahr. Sie ist immer noch die alte Irina: Sie ist um uns besorgt, nicht um sich selbst. »Irina...«, begann er liebevoll, brachte den Satz aber nicht zu Ende. Das Telefon klingelte.

Jo nahm den Koffer auf beide Arme. »Kommen Sie mit, Irina.« Sie führte die junge Frau ins Badezimmer. Im Hinausgehen rief sie David zu: »Ich möchte aber auch noch mit ihm sprechen.«

Es war tatsächlich Walter Krieger. Zuallererst fragte er, ob alles gutgegangen sei. Sodann, ob Bohn es pünktlich geschafft habe. Und schließlich, ob es dem Mädchen gut gehe. Irinas Name sollte offenbar nicht erwähnt werden.

Davids Antworten waren ebenso knapp.

Dann sagte Krieger jedoch unerwartet: »Dave, ich muß Sie heute noch sprechen.«

»Von mir aus gern«, antwortete David erleichtert.

»Wohin fahren Sie von dort aus?«

»Nach Graz. Und anschließend nach Lienz.«

»Ach...« Kurze Pause. »Schwierigkeiten?«

»Ja. Zwei, glaube ich.«

»Zum Beispiel?«

»Ein Mann, der zuviel Interesse für uns zeigt. Im Augenblick ist er auf dem Vorplatz. Anscheinend war es ihm egal, ob wir ihn sehen oder nicht. Es könnten also noch andere in der Nähe sein.«

»Können Sie sich was einfallen lassen?«

»Ich glaube schon.«
»Das zweite Problem?«
»Ist nicht so leicht zu erledigen. Es geht um das Mädchen.«
»Kann sie Sie hören?«
»Nein.«
»Hysterisch? Erschöpft?«
»Das ist es nicht. Sie macht sich Sorgen und will uns nicht sagen, warum.«
»Dann bringen Sie sie zum Sprechen«, forderte Krieger schroff.
»Ja, aber wie? Sie hat in den vergangenen Jahren zuviel für sich behalten müssen. Sie ist wie eine verschlossene Tür.«
»Fragen Sie sie – das könnte wichtig sein –, fragen Sie sie nach Alois Pokorny. Ob sie ihn kannte. Wenn ja, sagen Sie ihr, daß er heute vormittag, kurz nachdem sie das Haus verlassen hat, in dem er wohnte, umgebracht worden ist. Die Polizei hat ihn identifiziert und ist mit der Untersuchung des Falles beschäftigt. Achten Sie auf ihre Reaktion. Es könnte uns allen von Nutzen sein.«
»Wo treffen wir uns? Ich wollte im ...«
Krieger unterbrach ihn jedoch. »Wir treffen uns auf dem Schloßberg unter dem großen Uhrturm. Um sechs?«
»Ich werde da sein.«
»Ist Jo in der Nähe?«
»Ich kann sie holen.«
»Nein, sagen Sie ihr nur, daß sie so schnell wie möglich nach Lienz fahren soll. Keine Angst, sie wird's schon schaffen. Morgen früh werde ich sie in der ›Forelle‹ anrufen, einem gemütlichen, kleinen Gasthof. Viel Glück!« Damit beendete Krieger das Gespräch.

Jo ärgerte sich beinahe zwei ganze Minuten lang. Dann lachte sie entschuldigend. »Na schön, so habe ich eben nicht mit Krieger sprechen können. Aber glaubt der vielleicht, ich könnte fliegen? Soll ich etwa allein über den Großglockner fahren? Oder wie soll ich sonst von Salzburg nach Lienz kommen? Oh, mein Gott!«
»Er sagte, Sie würden's schon irgendwie schaffen.«
»Morgen *früh!*« Vor lauter Empörung hatte Jo ganz vergessen, was sie bei Irina erreicht hatte, doch David zeigte seine Bewun-

derung offen. Das dunkelblaue Kleid war einfach und gut geschnitten; in der Taille von dem Gürtel gehalten und am Hals durch einen blau-grünen Schal ergänzt, wirkte es sogar elegant. Genau wie der dazu passende Mantel – äußerst günstig für die kühlen Abende in Österreich. David bemerkte die Farbe auf Irinas Wangen und Lippen: nicht zuviel, nur ein Hauch. Am verblüffendsten war jedoch ihr Haar. Eine dunkelbraune Perücke, weich gelockt an Schläfen und Ohren, hatte ihr Aussehen vollkommen verändert, wirkte jedoch durchaus natürlich. Niemand hätte sie wiedererkannt, es sei denn, er hätte sie eingehend betrachtet und sich den Knochenbau ihres Gesichts eingeprägt. Doch dazu waren wohl nur wenige in der Lage.

»Fabelhaft!« sagte David zu Jo. Und Irina lächelte sogar, als sie sich in dem hohen Spiegel betrachtete.

»Ich bin einmal mit einem Franzosen in seinem nagelneuen Ferrari über den Großglockner gefahren. In dreitausend Meter Höhe wäre ich fast erfroren. Dazu noch die vierundzwanzig oder sechsundzwanzig Haarnadelkurven – ich dachte, ich würde nicht lebend nach Hause kommen!«

»Wo sind deine alten Kleidungsstücke?« wandte sich David an Irina. »Im Koffer?« Der Kofferdeckel wölbte sich leicht, die beiden Schlösser aber hielten. Als sie nickte, erklärte er: »Wir können außerhalb von Dürnstein anhalten und sie in einem Waldstück wegwerfen. Außerdem werden wir weiter südlich etwas essen. Hast du Hunger?«

»Ein bißchen.«

Das war ein definitiv gutes Zeichen. Vor einer Stunde noch hatte sie jegliche Nahrung abgelehnt, nicht einmal ein Sandwich wollte sie essen. »Ich komme um vor Hunger«, gab er zu. »Aber zuerst müssen wir hier raus. Jo – hören Sie zu! Sie halten uns auf.«

Das weckte Ihre Aufmerksamkeit.

»Folgendes werden wir jetzt tun«, sagte David und erläuterte ihnen seinen Fluchtplan aus dem Hotel. »Habt ihr verstanden, alle beide? Es kommt auf genaues Einhalten des Zeitplanes an.« Er sah auf seine Armbanduhr. »Zehn Minuten vor zwei.«

»Himmel!« sagte Jo, riß die Schlafzimmertür auf und winkte jemandem, der draußen stand. Ein kleiner Junge, ungefähr neun, mit sorgfältig gebürstetem Haar und blankem Gesicht kam herein. »Das ist Gerhard«, stellte Jo vor. »Er wird den Koffer in den Chrysler bringen. Für zehn Schilling. Ich habe ihm zwar nur fünf versprochen, aber ich denke, unser Spesenkonto verkraftet auch zehn.«

»Kennt er sich mit Autos aus?« fragte David etwas zweifelnd.

»Versuchen Sie's. Er beobachtet sie den ganzen Tag, wie sie ankommen und abfahren.«

Auf deutsch wandte sich David an den Jungen. »Hast du im Hof einen dunkelblauen Chrysler gesehen?«

»Einen Chrysler...«, wiederholte Gerhard stirnrunzelnd. Wenigstens war der Kleine aufrichtig.

»Er steht neben dem schwarzen Cadillac«, erklärte David. Gerhards Miene hellte sich auf. »Ja, den Cadillac hab' ich gesehen.«

»Der Chrysler steht direkt daneben. Er ist ein bißchen dunkler blau als das Kleid dieser Dame hier. Direkt neben dem Cadillac. Hast du das verstanden?«

Gerhard nickte und nahm den Koffer.

»Einen Moment.« David gab ihm die zehn Schilling. »Den Koffer legst du einfach auf den Rücksitz. Und dann verschwindest du. Okay?«

»Und vielen Dank«, rief Jo, als Gerhard in seinem üblichen Trott den Korridor hinuntertrabte. »Der wird eines Tages noch Langstreckenläufer.«

»Sie auch«, sagte David zu Jo, »verschwinden Sie! Weg mit Ihnen!«

»Und die Rechnung?«

»Ist bezahlt. Woher sollte ich sonst unsere Pässe haben?«

Jo lachte und ging davon.

David sah Irina an und zögerte. Hatte sie wirklich alles verstanden?

»Ich folge dir«, erklärte sie.

»Verlier mich aber nicht aus den Augen!« Damit ging er ebenfalls.

Irina nahm das ›Bitte nicht stören‹-Schild, zog die Zimmertür hinter sich ins Schloß und hängte es an die Klinke. Dann folgte sie David durch den Irrgarten der Hotelkorridore.

Jo hatte die Terrasse erreicht. Mark Bohn trank immer noch an seinem Bier. »Ich dachte, wir könnten zusammen essen ...«, begann er.

»Später. Zuerst... Kommen Sie mit.« Sie führte ihn die Innenseite der Terrasse entlang bis zu einer Stelle, von der aus sie Ludvik sehen konnten. »Gehen Sie sofort da hinauf und verwikkeln Sie den Mann in ein Gespräch: den blonden in dem blauen Hemd, der da hinten an der Brüstung lehnt. Sehen Sie ihn?«

»Aber...« Mark wirkte unsicher, beinahe nervös.

»Sprechen Sie ihn an! Sagen Sie irgendwas – irgend etwas, das seine Aufmerksamkeit vom Schloßhof ablenkt. Sie reden doch oft genug mit Fremden, nicht wahr, Mark?« Und sie versetzte ihm einen Stoß, der ihn in Richtung Treppe schickte. Er ging weiter und schlenderte kurz darauf an der Brüstung entlang, bis er bei Ludvik Meznik ankam. Jo konnte sehen, wie Mark ein paar beiläufige Worte an ihn richtete. Und Ludvik reagierte. Er schien zwar zu erschrecken, aber er antwortete. Eindeutig. Dann zeigte Mark auf eines der großen Hovercraft-Schiffe, eine neue Art von Fährbooten, die auf der Donau hin und her fuhren. Mit seinem gedämpften Maschinenlärm kam es wie eine Flutwelle auf die Uferklippen zu. Alle Gäste auf der Terrasse standen auf, um etwas sehen zu können, als das Hovercraft-Schiff unten auf seinen Landeplatz zurauschte. Ludvik schien genauso interessiert wie die anderen – mindestens eine ganze Minute lang. Dann blickte er wieder zu den Wagen auf dem Schloßhof hinüber und unterhielt sich mit Mark Bohn.

Hat die Zeit für Dave gereicht? fragte sich Jo. Eine Minute war nicht viel. Aber eine Minute lang Glück zu haben, konnte sehr viel bedeuten.

Gewiß, überlegte sie, während sie langsam zu Marks Tisch zurückkehrte, falls dieses Hovercraft-Boot nicht Ludviks Aufmerksamkeit erregt hätte, wäre Mark mit Sicherheit etwas anderes eingefallen: ein paar Fragen über das Kloster, das wie eine Festung südlich der Donau auf einem Hügel stand; oder über die Weinberge an den Hängen des anderen Ufers; oder ... Daß Mark um Worte verlegen gewesen wäre, hatte sie noch nie erlebt. Das bewies auch wieder einmal das neueste Thema, mit dem er sich beschäftigte: ›Tiefeninterview‹ nannte man es im modernen Journalistenslang. Aber merkwürdig, wie er sekundenlang gezögert hatte. Beinahe, als wäre er nervös geworden. Mark – nervös? Höchstens beim Autofahren in der Nacht oder auf kurvenreichen Landstraßen. Einmal hatte er darüber gespöttelt. »Ich habe einfach Ihre Reflexe nicht«, hatte er zu ihr gesagt. »Bevor ich einen Wegweiser sehe, bin ich längst daran vorbei.«

Als sie zur Speisekarte griff, sah sie auf ihre Armbanduhr. Wie herrlich, in ein paar Tagen endlich wieder entspannen zu können, niemals auf eine Uhr sehen zu brauchen, niemals mit einer Minute rechnen zu müssen, nie mehr auf der Achse zu sein, einfach an Ort und Stelle bleiben und ausruhen zu können. Möglichst an einem Swimming-pool mit einem eiskalten Drink in der Hand und einem interessanten Mann in der Nähe. Dann, als sie an sonnengebräunte Menschen dachte, fiel ihr auf einmal wieder der Franzose ein. Und sein Ferrari. Und die Haarnadelkurven des Großglockner. Wie soll ich bloß nach Lienz kommen, fragte sie sich verzweifelt.

David ging durch die kleine Halle und blieb neben der Hoteltür stehen. Gerhard konnte er nicht sehen: Zu viele Wagen waren größer als der Junge. Aber Bohn sah er, der an der Brüstung entlang auf Ludvik zuging. Jetzt? Nein, noch nicht. Die beiden Männer unterhielten sich, doch Ludviks Aufmerksamkeit war noch nicht hundertprozentig gefesselt. Dann deutete Bohn zur Donau hinunter. *Jetzt,* entschied David. Irina war dicht hinter ihm. Vergaß sie auch nicht, ein paar Sekunden zu warten, ihm ein bißchen Zeit zu lassen?

Ohne sich nach ihr umzusehen, strebte er den parkenden Wagen zu. Hinter der ersten Reihe angelangt, fühlte er sich weniger exponiert. Schade, daß ich nicht auf Gerhards Größe zusammenschrumpfen kann, dachte er. Von der Donau her hörte er dumpfes Motorengeräusch, hielt aber keine Sekunde an. Dann hatte er den Chrysler erreicht, duckte sich, als er den Schlag aufriß, und glitt geschickt hinter das Steuer. Ein kurzer Blick auf den Rücksitz bestätigte ihm, daß Irinas Koffer vorhanden war, und er atmete erleichtert auf. Seine eigenen Sachen allerdings sah er nicht. Wo mochte Jo sie hingelegt haben? Er tastete unter dem Sitz herum, fand aber nichts. Dann kippte er die Rücklehne des Beifahrersitzes nach vorn. Sie hatte ihn also nicht vergessen. Reisetasche und Regenmantel lagen auf dem Fußboden, so weit wie möglich außer Sichtweite. Er nahm den Regenmantel und schlüpfte hinein. Er würde zwar schwitzen, aber der Mantel verdeckte die Farbe seines Jacketts. Und die Sonnenblende, heruntergeklappt und zur Seite gedreht, verbarg seine Haare und den größten Teil seines Gesichts vor Ludviks ununterbrochen suchendem Blick. Nun brauchte er nur noch den Zündschlüssel ins Zündschloß zu stecken, die Position sämtlicher Knöpfe auf dem ihm unbekannten Armaturenbrett zu überprüfen, seine Autokarte zur Hand zu nehmen und zu warten. Es konnte sich höchstens noch um Sekunden handeln.

Irina öffnete die Tür und schlüpfte auf den Beifahrersitz. David ließ den Motor an, legte den Rückwärtsgang ein und setzte vorsichtig zurück. Dann stellte er die Automatic auf ›Drive‹ und lenkte den Wagen auf das Tor zu.

»Ludvik hat mich gesehen«, sagte Irina. »Ludvik hat mich gesehen, als ich in den Schloßhof kam, aber er hat sich abgewandt.« Sie lachte leise. »Ich habe ihn einfach nicht beachtet, und er hat sich abgewandt.«

Irina lachte noch einmal. Ein schöner Klang. »Er sah dem Wagen nach, als wir abfuhren, aber er interessierte ihn nicht. Er hat sich weiter mit einem Mann unterhalten. War das einer von seinen... Freunden?« Und das ist mir, in diesem Moment, vollkommen gleichgültig, dachte sie. Wir schaffen es, sie alle abzuschütteln – jeden einzelnen.

»Nein, Irina. Das war Mark Bohn.«

Irina sprach nicht weiter.

Sie betrachtete, nun wieder mit gerunzelter Stirn, die vielen Menschen auf der Straße.

»Gleich wird es besser«, beruhigte David sie. »Gleich kommen wir an die Brücke und überqueren die Donau. Dort ist wesentlich weniger Verkehr, und wir können viel schneller fahren.«

Als sie die Brücke überquerten, schwieg sie jedoch immer noch. Immer wieder kontrollierte David die Straße hinter ihnen, bis er schließlich sagen konnte: »Kein grauer Fiat. Wir sind ihnen entwischt, Irina!« Er hielt am Straßenrand, um Mantel und Jacke auszuziehen. »Jetzt geht die Fahrt erst richtig los. In einer halben Stunde machen wir halt und gehen erst mal etwas essen.«

»Ich bin nicht hungrig, David.«

Nun sind wir also wieder da, wo wir waren. »Wir holen uns

ein paar Sandwiches, die kannst du essen, wann du willst. Irina – bitte, iß doch was. Mir zuliebe!«

Irina hörte, wie besorgt er war. Sie lächelte ein wenig, nickte, ließ aber die Augen nicht von den endlosen Hängen voller Weinstöcke.

Ich werde sie zuerst zum Essen überreden, dann können wir uns unterhalten, beschloß David. ›Wie denn?‹ hatte er Krieger gefragt. Ja, Wie? überlegte er immer noch. Er war nicht Krieger, der Irina gegenüber gelassen und objektiv sein konnte; Krieger hatte sich den Falschen für diesen Job ausgesucht. Eine verteufelte Fahrt würde das werden. David fiel in bedrücktes Schweigen. Alles kam immer anders, als man erwartete. Aber auch alles.

9

Sie waren jetzt in bergigem Gelände, knapp eine Fahrstunde südlich der Donau. Jetzt konnte David es auch wagen, an einem Café am Straßenrand anzuhalten, einem von mehreren Speiselokalen, die sich um einen Skilift herum angesiedelt hatten. Das Dorf selbst konzentrierte sich mehr oder weniger in der Nähe der großen Autostraße, die zwischen den niedrigen Vorbergen hindurch bis ins Gebirge weiterstieg. Im Winter waren die kleinen Hotels und Wochenendhäuser von Wiener Skiläufern bewohnt. Jetzt gab es höchstens ein paar verirrte Personenwagen und einige, wenige Leute, die nach dem Mittagessen die gute Luft genossen und nicht recht wußten, was sie tun sollten.

Der Innenraum des Cafés war klein, mit gelblich lackiertem, jungem Holz getäfelt, eine Wand mit kleinen Geweihen verziert, die andere mit einem Musikautomaten. An der Bar hockten mehrere rotgesichtige Männer in einheimischer Tracht – grüne Jacken, schwarze Hosen, schwere Stiefel –, deren tiefe, leise Stimmen sich gelegentlich zu einem lauten Streit steigerten. Eine Bedienung im Minirock wischte mit einem grauen Lappen die Tische ab. Weder sie noch die Männer beachteten die beiden späten Gäste.

David wählte einen Tisch, der bereits einigermaßen gesäubert war, sorgte dafür, daß Irina Platz nahm, und ging dann zur Bedienung hinüber. »Die Küche ist geschlossen«, erklärte sie, ohne ihn anzusehen.

Vielleicht ganz gut, dachte er, als er ihre schmutzige Schürze bemerkte. Wäre seine Zeit nicht so knapp gewesen, er hätte die gastliche Stätte bereits nach dem ersten Blick wieder verlassen. Aber die übrigen Küchen in diesem sommer-traurigen kleinen Dorf waren vermutlich auch geschlossen. Also sagte er in freundlichem Ton: »Wir sind ein bißchen spät dran, ich weiß. Könnten Sie uns nicht wenigstens etwas Brot bringen? Mit Käse? Und Tee für die Dame, Bier für mich? Wir haben seit dem Frühstück nichts mehr gegessen und müssen möglichst schnell weiter. Tut mir leid, daß wir Ihnen Mühe machen, aber ich wäre Ihnen sehr dankbar. Wirklich.«

Das junge Mädchen – ihr Make-up war beinahe perfekt, ihr Haar nach der Mode des vergangenen Jahres frisiert – hielt in der Arbeit inne und starrte ihn an. Dann begann sie plötzlich zu lächeln. Sie klatschte den Wischlappen auf die Resopalplatte, sagte etwas in so starkem Dialekt, daß er praktisch kein Wort verstand, und eilte mit klappernden Sandalen davon. Nach zehn Minuten war sie wieder da, hatte sich eine frische Schürze umgebunden und brachte ihnen eine einfache Mahlzeit. Sie war nicht gut, aber eßbar und liebevoll angerichtet. Und Irina, die Davids Niedergeschlagenheit bemerkte, gab sich wirklich die größte Mühe. Sie aß wenigstens so viel, daß er zufrieden war. »Du hattest recht«, sagte sie. »Ich brauchte etwas zu essen.«

»Gibt es keine Möglichkeit, diesen Lärm abzustellen?« Die Musikbox war sofort eingeschaltet worden, als sie zu den ersten dicken, altbackenen Graubrotscheiben griffen.

»Das können wir nicht. Sie hat die Musik so sorgfältig ausgewählt. Was ist das?«

»*Le Jazz Hot.* Europäischer Chicago-Stil. Boogie-Woogie mit Stomp-Stomp.«

Irina hätte beinahe gelacht. Sie unterdrückte ihr Vergnügen, aber ihre Augen strahlten wieder.

So ist es besser, dachte David. »Möchtest du noch etwas von diesem köstlichen Käse?«

»Na, so schlecht war er gar nicht. Und der Schinken war sogar gut. Das Brot ist – na ja, nahrhaft.«

Keiner von beiden sagte ein Wort über die ungegessenen, sich biegenden Scheiben Speckwurst, die mit einem welken Radieschen auf der Platte liegenblieben, oder über den gelblichen Kartoffelsalat. Das Flaschenbier schäumte wie Seifenpulver, der Tee war mit warmem Wasser aus dem Hahn aufgebrüht worden. Nun, wenigstens lud hier nichts zu längerem Verweilen ein. David hinterließ ein doppeltes Trinkgeld, und sie eilten hinaus. »Kommen Sie bald wieder!« rief ihnen die Bedienung nach. Sie stand, eine österreichische Brigitte Bardot, an der offenen Tür, aus der dröhnende Musik in das stille Tal hinausquoll. Die Berge blickten herab – stumm und gelassen.

»So. Jetzt können wir lachen«, sagte David, nachdem er die Autofenster geschlossen und Tempo zugelegt hatte. »Das Komischste an dem Ganzen war ja ich. Stell dir vor, ich stand da, bestellte Tee, und dann fiel mir auf einmal ein, daß ich ja eine Pistole in der Tasche trug.« Sobald sie das Alpendorf und den Musikboxlärm hinter sich gelassen hatten, drückte er auf den Knopf, der automatisch die Fenster öffnete. Die Waldluft duftete nach Harz, und die einzige Begleitmusik war das Rauschen des schnellen Bergbaches, dessen Wasser über Geröll und Steine hüpfte. »Hast du's gemerkt?« fragte er, als er das Lächeln in ihren Augen sah. »War es so auffallend?«

»Nein, nein. Ich mußte an etwas anderes denken. An einen Cafétisch in Prag. Meine Freunde erklärten dir alles über Jazz im New Orleans- und im Chicago-Stil. Und du bist beinahe verrückt geworden, weil du versucht hast, das, was sie von sich gaben, richtigzustellen, und keiner von ihnen dich verstand. Sie hatten überhaupt keine Ahnung, nicht wahr?«

»Na ja, sie kannten damals eben ihren Bach besser als ich. Das hat das Gleichgewicht wiederhergestellt. Sind sie übrigens alle bei der Musik geblieben? Ich habe noch nie so viele zukünftige Komponisten, Dirigenten und Konzertgeiger an einem Tisch versammelt gesehen.«

»Nein.« Sie zögerte, stirnrunzelnd. »Einer ist Lehrer geworden. Einer ist in die Politik gegangen. Ein paar haben ... andere Jobs.« Ihre Stimme versagte.

»Und du?« fragte er rasch. »Hast du jemals Konzerte gegeben?«

Irina schüttelte den Kopf. »Und was machst du?«

»Ich schreibe für eine Musikzeitschrift.«

»Und warum bist du in Österreich – gerade jetzt?«

»Salzburg.«

»Ach so . . . Zu den Festspielen wollte ich schon immer einmal. Wie ist es da?«

Das war ein ungefährliches Thema, über das er sich ganze fünf Minuten lang verbreitete. Sie hörte zu, aufmerksam, interessiert. Als er dann jedoch darauf wartete, daß sie etwas sagte, wirkte sie in sich gekehrt, ferner von ihm denn je.

»Du bist nicht verheiratet, David – nicht wahr?« fragte sie.

Die Frage, kühl, unbeteiligt, kam völlig unvorbereitet für ihn. Er antwortete kurz: »Ich war. Vier Jahre lang. Keine Kinder.«

»Ich war auch verheiratet; jetzt bin ich geschieden. Zwei Kinder.« Sie machte eine lange Pause. »Beide tot. Ertrunken bei einem Unfall auf einem See. Vor drei Jahren. Sie wären jetzt neun und acht Jahre alt.«

»Hör zu, Irina . . .«

»Nein, David. Ich *muß* es dir erzählen – sonst würdest du es nie verstehen.«

Verstehen – was? überlegte er.

»Wo soll ich anfangen?« sagte sie laut zu sich selbst und schüttelte nachdenklich den Kopf.

»Vielleicht, als ich Prag verlassen mußte und dann in Wien auf dich wartete.«

»Und ich bin nicht gekommen.« Sie beobachtete seine Augen. »Ich konnte nicht, David – bitte, glaube mir! Meine Mutter hatte mich aufs Land mitgenommen, zum Haus meines Vaters bei Rajhrad. Das ist südlich von Brünn: weit weg von Prag und meinen Freunden. Mein Vater durfte nicht mal ins Dorf gehen. Und so mußte ich dann leben, streng bewacht, bis die letzten Unruhen in Ungarn unterdrückt waren und meine Mutter es für ungefährlich hielt, mich nach Prag zurückkehren und meine Freunde wiedersehen zu lassen. Nur daß sie sie diesmal auswählte.«

»Ungefährlich für ihre Position in der Partei?« fragte David bitter.

Irina nickte. »Aber das dauerte nicht lange. Fünf Jahre später . . .« Sie brach ab. »Deine Briefe habe ich nie bekommen, David.«

»Ich deine auch nicht.«

»Du wußtest, daß ich dir schrieb?«

»Ich hoffte es.«

Sie saß ganz still, blieb lange stumm.

»Fünf Jahre später – was geschah da, Irina?«

»Meine Mutter wurde verhaftet. Ein Jahr darauf wurde ihr heimlich der Prozeß gemacht. Sie bekam zehn Jahre Gefängnis.«

»Wofür?«

»Das hat sie nie erfahren. Das wußte niemand, der verhaftet wurde.«

»Aber sie gehörte doch zu den Spitzenfunktionären der...«

»Das traf auf die anderen ebenfalls zu. Sie hatte Glück. Die anderen mußten sich in einem Schauprozeß öffentlich schuldig bekennen. Und als sie dann ins Gefängnis gebracht wurde, hat man elf von ihnen auf dem Transport aus den Wagen geholt und an einem einsamen Straßenrand erschossen.«

Jetzt war er es, der kein Wort sagte. Hörte nur zu, stellte keine weiteren Fragen mehr. Und so, fuhr Irina in ihrer Erzählung fort, war sie in Prag ganz allein gewesen. Ihren Vater durfte sie nicht besuchen. Ein Konzert, das sie vorbereitet hatte, wurde abgesagt. Sie und zwei weitere Musikstudenten wurden in die Fabrik geschickt. Die meisten ihrer Freunde und alle früheren Freunde ihrer Mutter mieden sie. Bis auf Jiri Hrádek. Er war damals, als sie ihn in der Wohnung ihrer Mutter kennengelernt hatte, an der Universität Dozent für Geschichte gewesen; und dann war er in den Staatsdienst gegangen. Er hatte nie darüber gesprochen, auch nicht, als er sie geheiratet, aus der Fabrik geholt und dafür gesorgt hatte, daß ihre Mutter in ein besseres Gefängnis mit weniger harter Arbeit verlegt wurde. Jetzt allerdings sah sie ein, daß Jiris Hauptinteresse wahrscheinlich ihrem Vater galt, daß alles, was er tat, dazu diente, die Zuneigung, das Vertrauen ihres Vaters zu erringen. Damals jedoch hatte sie in Jiri ausschließlich einen besonders mutigen Mann gesehen und war ihm entsprechend dankbar gewesen.

Was Jiris Hoffnung betraf, Jaromir Kusak werde sich überreden lassen, einen Roman zu schreiben, der Sympathie mit dem gegenwärtigen Regime verriet – so unwahrscheinlich, wie das in Davids Ohren klingen mußte, war es damals nicht. Als ihre Mutter im Frühjahr 1968 zusammen mit mehreren anderen Kommunisten aus der Haft entlassen wurde, war sie immer noch Kommunistin und sogar noch strenger in ihrer Überzeugung als zuvor. Ob David sich das erklären könne? Natürlich nicht; kein Amerikaner könnte das je verstehen. Genausowenig wie Irinas Vater. Er war entsetzt. Er genoß die Liberalisierung der Politik in Prag, während ihre Mutter mit Bitterkeit und Empörung darauf reagierte. Dubcek hatte sie befreit, aber sie mißtraute ihm; sie begrüßte die Ankunft der russischen Panzer, die das Land vor den Faschisten retteten. Irinas Vater gab die Hoffnung auf, seine Frau zurückgewinnen und es erleben zu können, daß in seiner Heimat wieder die Freiheit einziehen würde. Damals verließ er die Tschechoslowakei: das Eingeständnis tiefster, vollständiger Verzweiflung.

Irina war nicht mit ihm gegangen. Gewollt hatte sie – o ja! Ihrem Mann hatte sie sich entfremdet: Seine Geheimniskrämerei, seine ewige Abwesenheit, seine versteckte Verachtung für Dubcek – das alles beunruhigte sie, trennte sie von ihm. Aber da waren ihre beiden Söhne, noch viel zu jung für das Risiko einer Flucht mit ihrem Vater. Sie hätten seine Flucht gefährdet. Also blieb sie, wartete darauf, daß die Kinder alt genug wurden, hoffte, plante. Dann wurde ihre Mutter krank, lag im Sterben. Jiri schickte sie zu ihr, damit sie sie pflegen konnte, und nahm die beiden Jungen auf einen Angelausflug mit. Sein Wochenendhäuschen lag an einem einsamen See. Aber es war mehr als nur ein Angelausflug. Er empfing heimliche Besucher. Alte Stalinisten, aufrechte Genossen. Und am Vormittag, als er mit den drei Männern in einem abgeschlossenen Zimmer saß und diskutierte, gingen die Jungen an den See, bestiegen ein Boot und fuhren los. Das war ihnen natürlich streng verboten, aber es war niemand da, der sie zurückgehalten hätte. Sie wurden mit den Rudern nicht fertig. Sie ertranken im knapp zwei Meter tiefen Wasser.

David lenkte den Wagen an den Straßenrand. »Aber ich muß dir alles erzählen«, sagte Irina, »ich muß einfach ...« Er versuchte, ihr die strömenden Tränen zu trocknen. Liebevoll nahm er sie in den Arm. Das Schluchzen ließ nach. Er zog sie an sich, drückte ihre Wange an seine Schulter. »Nein«, beschwichtigte er sie, »du brauchst mir überhaupt nichts zu sagen.«

»Aber ich muß... Ich muß...«

»Später«, wehrte er ab. »Später können wir reden...«

»Nein.« Sie hob den Kopf, und er ließ sie los. »Wenigstens diesen Teil muß ich zu Ende erzählen. Viel ist es nicht mehr. Ich verließ Jiri und seine ewige Politik. Er war inzwischen sehr mächtig geworden. Jene geheime Zusammenkunft an dem Tag, als die Jungen ertranken – die hat ihm gebracht, was er sich wünschte.«

David hatte den Wagen auf die Straße zurückgelenkt; er fuhr direkt vor einer Reihe schwerer Lastwagen und steigerte die Geschwindigkeit, damit sie nicht in Versuchung kamen, ihn zu überholen.

»Ich bat um die Scheidung. Jiri wollte nicht.« Irina sprach ruhig, beinahe unbeteiligt. »Mir wurde erlaubt, in meines Vaters Haus in Rajhrad zu wohnen, und ich nahm langsam, sehr langsam und sehr vorsichtig, Kontakt mit zwei alten Freunden auf. Beide arbeiteten in der Fabrik in Brünn und erklärten sich schließlich einverstanden, mir bei der Flucht aus dem Land zu helfen.«

Die Lastwagen hatten ihre Überholungsversuche aufgegeben, aber David fuhr weiterhin gleichmäßig einhundertundzehn Kilometer pro Stunde. Die Straße war schmal, aber gut asphaltiert, ohne scharfe Kurven und sehr übersichtlich. »Den Rest kenne ich vermutlich«, sagte er sanft, als er ihr plötzliches Zögern bemerkte.

Sie schüttelte den Kopf und wollte weitersprechen. Dann jedoch blieb sie still und wandte abrupt den Kopf von ihm ab. Sie schien ganz in die Betrachtung der Felder und Wälder vertieft.

David überlegte, wie er Kriegers Frage aufs Tapet bringen konnte. Er wußte nicht einmal recht, ob es überhaupt jetzt noch notwendig war: Irina hatte ihm so viel erzählt. Doch diese plötzliche Kehrtwendung, dieses unerwartete Schweigen gaben ihm wieder Rätsel auf. Er verminderte die Geschwindigkeit auf achtzig, weil der Verkehr in der Nähe von Graz dichter wurde. Ja, sie hatte ihm zahlreiche Tatsachen genannt, aber Tatsachen, die ausschließlich mit der Vergangenheit zu tun hatten. Als Vorbereitung auf etwas, das sie ihm später erzählen wollte? *Sonst würdest du es nie verstehen.*

Wie ein Netz lagen die kleinen Landstraßen jetzt rings um die

Autostraße, führten immer mehr Personen- und Lastwagen heran. Er ging auf sechzig Stundenkilometer herunter: In diesem Abschnitt hatte die Straße nur zwei Fahrbahnen, auf denen sich einige schlechte Fahrer austobten. Also ließ er die Augen nicht von der Straße, während er in Gedanken Kriegers Frage formulierte. Er hatte beschlossen, nicht drumherum zu reden; er wollte Irina nicht mit überflüssigen diplomatischen Manövern belasten. Also fragte er sie schlicht: »Kanntest du Alois Pokorny?«

»Alois?« Sie wurde plötzlich wieder lebhaft. »Aber natürlich. Kennst du ihn auch?«

»Nein. Krieger bat mich, dich zu fragen. Er möchte wissen, ob er ein Freund von dir war.«

»Aber ja, das ist er wirklich. Doch ich werde nichts über Alois sagen.«

»Warum nicht?«

»Weil es gefährlich für ihn sein könnte. Je weniger sein Name erwähnt wird, desto besser.«

»Das glaube ich kaum. Jetzt nicht mehr. Alois Pokorny ist tot, Irina.«

Ihre Augen wurden groß, ihre Miene erstarrte. »O nein! – O nein, nein!«

»Tut mir leid«, sagte er. »Heute morgen ist er gestorben.«

»Aber ich habe ihn doch gesehen ... Er war gesund ... Er wollte mich zum Sacher bringen.«

»Wo hast du ihn gesehen?«

»In der Wohnung, in seiner Wohnung, wo er zusammen mit Ludvik wohnte. Die beiden hatten mich von der Grenze abgeholt, in ihre Wohnung gebracht und mich dort elf Tage lang versteckt.« Sie hatte die Worte atemlos hervorgesprudelt, beinahe ein Protest. Dann fuhr sie etwas langsamer fort: »Er konnte nicht mitkommen, weil zwei seiner Freunde kamen, um ... um ein paar Flugschriften abzuholen, die er verfaßt hatte. Ich bin ihnen auf der Treppe begegnet, als ich zum Wagen hinunterging, wo Ludvik auf mich wartete.«

»Haben sie mit dir gesprochen?«

»Nein.«

»Hattest du sie schon einmal gesehen?«

»Nein.«

»Wer hat dir dann gesagt, daß es seine Freunde waren?«

»Ludvik.« Sie starrte ihn an. »Warum stellst du mir solche Fragen?«

»Weil Krieger sagte, Alois sei, wenige Minuten nachdem du seine Wohnung verlassen hattest, umgebracht worden.«

»Umgebracht?« Aus ihrem ungläubigen Protest wurde Qual. Sie schloß die Augen. Dann sagte sie mit erstickter Stimme: »Zuerst Josef, und nun Alois.«

»Josef?«

»Alois' Bruder. Er hat mich zur Grenze gebracht, und dann wurde er ...« Sie brach ab. Öffnete die Augen, richtete sie geradeaus auf die Straße und sah doch nichts.

Sie kamen durch die letzten Ausläufer des Berggeländes, wo sich schon die Fabriken mehrten. Was die Türken Graz in zweihundertfünfzig Jahren immer neuer Überfälle nicht hatten antun können, das hatte die Industrie in knapp zwanzig Jahren geschafft. Als David zum letztenmal in Graz gewesen war, hatte er eine ländliche Stadt vorgefunden, die zufällig die Hauptstadt eines für seine Jagdmöglichkeiten berühmten Landesteiles war. Jetzt war der Verkehr zähflüssig und dicht. Alle Last- und Personenwagen auf dem rechten Ufer der Mur, die dunkel und schnell durch die Stadt strömte, schienen auf das linke Ufer zu wollen, während ebenso viele Last- und Personenwagen von dort zum rechten Flußufer strebten. Kompliziert wurde das Ganze noch durch die Tatsache, daß sich die linke Seite steil aus den engen Straßen erhob und einen recht beachtlichen Hügel bildete, auf dem ehemals eine Festung gestanden hatte. Was die Türken hier nicht geschafft hatten, war Napoleon gelungen: Alles ringsum war zerstört bis auf einen stumpfen Turm, später mit einer gigantischen Uhr versehen, der das gesamte Stadtbild beherrschte. Wenigstens werden die Grazer immer pünktlich sein, dachte David, als sie über eine Brücke kamen und den Namen des Hotels entdeckten. Wer würde es wagen, zu spät zu kommen, solange ein derartiges Monstrum von Uhr ständig daran erinnerte, daß alles vorübergeht, vor allem die so kostbaren Minuten? Ihm selbst blieben jetzt noch genau fünfundvierzig, bis er auf dem Berg hinauf mußte, um sich mit Krieger zu treffen.

Das Hotel war nicht mehr so vornehm, wie es vor fünfzig oder mehr Jahren gewesen sein mußte, aber es gab sich die größte Mühe, mit den moderneren Häusern Schritt zu halten. Anfang August war anscheinend keine Saison für Graz, denn sie hatten keinerlei Schwierigkeiten, zwei nebeneinanderliegende Einzelzimmer zu bekommen. Modern und eng, alles eingebaut, damit wenigstens ein freier Raum von zwei Quadratmetern blieb. Beide zusammen hatten früher wahrscheinlich die Hälfte eines der alten Gästezimmer gebildet. Die alte, die geräumigere Zeit hatte eigentlich doch viel für sich gehabt.

»Kann ich dich beruhigt allein lassen?« wandte David sich an Irina. Sie war zu seiner Erleichterung ruhig. »Ich habe eine Verabredung mit Krieger.«

»Fragst du ihn, was mit Alois geschehen ist?«

»Wenn du das möchtest – ja. Ist es für dich denn wirklich so wichtig?«

Im selben unnatürlich gelassenen Ton antwortete sie: »Es könnte für uns alle wichtig sein.«

»Ich bleibe nicht lange.« Er drückte prüfend auf das Bett. Es war bequem. »Ruh dich aus. Versuch ein bißchen zu schlafen. Wenn ich zurück bin, werden wir unten zu Abend essen.«

»Ist das nicht gefährlich?«

»Ich habe nichts von einem grauen Fiat gesehen«, antwortete er. Und fügte ein wenig leiser hinzu: »Warum ist uns Ludvik gefolgt, Irina?«

»Ich weiß es nicht. Heute morgen dachte ich, daß ich es wüßte. Aber jetzt... Ich weiß es wirklich nicht. Seit Alois...« Sie brach ab. »Keine Angst, du kannst mich allein lassen.«

David öffnete das Fenster – es lag im zweiten Stock mit Blick auf eine Uferstraße –, um das gleichmäßige Rauschen des Wassers sowohl als auch frische Luft hereinzulassen. Das würde ihr beim Einschlafen helfen. Aber alles, was hereinkam, war ein Schwall von Verkehrsgeräuschen und Dieselqualm von den schweren Lastwagen. Hastig machte er das Fenster zu.

Und Irina lachte sogar. »O Gott, David – dein Gesicht!«

»Schön, daß wenigstens etwas hier komisch ist.« Sekundenlang sah er sie an. Dann schloß er sie impulsiv in die Arme und drückte sie fest an sich. »Mach dir keine Gedanken, Irina. Wir werden die Lösung des Rätsels finden. Zusammen.«

Dann ging er hinaus. Er hatte zwanzig Minuten, um den Wagen in der Garage hinter dem Hotel abzustellen, ein Taxi zu rufen und zu der ehemaligen Festung hinaufzufahren. Die Entfernungen im Zentrum der Altstadt waren kurz, aber der Irrgarten der Straßen auf jener Seite des Flusses bildete eine Falle für die Fremden. Ein Taxifahrer kannte den schnellsten Weg.

Der Portier besorgte ein Taxi, während David den Chrysler in die Garage brachte: Er wollte Kriegers Wagen keinen Pagen anvertrauen. Der einzig sichtbare war ohnehin mindestens achtzig. Als er zum Hoteleingang zurückkam, wartete das Taxi bereits. Noch zwölf Minuten, um diesen verdammten Berg hinaufzukommen. Warum Krieger den Treffpunkt ausgerechnet dorthin verlegt hatte, begriff David nicht. Das Taxi schaffte es in weniger als zehn Minuten: Eine kurvenreiche Auffahrt zweigte von der unteren Straße ab und wand sich in sanfter Steigung zum Uhrturm hinauf. Und dort oben begriff David den Sinn hinter Kriegers Vorschlag: Das ganze Gebiet war ein riesiger öffentlicher Park, dessen Bäume und Blumenbeete die eingeebneten Ruinen kaschierten. Und dieser Park war anscheinend beliebt. Leute gingen spazieren, Leute saßen und unterhielten sich. Es war ein ständiges Kommen und Gehen, und es gab ausreichend Platz dafür. Es würde vielleicht sogar schwierig sein, hier unter den Menschen Krieger zu finden.

Ich werde mich von ihm finden lassen, beschloß David; vermutlich hat er schon gesehen, wie ich zu dieser niedrigen Mauer geschlendert bin. Sie liegt direkt neben dem Turm. Und es ist Punkt sechs Uhr. Und ich werde, genau wie die ungefähr fünfzig anderen Personen hier, den schönen Blick genießen.

»Ganz schön hoch oben, nicht wahr?« hörte er Kriegers tiefe Stimme.

10

Zunächst stellte Krieger die Fragen und faßte sie kurz. Aufmerksam lauschte er Davids Antworten, anscheinend bemüht, sie in ein logisches Schema zu bringen. Aber er war verblüfft. »Irgendwo stimmt was nicht«, entschied er schließlich. »Abgesehen von Ludvik, der genau wußte, wo Sie zu finden waren, abgesehen von der Tatsache, daß es ihm völlig gleichgültig war, ob

Sie ihn sahen – abgesehen von alldem stimmt irgendwas nicht, ist irgendwas an der ganzen Sache faul.«

»Irina ist aufrichtig.«

»Ja. Aber alles sagt sie uns auch nicht.« Krieger sah Davids fest zusammengepreßte Lippen. »Kommen Sie«, sagte er versöhnlicher, »machen wir einen Spaziergang unter den Bäumen. Der schöne Blick war zehn Minuten wert, und die haben wir ihm inzwischen gewidmet.«

»Irina«, begann David wieder, als sie einem steilen Pfad zu einem anderen Teil des Parks folgten, »ist sich selber nicht ganz sicher. Sobald sie sich dessen, was sie weiß, ganz sicher ist, wird sie es uns erzählen.«

»Hoffentlich ist es dann nicht zu spät«, entgegnete Krieger grimmig.

»Für Irina?«

»Für Irina und ihren Vater. Und für Sie. Für jeden, der bei dieser Flucht mithilft.«

»Eine sehr beruhigende Vorstellung«, sagte David. »Woher haben Sie die? Von Alois Pokornys Tod?«

»Und dem seines Bruders.«

Sie kamen jetzt an eine langgestreckte, baumbestandene Allee, die sich über die Hügelkuppe wand. Hier schlenderten Pärchen, Arm in Arm, Mädchenköpfe auf Jungenschultern; ein paar Familien mit umherspringenden Kindern; ältere, langsam den Spaziergang genießende Männer, die Hände auf dem Rücken verschränkt; diskutierende, lachende Studenten. Und wir reden vom Tod, dachte David. »Wie ist Alois umgekommen?«

»Er wurde aus dem Fenster geworfen.«

»Geworfen?«

»Ja. Davon ist die Polizei überzeugt. Sie haben Anzeichen eines Kampfes gefunden. Außerdem lag nur ein Schuh neben dem Ärmsten. Der andere wurde oben in jenem Zimmer neben seinen Hausschuhen gefunden. Begeht man Selbstmord mit nur einem Schuh an den Füßen? Und schließlich habe ich den Sturz gesehen. Der Körper schlug nicht auf dem Bürgersteig auf, sondern mitten auf der Straße.«

David war abrupt stehengeblieben.

»Nein, nein, wir wollen weitergehen. Ich saß in einem Bäckerladen gegenüber. Und das Verrückte daran ist, daß ich am Tisch neben den beiden Mördern saß. Ich sah, wie ihnen vom Fenster von Pokornys Wohnung aus ein Zeichen gegeben wurde. Ich sah sie ins Haus gehen. Ich sah den Mann, der das Zeichen gegeben hatte, herauskommen. Ich sah Irina herauskommen, in einen grauen Fiat steigen und davonfahren. Ich war sogar froh über die beiden Männer: Sie hatten dafür gesorgt, daß Irina ungefährdet aus dem Haus kam. Ich fühlte mich beruhigt. Das ist der verdammte Mist. Ich dachte, daß das Schlimmste vorüber war; von nun an würde es – bei einiger Umsicht – ein Kinderspiel sein. Und dann schlug Pokornys Körper zehn Meter entfernt von der Stelle, an der ich stand, aufs Pflaster.«

»Und der Mann, der das Zeichen gegeben hatte?«

»War derselbe, der kurz vor Irina das Haus verließ. Er fuhr den Fiat, nicht wahr?«

»Ludvik.« Und Ludvik hatte Irina an der Grenze abgeholt. »Wo ist Alois' Bruder umgekommen?« fragte David.

»Josef wurde an der Grenze erschossen. Als ich heute morgen einen Freund besuchte – seine Abteilung interessiert sich für die Aktivitäten in der Tschechoslowakei im Zusammenhang mit der Sicherheit in Österreich – bekam ich die Übersetzung eines Prager Zeitungsausschnittes in die Hand, demzufolge Josef von einem Grenzposten erschossen wurde, als er versuchte, aus der Tschechoslowakei zu fliehen. Jawohl, zu fliehen. Von Irinas Flucht kein Wort. Lediglich, daß der ›Verräter Josef Pokorny von der Grenzstreife erschossen wurde, als er versuchte, zu seinen Komplizen zu gelangen. Er stand seit einiger Zeit unter Beobachtung. Es ist bekannt, daß Pokorny ein bezahlter Agent westlicher Imperialisten war, die vom sicheren Schutz eines neutralen Landes aus die gegen die Republik gerichteten reaktionären Verschwörungen unterstützen.‹ Es war«, fuhr Krieger nach Beendigung seines Zitates fort, »natürlich der Ausdruck ›neutrales Land‹, der die Aufmerksamkeit der Österreicher auf diesen Unsinn gelenkt hat. Clever, nicht wahr? Jiri Hrádek beruhigt einerseits seine Genossen, indem er sie wissen läßt, daß er auf dem Quivive ist: kein Grund, nächtelang wachzuliegen und sich über subversive Faschistenverschwörungen mit einer ausländischen Regierung für den Sturz der Republik Sorgen zu machen. Andererseits wird er zwei Mitglieder der Widerstandsbewegung los: Josef und Alois Pokorny. Ich wäre keineswegs überrascht, wenn in ein paar Tagen in der ›Rude Pravo‹ wieder so eine Kurzmeldung stünde – diesmal über Alois. Selbstmord im Depressionszustand über den Tod seines Bruders und das Mißlingen ihrer Verschwörung: So ergeht es allen Verrätern.«

Schweigend wanderten sie weiter, verließen die Allee und folgten einem Pfad, der sie zu einem großen, tiefgelegenen Innenhof und einigen Überresten der zerstörten Festung führte. David blieb stehen und betrachtete den Garten, der zur Tarnung der Ruinen angelegt worden war. *Wir sollen glauben, daß Josef von einem Grenzposten erschossen wurde...* »Wer hat Josef denn wirklich erschossen?« fragte er.

»Leider existieren nur indirekte Beweise, aber die sind stichhaltig genug. Zwei Österreicher, die von ihrem Grenzposten abgelöst worden waren, radelten auf dem Fahrweg nach Hause, auf dem der Wagen auf Irina wartete. Sie befanden sich noch in einiger Entfernung, konnten aber den Wagen sehen, einen Mann und ein Mädchen, die dicht beieinanderstanden, sowie zwei Männer, die sich über den Stacheldraht hinweg unterhielten. Dann hörten sie einen Schuß, und der Mann auf der tschechischen Seite fiel hintenüber.«

»Hintenüber?«

Krieger nickte grimmig. »Der Wagen fuhr davon. Als die Österreicher die Stelle im Zaun erreichten, sahen sie, daß er durchschnitten worden war. Der Mann schien tot zu sein, aber einer der Österreicher trat dicht an den Zaun – ich bin der Ansicht, daß er die Vorschriften mißachtet hat und sogar hindurchgetreten ist, um nachzusehen, ob der Mann noch lebte, aber das würde er in seinem Bericht natürlich nicht erwähnen. Er berichtete unmißverständlich, daß er den Mann genau gesehen habe, daß er von jemandem, der vor ihm stand, in die Brust geschossen worden sei. Die Wunde habe nur von einem Revolver stammen können, der auf kürzeste Entfernung abgefeuert worden sei – die Pulverspuren seien noch sichtbar gewesen. Dann hörten die Österreicher einen Jeep kommen, kehrten auf den Fahrweg zurück, nahmen ihre Fahrräder und fuhren nach Hause. Sie gaben einen Routinebericht ab, und damit war für sie die Sache erledigt. Dann veröffentlichte die ›Rude Pravo‹ ihre Version, und der Zwischenfall am Grenzzaun wurde für die Österreicher interessant.«

Krieger zog Pfeife und Tabaksbeutel heraus und begann sie mit finster zusammengezogenen Brauen zu stopfen. »Ihr Ludvik ist also nicht zu unterschätzen. Die Österreicher haben ihn – genau wie Alois Pokorny – als Flüchtling registriert, nicht als einen tschechoslowakischen Agenten. Und das bedeutet, daß er alles andere als einfältig ist. Er ist so ausgezeichnet getarnt, daß er ein wichtiger Mann sein muß, einer von Jiri Hrádeks persönlich ausgewählten Agenten.« Krieger zündete seine Pfeife an und zog, bis sie zu seiner Zufriedenheit brannte. »Die beiden anderen dagegen, die zu Alois Pokorny ins Haus gegangen sind, die sind als Agenten registriert. Ich habe ihre Gesichter heute mittag aus einer kleinen Sammlung von Schnappschüssen herausgesucht und mir Abzüge von den Fotos machen lassen – ein bißchen als Ausgleich für gelieferte Informationen.« Er schob seinen Tabaksbeutel wieder in die Tasche, holte statt dessen zwei Fotos heraus und reichte sie David. »Achten Sie gut darauf, ob diese Galgenvögel irgendwo auftauchen.«

David betrachtete die Bilder eingehend. Eines war in einem Biergarten, das andere an einer Straßenecke aufgenommen worden. Beides waren sehr scharfe Aufnahmen in Paßfotogröße und Viertelprofil.

»Wie groß?«

»Der Dunkelhaarige so groß wie Sie – ungefähr ein Meter achtundsiebzig, würde ich sagen. Der andere einsdreiundachtzig. Kräftig gebaut. Der Dunkle hat einen schmalen Kopf und dunkle Augen. Der Hellhaarige – nicht blond, sondern hellbraun – hat einen Rundschädel, kantiges Gesicht und blasse Augen. Zwei ausgeprägte tschechische Typen – der eine aus dem Osten, der andere aus dem Westen. Beide gehorsame Gefolgsleute, soviel steht fest: Skrupel oder Zweifel kennen die nicht.«

»Und die Namen?«

»Milan heißt der Dunkle. Jan der Hellhaarige. Nein, nein«, wehrte Krieger ab, als David ihm die Fotos zurückgeben wollte, »die habe ich für Sie mitgebracht. Ich werde diese Burschen schon wiedererkennen. Außerdem möchte ich, daß Sie sie Irina zeigen. Vielleicht kann sie uns etwas über sie sagen.«

»Wieviel soll ich ihr mitteilen?«

»Alles, was sie nach Ihrer Ansicht verkraften kann. Je mehr, desto besser. Na, haben wir genug von diesem Park gesehen?

Jetzt gehen wir zum Gipfel hinauf. Dort habe ich meinen Wagen stehen. Wie geht's übrigens meinem Chrysler?«

»Der steht in der Garage hinter dem Hotel.«

»Und welches Hotel ist das?«

»Das Grand.«

Krieger nickte ausdruckslos. Er hätte vermutlich ein weniger zentral gelegenes Hotel gewählt. »Morgen also dann in Lienz. Und wohin dann?«

»Ich dachte, wir könnten nach Norditalien rüberfahren und durch die Dolomiten nach Südtirol. Meran wäre kein schlechter Platz zum Übernachten. Die Schweizer Grenze verläuft nur ein Stückchen weiter westlich davon.«

»Ich glaube zwar kaum, daß auch diese Route von ihnen überwacht wird«, sagte Krieger. »Aber Sie landen in einer ziemlich entlegenen Ecke der Schweiz. Immerhin ...« Er nickte wieder, diesmal zustimmend. »Wir könnten von dort aus etwas arrangieren. Haben Sie Hugh McCulloch in Genf angerufen?«

David hätte über diese sanfte Mahnung fast gelächelt. »Mache ich heute abend. Ist ja nur ein Routine-Anruf.«

»Sagen Sie ihm nur, daß Sie sich mit mir in Verbindung gesetzt haben; einen genauen Bericht gebe ich ihm heute abend selbst. Er läßt sich gern auf dem laufenden halten. Mehr brauchen Sie ihm nicht zu sagen. Hat er Ihnen erzählt, daß wir zusammen Jura studiert haben? Dann haben sich unsere Wege allerdings getrennt, und ich habe mich damit beschäftigt, Aktienangebote juristisch auf Übereinstimmung mit den Gesetzen der jeweiligen Staaten zu prüfen. So bin ich dann in der Industrie gelandet. Wenigstens eine Möglichkeit, häufig zu reisen.«

All dieses munteres Geplauder soll mich doch nur wieder auf die Erde zurückholen, dachte David. Anscheinend hat er gesehen, wie ich erstarrt bin, als er Alois Pokornys Tod rekonstruierte. David versuchte, seiner Stimme einen unbeschwerten Klang zu geben. »Und alte Freunde wiederzusehen. Werden unterwegs noch mehr auftauchen?«

»Erst in der Schweiz. Bis dahin sind wir auf uns selbst angewiesen. Keine Unterstützung von draußen, es sei denn, die Österreicher finden Ludvik. Die haben ihm ein paar recht harte Fragen zu stellen.« Auf dem höchsten Punkt des Pfades blieb Krieger stehen und blickte zu den Ruinen des Innenhofes zurück. »Der Mensch ist doch grausam«, sagte er, wie zu sich selbst. »Napoleon ließ diese Festung erst schleifen – *nachdem* er den Friedensvertrag mit den Österreichern unterzeichnet hatte. Sie im Sturm zu nehmen, ist ihm nicht gelungen.« Er nahm sein früheres gleichmäßiges Marschtempo wieder auf, aber die Pfeife schien ihm nicht mehr zu schmecken. Er klopfte sie am Absatz aus und deutete dann mit dem Stiel auf Davids Tasche. »Sind Sie auch Pfeifenraucher geworden?« fragte er grinsend. David sah ihn zum erstenmal lächeln.

Er zog die kleine Automatic heraus – gerade so weit, daß Krieger sie sehen konnte. »Irinas. Das heißt ursprünglich eine Waffe ihres Vaters. Sie bat mich, sie für sie aufzubewahren. Wenn ich nur wüßte, wo ich sie lassen soll!«

»Auf gar keinen Fall in Ihrer Reisetasche«, warnte Krieger. »Die könnte durchsucht werden – wenn sie nicht schon in diesem Moment durchsucht wird.«

»Aber wieso ...«

»Ich sagte ›wenn‹. Das hängt davon ab, ob Ludvik oder seine Häscher Ihnen bis nach Graz gefolgt sind. Und warum nicht? Sie wußten ja auch, wo Sie in Dürnstein zu erreichen waren. Möchte wissen, wer ihnen das gesteckt hat.« Seine Worte klangen lässig, seine Stimme dagegen hart.

»Irina bestimmt nicht! Die wußte gar nicht, daß sie nach Dürnstein gebracht werden sollte.«

»Sie wußten es auch nicht. Aber ich. Und Jo.«

»Und Mark Bohn.«

»Das waren alle. Wer wußte von Graz? Sie, ich und Jo. Irina auch?«

»Falls sie zugehört hat. Sie war in Gedanken. Und ich kann mir nicht vorstellen, daß Jo ...«

»Ich auch nicht«, unterbrach ihn Krieger. »Ihren Onkel George kenne ich seit Jahren. Er war im Weltkrieg in der SOE – Special Operations Executive. Das ist der englische Ausdruck für die Abteilung ›Schmutzige Tricks‹ im Geheimdienst. In Sylvesters Londoner Wohnung habe ich Jo kennengelernt. Sie ist in Ordnung, davon bin ich fest überzeugt. Sie war ein Liebling von Jaromir Kusak. Er war damals gerade erst aus der Tschechoslowakei entkommen. Aber das ist eine Geschichte, die Jo Ihnen selbst erzählen wird.«

»Gibt es Neues über Kusak? Hat George Sylvester ihn schon aus dem Hut gezaubert?«

»Bis jetzt hat Sylvester nur seine Arbeiten verlegt. Für kommendes Frühjahr ist ein neuer Roman vorgesehen; Kusaks erster nach zweiundzwanzig Jahren, und Sylvester sagt, daß es ein umfangreiches Werk werden soll. Eines, das Prag bestimmt nicht gefallen wird. Das Gegenteil von dem, wozu sie ihn überreden wollten, als er noch in der Tschechoslowakei lebte. Damals lieferte er lediglich eine Reihe von Kurzgeschichten über das Landleben: weder Politik noch Propaganda oder Sympathiekundgebungen. Wir stehen also einem zusätzlichen Risiko gegenüber. Das Manuskript soll vernichtet werden und der Mann, der es verfaßt hat, möglicherweise auch. Auf jeden Fall aber diskreditiert. Schon den Titel wird Jiri Hrádek ihm niemals verzeihen: ›Prager Winter‹.«

Sie kamen jetzt auf eine weite, ebene Fläche mit einem Gartenrestaurant, mehreren Gebäuden und Andenkenkiosken sowie einem Parkplatz. Hier herrschte trotz der Weitläufigkeit Gedränge, und die in ständiger Bewegung befindliche Menschenmenge vermittelte ein Gefühl der Sicherheit.

Sicherheit, dachte David bitter. »Jiri Hrádek«, sinnierte er laut. »Was für ein Mann ist er eigentlich?«

»Hochintelligent, eiskalt, berechnend, aber fanatisch. Außerdem, falls nötig, charmant, mit aufrichtigem Lächeln und ehrlichem Händedruck. Überaus ehrgeizig, beinahe bis zur Spitze vorgedrungen. Dem augenblicklichen Regime scheint er treu ergeben zu sein, war aber schon immer ein Stück weiter links als die Regierenden. Sollten die Kommunisten der alten Linie, die ganz harten Roten wieder einmal an die Macht gelangen, wird Jiri sofort an ihrer Seite sein. Und was das Äußere betrifft: groß, dunkel, mit kraftvollen Zügen, auf Frauen sehr attraktiv wirkend, wie ich gehört habe. Er ist einundvierzig und ...« Krieger warf David einen Seitenblick zu. »Genug gehört?«

»Sie sind überzeugt, daß Hrádek Ludviks Chef ist?«

»Seinen ersten Job hatte Hrádek in der Propagandaabteilung des Staatssicherheitsdienstes. Von dort aus ist er in die Staatsicherheitspolizei aufgerückt, die überall, zu Hause und im Ausland, ihre Agenten hat. Bei diesem beruflichen Hintergrund könnte er für wesentlich mehr verantwortlich sein als nur für

Ludvik.« Bei einer Baumgruppe blieb Krieger stehen und deutete mit dem Kopf zu einer Reihe parkender Wagen hinüber. »Sehen Sie den grünen Mercedes? Habe ich in Wien gemietet. Den nehmen Sie jetzt. Ich hole mir meinen alten Karren aus der Garage. Wir brauchen lediglich Schlüssel und Papiere zu tauschen.« Das taten sie. »Wir treffen uns dann also in Meran. Im Hotel Bristol; das ist so groß, daß man sich drin verlaufen kann. Am Sonntag.«

Der Verkehr auf den Straßen wird am Wochenende die Hölle sein, dachte David. Leider blieb ihm keine Wahl. Vielleicht suchten sich die Sonntagsfahrer aber auch die bequemen Autostraßen aus, um zu ihren Picknickplätzen zu kommen, und vermieden lieber die Alpenstraßen. Das sollte jedoch seine geringste Sorge sein.

Krieger war sein Zögern nicht entgangen. »Probleme?«

»Davon haben wir doch reichlich – oder?« David lächelte.

»Machen Sie sich keine allzu großen Gedanken darüber, daß Ludvik in Dürnstein aufgetaucht ist. Möglicherweise ist Jo in Wien was herausgerutscht, als sie Ihren Wagen aus der Garage holte. Vielleicht hat sie sich nach dem günstigsten Weg nach Dürnstein erkundigt oder sich einen Stadtplan geben lassen. Dann brauchte bloß noch jemand in die Garage zu kommen und ein paar Fragen zu stellen... So können Informationen völlig unbeabsichtigt durchsickern. Die meisten Menschen reden zuviel. Zum Beispiel ich, in diesen letzten vierzig Minuten.«

»Gott sei Dank!«

»Kann Sie doch nicht im dunkeln tappen lassen.« Krieger drückte ihm kräftig die Hand. »Und jetzt nehme ich die Zahnradbahn in die Stadt hinunter. Schon mal mit so 'nem Ding gefahren?« Er ging davon, an den vollbesetzten Tischen des Gartenlokals vorbei zu der sauberen, kleinen Bergbahnstation neben dem Andenkenkiosk, und war kurz darauf in der Menge verschwunden.

Zehn Minuten später war David wieder vor dem Hotel. Der Mercedes fuhr sich gut und war auch nicht so groß, daß er unhandlich gewesen wäre. Auch seine Farbe gefiel David: jenes gedeckte, dunkle Grün, das er schon immer bevorzugt hatte. Er ließ ihn vor dem Hoteleingang am Straßenrand stehen. Das würde weniger Aufsehen erregen, als wenn er mit einem anderen Wagen in die Garage gefahren käme. Außerdem kam möglicherweise Krieger gerade herein, wenn er hinausging: komisch, aber ziemlich dumm. Die Straße draußen vor dem Hotel war nun ruhiger, beinahe verlassen; der hektische Spätnachmittagsverkehr hatte sich gelegt. Und der Mercedes wirkte keineswegs einsam: Neben ihm parkten noch mehrere Wagen. Er fiel also überhaupt nicht auf.

Die kleine Hotelhalle war leer; im Café nebenan war nur ein einziger Tisch besetzt. Dagegen mußte im dahinterliegenden Speisesaal eifriger Betrieb herrschen. Lautes Geschirrklappern war zu hören, und ein Duft nach Gulasch und Paprika kam um die Ecke geweht, der ihn daran erinnerte, daß man sich hier, was das Essen anging, praktisch schon auf dem Balkan befand. Er sah auf seine Armbanduhr. Kurz vor sieben. In Graz aß man anscheinend früh zu Abend. David warf noch einen kurzen Blick in das Café, überlegte, ob ihm noch Zeit für einen schnellen Scotch blieb, entschied sich aber dann doch dagegen. Er mußte möglichst bald zu Irina hinauf; sie machte sich vielleicht bereits Sorgen um ihn. Er jedenfalls sorgte sich sehr um sie.

An der Rezeption war nur ein einziger Angestellter, der Doppeldienst als Portier und Telefonvermittlung tat. David wartete auf seinen Zimmerschlüssel – seltsamerweise nur Sekunden. Dann sobald der Portier ihn sah, legte er den Kopfhörer ab und kam eilig zu ihm herüber. »Es ist ein Anruf für Sie gekommen. Ich habe gesagt, daß Sie nicht da seien. Der Anrufer bat dann, mit der Dame verbunden zu werden; er wolle bei ihr eine Nachricht hinterlassen. Sie spricht jetzt gerade mit ihm. Hoffentlich habe ich Fräulein Tesar nicht allzu sehr gestört.«

»Woher kam dieser Anruf?« Hugh McCulloch? Jo?

»Es war ein Ortsgespräch – vom Flughafen, glaube ich.« Endlich gab ihm der Portier den Schlüssel. »Der Herr sagte, es sei dringend. Aber vielleicht hätte ich Fräulein Tesar doch nicht stören...« Doch David war bereits in der Halle hinter der Rezeption, und der Mann starrte ihm verblüfft nach. Der einzige Lift befand sich gerade im vierten Stock. Er wartete nicht, sondern lief die Treppe zum zweiten Stock zu Fuß hinauf. Hätte der Portier ihn dabei sehen können, hätte er noch größere Augen gemacht.

David probierte zunächst Irinas Tür – natürlich abgeschlossen –, dann klopfte er. Der Anruf war vielleicht von Krieger: Etwas, was ihm nachträglich noch eingefallen war, oder eine Warnung? Aber Krieger konnte noch gar nicht am Flughafen sein. Abermals klopfte er, immer nervöser. Endlich öffnete Irina – mit schneeweißem Gesicht und völlig verkrampft. Ein Blick zum Telefon: der Hörer lag wieder auf der Gabel.

Irina wagte ihn nicht anzusehen. Sie trat ans Fenster, öffnete es und starrte auf den dunklen Fluß.

Er schloß die Tür und sperrte sie ab. »Konntest du ein bißchen schlafen?« fragte er sie. Auf dem Kopfkissen des einen Bettes zeichnete sich ein leichter Abdruck ab. Auf dem anderen Bett lagen der geöffnete Koffer sowie verschiedene ausgepackte Kleidungsstücke.

»Ja, ein bißchen.« Sie zog den dünnen Morgenrock enger um sich. Die braune Perücke hatte sie abgelegt und trug wieder ihr eigenes blondes Haar.

»Ich habe mit Krieger gesprochen. Tut mir leid, daß es so lange gedauert hat. Aber es ging eben nicht schneller.«

»Wie geht es ihm?« fragte sie teilnahmslos.

»Bis obenhin voll von Informationen.« Er war bemüht, sorglos zu erscheinen. »Außerdem haben wir einen neuen Wagen. Vermutlich kann er ohne den seinen nicht auskommen.« Nur reden, immer weiterreden, sagte er sich. Wieder warf er einen Blick auf das Telefon. Sie wird es mir erzählen, dachte er. Warum auch nicht?

»Ja, vermutlich«, sagte Irina.

»Wir werden jetzt zunächst mal was essen. Anschließend berichte ich dir dann von Kriegers Neuigkeiten.«

»Nein!« Sie fuhr hastig zu ihm herum. »Ich will nichts hören!«

Verblüfft starrte er sie an. »Nicht einmal über Alois?«

Sie schwieg, die Augen groß und tief verschattet.

»Komm lieber vom Fenster fort. Es ist ziemlich kühl geworden, und ich möchte nicht, daß du die ganze Fahrt über husten und niesen mußt.« Er sprach in möglichst normalem Ton, seine Deprimiertheit jedoch verstärkte sich.

Irina antwortete nicht, aber sie verließ das Fenster. Mit langsamen Bewegungen kam sie zum Bett, gab vor, sich für die dort ausgebreiteten Kleidungsstücke zu interessieren, nahm ein hellgrünes Wollkleid zur Hand, legte es wieder hin. Dann ging sie zum Toilettentisch, griff nach der Perücke und starrte sie an, ohne etwas zu sehen.

David wartete. Irina sagte immer noch nichts. Sie wollte ihm den Anruf also verschweigen. Von wem war er gekommen? Offenbar hatte er gar nicht ihm gegolten: Sein Name war lediglich benutzt worden, um festzustellen, ob er in der Nähe war. Sobald der Anrufer erfuhr, daß er das Hotel verlassen hatte, konnte er ungestört mit ›der Dame‹ sprechen. Hieß das, daß der Mann nicht wußte, unter welchem Namen Irina reiste? Sicher war an dem Ganzen nur eines: Irina hätte niemals einen Anruf entgegennehmen dürfen.

»Ich werde uns das Essen aufs Zimmer bestellen«, schlug David vor. »Das ist ungefährlicher, wie du ganz richtig sagtest.«

»Ungefährlicher?« Wie ein Peitschenschlag knallte das Wort durch den kleinen Raum. Heftig warf sie die Perücke hin. »Es ist doch sinnlos – alles ist sinnlos. Alles, was wir unternommen haben, ist sinnlos!«

»Aber nein«, widersprach er ruhig. »So etwas darfst du nicht einmal denken, Irina.«

»Ach, David ...« Sie lief auf ihn zu, ergriff seine Hände und blickte ihn verzweifelt an. »Ich kann nur noch eines tun: zurückgehen. Ich werde abfahren und ...«

»Ja, abfahren wirst du, aber mit mir. Und zwar bald.« Er nahm sie in beide Arme. Sie zitterte. Er drückte sie fest an sich. »Ist ja alles gut«, tröstete er, als spräche er mit einem verwirrten Kind. Allmählich ließ das Zittern nach. »Was meinst du, Irina? Wollen wir heute abend noch weiterfahren?«

»Ja«, antwortete sie, ihre Wange eng an ihn geschmiegt. »Ja, David, laß uns fahren. Sofort!«

»Sofort? Wie wär's denn, wenn du dir erst mal was Richtiges

anziehen würdest?« Zufrieden hörte er die Andeutung eines Lachens. »So ist es brav«, lobte er. »Ich werde jetzt etwas zu essen bestellen – das brauchen wir nämlich wirklich dringend – und alles Notwendige erledigen. Du packst inzwischen und machst dich fertig.«

Sie nickte gehorsam.

»Ich brauche höchstens zehn Minuten. Wirst du auch ganz bestimmt nicht wieder Angst haben? Ehrenwort?«

Abermals nickte sie, den Kopf noch gesenkt.

Mit einem Finger hob er ihr Kinn. »Kopf hoch!« mahnte er. »Und schließ die Tür ab.«

»Ja. Aber . . . «

Er umarmte sie, daß sie keine Luft mehr bekam und endlich schwieg. »Schließ die Tür ab«, mahnte er noch einmal und ging hinaus.

Wieder benutzte er die Treppe, und seine Gedanken rasten ebenso schnell wie seine Füße. Er warf einen Blick in den düsteren Speisesaal, in dem ein älterer Kellner langsam herumschlurfte, und ließ jegliche Hoffnung fahren. Dann versuchte er sein Glück in dem Café neben der Halle. Hier warteten zwei Bedienungen in schwarzen Seidenkleidern und frisch gestärkten weißen Schürzen, rundliche Frauen mittleren Alters, auf die abendlichen Gäste. Er wählte die mit den munteren Augen und dem energischeren Schritt. Eine Minute lang hörte sie ihm zu. »Wenn Sie nur irgendein Essen für zwei Personen bringen könnten – Gulasch oder irgend etwas, was die Küche gerade griffbereit hat«, bat er.

»Na ja«, begann sie, einen verlegenen Ausdruck auf dem runden Gesicht, »ich weiß nicht. Der Speisesaal ist jetzt geöffnet, da gibt es keinen Zimmerservice. Später vielleicht . . . «

»Ich kann das Tablett selbst mit nach oben nehmen. Wenn Sie mir nur das Essen holen. Bitte!«

Darüber war sie nun wirklich entsetzt. »Nein, nein, ich bringe es schon«, erklärte sie. »Das heißt, falls ich fort kann.« Sie sah zu der anderen Bedienung hinüber.

»Sie werden es sicher schaffen. Zimmer 204. So schnell wie möglich. Es geht meiner Schwester nicht sehr gut; sie hat den ganzen Tag noch nichts gegessen.« Er schenkte ihr ein freundliches Lächeln und drückte ihr hundert Schilling in die Hand. »Ich zahle jetzt gleich; damit Sie nicht erst groß eine Rechnung ausstellen müssen.«

»Aber das ist zuviel! Siebzig Schilling würden ...«

»Behalten Sie den Rest für Ihre Mühe. Und vielen Dank.«

»Ich danke *Ihnen*, mein Herr«, rief sie hinter ihm her. Im Hinauseilen winkte er ihr zu.

»Der Ärmste, seine Schwester ist krank«, erklärte sie der anderen Bedienung und lief in die Küche. »Paß ein bißchen auf meine Tische auf, ja? Das Trinkgeld teilen wir uns dann.« Die andere protestierte nicht.

An der Rezeption in der Halle blieb David noch einmal stehen. Es gab kein einziges öffentliches Telefon in der Nähe, bei einiger Vorsicht würde sein Gespräch mit McCulloch jedoch harmlos klingen. Der Portier hatte sich immer noch nicht darüber beruhigt, daß er die Dame gestört hatte. Vielleicht war er deswegen so übereifrig. Selbstverständlich, er würde Genf in wenigen Minuten erreichen. »Geben Sie mir nur das Amt«, sagte David. »Ich habe die Genfer Nummer in meinem Zimmer, kann mich also von dort aus weiterverbinden lassen.«

Und ehe der Portier noch am Klappenschrank saß, war David bereits auf dem Weg nach oben.

Er konzentrierte sich auf das Gespräch mit Irina. Sie wird mir von dem Anruf erzählen, dachte er immer noch; sie wird es mir von sich aus erzählen. Wie immer die Nachricht gelautet haben mag, die sie so erschreckt hat. Niemals zuvor hatte er einen Menschen in seinen Armen gehalten und so deutlich die Angst gespürt, die ihn schüttelte. Diesen Moment hätte er am liebsten vergessen. Vor der Tür blieb er stehen. Dann holte er tief Luft und klopfte.

Irina hatte das hellgrüne Kleid angezogen. Jetzt war sie auch wieder braunhaarig und strich mit leichten Fingern die Locken der Perücke zurecht. »Ich bin gleich fertig«, sagte sie und wandte sich ihrem Koffer zu.

»Gut«, antwortete er ein bißchen zu herzlich. Kein Wort von dem Telefonanruf; und es würde auch keines kommen, das sah er ein. Sie stellte Fragen – wohin die Fahrt gehen solle, wie lange sie dauern werde, ob es ihm nicht zuviel werde, noch einmal drei bis vier Stunden am Steuer zu sitzen. Er antwortete ruhig, in sorglosem Ton, schaffte hier und da sogar einen kleinen Scherz. Aber dies war nicht die Irina, die er von früher kannte. Er versuchte diesen Gedanken zu verdrängen, obwohl ihm klar war, daß er ihn akzeptieren mußte; und wieder meldeten sich Zweifel.

Deswegen hörte er mit Erleichterung nebenan das Telefon klingeln. »Schon gut«, sagte er, während er auf seine Zimmertür zuging, »ich erwarte diesen Anruf.« Die Ironie, die in seinen Worten lag, fiel ihm erst auf, als er sie ganz still, mit fragendem Blick dastehen sah. Und als er den Telefonhörer nahm, wurde ihm plötzlich bewußt, daß er weder von Hugh McCulloch noch von Genf gesprochen hatte. Mein Gott, dachte er, es ist alles so anders, als ich es mir vorgestellt hatte! Als er der Schweizer Vermittlung die Genfer Nummer gegeben hatte, dauerte es nur Sekunden, bis sich eine Frauenstimme mit »Holz, McCulloch und Winterhouse« meldete. In Anbetracht des allen zugänglichen Klappenschrankes in der Halle unten sagte David: »Hier Mennery. Ich rufe aus Österreich an und hätte gern ein Mitglied Ihrer Firma gesprochen oder, falls niemand erreichbar ist, eine Nachricht hinterlassen.«

»Ah, Mr. Mennery! Doch, ich glaube, einer der Herren ist noch hier. Einen Augenblick, bitte.«

Davids Zuversicht wuchs wieder ein wenig. Die Frau hatte sein kleines Täuschungsmanöver so geschickt mitgemacht, daß seine Niedergeschlagenheit nachließ. Und als sich Hugh McCulloch meldete, ohne seinen Namen zu nennen, war Davids Pessimismus wie weggeblasen. Er hatte es mit Leuten zu tun, die sich in ihrem Geschäft auskannten.

»Mr. Mennery? Sie sind in Österreich?«

»Im Augenblick in Graz.«

»Läuft Ihr geschäftliches Vorhaben gut?«

»Teilweise. Leider verursacht mir das Exportproblem ein paar zusätzliche Kopfschmerzen, aber ich denke, daß sie sich vor dem Liefertermin wieder gelegt haben werden.«

»Haben Sie mit Ihrem Teilhaber darüber gesprochen?«

»Über die meisten. Ich habe ihn heute abend getroffen. Er wird Sie vermutlich heute noch anrufen und Ihnen Bericht über die Entwicklung erstatten. Übrigens, wenn Sie ihn sprechen, sagen Sie ihm doch bitte, daß ich den Liefertermin der Ware um einen Tag vorverlege.«

»Einen Tag früher?« McCullochs Stimme klang verwundert.

»Ja. Ich halte das für ratsam. Bitte, richten Sie es meinem Partner aus, ja?«

»Natürlich, gern. Und sämtliche Formalitäten hier werden von uns aus erledigt. Pünktlich zur Unterschrift bereit.«

»Je eher, desto besser.«

»Sofort«, versicherte McCulloch, und damit war das Gespräch beendet.

Nun, dachte David, mein Notruf scheint verstanden worden zu sein: Samstag, nicht Sonntag in Meran. Er holte seinen Regenmantel und zog die Autokarte heraus. Während des Abendessens mit Irina wollte er den nächsten Streckenabschnitt studieren: So brauchte er wenigstens nicht mühsam ein Gespräch in Gang zu halten. *Ein paar unerwartete Kopfschmerzen.* Und gar nicht so wenige, dachte er bitter. Er holte die kleine Automatic hervor, eine 22er Beretta, auf mehr als allernächste Entfernung ungefähr so wirksam wie ein Pusterohr. Bevor er sie wieder in der Tasche seines Regenmantels versenkte, kontrollierte er noch einmal die Sicherung. Im Mantel fand er auch die rote Krawatte. Er steckte sie unter einen Pullover in seiner Reisetasche; er hätte sie wegwerfen sollen, als er Irinas alte Kleider auf einer einsamen Straße in einem Dickicht versteckte. Aber vielleicht würde er sie eines Tages wieder tragen – falls er diese Reise mit Erinnerungen hinter sich brachte, die weniger bitter waren als die Gefühle, die er jetzt hegte. Falls er diese Reise überhaupt hinter sich brachte. Er wählte eine schlichte, dunkle Krawatte, unauffällig und daher ungefährlich, und schob sie unter seinen Kragen. Jetzt würde der Portier mit ihm zufrieden sein – er hatte Davids offenes Hemd mit ziemlich mißbilligendem Blick betrachtet – und ihr so unvermittelter Aufbruch einen weniger suspekten Anstrich bekommen. Welchen Grund sollte er dafür angeben? Während er die Krawatte knotete, legte er sich einen Vorwand zurecht – zu benutzen aber nur, falls unbedingt notwendig. Erklärungen klangen allzu oft nach Ausreden und waren gelegentlich auch nichts anderes.

Es klopfte höflich an die Tür. Die Kellnerin brachte ein schwer beladenes Tablett. »Wunderbar!« lobte er sie und half ihr, das Tablett auf dem Tisch abzusetzen. »Ganz großartig. Den Tisch werden wir uns selber decken. Ich weiß doch, daß Sie es eilig haben. Bitte nicht! Wir möchten Sie nicht länger aufhalten. Vielen Dank.« Sie ging, immer noch heftig atmend, aber mit breitem Lächeln (Erleichterung kombiniert mit einem Erfolgserlebnis?) und einem Sturzbach guter Wünsche.

»Irina!« David klopfte an ihre Tür. »Das Essen ist da! Komm herüber. Nur so eine Art Picknick. Ist das schlimm?«

Irina war fertig angezogen. Sie wirkte ruhig, hatte ihr Gesicht sorgfältig geschminkt und alle Tränenspuren beseitigt. Sie folgte ihm in sein Zimmer und half ihm, die zugedeckten Schüsseln auf jeden nur erreichbaren freien Platz zu verteilen.

»Ich liebe Picknicks. Erinnerst du dich noch, David? Als wir an die Moldau gefahren sind?«

»Ja, ich erinnere mich«, antwortete er. Und schon waren sie wieder in der Vergangenheit, auf der Flucht vor der Gegenwart. »Wir haben beinahe ebensoviel zu essen mitgenommen wie das hier. Womit fangen wir denn an? Mit der Suppe? Unterhalten können wir uns nachher. Jetzt mußt du dich zunächst mal stärken.«

»Ja«, stimmte sie zu. »Diese Knödel sehen gut aus. Einen oder zwei, David?« Sie tauchte den Löffel in die Schüssel.

Verblüfft über ihre so schnell wiedergewonnene Haltung, schüttelte er den Kopf. Oder war das Schauspielerei? Fast hätte er sich mit dieser Frage selber den Appetit verdorben.

»Wir werden in Rekordzeit essen müssen. Genau wie einer meiner Freunde in Vermont. Ein Farmer. Zweiundachtzig Jahre alt. ›Ich kann eine reichliche Mahlzeit in zehn Minuten verdrükken.‹ « Und hört mich nur an, dachte David. Bin ich nicht der perfekte, sorglose Unterhalter?

»In zehn Minuten?«

»Hat er gesagt.« Sie lächelte und erkundigte sich nach Vermont. Hatte da nicht sein Großvater gelebt? Sie erinnerte sich, daß er ihr von den Ahornbäumen und dem Zuckermachen erzählt hatte.

Merkwürdig, dachte er. In diesen schönen blauen Augen ist auch nicht mehr eine Andeutung davon zu entdecken, daß sie vor einer halben Stunde noch voller Entsetzen dreingeblickt hatten. Wer immer der Anrufer gewesen war – er hatte sie bis Graz verfolgt; und was für David noch beunruhigender war: Er hatte gewußt, daß sie in diesem Hotel wohnte. Dabei hatte nur er davon gewußt, nur er und Jo Corelli. Krieger hatte er den Namen des Hotels erst auf dem Schloßberg genannt. Zeit genug, um ... Nein, entschied David ärgerlich. Jetzt spielst du Jiri Hrádek direkt in die Hände. Sobald wir anfangen, einander zu mißtrauen, hinter jeder unbeantworteten Frage Verrat zu wittern, sind wir erledigt. Immerhin eine Möglichkeit, mit jedem Gegner fertig zu werden. Hrádek war offenbar gut vertraut mit diesem Trick. Wie sonst hätte er sich in einer so fest gefügten Machtstruktur so weit nach oben kämpfen können? Und trotzdem... trotzdem... Verdammt, wer hatte von diesem Hotel gewußt?

»Was ist denn, David?« erkundigte sich Irina plötzlich. »Du bist so schweigsam.« Sie musterte ihn mit unruhigem Blick.

»Ich denke nur über unsere Route nach. Am besten sehe ich mir die Karte an.« Er breitete sie auf dem Bett aus und nahm seinen Teller mit zum Nachttisch. »Iß dein Gulasch«, empfahl er ihr. »Und dann schenk mir bitte Kaffee ein. Keinen Strudel, sonst schlafe ich unterwegs ein.«

»Wie lange werden wir fahren müssen?«

»Das rechne ich gerade aus.«

Sie verstummte und überließ ihn seinen Kalkulationen.

Gegen halb acht, als das Tageslicht schon schwächer wurde, waren sie zur Abfahrt bereit. An der Rezeption hatte ein neuer Portier Dienst, einer, der mit seinen eigenen Sorgen beschäftigt war. So wurde die Abfahrt doch nicht zum Problem. Der Anruf nach Genf wurde der Rechnung hinzugefügt und die Pässe zurückgegeben. Irina hatte ihre Instruktionen. Sie ging voraus, gefolgt vom dem ältlichen Pagen, der ihren kleinen Koffer trug. Hatte der eigentlich niemals frei? War er zu alt für Gewerkschaftsvorschriften? Sie schloß die Tür des Mercedes auf. Zehn Meter vom Hoteleingang entfernt, nicht einmal ganz zehn Meter, hatte David ihr erklärt. Als er auf die Straße trat, wartete sie bereits auf ihn. Um diese Zeit war es hier menschenleer. Kein Fußgänger in Sicht, kein Wagen, der sich anschickte, ihnen zu folgen.

Der Weg nach Lienz – ungefähr zweihundertachtzig Kilometer, hatte er ausgerechnet – war bequem und direkt, ein bißchen länger, aber nicht so schwierig wie ihre Fahrt am Nachmittag. Trotzdem schlug er, auf Kosten der Zeit, einen kleinen, zehn Minuten dauernden Haken nach Süden, als nähmen sie Richtung auf Jugoslawien. Zufrieden wandte er sich dann nach Westen und steigerte die Geschwindigkeit.

»Alles in Ordnung?« fragte Irina.

»Nur eine kleine Kontrolle. Niemand ist uns von Graz aus gefolgt.«

»Vielleicht haben sie das nicht nötig.«

»Wie kommst du darauf?« Das war eine gute Einleitung für sie. Jetzt konnte sie den Telefonanruf zur Sprache bringen. Aber sie tat es nicht. Sie sagte nichts mehr.

David konzentrierte sich auf die Straße und überließ es ihr, das Schweigen zu brechen. Es dauerte nahezu neunzig Kilometer, praktisch ein Drittel der ganzen Fahrt. Irinas Augen waren geschlossen, so daß es schien, als wäre sie eingeschlafen. Endlich rührte sie sich, streckte die verkrampften Beine und reckte sich. »Wie lange noch?«

»Mindestens zwei Stunden.«

»So weit?«

»Weiter fahren wir jedenfalls heute nicht. Zur Sicherheit.«

»Sind wir denn sicher?«

»Im Augenblick, ja. Aber du kommst ernsthaft in Gefahr – du und zweifellos auch dein Vater –, wenn du sie zu ihm geführt hast.«

»Wenn ich sie ...« Irina fuhr auf. »Nein, Vater droht von denen keine Gefahr. Sie haben ihn nie angerührt. Das wäre negative Publicity, ein internationaler Skandal. Dazu hat er zu viele Freunde im Ausland.«

»Hat er sich darum in diesen letzten Jahren versteckt? Du solltest Jo mal nach deinem Vater fragen. Sie hat ihn in London kennengelernt, als er sich noch frei und offen bewegte. Warum, glaubst du, hat er seinen Lebensstil so verändert?«

»Aber ...«, begann sie und hielt inne. »Ich weiß es nicht«, sagte sie schließlich. »Ich habe die ganze Zeit nichts von ihm gehört.« Anschließend fügte sie noch hinzu: »Nein, nein, ihm wird ganz bestimmt nie etwas geschehen. Das würden sie einfach nicht riskieren. Das wäre negative Propaganda.«

»Und was ist mit einem kleinen Unfall?« fragte David. »Würde er den Protest der Öffentlichkeit erregen? Ein kleiner Brand in seinem Haus, und ihr beide von Flammen eingeschlossen?« Jetzt werde ich richtiggehend brutal, dachte er, aber er ließ nicht nach.

»Und das fertige Manuskript für sein neues Buch wäre natürlich auch vernichtet. Die Leute würden erschrocken, mitleidig reagieren. Sie würden Trauerfeiern abhalten. Aber empört und zornig? Öffentliche Proteste? Öffentliche Verdammung? Wieso, bei einer so alltäglichen Tragödie wie einem Brand?«

Sie sagte langsam, als müsse sie sich selbst davon überzeugen: »Jiri würde niemals...«

»Wirklich nicht?«

Wieder schwieg sie. Dann fragte sie: »Alois... Wie ist das mit Alois passiert?«

»Das ist keine sehr schöne Geschichte.«

»Ich will sie hören.«

Also wiederholte er ihr Kriegers Bericht.

»Und die zwei Männer, denen ich im Treppenhaus begegnet bin?«

»Handelten auf Ludviks Befehl.«

»Ludvik?«

»Und jetzt«, sagte David, »werde ich dir erzählen, was Krieger im Zusammenhang mit Josefs Tod festgestellt hat.« Er berichtete es ihr in allen Details, ersparte ihr keine Einzelheit.

»Ludvik...« Dieses Mal glaubte sie ihm.

Hastig fügte er hinzu: »Es gibt aber auch positive Neuigkeiten. Über deinen Vater. Er arbeitet. Er schreibt an diesem neuen Roman – einem ganz großen – und ist fast fertig.«

»Falls er einen eventuellen Brand übersteht«, ergänzte sie.

Das glaubte sie ihm also jetzt auch. »Wir müssen Jiri einfach überlisten, das ist alles.«

»Überlisten – Jiri? Sinnlos, David – vollkommen sinnlos!«

»Das ist es ja, was die erreichen wollten. Daß wir das glauben.« Und als sie nicht antwortete, sagte er: »Weißt du, die Menschen können sich selbst in die Niederlage hineinsteigern. Sie halten möglicherweise einen Trumpf in der Hand, spielen ihn aber nicht rechtzeitig aus. Da haben sie nun die Karte, die alles sticht, und bleiben auf ihr sitzen, weil sie zögern, zweifeln. Weil sie auf schöne Worte gehört haben oder sich von ihrem Gegner zu sehr beeindrucken ließen. Und was ist eine Trumpfkarte, wenn du auf ihr sitzenbleibst, wenn das Spiel längst an dir vorbeigegangen ist? Sie ist sinnlos. Und das ist die einzig zutreffende Bedeutung dieses Wortes.« Er hielt inne. »Nicht wahr?«

»Ja.« Ihre Stimme war kaum hörbar.

»Und noch etwas darfst du nicht vergessen, Irina. Wenn der Einsatz hoch ist – und es gibt nirgends höhere Einsätze als in der Machtpolitik –, spielt dein Gegner ums Ganze. Er gesteht dir nicht mal einen freundlichen Gedanken oder ein winziges Zögern zu. Er verdreht alles, was du sagst oder tust, wie es ihm paßt, und benutzt es zu seinem eigenen Vorteil. Er kennt nur ein Ziel: gewinnen. Und in der Sprache seiner engstirnigen Ideologie bedeutet das, daß du verlieren mußt. In seinen Augen gibt es da keinen fairen Wettbewerb: Es ist lediglich eine Frage der Zeit. Deine Hoffnungen gegen seine Pläne.«

»Und du warst früher ein so überzeugter Optimist, David!«

»Ich bin immer noch optimistisch. Ich sagte doch, daß wir Jiri überlisten können, nicht wahr?«

»Aber du hast auch gesagt, daß es keinen fairen Wettbewerb gibt.«

»In seinen Augen. Das habe ich hinzugefügt, oder nicht?«

»Doch.« Und dann: »Vielleicht bin ich jetzt pessimistisch geworden.«

»Du würdest dich wohler fühlen, wenn du dir dieses Wort ›sinnlos‹ abgewöhnen könntest.«

»Heute abend«, berichtete sie, »hat mich Jiri von jemandem anrufen lassen. Als du fort warst.«

»Ich weiß. Und wenn ich da gewesen wäre, hätten sie das Gespräch abgebrochen und es später noch einmal versucht. Und noch einmal. Bis sie dich allein angetroffen hätten.«

»Das wußtest du?« Und das war der große Unterschied zwischen David und Jiri: Wenn Jiri etwas von dem Anruf gewußt hätte, dann hätte er, genau wie David, wahrscheinlich auch gewartet, bis sie von selbst darüber sprechen würde. Aber er hätte nie zugegeben, daß er es die ganze Zeit schon gewußt hatte. Er hätte gewartet, bis er es gegen sie verwenden konnte.

»Äußerst gerissen, diese Mistkerle. Oh, tut mir leid – ich finde das alles so abscheulich. Ich habe keine Lust, dauernd rumzulaufen und ständig darauf gefaßt zu sein, daß einer mir auf den Fersen ist. Sie haben dich natürlich bedroht, nicht wahr?«

»Aber nein. Sie waren sehr freundlich.«

»Wie bitte?« Er wäre fast von der Straße abgekommen. Rasch richtete er den Scheinwerferstrahl des Wagens auf der dunklen, leeren Straße wieder geradeaus. »Und das hat dich so in Angst versetzt?« Sie war also doch nicht so einfältig geworden, wie er in seinen schlimmsten Depressionen vermutet hatte.

»Gerade das. Vor allem aber die Tatsache, daß sie uns so einfach gefunden haben. Und dabei haben wir uns so große Mühe gegeben.«

»Genau das Gefühl wollten sie dir suggerieren. Vergiß nicht, daß Jiri ein Propagandafachmann war, bevor er in das Geschäft mit der Gewalttätigkeit überwechselte. Und was ist Propaganda? Wenn man die Menschen so weit bringt, daß sie glauben, was man sie glauben machen will.«

»Bei mir hätten sie es beinahe geschafft – beinahe.« In der Dunkelheit streckte sie die Hand aus und berührte flüchtig seinen Arm. »Sie sagten, daß sie besorgt um mich sind. Sie würden uns folgen, um sich zu vergewissern, daß mir keine Gefahr droht.«

»Gefahr – von wem, in drei Teufels Namen?«

»Von Krieger. Du bist nur ein Werkzeug, haben sie gesagt. Jo ebenfalls. Der Mann, dem man nicht vertrauen kann, ist Walter Krieger.«

»Nicht vertrauen kann? In welcher Hinsicht?«

»Daß er mich sicher abliefert. Er will nicht, daß ich zu meinem Vater komme und ihm die Nachricht von Jiri überbringe.«

Sekundenlang wandte David den Blick von der Straße und starrte Irina fassungslos an. Er mußte an ihren Paß denken; er dachte daran, wie ihre Flucht verlaufen war: scheinbar ohne jegliche Schwierigkeiten von seiten der Tschechoslowakei.

»Hast du einen Vertrag mit Hrádek abgeschlossen?«

»Keinen Vertrag«, berichtete sie schnell, »nur ein Übereinkommen. Er ließ sich scheiden und besorgte mir den Paß. Außerdem versprach er, mein Verschwinden so lange wie möglich zu kaschieren. Dafür sollte ich meinen Vater bitten, in die Tschechoslowakei zurückzukehren. Mehr nicht.«

»Dazu solltest du deinen Vater überreden?«

»Nein, nein! Nur bitten sollte ich ihn, mehr nicht. Bitte, David – glaube mir doch!«

»Glaubst du wirklich, daß dein Vater zurückkehren würde?«

»Nein, natürlich nicht. Nachdem keine Hoffnung auf Demokratie mehr besteht, bestimmt nicht. Warum hätte ich sonst die beiden Notizbücher mitbringen sollen, die er zurücklassen mußte? Von denen habe ich Jiri nichts gesagt. Warum auch? Ich habe sein Angebot angenommen. Und werde mein Versprechen halten. So war es zwischen uns abgemacht.«

»Und wenn sich dein Vater weigert, zurückzukehren – was dann?«

»Darüber hat Jiri nichts gesagt.«

»Ja, aber was dann?« fragte er abermals.

»Ich habe vor, bei meinem Vater zu bleiben, mich zu verstekken. Und wenn sein Buch veröffentlicht ist – na ja, vielleicht wenigstens dann, weil es dann nämlich für Jiri zu spät ist, um etwas zu unternehmen –, können wir beide möglicherweise beruhigt aus unserem Versteck hervorkommen und ein normales Leben führen.« Trotz der Dunkelheit sah sie ihn an. Sie wirkte unsicher. »Meinst du nicht, daß es so kommen könnte?«

»Doch. Aber leider sind das keine Pläne, sondern Hoffnungen.«

»Während Jiri Pläne hat«, ergänzte sie langsam in Erinnerung an Davids Worte. »Meine Hoffnungen gegen seine Pläne.« Sie stieß ein seltsames, kleines Lachen aus. »Und ich dachte, es wäre anders herum«, flüsterte sie.

»Kommen wir lieber auf den Anruf zurück«, entgegnete er schroff. »Was haben sie dir noch gesagt?«

»Nur, daß sie uns überall finden würden – genauso mühelos wie in Graz. Aber ich sollte mir keine Sorgen machen. Das alles geschehe lediglich zu meiner Sicherheit.« Sie holte tief Luft. »Es klang genau wie das, was Ludvik zu mir sagte, als er mich heute morgen zum Opernhaus fuhr.«

Gott sei Dank hat sie ihnen nicht geglaubt, dachte David; sonst wäre sie wohl nicht so verängstigt gewesen.

»Hast du die Stimme am Telefon erkannt?«

»Nein. Aber der Mann sprach unsere Sprache. Seine Aussprache war akzentfrei. Er war bestimmt Tscheche.«

»Sanft und freundlich?«

»Ja.«

Wie der sich verstellen kannn, dachte David. »Der Anruf kam vom Flughafen. Möglicherweise war er gerade aus Wien eingetroffen.«

»Und deshalb sind wir so schnell abgefahren – damit er uns

nicht mehr im Hotel antraf?« Die Vorstellung begeisterte sie. »Geschadet hat es jedenfalls nichts«, antwortete David. Für eine positivere Antwort gab es zu viele unsichere Faktoren. Der Mann konnte das Hotel im selben Augenblick erreicht haben, als sie abfuhren, hatte aber möglicherweise zuerst in der Garage nachgesehen, ob der Chrysler noch da war und sie sich also noch in Graz befanden; das hätte er vermutlich für unauffälliger gehalten, als ein Café oder eine kleine Hotelhalle im Auge zu behalten. Vielleicht war er aber auch direkt nach Lienz gefahren – da er ja so viel über ihre Pläne zu wissen schien. »Aber warum nur einer? Es könnten genausogut zwei Männer sein.«

»Die beiden, denen ich auf der Treppe von Alois' Wohnung begegnet bin?«

»Würdest du sie wiedererkennen?«

»Ich ... Ich weiß nicht recht. Ich habe sie nur flüchtig gesehen, ich habe mich fest an die Wand gepreßt und ihnen nicht ins Gesicht geschaut. Weil ich hoffte, daß sie mich dann nicht beachten würden.«

»Dann werden wir jetzt im nächsten Ort haltmachen. Wir brauchen Benzin, und du kannt dich frisch machen.«

»Ich brauche mich nicht ...«

»Wir werden halten«, unterbrach er sie. »Außerdem möchte ich, daß du dir an einem ruhigen Ort bei guter Beleuchtung zwei Fotos ansiehst. Und dir dieses Mal die Gesichter merkst.«

»Die beiden Männer?«

»Es ist besser, wenn du das tust, bevor wir nach Lienz kommen.«

»Werden sie dort sein?«

»Das weiß ich nicht.« Irgend jemand würde auf alle Fälle dort sein, wenn auch nicht unbedingt diese beiden. »Bei diesem Anruf – hat man dich da nach unserer Route gefragt?«

»Ja.«

»Und was hast du geantwortet?«

»Gar nichts.«

»Hast du von Lienz gesprochen?«

»Nein.« Doch dann schoß ihr ein ganz neuer, beunruhigender Gedanke durch den Kopf. »David – bitte! Glaubst du mir nicht? Ich habe dir wirklich alles gesagt.«

»Alles, Irina?«

»Alles, was wichtig ist.«

Und trotzdem konnte es eine Kleinigkeit geben, die Irina gar nicht wichtig vorkam und die trotzdem ausschlaggebend für ihre Sicherheit war. Er ließ ihre Antwort gelten, ohne weitere Fragen zu stellen. Zu auffällig war die Erschöpfung in ihrer Stimme. Morgen, dachte er, wenn sie sich ausgeschlafen hat, werde ich sie bitten, gründlich ihr Gedächtnis zu durchforschen, mir mehr von Jiri zu erzählen, über die Art, wie er sich an sie herangepirscht hatte, über ihre geduldete Flucht. Denn etwas anderes war es nicht: eine genehmigte Flucht.

Die Straße zog sich jetzt an einem See entlang. Überall sah man die Lichter verstreuter Häuser, weit auseinanderliegender Villen mit Gärten, die sich bis an den See hinabzogen. Sommerbungalows, vermutlich; und die Menschen saßen in ihren vier Wänden, sahen fern und dachten an den morgigen Tag auf dem Wasser. Am anderen Ende des Sees häuften sich die Lichter: ein Ferienort. Dort gab es ein ständiges Kommen und Gehen von Urlaubern und dazu zahllose Autos. »Dort werden wir eine Pause einlegen«, erklärte David. Dann jedoch fügte er kurz entschlossen hinzu: »Nein, dort werden wir übernachten.«

»Und nicht in Lienz?«

»Warum denn?« Jo würde in Lienz sein, doch Krieger würde sie am folgenden Morgen wie verabredet anrufen und ihr mitteilen, daß es nach Meran weiterging. Krieger selbst wollte ohnehin nicht nach Lienz kommen. »Wir sind lange genug unterwegs; einhundertundfünf Meilen von Graz. Ungefähr einhundertundachtundsechzig Kilometer«, fügte er noch vorsorglich hinzu. »Okay?«

»Ja. Aber Jo wird auf uns warten. Sie wird sich Sorgen machen. *Alle* werden sich Sorgen machen.«

»Ich werde McCulloch mitteilen, daß wir in Sicherheit sind.«

»Wirst du ihm sagen, wo wir übernachten?«

»Das sage ich niemandem außer dir.«

Ganz unerwartet lachte sie. »Ach, David – damit wirst du sie alle aus dem Konzept bringen, sogar Jiri. Weißt du überhaupt, was du da tust? Du kidnappst mich – das ist genau das, wovor er mich gewarnt hat. Nur daß es nicht auf Kriegers Befehl geschieht, nicht wahr?«

»Nein. Irgendwas dagegen einzuwenden?« Sie näherten sich der Stadt. Vor ihnen öffnete sich ein hübscher Platz mit niedrigen Häusern und Bürogebäuden; von hier aus zweigte die Straße nach Lienz ab. David hielt sich jedoch links und fuhr in die Hauptstraße ein. Die Atmosphäre war fröhlich und lebhaft: ein Urlaubsort, zum Vergnügen gedacht, im Gegensatz zu Las Vegas aber alles andere als grell und aufdringlich. Und ein Gammler-Treffpunkt war es auch nicht. Alles wirkte so gemütlich, wirkte heiter und gelassen: Zerstreuung auf die ruhige Art der Mittelklasse. Und vor allem wirkte der Ort sicher. Da war eine Anzahl älterer Paare, zumeist aber wimmelte es hier von modern gekleideten jungen Mädchen und ihren sonnengebräunten, jungen Begleitern. Und in der Ferne erklang alter, aber gut gespielter Jazz.

»Nichts«, antwortete Irina. Ringsumher strahlten Lichter, so daß er ihr Gesicht jetzt deutlicher erkennen konnte. Sie wirkte wie vor sechzehn Jahren. Sogar ihr Lächeln war wieder so, wie er es von damals kannte.

»Jetzt ist es für die ohnehin zu spät.« Sie hatten das Ende der kurzen Durchgangsstraße erreicht und fuhren durch das breite Tor einer ausgedehnten Hof- und Gartenanlage, die durch ein im rechten Winkel angelegtes Gebäude vom Ort und vom Straßenverkehr abgeschirmt war. »Jedes österreichische Hotel stellt sich letzten Endes als Schloß heraus«, sagte er mit breitem Lächeln. Auch wenn es sich diesmal um ein Pseudo-Schloß handelte – David gefiel es. Im Augenblick war David mit allem zufrieden.

Er hielt innerhalb des Grundstückes dicht vor dem Gebäude. Der Parkplatz war von zahlreichen Wagen besetzt; überall gingen Leute spazieren, die den Rosengarten bewunderten. »Hier fallen wir bestimmt nicht auf«, sagte David zu Irina, als er den Zündschlüssel abzog.

»Ich wünschte, ich könnte auf ewig von dir gekidnappt bleiben«, sagte sie leise. »Nur du und ich, David. Genau wie früher.«

Ja, ihr Lächeln war noch dasselbe. Auch ihre Augen, deren Blick jetzt dem seinen begegnete: Sie machten nicht mehr den Versuch, ihm auszuweichen.

»Erinnerst du dich ...«, begann sie langsam, beinahe zögernd.

Doch die Art, wie sie sich in seine Arme schmiegte – da gab es überhaupt kein Zögern.

»An alles«, antwortete er.

12

Walter Kriegers Hotel in Graz lag ganz in der Nähe des Fernsprechamtes, eines großen, staatlichen Gebäudes mit unpersönlichem Charakter. Daher war es kein Risiko für ihn, nach einem hastig heruntergeschlungenen Abendessen hinüberzugehen und Hugh McCulloch in Genf anzurufen. Ein öffentlicher Fernsprecher besaß eine gewisse beruhigende Anonymität. Er lieferte einen kurz gefaßten Bericht über die Tagesereignisse. McCulloch mußte über die Entwicklungen erschrocken gewesen sein, aber er lauschte schweigend. Wenn er jetzt die übliche Methode anwandte, würde er Kriegers Rapport auf ein Tonband aufnehmen und ihn sich später noch einmal genau anhören. Falls sich dabei noch Fragen ergaben, würde er sie Krieger beim nächsten Anruf stellen. »Das wäre alles«, endete Krieger.

»Noch nicht ganz.« McCullochs Ton klang gezwungen. »Ich habe Ihnen von David etwas auszurichten. Er rief mich heute abend um zehn nach sieben an. Er will den Terminplan um einen Tag vorverlegen.«

Jetzt wußte Krieger nicht, was er sagen sollte. Irgend etwas muß passiert sein, nachdem ich mit David gesprochen habe, dachte er.

»Ehrlich gesagt, ich bin ziemlich beunruhigt«, sagte McCulloch.

Ich weiß auch nicht, was ich davon halten soll, dachte Krieger, sagte aber scherzhaft: »Gut. Dann müßt ihr dort endlich auch mal was tun.« Hugh war ein sehr vorsichtiger Mann, überlegt und akkurat; zuweilen aber für Kriegers Geschmack ein bißchen zu langsam. Er kümmerte sich zu intensiv auch um die kleinste Einzelheit. »Sagen Sie Sylvester, daß er die Zusammenkunft für Sonntag arrangieren muß. Aber wo?«

»Darüber ist sich Sylvester selbst noch nicht klar.«

Sylvester war auch so ein vorsichtiger Mann. »Dann sollten

wir beide das am besten jetzt entscheiden. Also, Plan A oder Plan B? Welcher von beiden, Hugh?« Plan A war der einfachere: Irina sollte direkt zum Haus ihres Vaters gebracht werden. Plan B sah eine Zusammenkunft an anderer Stelle vor.

»Wir sollten doch vielleicht lieber fragen, ob...«

»Verdammt, wir haben genug gefragt!«

»Aber es ist ziemlich schwierig, jetzt...«

»Nicht halb so schwierig, wie es für Dave sein kann. Sie haben meinen Bericht gehört. Ist Ihnen nicht klar, daß er der nächste auf der Liste sein kann, der zur Beseitigung ansteht, sobald er seine Schuldigkeit getan hat?«

Am anderen Ende herrschte Schweigen.

Zwei Tote, dachte Krieger aufgebracht: Josef und Alois. Zwei wichtige Zeugen, die beweisen konnten, daß Irinas Flucht nicht von einem westlichen Geheimdienst ausgeheckt worden war.

»Sobald er seine Schuldigkeit getan hat«, wiederholte Krieger. »Das ist das Schema, das sich herausschält. Nicht wahr?« fragte er scharf.

»Durchaus möglich«, antwortete McCulloch. »Da haben wir uns mehr eingehandelt, als wir gedacht hatten.«

»Das ist doch eigentlich immer so«, sagte Krieger. »Ich bin für Plan B. Der ist ungefährlicher.«

»Sie sind also tatsächlich überzeugt, daß sie sich von ihr zu seinem Haus führen lassen wollen?«

»Ja.«

»Na schön. Dann also Plan B. Aber welcher Bezirk?«

Das war eine vorsichtige Bezugnahme auf die beiden Dörfer, die als potentielle Treffpunkte ausgewählt worden waren: eines in der Nähe von Zürich, das andere direkt bei Interlaken.

»Keiner von beiden.«

»Wie bitte?«

»Wir sind morgen alle in Meran.« Krieger konnte sich gut vorstellen, wie McCullochs Brauen in die Höhe zuckten. Meran bedeutete, daß Irina die Schweiz beinahe am äußersten südöstlichen Zipfel erreichte, bergeweit entfernt sowohl von Zürich als auch von Interlaken.

»Wessen Einfall war denn das?« McCulloch war gereizt.

»Ich wünschte, es wäre meiner gewesen.«

»Das ist doch ein unmöglicher Umweg nach...«

»Wir fahren aber nicht dahin. Unser Ziel liegt woanders. Denken Sie doch mal an ein gewisses Dorf, das näher an dem betreffenden Grenzabschnitt liegt, ein Dorf, in dem es ein Haus gibt, das ich mir jederzeit von meinem Freund, dem Süßwarenhändler, ausleihen kann. Erinnern Sie sich? Es hat Ihnen vor zwei Jahren dort so sehr gut gefallen. Sie meinten, dort würden Sie gern Ihren Lebensabend verbringen.«

McCulloch erinnerte sich genau. Tarasp. Ein Dorf, weit von der Hauptstraße entfernt, an einem steilen Bergweg, der in einer Sackgasse endete. Dort hatte er mit Krieger vor zwei Jahren gewohnt, als sie dem Schweizer Nationalpark einen Besuch abstatteten. »Ein Schloß, bemalte Hauswände, Blumenkästen?« fragte er, um sich zu vergewissern, daß Krieger tatsächlich die Ortschaft im Unterengadin meinte.

»Genau.«

»Viel zu entlegen – am Ende der Welt.«

»Nur dreißig Meilen bis zum nächsten Flugplatz.«

»Ich finde trotzdem...«

»Nein, Hugh. Es bleibt dabei. Die beste Möglichkeit für schnelle Lieferung. Und das ist im Augenblick das wichtigste. Warten Sie ab; je länger Sie sich die Landkarte ansehen, desto besser wird es Ihnen gefallen.«

McCulloch stieß einen tiefen Seufzer aus. Er dachte an den neuen Zeitplan, den er nun ausarbeiten mußte. All seine sorgfältig arrangierten Pläne für Zürich oder Interlaken für die Katz. »Wird Ihr Freund uns sein Haus überlassen?«

»Selbstverständlich. Er hat es mir ohnehin für August angeboten. Rufen Sie ihn ruhig an. Er wird zusagen.«

»Wo kann ich Sie das nächste Mal erreichen?«

»In Lienz. Ich glaube, es ist besser, ich fahre hin und kläre ein paar Dinge persönlich.«

»Noch mehr Probleme?« fragte McCulloch scharf.

»Irgendwo gibt es ein Leck. Aber das ist mein Bier. Konzentrieren Sie sich auf die Organisation auf Ihrer Seite, ja?«

»Ich sehe zu, daß die sich in Bewegung setzen.«

»Mehr verlange ich ja gar nicht. Bis Sonntag dann«, verabschiedete sich Krieger. Es blieb also bei Tarasp.

Energischen Schrittes verließ Krieger das Fernsprechamt, in dem gerade so viel Betrieb herrschte, daß er nicht auffallen konnte. Niemand schien ihm hier Beachtung zu schenken. Sehr schön, dachte er; McCulloch würde liefern wie verabredet. Gewiß, Hugh arbeitete lieber nach einem wohldurchdachten Plan und schüttelte sicher immer noch den Kopf über diese unvorhergesehene Änderung. Aber Pläne waren immer nur was wert, wenn sie zugleich auch flexibel waren. Auch er, zum Beispiel, er holte jetzt seinen Chrysler, um nach Lienz zu fahren, obwohl er heute nachmittag noch nicht die Absicht gehabt hatte, dort haltzumachen. Eine kurze persönliche Besprechung mit Jo würde der Lösung ihrer Probleme aber wesentlich dienlicher sein als ein Telefongespräch morgen früh. Sollte McCulloch sich Gedanken machen, wie er Jaromir Kusak nach Tarasp schaffte; dafür würde er, Krieger, sich mit dem Problem herumschlagen, wieso Irina bis nach Dürnstein beschattet worden war. Gemeinsam waren sie dann vielleicht in der Lage, Jiri Hrádek den Boden unter den Füßen wegzuziehen. Dieser Niederlage würde Krieger mit Wonne zusehen.

Bevor Krieger sein Hotel verließ, wollte er noch einen Anruf tätigen: diesmal mit David Mennery im Grand. Der Portier antwortete ihm bereitwillig; Herr Mennery und Fräulein Tesar seien bereits vor einer halben Stunde abgereist. Früh, dachte Krieger, viel zu früh. Was hatte Dave nur so zur Eile getrieben?

Kriegers Unruhegefühl wuchs. Der Weg zur Garage war nicht weit; normalerweise wäre er zu Fuß am Flußufer entlanggeschlendert und hätte die kühle Abendluft genossen, jetzt aber nahm er lieber ein Taxi, das er hinter ein paar geparkten Wagen in der Nähe des Hoteleingangs halten ließ. Das schien ihm sicherer, als direkt zur Garage zu fahren. Wegen der Telefongespräche und der diversen Trinkgelder war sein Kleingeld knapp geworden, so daß er in dem dunklen Taxi seine Taschen durchwühlen mußte, nachdem der Fahrer behauptet hatte, nicht wechseln zu können. »Dann wechseln Sie doch im Hotel«, schlug Krieger vor und reichte ihm abermals den zurückgewiesenen großen Schein.

»Ich warte hier«, erklärte der Fahrer, der zu den streitsüchtigen Typen gehörte. Entweder paßte ihm die kurze Fahrt nicht, oder er arbeitete nicht gerne nachts. Da er so jung war, hatte er bestimmt ein Mädchen, das mit ihm tanzen gehen wollte.

Krieger wollte gerade auf die dunkle Straße hinaussteigen – eine freundliche, ruhige Straße, deren Bewohner trotz der verhältnismäßig frühen Abendstunde anscheinend zu Hause waren –, als er auf der beleuchteten Hoteltreppe zwei Männer erblickte, die direkt auf ihn und das Taxi zukamen. Seine Hand umkrampfte den Türgriff des Wagens. Er wandte den Kopf ab. Sein Haar war unter dem alten grünen Tirolerhut versteckt; den leichten Regenmantel hatte er über die Schulter gehängt, so daß er die Farbe seiner Tweedjacke verbarg. Wenn die beiden jedoch dieses Taxi wollten, waren alle Vorsichtsmaßnahmen umsonst. Gewiß, sie hatten ihn am Vormittag in jener Wiener Bäckerei nur flüchtig angesehen, waren aber darauf trainiert, Gesichter wiederzuerkennen. Dieser verdammte Schnurrbart, dachte er ingrimmig. Sein Stolz und seine ganze Freude.

Milan und Jan aber interessierten sich nicht für das Taxi. Sie blieben bei einem vier Meter weiter vorn geparkten Wagen stehen. Milan öffnete den Schlag und stieg ein, während Jan um den Wagen herumeilte und auf dem Fahrersitz Platz nahm. Beide waren zu verärgert, hatten es viel zu eilig, um dem Taxi hinter ihnen mehr als einen flüchtigen Blick zu gönnen.

»Stimmt was nicht?« erkundigte sich Kriegers Fahrer.

»Ich habe einen Krampf im Bein. Lassen Sie mir ein paar Sekunden Zeit und setzen Sie sie auf die Rechnung.« Hätte der Mann den Mund gehalten, hätte Krieger hören können, was Jan sagte, als er in den weißen Fiat stieg. So hörte er nichts als einen Wortschwall Tschechisch und gleich darauf das Knirschen des Getriebes. Der weiße Fiat setzte zurück und bog rücksichtslos auf die Fahrbahn hinaus.

Der Taxifahrer schüttelte den Kopf. »Scheiß-Ausländer!« schimpfte er. »Sind es mal nicht Tschechen oder Slowaken, sind es bestimmt Ungarn oder Kroaten. Da fragt man sich doch, wieso sie nicht gleich bei Österreich geblieben sind, wenn sie nun doch alle hierher kommen.«

»Schöner Wagen.« Und nagelneu. Mit einem Kennzeichen aus Graz.

»Wird nicht lange schön bleiben, wenn er von den Kunden so behandelt wird.«

»Aha, ein Leihwagen. Woher wissen Sie das?«

»Weil meine Firma diese neuen weißen Fiats vermietet. Angeblich zu schade für uns. Und wer fährt sie dann? Haben Sie das Getriebe krachen hören?«

»Die waren sicher sehr in Eile«, beschwichtigte Krieger. Er sah den Heckleuchten des Fiat nach, die in Richtung Süden verschwanden.

»Ausländer haben es immer eilig. Und Geld haben sie auch wie Heu. Wissen Sie, wieviel es kostet, sich so einen Wagen zu mieten? Ich kann's Ihnen sagen...«

»Ja«, antwortete Krieger. »Ich glaube, mein Krampf ist wieder weg. Ich werde jetzt den Schein wechseln gehen.«

»Lassen Sie nur, ich mach das schon«, sagte der Fahrer. Er hatte seinem Ärger Luft gemacht und war jetzt ein beinahe liebenswürdiger junger Mann mit keckem Grinsen. Krieger hielt ihn nicht zurück. Er wartete im sicheren Schutz des Taxis und dachte an Milan und Jan. Sie waren Irina gefolgt – nicht nur nach Graz, sondern bis zu ihrem Hotel. Daß Dave ihnen entwischt war, brachte nur einen kleinen Trost. Einen sehr kleinen. Die Richtung, die die beiden eingeschlagen hatten, konnte sie durchaus nach Lienz bringen.

Er ließ das Taxi abfahren, bevor er seine Reisetasche nahm und um die Ecke bog. Die Garage war fast leer; nur ein Mechaniker mit hagerem Gesicht arbeitete an seinem Motorrad. Der Chrysler stand sauber geparkt zwischen einem Dutzend anderer Wagen. Es gab keine Einwände dagegen, daß Krieger ihn abholte: Er hatte sowohl den offiziellen Parkschein als auch eine glaubwürdige Erklärung, und der Mechaniker verlangte lediglich einen Extrabetrag für eine Tankfüllung und den Ölwechsel, die bestellt worden waren. Hut ab vor Dave, dachte Krieger.

»Nur gut, daß ich ihn sofort fertiggemacht habe«, sagte der Mechaniker, ein hohlbrüstiger, langhaariger junger Mann mit sanften Augen und traurigem Lächeln. »Ich dachte, er sollte erst morgen früh abgeholt werden. Sie sollten Ihren Freunden Bescheid sagen.«

»Dem Amerikaner, der ihn hier abgestellt hat?«

»Nein, seinen zwei Freunden, die sich bei mir nach dem Chrysler erkundigt und mich gefragt haben, wann er wieder abgeholt wird. Ich habe ihnen natürlich gesagt, morgen früh.«

»Ein großer, kräftiger mit hellem Haar, und ein dünnerer mit dunklem Haar?«

»Genau. Hoffentlich habe ich nicht...«

»Nein, nein. Wir werden ihnen Bescheid sagen. Was für einen Wagen fuhren sie?«

»Gar keinen. Sie kamen mit dem Taxi vom Flughafen und wollten sich hier erst einen mieten. Aber wir verleihen keine Wagen. Zu großes Risiko. Deswegen habe ich sie zu einem Mietwagenverleih am Bahnhof geschickt. Haben sie das richtige gefunden?«

»Zweifellos.«

»Aber bestimmt keinen wie den hier.« Der Mechaniker tätschelte die Kühlerhaube des Chrysler, winkte zum Abschied und kehrte zu seinem Motorrad zurück. Vielleicht, dachte Krieger, hat der hier sein Mädchen, das abends so gern tanzen ging, geheiratet und macht nun gern Überstunden, weil er das Geld für die Miete und für die Windeln braucht.

Krieger fuhr vorsichtigt auf die leere Straße hinauf, legte Tempo zu, als er um die Ecke bog, und nahm dann die Straße nach Süden. Seine Gedanken waren keine angenehmen Begleiter. Daß Jo ein bißchen unvorsichtigt sein und Ludvik nach Dürnstein geführt haben mußte oder daß Dave so sehr mit Irina beschäftigt gewesen war, daß er gar nicht gemerkt hatte, wie ihm ein Wagen von Dürnstein nach Graz gefolgt war, klang jetzt nicht mehr so plausibel. Milan und Jan waren direkt auf dem Luftweg von Wien hierhergeschickt worden. Sie hatten ganz genau gewußt, wo sie Irinas Spur aufnehmen mußten. Sie hatten sogar über den Chrysler Bescheid gewußt. Nein, jetzt bestand nicht der geringste Zweifel mehr: Es gab irgendwo einen Verräter.

Die Autostraße war gut, aber eingeengt von kleinen, jetzt verlassenen Fabriken und kleinen Häusern, in denen Menschen in spärlich beleuchteten Räumen vor ihrem Fernsehgerät saßen. Allmählich wurden die dunklen Umrisse seltener und Felder, Bauernhöfe und Bäume nahmen ihren Platz ein. Die Straße machte einen Bogen nach rechts und führte nun, leicht überschaubar und ohne Verkehr, nach Westen. Krieger steigerte seine Geschwindigkeit. Vorsicht, mahnte er sich jedoch sofort; nur nicht die Wut am Fahrstil auslassen! Vielleicht sollte er seinen Zorn jedoch lieber abreagieren, ihn loswerden, bevor er Lienz erreichte. Ein Verräter – Gott verdamme ihn!

Lienz hatte Krieger immer gut gefallen: ein Landstädtchen inmitten hügelreicher Landschaft mit Feldern und Wäldern. Die kleinen Geschäfte in den engen Straßen hatten ein Durcheinander lokaler Erzeugnisse ausgestellt – einfache Lebensmittel und schlichte Weine, Trachtenjacken, Trachtenhüte, reich verzierte Ledergürtel, hübsche Dirndl mit weiten Röcken, bestickte Schultertücher –, doch nichts wirkte wie der übliche Touristenkitsch. Ebensowenig wie die Schaufenster voller Schußwaffen und Jagdmesser. Die Menschen lebten hier ihren normalen Lebensstil und hielten sich an die gewohnte Routine: Die meisten von ihnen gingen frühzeitig zu Bett und hatten um Mitternacht den größten Teil ihres Nachtschlafes hinter sich. Nur einzelne Besucher schlenderten noch ziellos herum, möglicherweise müde vom Fahren und voller Sehnsucht nach ein bißchen frischer Luft, bevor sie ebenfalls schlafen gingen.

Der alte Marktplatz – ein etwas ungleichmäßiges Rechteck – stand voller ortsfremder Automobile, alle vorbereitet für die nächsten vier- bis fünfhundert Kilometer am anderen Morgen. Krieger stellte seinen Chrysler dazu, nahm Reisetasche und Regenmantel und wand sich in Schlangenlinien durch die Wagenreihen, stets auf der Suche nach weißem Lack, an jedem Fiat ein Grazer Kennzeichen vermutend. Einer stammte aus Mailand, ein zweiter aus Genf, ein dritter aus Rom. Vermutlich hatten die beiden Tschechen anderswo geparkt – falls sie überhaupt hierhergefahren waren. Instinktiv sagte sich Krieger immer wieder, wenn ihnen Daves Zielort mitgeteilt worden sei, wüßten sie bestimmt auch das Hotel. Und dann konnte man getrost annehmen, daß zwei vom Fahren erschöpfte Fremde, die so spät in der Stadt eintrafen möglichst nah bei der ›Forelle‹ parkten, vor allem, wenn so viele Wagen herumstanden, die ihnen als Tarnung dienen konnten. Und tatsächlich, da stand er, der weiße Fiat, staubbedeckt und mit der Zulassung aus Graz.

Ohne seinen gemächlichen Schritt zu beschleunigen, erreichte Krieger den breiten Gehsteig mit den vielen Geranien und Petunien, die in den Kästen vor den Fenstern wucherten, und strebte dem einladenden Licht das Gasthofes zu. Ruhig und friedlich; ein Städtchen, in dem man eine angenehme Nacht verbringen konnte. Wenn nicht der weiße Fiat aus Graz gewesen wäre. Einen Trost gab es für ihn aber trotzdem noch: Er hatte

Mennerys Wagen nicht gesehen. Dave verhielt sich vorsichtig – viel vorsichtiger als die beiden harten Burschen aus Prag. Mit diesem doch etwas beruhigenden Gedanken ging Krieger unter dem vergoldeten Wirtshausschild, einer springenden Forelle, hindurch und betrat die kleine Halle.

Hier hatte sich in den zwei Jahren nicht viel verändert. Über blankpolierten Holzfußboden erreichte Krieger den Empfang. Ringsum getäfelte Wände, gedämpftes Licht, glänzende Messingverzierungen. Und Blumen – selbstverständlich, denn man war hier schließlich in Osttirol. Es duftete aufreizend köstlich nach Hirschragout.

Hinter dem Empfangsschalter legte ein Mann mittleren Alters das Buch beiseite, in dem er gelesen hatte, und stemmte sich aus einem Sessel hoch. Massig, majestätisch kam er nach vorn, eine hochgewachsene Gestalt, doppelt eindrucksvoll durch seinen Trachtenanzug. Daß er der Wirt war, sah man sofort. Und auch er hatte sich in den zwei Jahren nicht verändert, hatte immer noch die verschmitzten Augen, immer noch das freundliche Lächeln. Krieger erinnerte sich an alles, was diesen Mann betraf, nur leider nicht an seinen Namen. Ja, ich bin müde, dachte Krieger; und außerdem hungrig. Er stellte seine Reisetasche auf einen Holzstuhl und lächelte ein wenig mühsam. »Zu schade, daß die Küche um diese Zeit geschlossen ist«, sagte er, behutsam sondierend.

»Ja, wirklich schade«, stimmte der Mann höflich, aber entschieden zu. »Und schade, daß wir kein Zimmer mehr für Sie frei haben. Alles bis unter das Dach besetzt.« Er deutete auf das eng beschriebene Gästebuch.

»Sogar das kleine Wohnzimmer, das Sie für Notfälle bereithalten?«

Das runde, rotwangige Gesicht des Mannes hob sich fragend, musterte Krieger. »Aha!« sagte er plötzlich. »Vor zwei Jahren, nicht wahr? Herr... Herr Krieger.«

»Ganz recht.«

»Aus der Schweiz?«

Krieger schüttelte ihm herzlich die Hand. »Das ist eine angenehme Begrüßung, obwohl Sie kein Zimmer mehr für mich haben. Übrigens, wohnt eine Miß Corelli hier? Ich würde sie gern anrufen und... « Er brach ab, weil der Mann lächelte und bewundernd an ihm vorbeiblickte. Als er sich umdrehte, sah er Jo Corelli an der Speisesaaltür stehen – zögernd und nicht ganz so selbstsicher wie sonst, sondern eindeutig verblüfft, möglicherweise sogar erschrocken. Abgesehen davon bot sie das übliche hübsche Bild – unauffällig elegant in weißem Rock, weißem Pullover, das dunkle Haar glatt gebürstet und von einem Chiffontuch gehalten. Sie sah keineswegs aus, als wäre sie den ganzen Tag lang mit dem Auto durch den größten Teil von Österreich gefahren.

»Jo!« sagte Krieger. »Eine reizende Überraschung! Wie war die Fahrt?«

Sie hatte sich wieder so weit in der Gewalt, daß sie ihm zulächeln konnte, und kam herüber, um ihn zu umarmen.

»Ja, wirklich sehr nett«, antwortete sie leise. »Seit einer halben Stunde sitze ich da drüben im Speisesaal und warte auf Sie.«

Ach nein – wirklich? »Ja«, sagte Krieger, »und ich brauche jetzt unbedingt einen Drink. Es sei denn« – er drehte sich zu dem Mann am Empfangsschalter um –, »die Bar ist ebenfalls bereits geschlossen.«

»Ich werde schon irgendwas auftreiben«, antwortete der Wirt und entfernte sich in Richtung Küche. »Wein oder Bier?«

»Bier heute. Und viel, wenn's geht.«

»War es so schlimm?« fragte Jo, als sie ihn durch den beinahe verlassenen Speisesaal zu einem Tisch am Fenster führte. Die einzigen Gäste außer ihnen waren mehrere Touristen, die sich lautstark auf holländisch unterhielten, aber weit genug entfernt saßen, um nicht zu stören. Die Wandlampen waren zum Teil schon ausgeschaltet worden: ein behutsamer Wink, daß es für alle anständigen Menschen Zeit war, zu Bett zu gehen. Die dämmrige Beleuchtung tat aber seinen müden Augen wohl, und Krieger war keineswegs böse darüber. Der Ecktisch, den Jo mit ihrer Handtasche und einer Flasche Wein sozusagen als den ihren gekennzeichnet hatte, lag, von der Straße aus gesehen, teilweise hinter halb zugezogenen Vorhängen verborgen.

»Gemütlich«, lobte Krieger, als er sich auf dem kräftigen Stuhl niederließ.

»Und praktisch. Von hier aus überblickt man den ganzen Marktplatz, aber niemand kann hereinsehen. Das heißt, Sie haben mich jedenfalls nicht bemerkt – oder?«

Krieger spähte zwischen den Vorhängen hindurch. Und mußte natürlich sofort den weißen Fiat sehen, der ihn wieder daran erinnerte, daß das Leben nicht nur aus gedämpftem Licht, bequemen Stühlen und hübschen Mädchen bestand, die ihn mit liebevollem Lächeln musterten. »Sie haben mich kommen sehen?«

»Natürlich. Schließlich habe ich auf Sie gewartet – oder? Sie kamen ganz allein mit Ihrem Chrysler. Geparkt haben Sie außer Sichtweite, aber kurz darauf kamen Sie im Zickzack durch die parkenden Wagen auf den Hoteleingang zu. Sie machen ein trauriges Gesicht, Walter. Beinahe... grimmig. Was ist los?«

»Ich mache immer ein grimmiges Gesicht, wenn es Mitternacht ist und ich seit dem frühen Morgen unterwegs bin.« Vor allem, ergänzte er in Gedanken, wenn ich gerade vier Stunden lang mit einer Wut im Bauch gefahren bin, die für mindestens vier Wochen ausgereicht hätte. »Wenn Sie mich aber kommen gesehen haben, warum waren Sie dann so verblüfft, als Sie hier herauskamen?«

»Weil ich mir wie ein kompletter Idiot vorkam.«

»Warum?«

»Ihretwegen. Da saß ich und überlegte mir alle möglichen kleinen Tricks, damit man nicht merkte, daß wir uns kennen, wollte mich in der Halle einfach schweigsam bemerkbar machen, ohne Aufmerksamkeit zu erregen, und da kamen Sie herein, waren hier sogar bekannt und fragten ohne mit der Wimper zu zucken laut und deutlich nach Jo Corelli. Wirklich, Walter – nachdem wir in Wien so vorsichtig waren!«

»Wir müssen unsere Taktik ändern. Ich habe beschlossen, daß wir die Angelegenheit anders anpacken werden.«

»Anscheinend ist Dave derselben Meinung«, sagte Jo ärgerlich. »Er wollte doch unbedingt über Lienz fahren, nicht wahr? Er ist schuld, daß ich hierher kommen mußte – schauderhafte Fahrt, übrigens –, und jetzt läßt er sich nicht mal blicken.«

»Nein?« Nachdenklich betrachtete Krieger Jos Gesicht. »Wissen Sie das so genau?«

»Hugh McCulloch hat mich aus Genf angerufen...«

»Wann?«

»Um Viertel nach elf. Wegen einer dringenden Nachricht, die ich Ihnen weitergeben sollte, sobald Sie eintreffen. Er hatte gerade – ganz kurz nur – von Dave gehört. Keine Angst! Dave und Irina haben Graz heil und gesund verlassen. Dave wird sich mit Ihnen in Meran in Verbindung setzen.«

Hugh McCulloch hatte also von Meran gesprochen. Das war natürlich unvermeidlich. Die Verbindung mußte aufrechterhalten werden, aber mit jeder Kontaktaufnahme war ein Bruch der Sicherheitsmaßnahmen gekoppelt. »Wo haben Sie McCullochs Anruf denn entgegengenommen? Hoffentlich nicht am Empfang in der Halle.« Und hatte sie ›Meran‹ laut wiederholt, damit McCulloch wußte, daß sie ihn verstanden hatte?

»Hören Sie, Walter – so dumm bin ich nun wirklich nicht!«

»Tut mir leid«, entschuldigte er sich knapp.

»Na, hoffentlich.« Sie sah ihn an – verwirrt und gekränkt. »Sie benehmen sich wie ein Fremder.«

Er musterte sie deprimiert. »Wer hat gegen die Sicherheitsmaßnahmen verstoßen, Jo? Irgend jemand muß nachlässig gewesen sein.« Oder schlimmer. Doch das ließ er unausgesprochen. »Möglicherweise hat jemand zuviel geredet.«

»Ich bestimmt nicht!« erwiderte sie nachdrücklich. »Ich war gar nicht in der Halle, als der Anruf aus Genf ankam. Ich war im Bett und habe ihn dort entgegengenommen. Dann bin ich aufgestanden, habe mich angezogen, mich frisiert und bin heruntergekommen, um hier auf Sie zu warten. Zuerst habe ich natürlich in Marks Zimmer nachgesehen, weil ich ihm von Hugh McCullochs letztem Bulletin berichten wollte, aber er war nicht da. Er ist immer noch nicht da ...«

»Mark Bohn? Wie ist denn der nach Lienz gekommen?«

»Mit mir.«

»Und wo ist er jetzt?«

»Keine Ahnung. Ist mir auch gleichgültig. Wir waren den ganzen Tag zusammen. Und wissen Sie was? Mark ist ein zauberhafter Gesellschafter – für zehn Minuten auf einer Cocktailparty; und für den Suppengang beim Dinner kann er ausnehmend amüsant sein. Sonst aber ...« Sie zuckte die Achseln. »Als wir hier kurz nach Sonnenuntergang ankamen, schlug Mark vor, daß wir uns trennen und jeder für sich ins Hotel gehen, so tun, als ob wir uns nicht kennen. Und dann müssen Sie kommen und unsere Taktik völlig über den Haufen werfen. Und wir stehen da wie die Idioten.«

»Die alte Taktik hatte doch jeden Sinn verloren«, entgegnete Krieger ruhig. »Ihnen ist man trotz aller Geheimhalterei nach Dürnstein gefolgt. Und wie war es bei der Fahrt hierher?«

»Da wurden wir zum Teil beschattet.« Sie machte sich jetzt ehrlich Sorgen, versuchte aber, es nicht zu zeigen.

»Wieso zum Teil?«

»Ja, es war merkwürdig. Ich kann es einfach nicht begreifen. Als wir aus Dürnstein abfuhren, war der graue Fiat bereits weg. Also dachte ich, wir wären in Sicherheit. Dann aber, als wir bei Melk die Donau überquerten, sah ich ihn auf einmal wieder. Es wimmelte natürlich von Personenwagen, aber er fuhr als letzter auf unsere Fähre. Am Steuer saß Ludvik. Mark meinte, ich müsse mich täuschen. Aber er ist so kurzsichtig und bei so etwas keine Hilfe. Später, als wir in Salzburg ankamen, sah ich den Fiat dann noch einmal.«

»Und dann?«

»Nichts. Ich gab unseren Wagen ab, während Mark sich nach den Möglichkeiten zum Chartern eines Kleinflugzeuges erkundigte. Ich wollte nämlich nach Lienz fliegen, um erstens Zeit und zweitens Energie zu sparen. Außerdem hielt ich das für eine ausgezeichnete Gelegenheit, Ludvik endgültig abzuschütteln. Aber...« Sie unterbrach sich, weil Krieger leicht ihren Arm drückte. Der Wirt kam mit dem breiten Lächeln des Erfolgreichen auf seinem frischen Gesicht herein, gefolgt von einem jungen Mädchen, das, müde zwar, aber freundlich und höflich, ein riesiges Tablett auf den schmalen Schultern trug.

»Kröll«, sagte Krieger leise. »Natürlich – so heißt er!« Dann wandte er sich an den Wirt: »Meine Hochachtung, Herr Kröll! Sie haben wirklich etwas aufgetrieben.« Auf dem Tablett standen zwei große Krüge voll Bier und eine Platte mit offenen Sandwiches.

»Und wenn Sie gegessen haben«, flüsterte Herr Kröll, als könnte er damit den Bruch seiner eigenen Regel, nach Mitternacht nichts zu servieren, vor sich und anderen geheimhalten, »wird Elsa Sie mit nach Hause nehmen. Ihre Mutter wohnt ganz in der Nähe; nur zwei Minuten durch den Garten. Das Bett ist wirklich zu empfehlen und wird inzwischen schon für Sie hergerichtet. Nein, nein«, wehrte er ab, als Krieger sich bedanken wollte, »das tue ich doch gern für Sie. Immer zu Ihren Diensten,

Herr Krieger.« Mit einer eiligen Verbeugung zog er sich in die Halle zu seinem bequemen Sessel zurück.

»In etwa einer halben Stunde werde ich fertig sein, Elsa«, sagte Krieger zu der jungen Bedienung. Er hoffte nur, daß er sie nicht aus ihrem eigenen Bett vertrieb. Falls doch, verriet ihr geduldiges Lächeln jedenfalls keinen Ärger. »Können Sie noch so lange wach bleiben? Tut mir leid, daß ich Ihnen so viel Mühe mache.« Nun schmolz sie vollkommen dahin, lachte und eilte mit einem »Guten Appetit« in die Küche.

»Wie mein Vater, der erfahrene Diplomat, zu sagen pflegte: ›Wenn man sich schon entschuldigen muß, soll man möglichst dick dabei auftragen.‹ Und wie mein Onkel, der kluge Engländer, hinzufügen würde: ›Es geht doch nichts über Männerkameradschaft, wenn's darum geht, auf Reisen Schwierigkeiten zu üerwinden.‹« Dann fuhr sie fort: »Ich wünschte, wir hätten heute nachmittag auch einen Herrn Kröll gehabt. Der hätte uns sicher eine Maschine besorgen können.«

»Hat Bohn denn kein Glück gehabt?«

»Alles war bereits gechartert. Und Linienflüge nach Lienz – oder vielmehr Nikolsdorf – gibt es nicht. Der Flugplatz reicht nur für kleine Maschinen. Also mieteten wir uns wieder einen Wagen und fuhren dann wie die Verrückten. Wir haben es gerade noch bei Licht über den Großglockner geschafft. Allerdings herrschte ein ziemlich starker Nebel, der unaufhörlich stieg und fiel – unheimlich! Mark ließ mich über den Paß selbst fahren und übernahm dann die ebeneren Strecken.«

»Wie galant!«

»Aber er war wirklich galant«, verteidigte ihn Jo. »Er wollte mich nicht allein nach Lienz fahren lassen, bestand darauf, mich zu begleiten.« Sie lächelte plötzlich. »Der Ärmste! Mit einer Art Schlittenfahrt zwischen Eisfeldern hindurch hatte er nicht gerechnet. Dafür mußte ich die Augen zumachen und gelegentlich ein Stöhnen unterdrücken, als er in der Ebene das Steuer übernahm. Er ist der hektischste Autofahrer, neben dem ich jemals gesessen habe. Immerhin, wir sind angekommen.« Sie lächelte nicht mehr. Ihre dunkelblauen Augen waren groß und voll Besorgnis.

Als sie sprach, war ihre Stimme leise. »Von Salzburg aus ist uns niemand gefolgt. Auch unterwegs nirgends ein grauer Fiat.

Aber das erste, was ich sah, als wir hier auf dem Marktplatz ankamen, war ein Mann, der an der Mauer des alten Rathauses genau gegenüber stand. Ludvik. Er war schon hier und wartete auf uns.«

Krieger, der gerade nach seinem zweiten Sandwich greifen wollte, erstarrte. »Und es war ihm immer noch gleichgültig, ob er von euch gesehen wurde?«

»Nein, nicht mehr. Kaum hatte er unseren Wagen gesehen, war er verschwunden. Das heißt, ich konnte ihn nicht mehr entdecken, nachdem ich einen Parkplatz gefunden und mich in Ruhe umgeschaut hatte. Aber das dauerte höchstens einige Sekunden.«

Dann haben die ihre Taktik also auch geändert, dachte Krieger und biß kräftig in Schinken und Käse.

»Es war Ludvik«, versicherte Jo.

»Ich glaube Ihnen.«

»Aber wie ist das möglich? Er ist doch erst nach uns in Salzburg angekommen.«

»Und als er Lienz hörte, hat er sofort eine von jenen Privatmaschinen gechartert, die so knapp waren.« Ob Bohn sich wirklich ernsthaft bemüht hat? fragte sich Krieger.

»Sie glauben, daß es ihm jemand verraten hat? Aber wer kann das gewesen sein?«

»Wer wußte von Lienz? Und wer wußte von Graz?«

»Graz? Sind sie Dave dorthin etwa auch gefolgt? O nein!«

»Zwei gute Freunde von Ludvik sind von Wien aus nach Graz geflogen. Und, sobald sie entdeckt hatten, daß Dave und Irina abgereist waren, hierher gefahren.«

»O nein!« stöhnte Jo noch einmal leise.

»Ihr Wagen steht draußen«, antwortete Krieger kurz und schob die Sandwichplatte zurück. Dann trank er einen Schluck Bier und steckte seine Pfeife an.

»Welcher ist es denn?«

»Der weiße Fiat neben dem roten Volvo.«

»Den habe ich kommen sehen. Ungefähr zwanzig Minuten vor Ihnen. Es waren zwei Männer. Sie kamen herein, blieben einen Moment an der Tür stehen, sahen sich im Saal um und verschwanden.« Jo holte tief Luft. »Wen haben die beiden gesucht? Dave?«

»Ich glaube kaum, daß sie so dumm sind, ihn und Irina in einem Speisesaal zu suchen.«

»Aber wen haben sie dann gesucht?«

»Wahrscheinlich jemanden, der ihnen Informationen über den weiteren Verlauf der Aktion geben konnte.«

»Ich habe niemandem etwas von Meran gesagt.« Bohn erwähnte sie überhaupt nicht. »Mein Gott, Walter – es ist unfaßbar! Ich kann's nicht glauben! Was machen wir bloß?«

»Wir werden es feststellen. Definitiv.«

»Aber wie?«

»Indem wir Meran erwähnen und abwarten, ob es sich zu ihnen herumspricht.«

»Viel zu gefährlich!«

»Wie wollen wir sonst erfahren, woher sie ihre Informationen bekommen?«

»Und was ist mit Dave und Irina? Können wir die beiden da raushalten«

Krieger betrachtete lächelnd ihr angsterfülltes Gesicht. »Ja«, antwortete er sanft. »Wir werden schon dafür sorgen, daß sie nicht in die Schußlinie geraten. Das ist alles.« Er ergriff ihre Hand. »Überlassen Sie das Reden mir – ja, Jo?«

Sie nickte, versuchte zu lächeln. Dann wanderte ihr Blick zur Halle hinüber. »Ach bitte, Walter, lassen Sie mich morgen mit Ihnen fahren! Bitte!«

Auch Krieger sah zur Halle hinüber. An der Tür zum Speisesaal stand Mark Bohn, als wisse er nicht recht, ob er hereinkommen solle oder nicht. »Warum nicht?« antwortete Krieger auf Jos Bitte. »Wir fahren um neun.« Er winkte zur Tür. Bohn verstand und kam auf sie zu. Jo nahm ihre Handtasche und verließ den Tisch, bevor er ihn erreichte. Ohne einen Blick ging sie an ihm vorbei.

Amüsiert sagte Bohn: »Allmählich treibt Jo dieses Mata-Hari-Gehabe aber zu weit. Ich hatte ihr zwar vorgeschlagen, daß wir hier so tun sollten, als kennten wir uns nicht, aber um diese Zeit – wer beobachtet uns da schon? Und außerdem, was machen Sie hier? Hat Graz Ihnen nicht genug geboten?« Er setzte sich Krieger gegenüber an den Tisch.

»Ich wollte nur sicherstellen, daß die Fahrt morgen möglichst früh losgeht.«

»Ja? Und wohin soll es gehen?«

»Nach Meran.«

»Meran? Dann haben wir, Jo und ich, beide unsere Wette verloren. Wir dachten, es ginge nach Italien.«

»Meran liegt in Italien. Oder haben sie den Friedensvertrag nach dem Ersten Weltkrieg vergessen?« Damals war Meran mit dem gesamten Südtirol an Italien abgetreten worden, und aus Meran wurde Merano im Alto Adige.

Bohn unterdrückte seinen Ärger. »Natürlich nicht. Sie wissen doch genau, was ich meine: einen zentraler gelegenen Ort. Rom, zum Beispiel. Meran liegt ganz da oben im Norden ...«

»Aber es ist eine hübsche Stadt, wo wir uns alle einen Tag ausruhen können. Irina ist müde.«

»Ist das nicht so eine Art Sackgasse?«

»Von Meran aus führt eine gute Straße nach Süden, direkt am Comer See vorbei.«

»Nach Mailand?«

Krieger hob warnend die Hand und warf einen verstohlenen Blick zu den ausgelassenen Holländern hinüber.

»Ach was, die hören uns doch gar nicht zu!« protestierte Bohn ungeduldig. »Ist das nicht ein Riesenumweg nach Mailand? Wer hat sich das überhaupt ausgedacht?«

»Dave.«

»Ach so, der geniale Amateur. Ich hätte gar nicht gedacht, daß er so verschlagen sein kann. Sind Irina und er mit Ihnen zusammen gekommen?«

»Nein.«

»Sind sie denn noch in Graz?«

»Ehrlich gesagt, ich weiß nicht genau, wo sie sind.«

Bohn starrte ihn fassungslos an. »Heute abend hagelt es aber Überraschungen!«

»Es hat den ganzen Tag Überraschungen gehagelt. Ich vermutete Sie von Salzburg aus auf dem Weg nach München. Was wird denn aus Ihrem Besuch bei der Olympiade? Hatten Sie nicht schon mehrere Interviews festgemacht!«

»Die Spiele fangen erst in etwa zehn Tagen richtig an. Außerdem fand ich, daß Jo nicht allein fahren sollte. Sie ist ziemlich nervös, ist Ihnen das auch aufgefallen? Irgend etwas macht ihr Sorgen. Haben Sie eine Ahnung, was?«

»Sie braucht Ruhe, glaube ich. Morgen nehme ich sie mit nach Meran. Sie können uns mit dem in Salzburg gemieteten Wagen folgen.«

Bohn blieb stumm. Entweder paßte ihm die Vorstellung nicht, ganz allein durch die Dolomiten fahren zu müssen, oder er überlegte, was diese Planänderung bedeuten sollte.

»Das heißt«, fuhr Krieger fort, »falls Sie auch zu uns in Meran ins Bristol kommen wollen. Das ist jedenfalls unser Treffpunkt.«

»Doch, ich komme. Nachdem ich einen so weiten Weg hinter mir habe ...« Bohn zuckte die Achseln, lächelte und fügte hinzu: »Wie ist denn die Straße? Hoffentlich nicht so wie die von heute.«

»Keine Eisfelder«, versicherte Krieger ihm breit grinsend. »Aber landschaftlich besonders schön. Die Dolomiten sind wild-romantisch. Die Straße ist gut. Sie können sich nicht verfahren.« Leider, dachte Krieger ironisch.

»Ich werde mich dicht hinter Ihnen halten.«

»Lieber Sie als Ludvik Meznik.«

»Ludvik?«

»Ja. Er ist in Lienz. Und dazu zwei andere Mörder – seine Freunde.« Krieger, der seine Pfeife im Aschenbecher ausklopfte, sprach ganz nüchtern. Dann steckte er die Pfeife ein, stand auf und warf einen Blick auf seine Uhr. »Zeit zum Schlafengehen, glaube ich.«

»Mörder?« wiederholte Bohn. Er folgte Krieger in die Halle. »Machen Sie Witze?« Sein Ton klang beunruhigt, sein Blick war ernst.

»In Meran werde ich Ihnen alles erzählen. Sie werden sich wundern. Aber lange werden uns diese Gauner nicht mehr belästigen. Morgen früh wird die österreichische Polizei sie hier verhaften.«

»Sie werden von der österreichischen Polizei gesucht?«

»Ja.«

Bohn sah Krieger aufmerksam an. »Nein, Sie machen keine Witze«, stellte er daraufhin fest. Vielleicht war ihm Kriegers Besuch im Wiener Polizeipräsidium am Vormittag eingefallen.

»Natürlich nicht. Ich werde als Zeuge gegen Sie aussagen.«

Die beiden hatten die Halle erreicht. Herr Kröll hatte sich bereits zurückgezogen. An seiner Stelle bewachte ein junger Mann mit schmalem Gesicht Kriegers Reisetasche und Mantel.

»Soll das heißen, daß Sie gesehen haben, wie...?« begann Bohn.

»Allerdings.« Krieger preßte die Lippen aufeinander.

Kurzes Schweigen. »Na, dann bis morgen«, sagte Bohn. »Um wieviel Uhr?«

»Um neun. Pünktlich.«

»Dann aber jetzt nichts wie ins Bett.« Bohn wirkte tatsächlich erschöpft; sein Gesicht war sogar im warmen Lampenschein der Halle schneeweiß und übermüdet. Ohne noch einmal ausdrücklich gute Nacht zu wünschen, ging er auf den kleinen Fahrstuhl im Hintergrund der Halle zu.

Krieger wartete, die Ellbogen müde auf den Empfangsschalter gestützt, während der Junge Elsa holte. Die Holländer im Speisesaal tranken immer noch Bier und dachten anscheinend gar nicht an Schlaf. High Life in Lienz, dachte Krieger. Endlich erschien Elsa, gegen die kühle Nachtluft ein Tuch um ihre Schultern gelegt. Als Krieger ihr zur Hintertür folgte, leuchtete am Klappenschrank ein Lämpchen auf. Hoffentlich nicht Bohn, der jetzt telefoniert, dachte Krieger, als er auf eine schmale Gasse hinausstrat. Draußen war es kalt und dunkel. Vor ihm klapperten Elsas kräftige Schuhe über das Kopfsteinpflaster.

Das Zimmer lag oben an der Treppe, drei Stockwerke hoch, war aber sauber und hatte ein einladend weiches Bett sowie ein kleines Fenster. Als Elsa wieder nach unten ging, knarrten ihre Schritte auf den Holzstufen. Kein lautloses Bewegen in diesem alten Haus, dachte Krieger, keine Möglichkeit zu einem kurzen Ausflug nach draußen, ohne die ganze Familie zu wecken. Er war die ganze Nacht hier eingesperrt. Sorgfältig stellte er seine Reisetasche auf dem Holzfußboden ab, schaltete das Licht aus und schlich leise zu den Fensterläden, die er aufstieß. Er hatte Glück: Das Zimmer lag im vorderen Teil des Hauses und ging auf den rechteckigen Marktplatz hinaus. Von seinem luftigen Ausguck überblickte er einen ziemlich großen Bereich, beinahe ebensoviel wie von einer Nebenstraße oder einem dunklen Hauseingang aus. Und war obendrein nicht so leicht zu entdekken. Wie lange würde er wohl warten müssen? Fünfzehn Minuten, eine halbe Stunde, eine ganze? Er konzentrierte sich auf den weißen Fiat, nahm seine Pfeife heraus, zögerte. Ein Streichholz anzünden? Lieber nicht... Er steckte die Pfeife wieder in die Tasche.

Geduldig stand er, die Arme auf die Fensterbank gestützt, den Mantel umgelegt, um die Nachtkälte ein wenig abzuhalten, den Oberkörper im Schatten des Dachvorsprungs. Alle fünf Minuten etwa verlagerte er sein Gewicht, reckte sich und trainierte seine Beinmuskeln. Trog ihn sein Gefühl? War es unsinnig, was er erwartete? Bis halb zwei wollte er noch stehenbleiben; dann würde er so oder so die Antwort auf seine Frage haben.

Auf dem Marktplatz unten, der halb im Häuserschatten des Mondlichtes lag, halb von Straßenlaternen beleuchtet wurde, geschah nur wenig, was die nächtliche Stille störte. Zwei Motorräder knarrten vorbei. Eine kleine Gruppe gestiefelter Wandersleute, deren englische Unterhaltung bis zu seinem Fenster heraufdrang, kehrte zu ihrem Gasthof zurück und begutachtete im Vorübergehen die Autos. Ein Mann im Trachtenanzug fuhr mit einem Volkswagen davon. Das war alles. Um halb zwei schien sich der Platz endgültig zur Ruhe begeben zu haben. Auch Krieger war kurz davor einzuschlafen; seine Lider wurden immer schwerer. Er blinzelte ein paarmal kräftig, beschloß dann, noch zehn Minuten zuzugeben, um nur ja keine Chance vorbeigehen zu lassen. Früher hatte er oft festgestellt, daß er immer dann, wenn er eine einmal begonnene Sache vorzeitig aufgab, unweigerlich verloren hatte. Nun ja, vielleicht sogar noch fünfzehn Minuten, dachte er, nicht bereit, seine Niederlage einzugestehen. Aber es dauerte nur noch fünf Minuten.

Aus der Einmündung einer schmalen Straße in einiger Entfernung traten zwei Männer aus dem Schatten und gingen auf die Autos zu. Ihre Schritte erzeugten kein Echo auf dem Pflaster: Sie bewegten sich übervorsichtig, leicht und schnell. Und viel Gepäck hatten sie auch nicht bei sich: jeder nur eine kleine Tasche, mehr nicht. Da sie ihre Köpfe nach unten beugten, waren ihre Gesichter von den hoch gelegenen Fenstern aus nicht zu erkennen. Aber sie mußten durch den Lichtkreis einer Straßenlaterne, und das verriet wenigstens ihre Haarfarbe. Einer war dunkel, der andere blond. Auch ihre Körpergröße stimmte: mittelgroß Milan, über einsachtzig Jan. Bei dem weißen Fiat blieben sie stehen und, als sie ihn aufschlossen, sahen sie sich um; mit einem suchenden Blick, der über den Marktplatz schweifte und auch die oberen Fenster der ›Forelle‹ streifte. Dann stiegen sie ein. Behutsam starteten sie den Motor, sorgfältig darauf bedacht, möglichst wenig Geräusch zu machen. Langsam löste sich der Fiat rückwärts aus den Reihen der Autos und richtete den Kühler gegen Westen. Das war die Richtung, die zur italienischen Grenze führte. Krieger atmete erleichtert auf.

Aber das Fenster verließ er immer noch nicht. Er wollte den Wagen im Auge behalten, bis er den Marktplatz verlassen hatte. Doch, er nahm eindeutig die Straße nach Westen. Dann jedoch blieb er mit laufendem Motor an der Ecke stehen, ein Mann kam aus dem letzten Hauseingang des Platzes gelaufen – wie lange hatte der dort schon gewartet? –, hastete über den Bürgersteig und saß im Fiat, noch bevor Krieger sich hinausgelehnt hatte, um besser sehen zu können. Nicht ausgeschlossen, daß es Ludvik war; Figur und Körpergröße stimmten. Ja, höchstwahrscheinlich war es Ludvik, entschied Krieger, als der Wagen verschwand. Ludvik trachtete mit Sicherheit ebensosehr danach, das österreichische Gebiet zu verlassen, wie seine Freunde Milan und Jan.

Sieh an, dachte er. Ich hab' nur ein bißchen nachgeholfen, und schon sind sie alle umgefallen.

Er trat vom Fenster zurück, machte Licht und holte die Taschenflasche mit Brandy aus seinem Rasieretui. Morgen mußte er sich unbedingt die Zeit zu einem Telefongespräch mit Wien nehmen. Er mußte wissen, welche Abmachungen zwischen der österreichischen und der italienischen Polizei bestanden, ob eine möglichst schnelle Auslieferung erfolgen konnte. Wahrscheinlich nicht, aber allein die Drohung damit würde von Nutzen sein. Ebenso alles andere, was ihm einfallen würde, um Ludvik das Leben schwerzumachen. Und wenn noch eine Bestätigung für die Morde an den Pokornys nötig gewesen wäre, dann war sie hier, heute nacht, durch diese panische Flucht aus Lienz eindeutig erfolgt.

Morgen früh würde er lieber auch noch den Chrysler nachsehen lassen: Ludvik hatte sich so verdächtig in der Nähe herumgetrieben. Trotzdem, die Wahrscheinlichkeit war größer, daß Ludvik mit aktiven Maßnahmen gegen Krieger warten würde, bis er österreichisches Gebiet verlassen hatte. In Meran würde morgen vielleicht der Teufel los sein. Krieger hatte sich als Zeugen bezeichnet, und Zeugen duldeten Ludvik und seine Totschläger nicht. Krieger trank einen dritten Schluck Brandy und verbot sich diesen Gedanken. Auch die Kälte war aus seinen Knochen gewichen. Doch auch ohne die angenehme Wärme des Brandys hatte er sich seit Jahren nicht wohler gefühlt.

Kurz darauf lag er im Bett und schlief trotz fremder Umgebung und knarrendem Fußboden tief und traumlos, vergaß seine Sorgen in einer Wolke weißer und weicher Daunen.

Der Morgen brachte Wolken, und es sah nach Regen aus. Doch nichts konnte Kriegers muntere Laune dämpfen. Das schlechte Wetter würde die Wochenendausflügler abschrecken, so daß der Samstagverkehr auf den Bergstraßen weniger hektisch sein würde. Um neun Uhr war er fix und fertig, hatte den Wagen kontrolliert, Wien angerufen und sogar ein kurzes Gespräch mit McCulloch geführt.

Jo, die sonst so Pünktliche, kam diesmal wenige Minuten zu spät. Anstatt guten Morgen zu wünschen, nickte sie nur und setzte sich schweigend zu ihm in den Chrysler. Krieger ließ den Wagen an und umrundete vorsichtig den Platz, an dem ein Minibus offenbar Ladeprobleme hatte: Ringsum verstreut Gepäckstücke und eine Anzahl ziemlich verschlafener Holländer. Andere Wagen brachen ebenfalls auf; bald würde der Marktplatz wieder den Lienzern gehören. Nur von Mark Bohn war keine Spur zu sehen. »Wir haben unseren lieben Bohn verloren«, sagte er gutgelaunt.

»Leider nicht.« Jo war immer noch gereizt.

»Nicht gut geschlafen?«

»Nein.«

»Haben Sie gefrühstückt?«

»Zwei Bissen. Dann platzte Bohn zu mir ins Zimmer und gab mir eine Nachricht für Sie. Warum konnte er nicht herunterkommen und es Ihnen selbst sagen?« Botenjunge, mehr bin ich nicht, dachte Jo wütend. »Er muß noch hierbleiben. Er hat versucht, München zu erreichen – irgend etwas wegen seines Auftrags dort, genaue Daten und so weiter und so weiter... Und jetzt muß er warten, bis aus München zurückgerufen wird.«

»Er wirft also das Handtuch«, stellte Krieger voller Genugtuung fest.

»Keineswegs! Er will sich mit uns in Meran treffen.«

»Ich weiß nicht recht...« Krieger konzentrierte sich auf die enge Einkaufsstraße, in die sie eingebogen waren, auf den lebhaften Betrieb der Geschäfte und Wochenendeinkäufer.

»Wieso?«

»Er hat Angst, Jo. Er steckt bis weit über beide Ohren drin, und das ist ihm jetzt klar geworden.«

»Aber wie...«

»Ein kleiner Hinweis auf zwei Morde.«

Jo tat einen tiefen Atemzug. »Das finde ich nicht sehr komisch«, sagte sie, und ihre Gereiztheit nahm noch zu.

»Es sollte auch keineswegs komisch sein.« Um sie zu besänftigen, fuhr er fort: »Es tut mir leid, Jo. Ich habe Ihnen wirklich nicht viel über Wien erzählt, nicht wahr? Und...«

»Sie haben mir in diesen letzten vierundzwanzig Stunden überhaupt nichts erzählt.« Ihre Stimme klang aufgebracht und vorwurfsvoll. »Walter, ich bin es doch! Jo!«

Da also lag der Hase im Pfeffer. »Aber jetzt kann ich Ihnen alles erklären«, sagte er. Und unser Mißtrauen und die Zweifel lassen wir, Gott sei Dank, mit Mark Bohn hier zurück. »Noch dreißig Kilometer bis zur Grenze. Dann gibt es ein anständiges Frühstück für Sie und obendrein einen ausführlichen Bericht. Zufrieden?«

Doch, dachte Jo, ich bin zufrieden. Und lächelte zum ersten Mal an diesem Morgen.

13

Überall herrschte Frieden, vor allem in seinem Herzen. David stand am Fenster und sah in den stillen Garten hinaus, eine weite Grünfläche mit Spazierwegen, Blumenbeeten und Baumgruppen, die sich dunkel gegen die frühe Morgensonne abhoben. Die Gebäude ringsum lagen schweigend, nirgends ein Zeichen von Leben hinter den verhangenen Fenstern. Nur im Pförtnerhaus am großen Tor regte sich etwas: Vorbereitungen für den neuen Tag. Von den Hotelangestellten abgesehen, lagen die meisten Leute noch in tiefem Schlaf. Genau wie Irina.

Er wandte sich vom Fenster ab und trat ans Bett, wo sie ausgestreckt lag, das Gesicht halb in den Kissen vergraben, das Haar gelöst und goldfarben, die Hüften kaum von den Laken bedeckt. Ganz zart – um sie nicht zu wecken – küßte er sie auf Hals und Schultern, strich über die sanfte Kurve ihrer Taille, die weiche Rundung ihrer Brüste. Plötzlich hatte sie seine Handgelenke gefangen und drehte sich lachend zu ihm um. Sie schlang die Arme um ihn und zog ihn zu sich herab. Ihre Lippen trafen sich.

Ein energisches Klopfen riß sie aus ihrem Traum. Es klopfte abermals. David machte die Augen auf, langsam erwachend, als er es zum drittenmal klopfen hörte, scharf und befehlend diesmal, und eine Stimme »Guten Morgen!« rief.

»Ich war wohl gestern abend zu verdammt tüchtig«, seufzte er grimmig und zog seinen Morgenrock an. Er hatte alles für eine zeitige Abreise am Morgen arrangiert und ein kräftiges warmes Frühstück bestellt, damit sie, ohne zum Essen anhalten zu müssen, bis Meran durchfahren konnten. Als er das Zimmer durchquerte, sah er auf die Uhr: Viertel nach sieben. Der Kellner hatte sich verspätet. Gott sei Dank, dachte er und war, als er die Tür öffnete, besserer Laune. Hinter ihm raschelte das Bettzeug, als Irina sich die Decke über den Kopf zog.

»Komm raus, bevor du da drunter erstickst!« sagte er, nachdem der Zimmerkellner wieder gegangen war. Dann nahm er den Deckel von den gefüllten Schüsseln, die auf einem Tischchen am Fenster standen. Liebevoll betrachtete er sie, als sie zu ihm herüberkam. Sein Lächeln verschwand. »Du bist wirklich wunderschön«, sagte er leise.

Mit großen Augen sah sie ihn lange an. Dann schüttelte sie lachend den Kopf. »Ich bin nur glücklich.« Sie schlang die Arme um ihn und schmiegte sich an ihn. »Du darfst mich nie wieder verlassen, David.«

»Nie wieder«, versicherte er ihr. »Man hat uns um sechzehn Jahre betrogen. Nie wieder, Irina. Niemals wieder.«

Sie frühstückten, zogen sich an und waren um zwanzig Minuten nach acht abfahrbereit. Inzwischen wimmelte es in der Pförtnerloge von Abreisenden, die ihre Rechnungen bezahlen wollten. »Ich rufe McCulloch später an«, entschied David, als er ihr Gepäck auf dem Rücksitz des Wagens verstaute und Irina auf den Beifahrersitz half. Sogar die Berührung ihrer Hand verursachte ihm Herzklopfen.

»Noch mal? Hast du nicht gestern abend mit ihm telefoniert?«

»Doch, aber ich habe nicht mit ihm gesprochen. Ich habe nur eine Nachricht hinterlassen, damit er sich keine Sorgen macht.« David las ihre Gedanken und lächelte. »Doch, doch, Irina, das war genug. Du bist zu pflichtbewußt. Außerdem wollte ich dich nicht so lange allein lassen.« Als er an seine Rückkehr ins Zimmer dachte, mußte er lachen. »Wenn ich nicht sofort gekommen wäre, wärst du in einem Meer von Schaum aus dem Badezimmer geschwommen. Was hattest du eigentlich alles in die Wanne getan?«

»Alles, was da so herumlag.« Sie mußte auch lachen. »Das Zeug ist doch zum Benutzen da.«

Warum auch nicht? Mein erstes heißes Bad nach zwöf Tagen, dachte sie. Und dies ist der erste Morgen nach vielen Jahren, an dem ich nicht voller Furcht erwacht bin. Voll Furcht und Hoffnungslosigkeit.

»Du bist wohl schon zum Kapitalismus bekehrt, wie?« fragte er munter, um die Wolke zu vertreiben, die sich über ihr Gesicht gelegt hatte. Und es gelang ihm: Sie lächelte gleich wieder.

Als er den Wagen durch das Tor lenkte, warf sie einen letzten Blick auf den grünen Garten mit seinen leuchtend bunten Blumenbeeten und den wie Schildwachen aufragenden Bäumen zurück. »Hier war ich glücklich«, sagte sie leise. »Daran werde ich immer denken.«

Er nickte. »Warum sprichst du in der Vergangenheit? Es ist nicht vorbei. Es fängt erst an.«

»Aber ...«

»Gar nichts aber. Wer will uns daran hindern, unser eigenes Leben aufzubauen? Dein Vater? Nein, das paßt, glaube ich, nicht zu ihm. Ja, wenn wir es mit deiner Mutter zu tun hätten, dann hätten wir allerdings einen heißen Kampf vor uns.«

»David, David ...« Sie schüttelte den Kopf.

»Was ist daran falsch?«

»Ich. Weil ich verlernt habe, an die Zukunft zu denken. Ich lebe von einem Tag zum anderen.«

»Das reicht aber nicht.«

»Das tut man, wenn man sich vor der Zukunft fürchtet.«

»Warum fürchten? Weil sie unbekannt ist?«

»Ja. Es gibt so viele Wege, die man wählen kann, und bei keinem weiß man mit Sicherheit, daß er der richtige ist.«

»Aber man hat die freie Wahl.«

»Und wenn man den falschen wählt?«

»Dann gibt man es zu – je eher, desto besser. Dadurch verliert man weniger und ist beim nächstenmal vorsichtiger.«

»Und wenn man immer wieder Fehler macht?«

»Dann hat man beim erstenmal vermutlich nicht zugegeben, daß man sich geirrt hat«, antwortete er halb im Scherz. »Das ist der einzige Grund, warum man immer wieder denselben Fehler begeht. Ich weiß es. Mir ist es so ergangen.«

»Und du bist immer noch für die freie Wahl – selbst wenn du die falsche Wahl triffst?«

»Wer sagt, daß eine Wahl, die andere für mich treffen, weniger falsch ist? Nein, vielen Dank. Ich bin für das Risiko, das man bei eigenen Entscheidungen in Kauf nehmen muß. Und du wirst diese Einstellung bald teilen, Irina.«

»Ich werde lernen. Vermutlich. Vorläufig aber ... ängstigt es mich irgendwie.«

»Ich weiß.«

»Weißt du das wirklich, David?«

»Ganz frei sind wir im Leben nie.«

»Aber wird dir befohlen, in welcher Stadt du leben mußt, welchen Beruf du ausüben darfst, wo du arbeiten mußt und wohin du reisen darfst, selbst innerhalb des eigenen Landes? Bei uns wird alles in Prag entschieden, für jeden – und allmählich kommt einem das völlig natürlich vor.« Sie atmete tief. »In meinem ganzen Leben habe ich selbst nur zwei wirklich wichtige Entscheidungen getroffen: mich von meinem Mann scheiden zu lassen und aus meiner Heimat zu fliehen.« Und sogar daraus wäre nichts geworden, wenn Jiri es nicht geduldet hätte. »Warum hat es es zugelassen?« fragte sie, fast wie im Selbstgespräch.

David fuhr langsamer, um ein paar Teenagern auszuweichen,

die mit Picknickkörbchen und Plattenspieler zu einem der Strandbäder am See wollten. »Wer? Und was?«

»Jiri. Warum hat er mich fliehen lassen?«

David warf ihr einen forschenden Blick zu, um dann nach links über den leeren Platz zur Autostraße abzubiegen. »Seit wann weißt du es?«

»Es wird mit erst allmählich klar. Jiri...«

»Ich möchte nicht über Jiri sprechen, Irina. Ich möchte lieber über uns sprechen. Komm, Mädchen – du mußt dieses Gespenst von Gedanken loswerden. Von jetzt an wird *nicht* alles in Prag entschieden.«

»Du bist so selbstsicher.«

Selbstsicher – bin ich das wirklich? Er widersprach nicht. Aber das einzige, dessen er in diesem Augenblick – von seinen Gefühlen für Irina abgesehen – ganz sicher war, das war die Tatsache, daß sie nach Meran fuhren. Der kleine Ort Velden am Seeufer lag hinter ihnen. Dort erwachten die Menschen zu einem neuen Tag mit Segeln, Schwimmen, Tennis, Essen, Trinken, Tanzen und alle möglichen Vergnügungen, ohne Sorgen, bis der Urlaub vorüber war. Mit einem unerwarteten Anflug von Sehnsucht dachte er an einen weißen, von riesigen Brechern gepeitschten Strand, an hohe Dünen und grüngoldenes Gras. »Du hast den Atlantik noch nie gesehen, nicht wahr, Irina?«

»Der einzige Ozean, den ich jemals gesehen habe, war der Ärmelkanal.« Und als er lachte, sagte sie: »Aber das ist wohl kein sehr großer, nicht wahr?«

»Nein. Er ist nicht mal ein großes Meer.«

»Mir kam er jedenfalls riesig vor. Ist denn ein Ozean so anders?«

»Das wirst du schon sehen. Ich habe einen kleinen Bungalow, in dem ich meine Wochenenden verbringe.« Und er begann ihr East Hampton zu beschreiben.

Kurz hinter Villach, der letzten größeren Stadt am Weg, bog David in eine vertrauenerweckende Tankstelle ein, an der es zu dieser Tageszeit noch keine Kunden gab. »Eines habe ich gelernt«, erklärte er. »Auf Landstraßen soll man nie warten, bis der Tank leer ist.« Und als sie ihn verständnislos ansah, erläuterte er ihr seine Absicht eingehender. Irinas Englisch war ausgezeichnet, an Amerikanisch war sie jedoch nicht gewöhnt. Er hatte das Gefühl, daß sie ein Viertel seiner Sätze praktisch erraten mußte. Irina, Liebes, dachte er, wärend er ihre lächelnden Augen, die leicht in die Höhe gezogenen Brauen, die zum Lachen bereiten Lippen betrachtete, du hast so vieles zu lernen, große Dinge und ganz kleine.

»Paß auf«, fuhr er fort, »macht es dir was aus, wenn ich dich zehn Minuten lang allein lasse? Dort im Büro muß es ein Telefon geben. Es wäre vielleicht ganz gut, wenn ich McCulloch sage, daß wir nach Meran unterwegs sind.«

»Nein, geh nur. Es macht mir überhaupt nichts aus«, versicherte sie ihm.

Trotzdem zögerte er noch. »Komm doch mit«, sagte er. »Wir rufen einfach zusammen an.«

»Wenn ich hier sitzen bleibe, falle ich weniger auf.«

Das stimmte. »Ich werde ein Auge auf dich haben«, versprach er beim Aussteigen. Das war nicht schwierig, wenn er das Telefon benutzen durfte: Das Bürofenster war breit und bot guten Ausblick auf den Wagen. Sie hatte, um ihr Haar zu verbergen, ihr blau-grünes Tuch darüber gebunden und hielt den Kopf gesenkt, als lese sie irgendwas. Von den vorbeifahrenden Wagen aus konnte sie so niemand erkennen und sich später an sie erinnern. Beruhigt ließ er sich mit Genf verbinden.

Er macht sich wirklich Sorgen um mich, hatte Irina gedacht, als sie sich das Kopftuch knotete. Es war ein wunderbares Gefühl. Sie langte auf den Rücksitz hinüber, holte ihren Drehbleistift aus der vollgestopften Handtasche, ließ die Tasche neben dem übrigen Gepäck liegen und begann mit dem Bleistift in der Hand Davids Straßenkarte zu studieren und Kilometer in Meilen zu übersetzen. Da ich ohnehin lernen muß, mit Meilen zu rechnen, fange ich am besten gleich damit an, sagte sie sich.

Als er zurückkam, war der Wagen mit gefülltem Tank und kontrolliertem Ölstand fahrbereit. David wirkte nicht besonders glücklich. Irgend etwas schien ihn zu ärgern. Irina steckte den Drehbleistift in die Tasche und sagte rasch: »Wir sind jetzt ungefähr zwölf Meilen hinter Velden, und bis Lienz sind es noch sechzig. Von da aus dann nur noch zwanzig bis zur italienischen Grenze. Stimmt's?«

»Ja, so ziemlich«, antwortete er grinsend. Sie hatte irgendwo zwischen Lienz und Velden sieben Meilen verloren. Dann sah er die Berechnungen, die sie mit Bleistift an den Kartenrand geschrieben hatte, und war gerührt. Das mußte ziemlich schwierig gewesen ein. »Das heißt, eigentlich haargenau.«

»Und wie lange brauchen wir dazu?«

Er begutachtete den Verkehr vor ihnen auf der Straße, der noch nicht hektisch war und in recht gleichmäßigem Tempo dahinrollte. »Bis halb elf schaffen wir es bis zur Grenze. Falls das Wetter nicht schlechter wird«, fügte er mit einem Blick auf die drohenden, dunklen Wolken hinzu. Hoffentlich waren die nicht symbolisch.

»Werden wir in Lienz haltmachen?«

»Warum sollten wir?«

»Weil Jo da vielleicht auf uns wartet.«

»Jo ist nicht allein. Walter Krieger ist bei ihr. Er ist gestern abend in Lienz eingetroffen.«

»Weil er uns dort zu finden hoffte?« Irina war bestürzt.

»Ja. Aber jetzt ist er vermutlich froh, daß wir nicht aufgetaucht sind. Ludvik war nämlich da und wartete auf uns. Und außerdem diese beiden.« David langte in die Tasche und zog die Fotos von Milan und Jan heraus. »Die siehst du dir jetzt ganz genau an. Das sind die Männer, die dir auf der Treppe zu Alois Pokornys Wohnung begegnet sind. Milan ist der dunkelhaarige, der große, kräftige ist Jan. Erkennst du sie wieder?«

»Den Mann mit dem hellen Haar – Jan, sagtest du? – ja«, antwortete sie langsam. »Das ist derjenige, der dicht an mir vorbeigekommen ist. Wenigstens glaube ich das. Wenn ich die beiden noch einmal zusammen sehen würde, könnte ich sie vielleicht genau identifizieren.«

»Von nun an merk dir ihre Gesichter.« Und ich dachte, ich hätte sie in Granz erfolgreich abgeschüttelt. Sie reichte ihm die Fotos zurück – schweigend.

»Die drei haben Lienz inzwischen verlassen. Warum und wie, weiß ich nicht. McCulloch hatte Wichtigeres zu berichten. Krieger wird mich in Meran informieren.«

»Fahren Ludvik und seine Freunde auch nach Meran?« erkundigte sich Irina still.

»Wenn sie davon erfahren haben – ja.«

»Wenn? Mir scheint, die wissen überhaupt alles.«

»Na ja, hoffen wir, daß sie von Tarasp noch nichts gehört haben.«

Sie sah ihn erstaunt fragend an.

»Ein Dorf gleich hinter der Schweizer Grenze. Unser Ziel. Krieger wird uns die genaue Adresse geben, wo ...«

»Die Adresse meines Vaters?«

»Nein. Der wohnt anderswo in der Schweiz. Er wird aber hinkommen. Ein Grund dafür wurde mir nicht genannt. McCulloch sagt, daß Krieger mir alles erklären wird.«

»Und wann werden wir in Tarasp sein? Morgen?« So schnell, dachte sie. Und wohin wird David von dort aus gehen?

»Vielleicht sogar noch eher.«

»O nein!« rief sie erregt. Ihre Stimme war schmerzerfüllt, ihre Miene ungläubig. »Heute abend? O nein ...«

»Das habe ich auch gedacht.«

Sie fand keine Erwiderung.

»Wirst du mit deinem Vater gehen oder mit mir?«

Irina schüttelte den Kopf. »Was ich möchte, weiß ich genau. Aber ...« Sie ließ den Satz unbeendet.

David preßte die Lippen zusammen. Falls es in Irinas Gefühlen zu einem Konflikt zwischen ›möchte‹ und ›muß‹ kam, wußte er, wie sie sich entscheiden würde. Sie wird mich bitten, auf sie zu warten. Sie wird mir versprechen, nachzukommen. Aber – wird sie wirklich nachkommen? Was, zum Beispiel, wenn ihr Vater krank wird, sie braucht ... eine Verzögerung nach der anderen eintritt?

»Aber es ist viel zu weit, um heute noch bis Tarasp zu fahren. Du *kannst* die Entfernung nicht in einem Tag schaffen.«

Sie schiebt ihre Entscheidung auf, dachte er. »Sieh dir noch mal die Karte an. Von der italienischen Grenze bis Meran sind es nicht mehr als hundertsechzig Kilometer. Um zwei Uhr mittags können wir dort sein, möglicherweise sogar früher.«

»Aber all diese hohen Berge!«

»Die Straße führt um sie herum, nicht hinüber.« Wieder ein schöner Plan zunichte gemacht. Er hatte sich so darauf gefreut, mit ihr eine komplizierte Strecke zu fahren, mitten zwischen den gigantischen Dolomiten hindurch – eine etwas langsamere Strecke, aber einzigartig schön, ein Erlebnis, das man nie vergaß.

»Und von Meran bis in die Schweiz?« Sie starrte immer noch auf die Karte, faltete sie so, daß der betreffende Abschnitt oben war, und benutzte ihren Bleistift als Zeigestock. Ärgerlich sagte sie: »Ich kann dieses verflixte Tarasp nicht finden!«

»Es liegt im Engadin, direkt westlich vom Schweizer Nationalpark. Laut Hugh McCulloch ungefähr hundertdreißig Kilometer hinter Meran.«

»So nah?« Das Engadin... Ja, da war es, und da war auch der Nationalpark. Mit dem Bleistift fuhr sie, ohne dabei die Karte zu berühren, die Straße nach, die im Bogen um den Park verlief.

»Ziemlich nah. Dein Vater trifft heute abend in Tarasp ein.«

Unvermittelt hielt der Bleistift an, ein scharfer Stoß, der ihre Gefühle ausdrückte; die Mine brach ab. Ja, da war Tarasp. Und gar nicht weit hinter der Grenze. Überhaupt keine Entfernung. Sie legte die Karte neben sich auf den Sitz, steckte den Bleistift ein und runzelte die Stirn. »Aber warum diese ewigen Änderungen der Pläne? So war es doch gar nicht vorgesehen. Nicht wahr, David?«

»Nein«, stimmte er zu. »So hatte ich es mir nicht vorgestellt.«

»Aber warum...«

»Liebling, ich weiß es nicht. Ich erfahre es erst in Meran von Krieger. Wir werden dort ungefähr zwei Stunden bleiben.«

»Weißt du, ich glaube, ich mag deinen Krieger nicht. Er hat doch alles arrangiert, nicht wahr?«

»Möglich. Aber sag das nicht zu Hugh McCulloch.« Er legte Tempo zu. Kein genußvolles Trödeln mehr. Er hätte sich dagegen aufgelehnt, hätte er nicht gespürt, daß Krieger für sein Drängen stichhaltige Gründe hatte. Wehe, die hat er nicht, dachte er zornig. Um Irina jedoch aus ihrer Depression zu holen, legte er seine schwarze Stimmung sofort wieder ab und brachte das Gespräch auf ein normaleres Niveau zurück. Als sie durch Lienz kamen, lächelte sie sogar schon wieder über die komischen Anekdoten, die er erzählte – Histörchen über verrückte Dirigenten und gereizte Musiker. Eines mußte man der Welt der Musik doch lassen: Sie bot nicht nur herrliche Töne, sondern ebenso amüsante Ablenkung.

Die letzte Strecke der Straße zur österreichisch-italienischen Grenze verlief so grade und langweilig wie die eingleisigen Eisenbahnschienen, die sie durch das breite, flache Tal voller abgeernteter Felder begleitete. Die Berge waren weit nach Süden und Norden zurückgewichen. Allmählich verringerten die Autos ihr Tempo. Irina sah es ungläubig. »Die halten ja praktisch gar nicht an! Bist du sicher, daß dies die Grenze ist, David?«

»Doch, Irina, das ist die Grenze.« Sie hatten die Strecke in einer guten Zeit geschafft – trotz des Wolkenbruches, der niedergegangen war, als sie durch Lienz fuhren.

Als sie sich der kleinen Gebäudegruppe näherten, konnte Irina die Autos deutlicher sehen. »Einige haben angehalten.« Sie wurde nervös. »Warum?«

»Weil sie es so wollten. Vermutlich brauchen sie Benzin oder wechseln Schillinge in Lire um. Übrigens gar keine so schlechte Idee.« Er legte ihr beruhigend die Hand auf den Arm. »Du brauchst nur deinen Paß zu zeigen, zu lächeln und danke zu sagen, wenn wir durchgewinkt werden. Die Italiener, ein Stück weiter hinten, werden wahrscheinlich sogar salutieren. Keine Angst, mein Liebes. Hier gibt es keinen Stacheldraht.« Als sie das Ende der kurzen Wagenschlange erreichten, ging David mit der Geschwindigkeit herunter. Seine Aufmerksamkeit jedoch galt einem Mann in gelber Jacke, der mit einer Reisetasche neben sich am Straßenrand stand und die vorüberfahrenden Wagen musterte. David hatte den gelben Fleck – wer hätte ihn übersehen können? – schon aus einer Entfernung von zweihundert Metern gesehen und in ihm eine neue Art Anhalter vermutet. Als sie dann näher kamen, sah David den Mann deutlicher: große, runde Brille, langes, dunkles, von der Brise im Tal zerzaustes Haar, graue Koteletten, die buschig von den Wangen abstanden. »Mark Bohn!« sagte David ungläubig. »Verdammt, das ist tatsächlich Mark Bohn!«

Bohn richtete sein Augenmerk jetzt auf den grünen Mercedes, der sich ihm näherte, doch seine Miene war ausdruckslos und gab kein Zeichen des Erkennens. Allerdings, dachte David, weiß außer Walter Krieger ja auch niemand, was für einen Wagen ich jetzt fahre. Er tippte ganz kurz auf die Hupe und streckte den Arm zum Fenster hinaus, um Bohn zu winken.

»Ich glaube«, sagte er ohne große Begeisterung, »wir bekommen einen Mitfahrer.« Leider – denn diese Fahrt hätte er weit lieber ohne Bohn mit seinem unaufhörlichen Redeschwall unternommen – das heißt, eigentlich überhaupt ohne einen dritten. Wieder einmal war es aus mit einer romantischen Vorstellung: allein mit Irina durch die Dolomiten zu fahren. Er ließ den Wagen an Bohn vorbeirollen und deutete dabei nach vorn, zu einem Platz, wo er am Straßenrand ungefährdet parken konnte. Bohn hatte sich die kritischste Stelle zum Anhalten ausgesucht; was sollte das – wollte der vielleicht eine Massenkarambolage auslösen? Aber dort war er natürlich am deutlichsten zu sehen gewesen; und weiter hatte er wahrscheinlich nicht gedacht.

David hielt hinter einer kleinen Gruppe in der Nähe einer Tankstelle geparkter Wagen und sah sich um. »Er hat mich nicht winken sehen.« David schüttelte den Kopf. Bohn zögerte, offensichtlich leicht verwirrt und zugleich ein bißchen mitleiderregend. Sein erstes Lächeln des Erkennens war wieder einer ausdruckslosen Miene gewichen. Dann, als er sah, daß der Mercedes doch hielt, kehrte sein Lächeln wieder zurück. Er nahm die Reisetasche, die neben ihm stand, und kam ihnen nach.

Irina fragte: »Ist das ein Freund von dir?«

»Ja. Und von dir ebenfalls. Dein Brief... Übrigens, ich habe mich ein bißchen gewundert. Warum hast du ausgerechnet an Bohn geschrieben? Warum nicht nach London, an den Verleger deines Vaters?«

»Weil ich vor einem Jahr einen Brief nach London geschickt habe. Ohne irgend etwas Geheimnisvolles darin. Nur Mitteilungen über die Familie. Er wurde abgefangen.«

»Wo?«

»Das weiß ich nicht. Jiri brachte ihn mir zurück. Er sagte...«

Sie brach ab, weil Bohn an den Wagen trat.

Schon wieder Jiri, dachte David; überall Jiri Hrádek. Er hatte diesen verdammten Namen so satt! Jiri, Jiri, zum Teufel mit Jiri! Er stieg aus und begrüßte Bohn.

»Ich dachte, Sie würden überhaupt nicht mehr halten«, beschwerte sich Bohn.

»Warum denn nicht? Sie sahen aus wie ein Mann, den man mitnehmen muß.«

Bohn grinste breit. »Typisch Dave«, sagte er, »wann immer er zwei und zwei zusammenzählt, werden vier draus.« Das klang keineswegs wie ein Kompliment. Aber so ist Bohn nun mal, dachte David, vor allem wenn er in mieser Stimmung ist. An David vorbei reichte Bohn Irina die Hand. »Sie sind also in Sicherheit – wunderbar! Und noch schöner als damals, als wir uns kennenlernten.«

Irina starrte ihn verständnislos an, duldete aber höflich, daß er ihr die Hand schüttelte.

»Habe ich mich denn so sehr verändert?« fuhr Bohn fort, dessen Stimmung sich jetzt gehoben hatte. »Längere Haare, natürlich. Und die Sorgenfalten von vier Jahren. Und nicht mehr Kraft genug, so lange zu stehen.« Er sank schwerfällig auf den Fahrersitz. »Ich habe eine gute halbe Stunde auf euch gewartet, vielleicht sogar länger. Aber ihr mußtet hier entlang kommen. Das sagte mir die Logik, die sogar ich ...«

»Wie sind Sie überhaupt hierhergekommen?« fiel David ihm ins Wort. »Zu Fuß?«

»Mit dieser verdammten, asthmatischen Karre da drüben.«

Bohn deutete auf einen Citroën, der neben der Tankstelle abgestellt war. »Die hat ihr Leben ausgehaucht, als ich hier ankam. Einer der Mechaniker meinte, er könnte sie gründlich überholen – bis drei Uhr. Aber nachdem ihr jetzt gekommen seid, lasse ich sie einfach stehen und sie sollen sie von Salzburg abholen. Da hat Jo den Wagen gestern gemietet.«

»Und wo ist Jo?«

»Wahrscheinlich bald in Meran. Mit Krieger. Ich wurde in Lienz noch aufgehalten, weil ich auf einen Anruf aus München warten mußte; ich muß möglichst noch heute abend dort sein. Morgen beginnt der Ernst des Lebens. Nur noch Arbeit, aus und vorbei mit der Herumtreiberei in malerischer Landschaft.« Er sah Irina an und fragte sie mit eindeutiger Begeisterung: »Und wie geht's Ihnen? Ich freue mich, daß alles so ausgezeichnet geklappt hat. Einfach großartig!«

»Noch ist es nicht ganz vorbei«, mahnte David. »Und wenn Sie sich jetzt erheben würden, könnte ich den Wagen vor die Tankstelle fahren.«

»Wozu denn die Eile? Wir haben doch den ganzen Tag Zeit.«

»Haben wir nicht«, entgegnete David kurz. »Irina, hast du noch österreichisches Geld, das du umtauschen möchtest?«

»Das könnt ihr doch auch in Meran«, wandte Bohn ein, räumte aber widerspruchslos den Fahrersitz.

David stieg wieder in den Wagen, stellte ihn an der Tankstelle ab, unterhielt sich kurz mit dem Tankwart und ging anschließend zur Wechselstube. In Meran würde ihnen kaum Zeit für etwas anderes bleiben, als mit Krieger Kontakt aufzunehmen und sich die Einzelheiten über Tarasp geben zu lassen.

»Will wohl keine Minute verlieren, was?« sagte Bohn, als er sich wieder zu Irina gesellte. »Vielleicht beabsichtigt er gar nicht, in Meran zu bleiben.« Er lachte laut. »So, wie er uns alle in Lienz im Stich gelassen hat. Wir begannen uns schon zu fragen, ob unser alter Dave auch wirklich zuverlässig sei.« Bohns Blick streifte ihr Kleid: grüne Wolle, eindeutig zu warm für eine Reise in den Süden.

»Es bestand kein Grund, nach Lienz zu kommen«, antwortete Irina peinlich berührt. Gleich wird er fragen, wo wir die Nacht verbracht haben.

Aber es besteht kein Grund, nach Meran zu fahren, dachte Bohn. Er langte in den Wagen und nahm die Karte, die auf dem Sitz neben Irina lag. Kopfschüttelnd betrachtete er sie.

»Die haben Sie doch sicher gefaltet, nicht wahr? Zeitungen und Straßenkarten – die Frauen bringen es einfach nicht fertig, sie wieder richtig zusammenzulegen. Darf ich Ihnen behilflich sein?« Sein Blick haftete auf dem oben liegenden Kartenabschnitt. Er zeigte die Straße, die von Meran aus nach Westen führte und sich dann teilte; die eine Abzweigung verlief nach Norden und über die Grenze in die Schweiz. Die andere verlief nach Süden, war aber auf diesem Kartenabschnitt nur teilweise zu sehen und daher wohl kaum von Bedeutung. Mit dem Blick folgte er der Schweizer Straße, die sich von der Grenze aus um den Nationalpark herumzog. Und was war das – eine Bleistiftmarkierung? Ja doch, tatsächlich, ein scharfer Punkt unter dem Namen eines Dorfes. »Hübsches Kleid, das Sie da anhaben«, bemerkte er, während er die Karte ausschüttelte. Dann legte er sie wieder in ihre ursprünglichen Falten, nicht jedoch, ohne zuvor noch schnell einen zweiten Blick auf das markierte Dorf zu werfen. »Ist das denn warm genug für die Fahrt?«

»Ja.«

Also bestimmt nicht Italien, wo die Augustsonne die feuchten

Täler in Treibhäuser verwandelte. Er hätte wissen müssen, daß Krieger nach allen Seiten irreführende Andeutungen verteilte. Also zum Teufel mit dem Comer See, mit Mailand und mit Walter Krieger. »Für die Schweiz brauchen Sie aber bestimmt noch einen Mantel.« Er warf die sauber gefaltete Straßenkarte wieder auf den Sitz. Trasp, Tarsp, oder so ähnlich. Das konnte er aber später auf seiner eigenen Karte nachsehen.

»Den habe ich.«

»Ach ja!« sagte er mit einem Blick auf den Rücksitz, auf dem ein blauer Wollmantel neben Davids Regenmantel sowie zwei Gepäckstücken und einer prall gefüllten Schultertasche lag.

»Viel Platz bleibt aber nicht für mich, da hinten. Geben Sie mir die Wagenschlüssel, Irina. Ich werde Dave wieder ein bißchen kostbare Zeit sparen und das Gepäck in den Kofferraum legen.« Zuerst griff er nach ihrer Handtasche.

»Die nehme ich!« sagte sie scharf.

Die Tasche fiel ihm aus den Händen und landete auf dem Wagenboden. Als er sich bückte, um sie aufzuheben, löste er den Verschluß und reichte sie ihr mit der Oberseite nach unten. Bevor sie zupacken konnte, ging die Klappe auf und ein Haufen der verschiedensten Dinge ergoß sich über den Vordersitz.

»Mein Gott, das tut mir leid! Ich habe es wohl zu eilig gehabt!«

Ihr erster Griff galt einem Notizbuch, möglicherweise ein Tagebuch, während sie Puderdose, Lippenstift, Paß, Brieftasche und alle übrigen wichtigen Dinge unbeachtet liegenließ.

»Wo ist das andere?« fragte sie nervös und in sehr schroffem Ton.

»Noch in der Tasche. Untendrin festgeklemmt.« Er zog es heraus. »Ist es das?« Er schlug es auf, blätterte in den Seiten. Sie waren dicht in tschechischer Sprache beschrieben. Und die Schrift stammte nicht von Irina – jedenfalls nicht, soweit er sich von ihrem Brief her erinnern konnte. »Jetzt sagen Sie bloß nicht, daß Sie Jiris Erinnerungen rausgeschmuggelt haben!« Er grinste breit, als er ihr das Tagebuch reichte.

Sie steckte beide Notizbücher in ihre Tasche und packte die übrigen Gegenstände oben drauf. »Von Jiri habe ich gar nichts mitgenommen«, antwortete sie kurz. »Die hier gehören meinem Vater.«

»Ach, sind das die Daten über eure Politiker, die er gesammelt hat?« Und als sie ihm einen erschrockenen Blick zuwarf: »Aber natürlich, das weiß doch jeder!« Sein Blick fiel auf den Paß, den sie als letztes in die Tasche zurückpackte. Ein englischer Paß. Fix und fertig zum Gebrauch.

»Jeder?« wiederholte sie herausfordernd.

»Jeder, der sich für die Tschechoslowakei interessiert. Aber ich dachte, all seine Aufzeichnungen und Papiere seien bei einer Haussuchung beschlagnahmt worden, als...«

»Diese hier waren gut versteckt.«

»Und sind in höchstem Maße brisant, nicht wahr?« fragte er mit dem gleichen breiten Lächeln.

Sie schwieg, schloß ihre Handtasche und verstaute sie zur Sicherheit neben sich.

»Haben Sie Krieger schon kennengelernt?« Bohn sprach mit merkwürdig düsterem Ton.

Erstaunt antwortete sie: »Nein.«

»Ganz unter uns, Irina – hüten Sie sich vor Krieger. Er treibt doppeltes Spiel. Er interessiert sich gar nicht für Sie. Er ist lediglich daran interessiert, Ihren Vater aus seinem Versteck hervorzulocken.«

»Aber David sagte doch...«

»Daß er ein ganz normaler Bürger ist? Glauben Sie das ja nicht! Krieger ist ein Geheimdienstexperte, ein ausgekochter Berufsagent und gerissen wie kein zweiter. Verraten Sie ihm auf keinen Fall etwas von diesen Tagebüchern Ihres Vaters.«

»Er ist mit meinem Vater befreundet«, protestierte sie.

»Das war einmal. Vor dreißig Jahren. Bitte, vertrauen Sie mir, Irina – ich habe meine Quellen. Ich weiß genau, wovon ich rede.«

»Warum haben Sie ihn dann gebeten, mir zu helfen?«

»Ich habe niemanden gebeten, niemanden gewählt. Die Organisation hat McCulloch übernommen; er hat mir nicht einmal mitgeteilt...« Bohn drehte sich um; er hatte hinter sich Schritte gehört. »Hallo, Dave! Sie kommen gerade recht. Helfen Sie mir schnell, das Gepäck in den Kofferraum zu packen.«

»Später«, antwortete David. »Jetzt wollen wir erst mal losfahren.« In der Hand hielt er mehrere Reiseprospekte über die Sehenswürdigkeiten Österreichs.

»Hören Sie, können Sie nicht zehn Minuten warten?«

»Ausgeschlossen.« Während er auf dem Fahrersitz Platz nahm, steckte David einen der Prospekte ein. ›Meran in Südtirol‹ würde den Italienern nicht gerade behagen, aber etwas anderes hatte er hier, auf dieser Seite der Grenze, nicht gefunden. Die übrigen warf er hinter sich auf den Boden und hoffte, daß sie ihre Schuldigkeit getan, daß sie jeden, der sich für seine Route interessierte, von der Spur abgelenkt hatten.

»Aber ich muß telefonieren. Ich muß in Salzburg anrufen und Bescheid sagen, wo sie den Citroën abholen sollen.«

»Später«, wiederholte David. »Also kommen Sie nun mit, oder nicht?«

Bohn zwängte seine Tasche vor dem Rücksitz auf den Boden. Mit zusammengepreßten Lippen stieg er ein.

Die beiden Grenzstationen passierten sie ohne große Verzögerung. »Wo sollen wir Sie absetzen?« fragte David.

»Irgendwo an einem Bahnhof, wo ich einen D-Zug nach Norden erwische.«

»In Brixen?«

»Das könnte gehen.« Und von dort kann ich meine Informationen durchtelefonieren, dachte Bohn. Mein Abschiedsgeschenk. Was mich betrifft, ist diese Angelegenheit erledigt. Mit Mord will ich nichts zu tun haben. Und Jiri Hrádek weiß das genau. »Wenn es keine Umstände macht«, ergänzte Bohn.

»Keineswegs. Liegt an der Strecke. Nur daß ich Sie zum Bahnhof bringe, kann ich leider nicht garantieren.«

»Ach, setzen Sie mich einfach irgendwo ab, wo ich ein Taxi bekommen kann. Ich möchte euch auf keinen Fall aufhalten. Wollt ihr heute abend noch in die Schweiz rüberfahren?«

David war völlig überrascht. Als er sich etwas erholt hatte, sagte er: »In die Schweiz? So, werden wir jetzt dahin fahren?« Er war bemüht, Belustigung vorzutäuschen.

Ja, dachte Bohn, dahin wirst du jetzt fahren. Eindeutig. Und zwar heute abend noch – weshalb wärst du sonst so in Eile?

»Sie sind ein Masochist, lieber Dave. Für mich sind Nachtfahrten die Hölle. Und noch dazu auf Gebirgsstraßen – nein, danke!«

Ich habe überhaupt keinen Grund, diesen Unterströmungen

zu mißtrauen, dachte David; aber sie beunruhigen mich trotzdem. Krieger hat recht: Die Leute reden zuviel, und Bohn ist der geborene Schwätzer. »Ich danke ebenfalls«, entgegnete David forsch. »Nachtfahrten sind nur Zeitverschwendung.«

Er sah sich nach hinten zu Mark Bohn um und schüttelte belustigt den Kopf.

»Wozu dann die Eile?«

»Weil wir lieber in Meran sein möchten, als hier mit beiden Händen am Lenkrad diese verdammte Straße entlangzurasen.« Jetzt wandte er sich wieder an Irina, die merkwürdig schweigsam geworden war und die steilen Bergwände hoch über den dichten Wäldern und sanft gewellten Feldern betrachtete.

»Von hier an wirst du überall am Horizont Berggipfel sehen«, erklärte er ihr liebevoll. »Die schönste Zeit ist der frühe Morgen kurz nach Tagesanbruch. Warte nur ab, du wirst's ja sehen.«

»Dann fahren wir doch erst morgen weiter?« Irina lächelte.

David legte ihr den Arm um die Schultern und zog sie an sich.

»Wir fahren weiter, wann es uns paßt.«

Bohn fragte leise. »Und was wird Krieger dazu sagen?«

»Was hat er denn in Lienz gesagt?«

Sekundenlang starrte Bohn ihn verblüfft an. Dann nahm er die Brille ab und putzte sie mit seinem Seidenhalstuch. »Nicht viel.« Er steckte sie in seine Brusttasche und schloß die Augen.

»Wenn es euch nicht stört, werde ich jetzt ein bißchen schlafen. Senkrechte Bergwände geben mir nichts. Ich halte mehr von einer Großstadtstraße.« Aber er schlief nicht sofort ein. Er hielt die Augen geschlossen und lauschte, aber er hörte nichts, was wichtig für seinen Bericht gewesen wäre. Eindeutig die Schweiz. Wahrscheinlich das Engadin. Möglicherweise morgen bei Tagesanbruch. Zwei sehr gefährliche Notizbücher, die hinausgeschmuggelt wurden. Ein englischer Paß. Und was Dave und Irina betraf – warum sollte er ihre Affäre erwähnen? Falls Jiri Hrádek hörte, wie sich die Dinge bei den beiden entwickelten, konnte es zu Aktionen kommen. Zu Aktionen, die ihm nicht lagen. Wenn es etwas gibt, was ich hasse, dann ist es Gewalttätigkeit, dachte er.

Als er aufwachte, waren sie in Brixen.

»Auf Wiedersehen in New York«, sagte David.

»Und Irina?«

»Ich weiß nicht genau«, antwortete sie unglücklich. »Das hängt von ...«

»Na ja, wenn Sie Ihren Vater sehen, richten Sie ihm meine besten Wünsche aus. Und fragen Sie ihn, ob ich ihn mal interviewen darf – zu einem Zeitpunkt natürlich, der ihm zusagt.«

»Warum sollte er das gestatten?« fragte David grob.

»Na ja, schließlich habe ich die Flucht seiner Tochter eingeleitet.«

»Und dafür bin ich Ihnen sehr dankbar«, sagte Irina. »Ich werde meinem Vater berichten ...«

»Auf Wiedersehen«, wiederholte David. »Da drüben können Sie nach einem Taxi telefonieren.« Mit dem Kopf deutete er zu dem überfüllten Café hinüber, vor dem er mit laufendem Motor hielt.

»Schon gut. Wink mit dem Zaunpfahl genügt durchaus.«

Bohn lächelte. Er lächelte noch, als der Wagen abfuhr. Dann nahm er seine Reisetasche und ging hinein, um sich zu erkundigen, wo er ein Ferngespräch mit Wien führen konnte. Seine Nachricht würde in die Tschechoslowakei weitergegeben werden, und dank Daves verrückter Fahrerei nicht zu spät. Gott, was für Narren sind sie doch allesamt ... Bohn mußte ein Lachen unterdrücken. Wenn er am Morgen in Lienz zutiefst deprimiert gewesen war – dieser Scheiß-Krieger, wieviel wußte der eigentlich? –, jetzt saß er sozusagen auf dem allerhöchsten Gipfel von Daves verdammten Bergen und triumphierte über seine Gegner. Idioten waren sie – samt und sonders!

14

Um die höchsten Berggipfel zogen immer noch dünne Nebelfetzen, die dichte Decke der Regenwolken hatte sich jedoch gehoben. Gehoben hatte sich auch Davids Stimmung. Der Verkehr auf der Straße war nur noch schwach, da die meisten Reisenden anscheinend eine Mittagspause eingelegt hatten: Nach der Menge der Personenwagen und Busse, die von der Hauptstraße abgebogen waren, mußten die wenigen Eßlokale an der Strecke restlos überfüllt sein. Die Fahrbahn war übersichtlich, gut konstruiert, rutschfest. Und auch Mark Bohns unerwünschtes Auftauchen entschwand langsam aus seinen Gedanken, versank hinter dieser gigantischen Gebirgsbarriere. Nicht daß mir Bohn unsympathisch ist, dachte David. Aber manchmal geht er mir schon sehr auf die Nerven. Diese verdammte ewige Neugier! Immer will er alles wissen, sogar Dinge, die ihn gar nichts angehen. Wieso interessierte er sich zum Beispiel an der Grenze so sehr für Irinas Paß? »Ein falscher Paß, Irina?« hatte Bohn leicht ironisch gefragt. »Wissen Sie nicht, daß das nicht legal ist? Geben Sie acht, sonst werden wir Ihretwegen noch alle verhaftet.« Irina hatte ihn eiskalt angesehen. »Mein Paß ist absolut legal«, hatte sie ihn so schroff zurechtgewiesen, daß seine einzige Reaktion in einem erstaunten Hochziehen der Brauen und einem verlegen-entschuldigenden Lächeln bestand.

David mußte laut auflachen. Irina, die dicht an ihn gelehnt saß, hob den Kopf und fragte verblüfft: »Was ist jetzt?«

»Bohn. Wenn irgend etwas dazu angetan war, uns verdächtig zu machen, dann seine Trompetenstimme, mit der er von falschen Pässen redete.«

»Aber er hat doch ganz leise gesprochen.« Trotzdem – irgend etwas beunruhigte sie seit dem Moment, da Bohn sich am Ortseingang von Brixen von ihnen verabschiedet hatte. Sie versuchte ihre Sorgen zu überspielen. »Wenn man uns tatsächlich angehalten hätte, dann hätte er bestimmt eine plausible Erklärung gehabt, nicht wahr?«

»Bestimmt. In Erklärungen ist er ganz groß. Aber man reißt in Gegenwart von Grenzposten keine dummen Witze. Genausowenig wie in Gegenwart von Steuereinnehmern, Zollbeamten oder Leuten, in deren Macht es steht, Gehälter zu erhöhen oder herabzusetzen. Schadet der Karriere.« Jetzt hatte er sie wieder zum Lächeln gebracht. »Darling«, sagte er liebevoll, »was stört dich an Bohn? Schließlich hast du ihm doch geschrieben.«

»Weil sonst niemand da war, der mir helfen konnte.«

»Nicht einmal ich?«

»Du kennst doch niemanden in der CIA. Oder?«

»Nein. Soviel ich weiß, jedenfalls nicht.«

»Bohn dagegen kennt alle Welt. Außerdem bekam ich seine Adresse in Washington. Wo du warst, wußte ich nicht. Ich wußte nicht mal, daß du mit ihm befreundet bist. Es war so ein Schock – so ein wunderbarer, herrlicher Schock – für mich, als ich sah, daß er dich nach Wien geschickt hatte.«

Das war nicht Bohn, dachte David. Er war von McCulloch ausgewählt worden, während Bohn sich – nicht sehr begeistert – in diese Wahl gefügt und immer wieder gesagt hatte… Was hatte er an jenem Abend in East Hampton gesagt? Amateure sind unbrauchbar. Oder so ähnlich.

»Was ist, David?«

Es tat wohl, die Besorgnis in ihrer Stimme zu hören. David zwang sich zu einem Lächeln und fragte bemüht leichten Tones: »Hast du ihm denn damals, 1968, gar nichts von mir erzählt? Als er in Prag war und du ihn kennengelernt hast?«

»Ich habe ihn 1968 nicht kennengelernt.«

»Wie bitte?«

»Ich habe ihn erst 1970 kennengelernt. Und da auch nur sehr flüchtig.«

»1970? Bohn war 1970 in Prag?«

»Ja. Und im vergangenen Jahr auch.«

Jetzt war es David, der sich Sorgen machte. An 1968 erinnerte er sich genau. Bohn war im September zu einer Stippvisite nach East Hampton gekommen. Verdammt, dachte David, und der einzige Grund für sein unerwartetes Auftauchen war es angeblich gewesen, mir Neues von Irina zu berichten.

»Du hast ihn 1968 also gar nicht getroffen? Damals, als Dubcek…«

»Nein.«

Das war eine eindeutige Antwort. »Na schön«, sagte David, »aber was war vorhin? Warum bist du wegen Bohn beunruhigt?«

»Ich weiß es nicht. Und das beunruhigt mich ebenfalls. Weißt du, ich habe keinen ersichtlichen Grund für dieses Gefühl. Es waren einfach viele Kleinigkeiten, alle ganz und gar unwichtig. Er hätte nicht freundlicher, nicht hilfsbereiter sein können. Aber ewig… ewig diese Fagen. So ganz nebenbei. Warum ist er bloß so neugierig?«

»Das war er schon immer. So ist er nun mal. Worüber habt ihr denn gesprochen?«

»Ach, Straßenkarten und Kleider. Und Vaters Notizbücher.

Das war es, glaube ich, worüber ich mich so aufgeregt habe. Ich wollte nicht, daß jemand davon erfährt. Außer dir.«

Eine ganze Minute lang schwieg David. »Erzähl mir von den Straßenkarten, den Kleidern und von den übrigen Witzen, die Bohn gerissen hat.«

»Der Reihe nach?«

»Von Anfang an und der Reihe nach.«

»Aber das waren wirklich nur Bagatellen.«

»Und trotzdem beunruhigen sie dich.«

»Ich glaube, ich werde allmählich überängstlich.« Ihre Stimme brach, als sie hinzufügte: »Übermißtrauisch.«

»Dann rede dir deine Sorgen vom Herzen. Nur zu, Darling. Erzähl mir genau, was geschehen ist.«

»Und du lachst mich bestimmt nicht aus?«

»Bestimmt nicht.« Aufmerksam, ohne jedoch die Augen von der kurvenreichen Straße zu lassen, lauschte David der weichen, zögernden Stimme. Sonnige und schattige Wiesen wellten sich zu beiden Seiten, endeten an dichten, dunklen Wäldern, die steil bis zu nackten Felsstürzen emporstiegen, gigantischen Wällen aus gezacktem Fels, emporgeworfen in Urzeiten durch gewaltige Umformungen der Erdkruste. Die Straße glich einem verschlungenen weißen Band; die Autos darauf winzigen, bunten Perlen; und die Menschen darin, alle in ihrer eigenen, kleinen Welt, waren für die Felsriesen, die über ihnen aufragten, winziger als Staubkörner.

»Und das ist alles«, beendete Irina ihren Bericht. »Habe ich mir die Sorgen vom Herzen geredet?« Der Ausdruck gefiel ihr. Außerdem war er zutreffend: Sie fühlte sich tatsächlich wohler. »Das war doch wirklich nichts Wichtiges, wie? Ich wünschte nur, er hätte nicht sofort Vaters Notizbücher entdeckt. Das hat mir wirklich einen Schock versetzt.«

Es war also dieser kleine Zwischenfall mit den Notizbüchern, der ihr Mißtrauen geweckt hat, dachte David. Wenn das nicht passiert wäre, hätte Irina Bohns Fragerei vermutlich vergessen oder als müßige Plauderei abgetan. Einzeln gesehen wirkten Bohns Fragen tatsächlich unwichtig; zusammengenommen ergaben sie jedoch ein überaus beunruhigendes Bild.

»Weil nämlich durchaus nicht jeder weiß, daß die Notizbücher existieren«, fuhr Irina fort. »Höchstens Jiris Männer, die Vaters

Bücher und Papiere beschlagnahmten, als er floh. Er selbst war zu jener Zeit in Prag und konnte nicht mehr in sein Haus in Rajhrad zurück, wo er den größten Teil seiner Dokumente aufbewahrte. Nur diese Männer konnten davon wissen. Sie glaubten, alles gefunden zu haben. Doch die Notizbücher, die ich mitgebracht habe, sind überhaupt die wichtigsten. Deswegen hatte mein Vater sie auch so sorgfältig versteckt.«

»In der Schublade, in der du auch die Beretta gefunden hast?«

»Nun ja, eigentlich war es gar keine Schublade. Das habe ich nur gesagt, als ich in Jos Gegenwart davon sprach. Ich kannte sie doch noch nicht so gut. Verstehst du das?« fragte sie ängstlich.

»Aber wo hast du die Bücher denn...«

»In einem Tischbein.«

Er starrte sie an, aber sie meinte es ernst.

»Wir hatten einen Eßzimmertisch von meinem Urgroßvater, ein schwerer Eichentisch mit vier dicken Beinen. Um die Tischkante zog sich ein grobgeschnitzter Fries, der an den Beinen hinunter nach und nach auslief. Nichts Großartiges, einfache bäuerliche Schnitzereien. In diesen Beinen aber gab es Geheimfächer. Nicht groß, nur eben so weit ausgehöhlt, daß man ein paar Gegenstände darin verstecken konnte und es beim Klopfen keinen hohlen Ton gab.«

»Dein Urgroßvater muß einen einfallsreichen Tischler gehabt haben.«

»Den brauchte man in jenen Tagen auch.«

»Wie öffnete man dieses Geheimfach? Vermutlich sprang eine Klappe auf, wie?«

»Ja. Man mußte an zwei Stellen auf die Schnitzerei drücken, dann sprang eine kleine Klappe auf. Wenn sie geschlossen war, paßte sie sich dem Fries so perfekt an, daß niemand etwas von ihrer Existenz ahnte.«

Nicht zu erkennen – weder sichtbar noch hörbar: eine meisterhafte Arbeit. »Und als du nach der Durchsuchung und der Beschlagnahme der Papiere ins Haus deines Vaters kamst«, fragte David, »hast du das Fach geöffnet und...«

»Nein, nein«, unterbrach sie eifrig, »nicht sofort.«

»Warum denn nicht?«

»Weil ich fürchtete, das Zimmer könnte durch eine versteckte

Kamera beobachtet werden. Und außerdem – was sollte ich mit den Dokumenten, die mein Vater versteckt hatte, anfangen? Ein besseres Versteck als das Geheimfach im Tischbein gab es nicht. Also unternahm ich erst etwas, als ich genau wußte, daß ich das Land verlassen würde. Am Abend vor der Abreise nahm ich, sobald es dunkel war, eine Taschenlampe, legte vorsichtshalber noch die Hand darüber, öffnete das Tischbein und langte hinein. Drinnen fand ich zuerst die Pistole und dahinter zwei dünne Notizbücher.« Ein leichtes Lächeln huschte über ihr Gesicht. »Die habe ich mit ins Bett genommen und sie beim Licht der Taschenlampe gelesen.«

Sekundenlang konnte David nichts antworten. Eine andere Welt, dachte er, eine Welt, in der man bei Dunkelheit in seinem eigenen Haus wie ein Dieb herumschleichen muß. »Und was enthalten diese Bücher?«

»Namen, Daten, Ortsangaben, Ereignisse. Die ganze Geschichte der Verschwörungen und Komplotte von 1968, bevor die Sowjetpanzer über die Grenze kamen.«

Hintergrundmaterial, dachte David. »Aber dein Vater schreibt an einem Roman, nicht wahr? Braucht er dafür derart detaillierte Unterlagen?« David war nicht nur beunruhigt, er ärgerte sich auch darüber, daß Irina die Gefahr, in der sie schwebte, noch verstärkt hatte, indem sie zwei kleine Notizbücher aus der Tschechoslowakei herausschmuggelte – und das alles für einen Roman. »Er hat doch sicher ein gutes Gedächtnis.«

»Ja, das hat er. Aber ein gutes Gedächtnis genügt nicht, wenn er sich Kritikern gegenübersieht, die behaupten, er sei voreingenommen gegen die Kommunisten, habe eine allzu blühende Fantasie.«

»Aber ...«

»Ich weiß, wie mein Vater arbeitet. Nie hat er die Geschichte verfälscht. Wenn er nicht ganz genaue Daten über einschneidende Ereignisse hat, benutzt er sie nicht als politischen Background. Dieser Roman ist seine erste große Arbeit seit Jahren. Seit Jahren, David!«

»Ja, ich weiß.«

»Und der darf nicht die geringste Lücke aufweisen, vor allem nicht in dem Abschnitt über die Zeit vor der Invasion. Die muß zum Höhepunkt des Romans werden und leitet über zu seinem Titel. ›Der Prager Winter‹.«

»Aber der politische Hintergrund jener Ära ist doch mit Sicherheit bereits beschrieben und veröffentlicht worden, ist also allgemein bekannt, nicht wahr?«

Mehr oder weniger, fügte er im stillen hinzu.

»Schon, aber nicht die Rolle, die Jiri und seine Freunde dabei gespielt haben – die Stalinisten, die Kommunisten des harten Kurses. Die haben nicht nur gegen Dubcek und seine Liberalen intrigiert – darauf sind sie unverhohlen stolz –, sondern planten insgeheim auch die sogenannten ›Progressiven‹ zu beseitigen, die gemäßigten Kommunisten.«

»Also diejenigen, die jetzt die Regierung bilden?«

»Ganz recht. Die sind von den Russen ausgesucht und in ihre Machtpositionen gesetzt worden, nicht von Jiris Gruppe. Vielleicht, weil sie für die Russen einfacher zu manipulieren waren.« Irina hielt kopfschüttelnd inne. »Merkwürdig ... aber auch komisch«, fuhr sie dann fort. »Jiri ließ sogar zu, daß sich in der Woche vor der Invasion sowjetische Geheimdienstler in seinem Prager Hauptquartier einnisteten.«

»Wie bitte?«

»Ja, David – das hat er getan.«

»Um die Vorbereitungen für die Machtübernahme zu arrangieren?«

»Ja.«

»Nun, das erklärt wohl auch, warum die Russen Jiri nicht sofort einen Tritt versetzt haben. Er ist immer noch ein wichtiger Mann, nicht wahr?«

Irina lächelte vor sich hin. »Sogar den Russen war nicht die ganze Geschichte bekannt. Außerdem scheint sich Jiri geändert zu haben, maßvoller geworden zu sein. Mit den Männern, gegen die er früher intrigiert hat, arbeitet er jetzt zusammen.«

»Wie viele Personen wissen, daß er an jener Verschwörung beteiligt war?«

»Nur sehr wenige.«

»Leben sie noch?«

»Viele nicht. Und diejenigen, die noch leben, wie Jiri, waren so tief in die Sache verwickelt, daß sie den Mund nicht aufmachen werden. Von ihrem Schweigen hängt ihre eigene Sicherheit ab.«

»Eine gefährliche, kleine Machtgruppe.« Das Konspirieren

schien dem Menschen im Blut zu liegen, eine Krankheit, die immer wieder aufflackerte, wenn sie nicht ein für allemal ausgerottet war. Und nun erkannte David auf einmal die ungeheure Wichtigkeit von Kusaks Notizen, seine exakte Aufzeichnung von Namen, Daten und Fakten. Als Beweis vor Gericht war dieses Material möglicherweise nicht zugelassen – ein großer Teil war zweifellos von Dubceks Freunden zusammengetragen worden, und die waren entweder verhaftet oder tot –, doch im Besitz eines Schriftstellers wie Kusak konnte es durchaus dazu beitragen, die Zukunftspläne Jiri Hrádeks und seiner überlebenden Mitverschwörer zu zerschlagen. »Und was machen sie? Warten sie ab?«

»Sie scheinen sich geändert zu haben. Sind scheinbar längst nicht mehr so extrem.« Aber das klang nicht sehr überzeugend.

»Wie Jiri?«

Sie schwieg.

»Glaubst du wirklich, daß er sich geändert hat?« bohrte David unerbittlich weiter.

»Vor zwei Wochen hoffte ich es. Aber jetzt... Nein, jetzt glaube ich es nicht mehr. Sonst wären Josef und Alois noch am Leben.« Sie verstummte und betrachtete den hohen Felsgipfel, der schroff und kahl vor ihnen aus grünen Wiesen und Wäldern emporstieg. Als sie dann wieder zu sprechen begann, war ihre Stimme emotionslos, kühl und ruhig. »Wie leicht es Menschen wie ich doch Leuten wie Jiri machen. Wir sehen, aber wir verschließen die Augen. Wir hören, aber wir wollen nicht verstehen. Erst als ich Vaters Notizbücher las...« Sie warf David einen Blick zu. »Ja, ich weiß. Ich habe dir gestern gesagt, daß ich nur kurz hineingeschaut hätte. Ich wollte so tun, als seien sie nicht von Bedeutung. Ausflüchte – oder Lügen –, damit habe ich nur allzugut umgehen gelernt. Es ist eine Art Lebensversicherung geworden: niemals die volle Wahrheit, immer etwas zurückhalten, nur zur Sicherheit.«

David griff nach ihrer Hand. »Erst als du die Notizen deines Vaters gelesen hast...«, soufflierte er ihr sehr behutsam.

»Erst als ich seine Aufzeichnungen gelesen hatte, wurde mir auf einmal alles klar, was mir vorher undurchsichtig erschienen war, alles, was ich nicht hatte glauben *wollen*...« Sie ließ den

Satz unbeendet in der Luft hängen. Dann sagte sie: »Sogar vor vierzehn Tagen noch, als ich die Notizbücher einpackte, nahm ich mir vor, meinen Vater zu bitten, nichts zu veröffentlichen, das Jiri irgendwie gefährden könnte. Wegen der Fluchthilfe, die er mir gegeben hatte.«

»Wie hat er dir denn wirklich geholfen?« Vielleicht erfahre ich jetzt endlich die ganze Wahrheit, dachte David.

»Er hat beide Augen zugemacht. Er wußte, was ich vorhatte und hätte mich für versuchte Landesflucht verhaften lassen können. Aber er hat es nicht getan. Im Gegenteil, er hat mir freundliche Worte für meinen Vater mit auf den Weg gegeben, einen Paß, gute Wünsche und ein Lächeln. Doch Menschen wie ich machen es Jiri so leicht! Wir bilden uns ein, Anzeichen für eine Veränderung zu sehen, weil wir sie unbedingt sehen wollen.«

»In anderer Form hat er dir nicht geholfen?«

Wieder schwieg Irina lange.

»Doch, mit gutem Rat.«

»In welchem Zusammenhang?«

»Mit meinem Brief. Um am schnellsten eine Reaktion zu erzielen, sollte er an einen Amerikaner adressiert werden, der Verbindungen in Washington hatte und mich kannte. Möglichst einen Journalisten, der viel im Ausland war und die Tschechoslowakei gut kannte. Einen Mann, der die Situation begriff und mir außerdem glauben würde.«

»Mark Bohn?«

»Bohn ist der einzige amerikanische Journalist, den ich kenne, der in Washington lebt und in der Tschechoslowakei gewesen ist.«

»Und seine Adresse? Hat er dir die auch gegeben?« So hatte Bohns Version nämlich gelautet.

»Jiri kannte alle Schriftsteller und Korrespondenten, die nach Prag kamen, und hatte all ihre Adressen. Eine ganze Liste. Die ließ er bei mir, legte sie ganz beiläufig auf meinen Schreibtisch. Ich selbst habe dann nur noch den Namen Mark Bohn ausgesucht.«

»Und du hast Jiri nicht gesagt, welchen Namen du gewählt hattest?«

»Nein.«

»Und er hat Bohn nicht namentlich vorgeschlagen?«

»Nein.«

»Aber er wußte, daß Bohn dich kennengelernt hatte.«

»Nein. Ich glaube nicht.«

»Wenn Jiri alle Journalisten kennt, die in die Tschechoslowakei kommen, ist er nicht dann auch über all ihre Schritte unterrichtet? Wußte er dann nicht auch, mit wem sie sich trafen, mit wem sie sprachen?« Ich könnte schwören, daß Jiri Hrádek mehr als nur eine Liste der Heimatadressen besitzt.

Ihre Augen wurden groß. »Aber Jiri hat den Namen Bohn mir gegenüber niemals erwähnt. Ich habe die beiden niemals zusammen gesehen.« Sie starrte ihn an. Dann kam ihr langsam, bitter die Erkenntnis. »Jiri hat alles geplant.«

David schwieg.

»Nicht wahr, David?«

»Jiri hat eine Menge geplant. Aber was Bohn angeht, so haben wir keinen stichhaltigen Beweis. Möglicherweise ist auch er nur benutzt worden.«

»Er ist doch dein Freund. Bestimmt würde er sich niemals...«

»Bestimmt nicht«, antwortete David. Seine Stimme klang gelassen, seine Gedanken aber jagten wild durcheinander. Er versuchte Ordnung hineinzubringen, doch das war schwer. Sie wurden immer wieder von Gewissensbissen darüber durcheinandergebracht, daß er Mark Bohn verdächtigte. Außerdem quälte ihn gekränkter Stolz, der ihm auch nicht gerade zu einer vernünftigen Beurteilung der Lage verhalf. Hatte man ihn tatsächlich zum Narren gehalten, oder zog er zu viele zu voreilige Schlüsse? Wie dem auch sei, die Gefühle, die ihn im Moment bewegten, waren alles andere als angenehm. Unmöglich, jetzt logisch zu denken. Nicht, solange er mit seinen Gedanken zur Hälfte beim Fahren sein mußte. Er fuhr miserabel. Die letzte Kurve hatte er sträflich leichtsinnig genommen. »Schnappen wir ein bißchen frische Luft«, schlug er vor. Langsamer werdend, suchte er nach einem Halteplatz, nach einer Stelle, an der er gefahrlos von der Asphaltstraße abbiegen konnte.

Kurz darauf fand er sie, sogar mit einer schönen Aussicht, ein Rastplatz zum Picknicken und Fotografieren. Zwei winzige Autos standen bereits da, während zwei zahlenmäßig eindrucksvoll große Familien Campingtische und -stühle aufstellten. Wo in aller Welt brachten sie das Zeug bloß unter?

»Da drüben«, sagte David; den Arm um Irinas Taille gelegt, führte er sie zu einer Seite der kleinen Lichtung, möglichst weit fort von dem verschwenderisch zur Schau gestellten nackten Fleisch – die Hemden wurden natürlich ausgezogen, um nur ja keine Gelegenheit zum Braunwerden zu versäumen – dorthin, wo sich eine Gruppe Fichten tapfer an den Rand des Abgrunds klammerte. Die Felskante wirkte brüchig; David zog Irina ein Stückchen zurück und nahm sie fest in seine Arme. Tief unten rauschte ein Wildbach dahin; am anderen Ufer ragten Klippen und Felsbrocken empor. Dicht aneinandergeschmiegt betrachteten die beiden diese wildromantische Landschaft.

Kummer und Anstrengung waren aus Irinas Gesicht verschwunden, und sie war wieder jung und glücklich. Der Wind spielte mit ihrem Haar, sie hatte die Arme um David geschlungen, er hielt sie fest und sicher umfaßt, und ihre Lippen trafen sich. »Danach habe ich mich während der letzten hundert Meilen gesehnt«, sagte er und küßte sie noch einmal, lange und fest. Endlich ließ er sie wieder los. »Ich liebe dich, Irina. Bitte, vergiß das nie.« Damit wandte er sich abrupt ab, nahm ihre Hand, hob ihre Handtasche dort auf, wo sie sie hatten fallen lassen, und kehrte mit ihr zum Wagen zurück.

An der Straße angekommen, hatte er sich wieder völlig in der Gewalt. Er deutete auf die fröhlichen Picknicker, die sich an Bier und Kartoffelsalat labten. »Sollen wir ihnen sagen, daß sich ein Gewitter zusammenbraut?« – Die Wolken verdunkelten den Himmel, um die nahen Gipfel zog sich schon dichter Nebel. – »Und daß sie auf einem Überhang am Abgrund sitzt?« Sie hatten anscheinend gar keine Ahnung, daß direkt unter ihnen Regen und Wind, Sonne und Frost das Gestein zerfressen hatten. Aber so drohend war die Gefahr nicht, wie David feststellte: Erst im nächsten Frühjahr würde sich vielleicht ein weiterer Brocken von der Bergflanke lösen und ein Stück Picknickplatz verlorengehen. Trotzdem rief er der hungrigen Gruppe vom Wagen aus zu: »Sie sitzen viel zu dicht am Abgrund!« Aber nur einer der Männer hörte ihn. Er lachte, schüttelte den Kopf und sagte dann zu den anderen etwas, was ihnen allen großes Vergnügen bereitete. Eindeutig hielten sie David für einen komischen Kerl.

»Okay«, sagte David und stieg ein.

»Sie sie denn wirklich in Gefahr?«

»Sobald das Gewitter losbricht, werden sie freiwillig zur Straße zurücklaufen.« Der Wind hatte unheilverkündend zugenommen. »Komm, wir fahren dem Unwetter davon.« Er lenkte den Wagen auf die Straße und beschleunigte. Jetzt war das Fahren wieder leicht. »Noch eine Stunde – höchstens«, erklärte er. »Wenn wir Glück haben, sind wir um halb zwei schon in Meran.« Spätestens um zwei. Und anschließend erhob sich das Problem, ein sicheres Zimmer zu finden, wo sich Irina ausruhen konnte, während er sich mit Krieger traf. Er zog den Reiseprospekt aus der Tasche und gab ihn Irina.

»Hier, sieh ihn dir gut an. Hinten ist ein ausführlicher Stadtplan. Außerdem eine Liste aller Hotels, jeweils mit einer Nummer versehen. Such also zuerst das Bristol heraus, merk dir die Nummer und such die Nummer dann auf dem Stadtplan, ja?«

Sie nickte lächelnd. Dann holte sie ihren Drehbleistift aus der Tasche, um mit seiner Hilfe die Hotelliste durchzusehen. Sie mußte die Mine weiter herausdrehen, stellte sie fest; anscheinend war sie beim letzten Gebrauch abgebrochen. »Bristol...« Sie fand das Hotel, merkte sich die Nummer und Lage und suchte die Straße. »Da ist es!« sagte sie triumphierend. »Direkt im Zentrum. Siehst du?« Sie hielt ihm den Stadtplan hin.

Mit einem kurzen Blick prägte sich David das allgemeine Straßenbild ein. »Also, jetzt wissen wir, welchen Stadtteil wir meiden müssen.«

»Du willst nicht ins Bristol?«

»Nein. Dort wohnt Krieger. Wir werden uns etwas in der Nähe suchen, aber nicht direkt vor seiner Nase.«

»Aber war es denn nicht verabredet, daß wir ebenfalls im Bristol absteigen?«

»Er wird es jedenfalls annehmen.«

Irina machte große Augen. »Du traust ihm nicht?«

David lächelte. »Doch, Krieger können wir, glaube ich, trauen.«

»Weil Mark Bohn ihm nicht vertraut?«

Das wäre gar kein so schlechter Grund, dachte David. Laut sagte er: »Ich kenne Krieger. Ich weiß, wie er denkt.«

»Aber Bohn kennst du doch ebenfalls.« Bohn ... Ob der gemerkt hatte, wo ihr Drehbleistift auf der Straßenkarte abgebrochen sein mußte? Nein, bestimmt nicht! Gewiß, er hatte die Karte gesehen, als er sie faltete, aber seine Miene hatte nicht das geringste Interesse gezeigt. Ganz anders als beim Durchblättern des Notizbuches ihres Vaters. Das hatte ihn wirklich fasziniert. Irina steckte den Drehbleistift wieder ein. David zögerte mit seiner Antwort ziemlich lange; vielleicht wollte er nicht über Bohn sprechen. Aber sie wollte über ihn sprechen: Ein unerklärlicher Zwang trieb sie dazu, für den sie selbst im Moment keine Erklärung hatte. »Bist du oft mit ihm zusammen gewesen, David?«

»Oft? Ich weiß nicht. Gelegentlich.« David hielt inne, um dann offen zuzugeben: »Aber ich habe nie gewußt, wie er denkt.«

Insgesamt nur unterhaltendes Geplauder, oberflächliche Kameraderie, ein Hauch geistreicher Schlagfertigkeit, gerade in Mode gekommene Phrasen, Umherwerfen mit bekannten Namen und allgemeines Informiertsein – aber nichts Handfestes, keine greifbare Erinnerung. »Ich weiß nicht mal, wie er sich in einer kritischen Situation verhalten würde. Er ist so verschwommen wie die Nebelschwaden, die um diese Berggipfel ziehen – und ebenso voller Überraschungen.«

»Krieger nicht auch?«

»Doch, aber die Überraschungen, die er einem bereitet, verwirren mich nicht. Hinter denen steckt kalte Logik. Sie sind nicht« – er suchte nach dem richtigen Wort –, »unberechenbar.«

»So siehst du also Mark Bohn – als unberechenbar an?«

»Im Augenblick ist das die positivste Bezeichnung, die ich für ihn finden kann.«

Vielleicht sogar zu positiv, dachte sie. Dann streckte sie die Hand aus, legte sie an seine Wange. Aber nur sekundenlang. Gleich darauf konzentrierte sie sich wieder auf den Reiseprospekt – ein Vorwand, um diesen plötzlichen Gefühlsausbruch zu kaschieren. »Ich liebe dich auch, David«, sagte sie leise. »Und – bitte –, vergiß du das ebenfalls nicht.«

15

Sie fuhren dem schnell heraufziehenden Gewitter davon und ließen die wild um die schroffen Gipfel zuckenden Blitze hinter sich zurück. Bald darauf erreichten sie Meran, das sie, von terrassierten Weinbergen umgeben und in einen der südlichen Wärme geöffneten Halbkreis flacherer Berge gebettet, mit fröhlich-roten Dächern unter strahlendem Sonnenhimmel empfing. Durch die Stadt lief ein rasch dahinströmender, von Blumen, Bäumen und Promenaden gesäumter Fluß, der die Hauptmasse der Häuser mit seinem Bogen wie mit einem zärtlichen Arm umfaßte. Das war die Altstadt, im Zentrum sechshundert Jahre alt, eng verschachtelt an einen steilen, mit Weinreben bestandenen Hang geduckt.

»Wir fahren dort hinüber«, erklärte David. »Nicht direkt in die Altstadt hinein, sondern bis vor ihre Tore.« Die Altstadt selbst bot zahllose geeignete Plätze für eine Zusammenkunft: schmale, von Arkaden geschützte Gehsteige, überfüllte, kleine Geschäfte, eine samstägliche Menschenmenge in Trachten aus den benachbarten Dörfern, dämmrige Weinstuben, bescheidene Gasthäuser und die allgemeine Atmosphäre eines Bauernmarktes. »Soweit ich mich erinnere, muß es gleich hier ein Gasthaus geben. Der Goldene ...; ich weiß es nicht mehr genau. Dreihundert Jahre alt. Wenn ich das Wirtshauszeichen sehe, werde ich es wiedererkennen.«

»Du bist schon einmal hier gewesen? Du kennst Meran?«

Irina war erleichtert. Die engen und gewundenen Straßen, die schmalbrüstigen, dicht an dicht stehenden Häuser – das alles wirkte verwirrend auf sie, und sie hatte das Gefühl, daß sie auf der Suche nach einem Platz zum Ausruhen stundenlang herumlaufen müßten.

»Ein wenig, aber es reicht. Von einem zweitägigen Besuch vor sechzehn Jahren.«

Im Anschluß an Wien, dachte sie ... Er ist hierhergekommen, nachdem er in Wien umsonst auf mich gewartet hat. »Wenn ich damals bei dir gewesen wäre ...«

Ja, das hätte uns beiden viel Herzleid erspart. »Jetzt bist du bei mir.«

»Hast du deshalb Meran gewählt?«

Wieder mal das alte Unterbewußtsein? Er lachte und antwortete: »Schon möglich.« Sie hatten eine belebte Hauptstraße durchfahren – kurz, wie alle Entfernungen hier – und klommen nunmehr eine dicht mit Häusern und kleinen Geschäften gesäumte Straße empor. David bremste bei einer stillen Tankstelle. Gleich dahinter mußte das Gasthaus liegen: Goldener Adler, erinnerte er sich plötzlich. Aber nirgends sah er das Wirtshausschild; lediglich den Namen eines italienischen Cafés. Er bog in die Tankstelle ein und entdeckte, daß sich eine kleine Reparaturwerkstatt und Garage anschloß. Wunderbar! Wenn dieses Gasthaus tatsächlich hier in der Nähe lag, gab es überhaupt keine günstigere Konstellation.

»Schon da?« fragte Irina. Eben noch waren sie mitten in einer belebten City gewesen, und jetzt, zu Fuß bequem zu erreichen, befanden sie sich in einem Landstädtchen. »Aber wo ist das Gasthaus?«

»Mein Gedächtnis ist anscheinend doch nicht so gut.« Bemüht, seine Enttäuschung nicht zu zeigen, stieg David aus. Der Goldene Adler wäre perfekt gewesen. Als jedoch der blonde, blauäugige Österreicher – anscheinend der einzige Angestellte der Tankstelle und Werkstatt – herüberkam und ihn begrüßte, stellte es sich heraus, daß das Caffé d'Oro die Stelle des Goldenen Adlers einnahm. »Die Leute haben aufgeben und sind fortgezogen. Sie leben jetzt in Nordtirol.« Der junge Mann zuckte die Achseln. Er hatte gelernt, mit italienischen Straßenschildern und Italienisch als Schulsprache zu leben. Seine Muttersprache konnte er immer noch sprechen, wenn er mit Freunden oder – wie jetzt – mit einem Ausländer zusammen war, der sie erstens verstand und ihn zweitens nicht anzeigte. Nachdenklich musterte er David, den Mercedes und das hübsche Mädchen, das noch im Wagen saß.

»Suchen Sie vielleicht ein Zimmer?«

»Nur für einen kurzen Aufenthalt.«

»Meine Mutter hat ein Zimmer frei. Sehr hübsch.«

David maß den Tankwart ebenfalls: ein offenes, ehrliches Gesicht, ohne Arg, mit einem freundlichen Lächeln. »Wo ist das?« Womöglich einen Kilometer oder weiter entfernt.

»Gleich hinter der Werkstatt. Sie fahren hier die Straße hinauf, biegen rechts ab, und dann ...«

»Gibt es keinen Zugang durch die Werkstatt?« fragte David, der eine halboffene Hintertür entdeckt hatte.

»Dann müßten Sie aber zu Fuß gehen.«

»Gern«, antwortete David ohne eine zusätzliche Bemerkung.

»Nur ein paar Schritte. Eine Abkürzung. Wieviel wollen Sie zahlen?«

»Wieviel verlangt Ihre Mutter denn?«

Der junge Mann lachte. Was ihn betraf, so war alles abgemacht. »Sie wird Sie sicher nicht ruinieren.«

»Fließendes Wasser?«

Der andere nickte. »Aber leider nicht im Zimmer.«

»Telefon?«

»Ja, hier drüben.« Er deutete auf eine Ecke der Werkstatt. »Das muß ich allerdings extra berechnen.«

»Selbstverständlich«, bestätigte David ernst. »Würden Sie uns bitte den Weg zeigen?«

Der junge Mann tat noch mehr. Er half David das Gepäck aus dem Wagen holen und trug sogar die beiden Mäntel an die Hoftür. »Ich kann leider hier nicht fort. Mein Kollege hat heute frei; Samstag. Aber Sie überqueren einfach den Hof und folgen der Gasse direkt gegenüber. Dann links, und Sie sind an unserem Haus. Im Fenster steht ein Schild: Zimmer frei. Alles verstanden?«

Ich hoffe doch, dachte David.

»Meine Mutter heißt Hartmann. Sagen Sie ihr, Franz hätte Sie geschickt. Und keine Sorge wegen Ihres Wagens; den stelle ich schon in die Garage. Muß was dran gemacht werden? Einmal Waschen könnte nicht schaden.«

»Okay. Benzin und Öl. Und prüfen Sie bitte auch Bremsen und Batterie.« Damit wird Franz während der nächsten Stunde beschäftigt sein, dachte David. Viel zu beschäftigt, um einem Telefongespräch zu lauschen.

Der Hof war klein und die Gasse kurz. »Wenn uns das Haus nicht gefällt, verschwinden wir wieder«, sagte David leise zu Irina. »Mit vielem Dank und unter höflichen Entschuldigungen.«

Der nur Sekunden dauernde Marsch durch die Gasse führte sie zu einem Weg zwischen einer Häuserzeile und einem terrassenartigen Weinberg. David wandte sich nach links, und dort, an der Ecke, die Gasse und Weg bildeten, stand das Häuschen der Hartmanns mit dem sorgfältig zwischen Geranientöpfen placierten Schild ›Zimmer frei‹ im Fenster. Es war ein alter, hübscher Bau mit weißen Wänden, rotem Dach und breiten Blumenkästen voller Petunien. »Es ist bezaubernd«, sagte Irina. Und mir gefällt dieser Weg, dachte David, als er sah, daß er nur etwa eine Minute zu Fuß vom Haus entfernt in eine belebte Straße einmündete; es ist praktisch ein Notausgang. Allmählich legte sich seine Sorge, daß sie in einer Sackgasse festsitzen könnten.

Und auch Frau Hartmann wirkte beruhigend. Sie hatte ihre eigenen Sorgen und widmete den Fremden nur das für die Höflichkeit notwendigste Interesse. Einen kritischen Moment gab es aber trotzdem. »Sind Sie verheiratet?« fragte sie mit einem Blick auf Irinas ringlose Hände. Sie krauste mißbilligend die Stirn, und in ihre melancholischen blauen Augen trat ein erschrockener Ausdruck.

»Das Zimmer ist für meine Schwester«, erklärte David rasch. »Sie muß sich ausruhen, frisch machen und umziehen. Wir sind den ganzen Tag unterwegs, und sie ist jetzt völlig erschöpft.«

Frau Hartmann beruhigte sich und setzte wieder ihre Leidensmiene auf. »Ich kann Ihnen aber nur ein Zimmer vermieten.«

David versuchte sie zu überreden. »Wir bleiben nicht lange. Ich zahle für heute nacht im voraus.«

»Das Zimmer hat zwei Betten.« Die Stirn krauste sich schon wieder. Nervös schob sie das ehemals blonde Haar zurecht.

»Ich bezahle für beide Betten.«

»Aber Sie werden doch nicht beide ...«

»Ich zahle für beide«, unterbrach David sie energisch und zog die Brieftasche heraus. »Hauptsache, meine Schwester hat ein ruhiges Zimmer, in dem sie sich sicher fühlen kann.«

»Sicher fühlen kann sie sich bestimmt. Hier wird sie von niemandem gestört.« Und das schien Frau Hartmanns schlechtes Gewissen hinsichtlich des zusätzlichen Preises für ein unbenutztes Bett zu beruhigen. Sie führte sie eine schneeweiß gescheuerte Holztreppe hinauf zu einem kleinen, ebenfalls weiß gescheuerten Zimmer mit frischem Bettzeug und einem Blick auf den Weinberg. Dann ein erstaunlich herzliches, wenn auch kurzes Abschiedslächeln, aber keinerlei Konversation. Frau Hartmann war ein wortkarger Mensch. Und nach unseren Pässen wird auch keiner fragen, dachte David voll Erleichterung. Kein Problem also, keine Überlegungen, wie man sie bei einem überstürzten Aufbruch zurückbekommt.

»Ich gehe jetzt Krieger anrufen und in dem Café etwas zu essen holen«, wandte er sich an Irina. »Kannst du es so lange allein aushalten? Ich bin in spätestens zehn Minuten zurück.«

»Zwanzig Minuten«, berichtigte sie lachend. »Keine Angst, Liebling, ich könnte mich gar nicht sicherer fühlen. Ist es nicht herrlich, hier?« Sie schleuderte die Schuhe von ihren Füßen und warf sich aufs Bett. Er beugte sich über sie, gab ihr einen Kuß und nahm sie fest in beide Arme. »Es wäre noch herrlicher, wenn du nicht unbedingt telefonieren müßtest.«

Eine halbe Stunde später war er dann wirklich unterwegs zum Telefon. Scheußlich, dieses Leben nach Zeitplan, dachte er, war aber allerbester Laune. Frau Hartmann trat nicht in Erscheinung: Dem Klappern der Töpfe nach zu urteilen, war sie in der Küche beschäftigt. Und auch Franz hielt ihn nicht auf, sondern erkundigte sich nur: »Alles in Ordnung?«

»Alles in Ordnung«, antwortete David und wählte das Bristol. Krieger wartete bereits auf den Anruf.

»Wo sind Sie bloß so lange geblieben?« überfiel ihn Krieger. »Und wo sind Sie jetzt?«

»In Meran.«

»Hoffentlich nicht unterwegs hierher.«

»Nein. Wir haben uns ein Zimmer genommen.«

»In der Nähe?«

»Gleich außerhalb der Altstadt.«

»Gut. In einem großen Hotel? Oder in einem Gasthaus?«

»In einem Häuschen hinter einer Autowerkstatt.«

»Nun ja – mal was anderes. Und wohl auch sicher.«

»Ich habe jedenfalls das Gefühl.«

»Der einzige Haken – wie soll Jo da hinfinden? Ich möchte keine Straßennamen hören ...«

»Kennt sie sich in diesem Teil von Meran aus?«

»Ich kenne mich aus.«

»Gut?«

»Ja. Und wenn Sie meinem Ortsgedächtnis nicht trauen – ich habe hier einen Stadtplan vor mir. Sie auch?«

»Ja. Erinnern Sie sich an den Goldenen Adler?«

Kurze Pause. »Ich weiß, wo er liegt.«

»Er hat einen neuen Besitzer und ist jetzt ein Café. Die Autowerkstatt ist direkt nebenan. Eigentümer ist Franz Hartmann. Er wird Jo den Weg zum Haus seiner Mutter zeigen. Aber warum soll sie unbedingt herkommen?«

»Weil ich mit Ihnen sprechen muß.« Krieger verstummte, und David hörte gedämpfte Stimmen. Wahrscheinlich ist Jo bei ihm, dachte David. Wahrscheinllich gibt er Anweisungen. Aber warum diese unerklärliche Hast? »Sind Sie noch da?« kam Kriegers Stimme wieder durch den Apparat.

»Ja«, antwortete David betont geduldig.

»Sie können in wenigen Minuten die Arkaden der Altstadt erreichen. Warten Sie im Roten Löwen auf mich. Er liegt auf der linken Straßenseite. Aber machen Sie sich sofort auf den Weg, bitte.«

»Sobald Jo eingetroffen ist.«

»Ich dachte, das Zimmer sei vollkommen sicher«, sagte Krieger ein wenig ironisch.

»Ist es auch. Aber ich muß jetzt erst mal was zu essen kaufen. Wir haben seit dem Frühstück nichts mehr gehabt, und das ist sieben Stunden her.«

Wieder eine kurze Pause. »Dann seien Sie vorsichtig.«

Der warnende Ton in Kriegers Stimme weckte Davids Aufmerksamkeit. »Probleme?«

»In dreifacher Ausführung.«

»Sind sie etwa *hier*?«

»Allerdings. Und je eher wir uns treffen, desto besser.«

»Dann sagen Sie Jo, sie soll ihren hübschen, kleinen ...«

»Sie ebenfalls«, entgegnete Krieger und legte auf.

»Jo muß gleich kommen. Jeden Augenblick«, berichtete David, als er zu Irina zurückkehrte. »Zieh dich lieber an, Kleines. Und hier ist 'ne kleine Unterlage.« Er breitete knusprige Brötchen, hauchdünn geschnittenen rohen Schinken, überdimensionale Pfirsiche und eine Flasche Chianti auf dem Toilettentisch aus.

»Nichts Besonderes«, erklärte er, während er mit seinem Taschenmesser zwei Brötchen aufschnitt und rohen Schinken dazwischenlegte, »aber nahrhaft.« Er schenkte Wein in ein Zahnputzglas, probierte ihn und sagte: »Na ja, auf Qualität zu achten, haben wir keine Zeit. Giftig ist das Zeug sicher nicht. Oder doch? Ich hab' die erste Flasche gegriffen, die mir in dem Café unter die Finger kam.«

Dieses oberflächliche Gerede soll mich bestimmt über etwas hinwegtäuschen, dachte Irina. Er macht sich Sorgen und will nicht, daß ich es merke. »Was hat Krieger gesagt?« Sie zog ihr Kleid an und bürstete sich die Haare.

»Sobald Jo eintrifft, muß ich zu ihm.«

»Ach ...« Sie nahm ihr Brötchen vom Toilettentisch. »Sieht köstlich aus. Ich habe Hunger.« Dann fragte sie: »David, Vaters Notizbücher – wirst du Krieger davon erzählen?«

»Warum nicht?«

Mit erheblicher Mühe versuchte sie in ihr Brötchen zu beißen, schaffte es und mußte über sich selber lachen. Als sie den großen Bissen geschluckt hatte, fuhr sie fort: »Und wenn er sie haben will? Wirst du sie ihm geben?«

»Nein.«

»Würdest du sie für mich aufbewahren?«

»Bei dir sind sie sicherer. Aber nicht in der Handtasche.«

»Ich weiß, David. Als wir heute am Abgrund standen, hatte ich die Tasche völlig vergessen. Ich wäre weggegangen und hätte sie liegenlassen.« Lächelnd schüttelte sie den Kopf. »Wirklich, David ...« Wieder biß sie in die goldgelbe Kruste. Kaum zu glauben, wie ich mich in diesen vierundzwanzig Stunden entspannt habe; nein; noch mehr: Gedankenlos bin ich geworden, denn David nimmt mir ja alle Sorgen ab. »Magst du Jo?« fragte sie schließlich.

»Ja.«

»Und du vertraust ihr?«

»Natürlich.«

»Dann kann ich mich auch mit ihr unterhalten. Ich hasse das Gefühl, ständig auf der Hut zu sein. Bei dir dagegen, David ... fühle ich mich so unbeschwert.«

»Dann sollten wir das doch zu einem dauernden ...« Auf der Treppe erklangen Stimmen, leichte Schritte. »Jo«, sagte er, packte Irina und küßte sie liebevoll. »Damit du mich nicht vergißt, bis ich wieder da bin.«

Er stand vom Bett auf und lehnte gleichmütig am Fenster, als Jo eintrat.

Jo löste den Gürtel ihres Regenmantels, nahm ihre Sonnenbrille ab und zog das Kopftuch von ihrem Haar. Dabei strahlte sie triumphierend. »Genau zweiundzwanzig Minuten«, sagte sie. »Und das bei einer kurzen Fahrt im Taxi sowie komplizierten Umwegen bis dorthin, wo ich meinen Wagen stehen hatte. Gemietet, natürlich; ein braunes Ford-Coupé; er steht unten in der Garage. Na ja, und da bin ich. Pünktlich zum Picknick. Diese Pfirsiche! Riechen tun die wie Gardenien. Ich habe mal ein Mädchen gekannt, das aß Gardenien; bewahrte sie im Kühlschrank auf und aß sie Blütenblatt um Blütenblatt.«

David musterte Jo amüsiert. Genau wie ich, dachte er. All dieses Gerede, nur um die Verlegenheit zu kaschieren. Oder vielleicht doch echte Besorgnis. »Wer beobachtete das Hotel?« sondierte er.

»Ludvik. Saß hinter einer Zeitung versteckt in der Halle. Heute vormittag war es der Große, Blonde – Jan. Den Dunkelhaarigen, Milan, habe ich nicht gesehen, aber in der Nähe ist er auch. Vermutlich haben sie sogar Verstärkung. Aber das wird Ihnen Krieger erklären.«

David verstand den Wink sofort. Das angebissene Brötchen in der Hand, ging er zur Tür.

»Nehmen Sie lieber den Regenmantel mit«, riet Jo. »Sieht nach Gewitter aus. Das hat uns gerade noch gefehlt, nicht wahr? Ein Wolkenbruch, damit wir schön naß werden.« Sie sah von David zu Irina und wieder zurück. »Übrigens«, sagte sie beiläufig, »falls Sie erst spät wieder zurück sein sollten, David, fahre ich inzwischen mit Irina weiter. Okay?«

Irina blickte ihn ängstlich an.

»Ich bleibe nicht lange«, beruhigte er sie. In Gedanken fotografierte er sie, wie sie da auf dem Bett saß, das Haar locker ins Gesicht fallend, die blauen Augen groß und fragend. Am Fenster hinter ihr weiß gestärkte Gardinen und rote Geranien; auf dem Toilettentisch ein buntes Picknick-Durcheinander: ein schönes Zwischenspiel, wenn auch nur kurz. Er winkte fröhlich, sah Irina lächeln und lief die steile, schmale Treppe hinab. Der

Weg draußen war menschenleer, die Gasse dämmrig und still. Ein sicheres Haus, dachte er und fühlte sich wohler.

Während er den Hof überquerte, steckte er den letzten Bissen des Brötchens in den Mund und warf seinen Regenmantel über die Schulter. Die eine Tasche schlug schwer an seine Rippen: diese verdammte Automatic, die er dauernd mit sich herumschleppte. Sie brachte ihn in die weniger angenehme Wirklichkeit zurück. Du bist doch auch einer von diesen Narren, die am Rand eines Abgrunds picknicken und glauben, der Boden sei fest, nur weil er nicht bebt und aufreißt, dachte er. Ein sicheres Zimmer, ja? Überhaupt nichts ist sicher, solange sich Ludvik und seine Freunde hier in der Stadt herumtreiben.

In der Autowerkstatt herrschte dieselbe Stille, friedliche Atmosphäre, tickte die Zeit unbemerkt dahin. Franz stand am Tor, genoß die Luft und rauchte eine Zigarette. Seine Arbeit an dem Mercedes war beendet. Und daneben stand ein brauner Ford. Ein Consul britischer Herkunft, wie David feststellte: nicht ganz neu, aber in ausgezeichnetem Zustand. Erstklassige Reifen. Ja, auf Jo konnte man sich verlassen. Die sorgte dafür, daß man für Gebirgsfahrten entsprechend ausgerüstet war. Und auch in anderer Hinsicht konnte man sich auf Jo verlassen: Sie würde sich um Irina kümmern. Was die Menschen an Jo so irreführte, war die Tatsache, daß sie jung, hübsch und elegant aussah. Bei all diesen Vorzügen hätte sie zwar keinen Grips gebraucht, aber auch davon hatte sie jede Menge. Was sollte übrigens diese kurze Bemerkung, die sie so scheinbar nebenbei hingeworfen hatte? *Falls Sie erst spät wieder zurück sein sollten …* Wer kommt hier spät? dachte er, als er auf die Straße hinaustrat. Kein Mensch kommt hier spät. Franz kam ihm nach und erkundigte sich: »Hat Fräulein Schmidt Sie richtig gefunden?«

Schmidt? Guter, lieber, alter Schmidt! In jeder Sprache ein nützlicher Name. David musterte beide Bürgersteige, die benachbarten Hauseingänge und die parkenden Wagen. »Ja, das hat sie.«

Franz blieb an der Benzinpumpe stehen, sah zum Himmel und schüttelte den Kopf. »Dicke Wolken. Hoffentlich schießen sie sie bald an. Sonst gehen alle Trauben kaputt.«

David starrte ihn an und erkannte, daß Franz einen langen Vortrag über die Weinlese starten wollte. Im Davongehen entschuldigte er sich: »Ich muß Aspirintabletten holen.« In seinem Rücken glaubte er Franzens Enttäuschung – Verärgerung? – über die Zurückweisung beinahe körperlich zu spüren. Tut mir leid, mein Freund – ein anderes Mal. Jetzt muß ich die Augen offen und den Verstand wachhalten. Wenn ich mich rechts halte, komme ich zum Kornmarkt; dann links, und dort beginnen die Arkaden. Ganz einfach. Aber die vielen Menschen! Herrgott, sämtliche Dörfer aus der Umgebung scheinen zum Samstagnachmittag in die Stadt gekommen zu sein! Na schön, wenn ich nichts weiter sehe als eine ziemlich gleich aussehende Masse von Köpfen, dann haben Ludvik und seine Freunde wahrscheinlich dieselben Schwierigkeiten. Das sollte mir ein kleiner Trost sein. Kein großer zwar, aber mehr wird mir bestimmt nicht gegönnt.

Ein wenig ermutigt legte er einen Schritt zu und machte sich zur Altstadt auf.

16

Die Entfernungen in diesem engen Stadtteil von Meran waren gering – ein Überbleibsel aus den Zeiten, da eng gedrängte Häuser und Straßen innerhalb starker, hoher Mauern für Sicherheit bürgten. In knapp drei Minuten erreichte David den Kornmarkt, einen offenen, quadratischen Platz, der auf den ersten Blick exponiert wirkte. Das unablässige Durcheinander der Menschen war für ihn jedoch ein beruhigender Anblick, vor allem, da er immer noch nichts von Ludvik sah. Und von Milan. Und von Jan. Langsam, um nicht durch Eile aufzufallen, drängte er sich an Gruppen von Bauern in stadtfeinen weißen Hemden, schwarzen Jacken mit Silberknöpfen und federgeschmückten Hüten, an ihren rotwangigen Frauen in Dirndln und bunten Schultertüchern, an flachshaarigen Kindern, riesigen Einkaufskörben und an Touristen in ihrer typischen Fantasiekleidung vorbei. Außerdem gab es natürlich auch andere Einheimische, wahrscheinlich Italiener, in dreiknöpfigen Anzügen, junge Mädchen in Miniröcken, Teenager in Blue jeans. Und so viele Männer in leichten Tweedjacken, offenen Hemden und mit Regenmänteln über der Schulter, daß David großartig in dieses Bild paßte. Jedenfalls schenkte ihm niemand einen zweiten Blick. Gott sei Dank, dachte er, bin ich nicht ein Meter neunzig groß und habe keinen Schopf brandroter Haare.

Dennoch war er erleichtert, als er die schmale Straße erreichte, die stetig bergauf zum Zentrum der Altstadt führte. Sie wirkte noch enger durch die schweren Steinpfeiler zu beiden Seiten, die sich am Bordstein entlangzogen und das Gewicht der oberen, über die Gehsteige hinausragenden Stockwerke der Häuser trugen. Auf diese Weise bildeten sie ununterbrochene Arkaden, niedrig, gewölbt, unter denen Hauseingänge, Geschäfte, Gasthäuser und Schenken weit hinten in tiefem Schatten lagen. Die Laubengänge vermittelten das Gefühl, unbeobachtet und geschützt zu sein, obwohl die winzigen Geschäfte strahlend beleuchtet und von Wochenendeinkäufern überfüllt waren: modernes Leben in mittelalterlicher Umgebung. David blieb an einer der massiven Säulen stehen, zündete sich eine Zigarette an und sondierte die Lage: die Menschenmenge ebenso bunt gewürfelt wie auf dem Kornmarkt; schmale Türen, die Einlaß zu den Häusern boten; Schaufenster voller Wurst und Käse, Brot und Wein, Töpfe und Pfannen, Schürzen und Dirndl, Stiefel und Lederhosen; Cafés und Trinkstuben; das vergoldete Wirtshausschild eines Lokals namens ›Goldene Rose‹; alles einfach, gemütlich und einladend. Unmöglich, in diesem Gewühl einen Menschen zu erkennen – es sei denn, man stünde ihm gegenüber. Und mit diesem Gedanken mochte sich David gar nicht erst befassen.

Er hörte ein langgezogenes, schrilles Zischen, dann eine heftige Explosion. Vor Schreck ließ er seine Zigarette fallen und sah sich um. Kaum jemand schenkte dem Knall Beachtung. Nur die Fremden, wie David, waren zusammengezuckt, und ein junges Mädchen im Minikleid stieß einen lauten Schrei aus. Wieder ein Zischen, wieder der Knall. Ein kleiner Junge in kurzer Lederhose klatschte begeistert in die Hände. »Raketen! Raketen! Ich will die Raketen sehen!« An David vorbei schoß er mitten auf die Straße. Seine Mutter, eine mit Rosen gemusterte Schürze über dem grünen Dirndl, jagte hinter ihm her. »Verzeihung«, sagte sie zu David: Höflichkeit sogar noch bei kleinen Krisen. Und als sie seine bestürzte Miene sah, fügte sie hinzu: »Das sind nur die Raketen.

Von den Bergen.« Damit war sie auf und davon, um ihren Sohn aus dem Autoverkehr zu retten.

Raketen – natürlich: um die Wolken aufzureißen, einen Platzregen oder sogar Hagelschlag zu verhindern und die kostbaren Trauben zu retten. In Gedanken sah er Männer mit bunt bestickten Jacken, mit Silberknöpfen und mit Adlerfedern an den Hüten auf den die Stadt umgebenden Bergen Raketen in die Regenwolken abfeuern. Die Vorstellung begeisterte ihn. Verdammt, ich wünschte, ich wäre draußen im Freien, dachte er; an einem Platz, von dem aus ich das Feuerwerk genießen kann. Doch nur wenige Häuser entfernt blinkte ein weiteres Wirtshausschild. Diesmal ein vergoldeter Löwenkopf.

Er begann, sich wie die Meraner durch die Fremden zu drängen, die überall stehengeblieben waren und sich in einem halben Dutzend fremder Sprachen wunderten. Jetzt kam eine dritte Explosion, lauter als die beiden ersten, und direkt anschließend eine vierte, so daß ein Doppelknall durch die Arkaden fegte. Unmittelbar vor David blieben abrupt zwei Männer stehen, fluchten, lachten und tauschten beim Weitergehen einige Bemerkungen aus. An sich war das nichts Besonderes; David, wie viele andere, hatte das gleiche getan. Nur die Sprache, die sie benutzten, machte ihn stutzig. Tschechisch. Unverkennbar. David erstarrte, drückte sich an den nächststehenden Pfeiler und tat, als suche er nach Zigaretten, während er die Männer im Auge behielt. Er hatte die beiden noch nie gesehen. Beide mittelgroß, graue Anzüge mit gerade geschnittenen Schultern, beinahe identisch; offene Hemden mit Schillerkragen; einer hell-, der andere dunkelbraune Haare, im Nacken gerade gestutzt. Vielleicht, dachte er, als er sich die Zigarette anzündete und sah, daß sie sich dem Roten Löwen näherten, vielleicht bin ich zu mißtrauisch. Vielleicht waren das ganz normale tschechische Touristen, treue Parteimitglieder, die eine Reiseerlaubnis bekommen, oder Flüchtlinge, die in Meran Arbeit gefunden hatten. Wer immer sie jedoch sein mochten, er wollte auf Nummer Sicher gehen und sie die ganze Straße entlanggehen lassen, ehe er den Roten Löwen betrat. Eines an ihnen war jedoch seltsam: Sie hatten keinen Blick für die Schaufenster übrig und schienen die drei vollbusigen Blondinen in ihren lustig-bunten Dirndln nicht einmal zu bemerken. Die Köpfe wandten die beiden lediglich, um den Eingang des Gasthauses zu betrachten, als wollten sie sich das Bild genau einprägen. Aber sie gingen weiter. Allerdings nicht weit. Nur bis zum allernächsten Pfeiler. Dort machten sie halt und drehten sich um. Aufmerksam musterten sie die entgegenkommenden Passanten.

David fluchte vor sich hin und nahm hinter einem schweren Steinpfeiler Deckung. Die drei auffallenden Blondinen trafen direkt neben ihm zwei Frauen, blieben stehen, um sie zu begrüßen und verhinderten so, daß er vom übrigen Teil der Arkade aus gesehen werden konnte. Er bemerkte einen Mann, einen hellhaarigen, großen Mann in grünem Tiroleranzug, der sich eher energisch als höflich einen Weg durch den plötzlichen Stau des Fußgängerverkehrs bahnte. Der Mann erreichte die beiden Wartenden. Sie standen zusammen und unterhielten sich. Kurz. Dann gingen die beiden in den grauen Anzügen weiter die Arkaden entlang, während der Grüne die Straße überquerte.

David hastete zum schmalen Eingang des Roten Löwen, trat über die dunkle Schwelle und drehte sich um. Bis jetzt hatte er nur den Rücken des grünen Tirolers gesehen. Als dieser jedoch die gegenüberliegenden Arkaden in zirka zehn Meter Entfernung erreichte, sah er über die Schulter zurück, als wolle er sein Blickfeld abschätzen. Anscheinend war er damit zufrieden: Er sah jeden, der aus der Tür des Roten Löwen kam. Langsam ging er zum nächsten Pfeiler und bezog Posten. Und das, dachte David, ist eindeutig kein anderer als Ludvik Meznik.

Der ebenerdige Schankraum des Roten Löwen, zu dem man vom Eingang aus zwei Stufen hinabstieg, zog sich, lang und schmal, bis weit in den rückwärtigen Teil des Hauses hin. Die Beleuchtung war spärlich. Tabakrauch hing unter der niedrigen Balkendecke, ließ sie noch schwärzer erscheinen, als sie schon war. Obwohl die meisten Gäste bereits gegessen hatten und wieder gegangen waren, duftete es immer noch nach warmen Speisen. Lediglich drei Bauern diskutierten in der Holznische nahe der Tür über die Marktpreise, während vier jüngere Männer in Lederhosen an einem freistehenden Holztisch die Köpfe zusammensteckten und sich flüsternd unterhielten.

Mehr Gäste hielten sich hier nicht auf. Bis auf Krieger, der mit dem Gesicht zur Tür in vorsichtiger Entfernung von den anderen in einer Nische saß. Er setzte gerade seine Pfeife in Brand und bestellte bei der noch diensttuenden Serviererin, einer rundlichen Frau mittleren Alters, ein Bier.

Dann ist er also eben erst gekommen, dachte David. Und seine Beobachtungen auf der Straße fügten sich logisch ineinander. »Mir bitte auch Bier«, sagte er zu der Frau. Er hängte seinen Regenmantel an einen der schmiedeeisernen Haken an der Wand über seinem Kopf und setzte sich Krieger gegenüber auf die Holzbank. In diesem Lokal fiel eine gedämpft geführte Unterhaltung anscheinend nicht auf. Die vier Flüsterer stießen mit ihren Köpfen jetzt praktisch aneinander.

Krieger bemerkte den Blick, mit dem er die jungen Männer betrachtete. »Politik«, erklärte er, immer noch auf deutsch. »Immer gefährlich, wenn man zu den Nationalisten gehört.«

»Das arme, blutende Herz von Tirol?«

Krieger nickte geistesabwesend, während die Serviererin den Nebentisch abräumte und dann hinausging. Als sie außer Hörweite war, sprach er englisch – leise und schnell. »Sie kommen spät. Gab es Schwierigkeiten?«

Ich komme spät? Und Sie? David unterdrückte ein Lächeln. »Eine kleine Verzögerung. Zwei Fremde, die Tschechisch sprachen, interessierten sich allzu auffällig für den Roten Löwen. Ich hatte den Eindruck, daß sie Ihnen gefolgt waren – das heißt, falls Sie ungefähr zum Zeitpunkt des Doppelknalls hier waren.«

»Ja, ungefähr«, gab Krieger zu. »Und wie kommen Sie darauf?«

»Es müssen Freunde von Ludvik sein. Sie haben auf ihn gewartet, sich mit ihm kurz unterhalten und dann ...«

»Wissen Sie genau, daß es Ludvik war?«

»Ganz genau. Trotz seiner neuen Tirolerjacke.«

»Das ist er.« Krieger fluchte. »Und ich habe mir so große Mühe gegeben! Natürlich ist er mir gefolgt, aber ich dachte, ich hätte ihn abgeschüttelt und wäre unbeobachtet hier angekommen. Dachte ich.« Er nahm seine Pfeife aus dem Mund und begann sie von neuem zu füllen. »Aber er muß, als er zurückblieb, den beiden anderen die Verfolgung überlassen haben. Sie sind mir gefolgt, und er ist ihnen gefolgt. Schlauer Hund. Wo ist er hin?«

»Er steht direkt gegenüber auf der Straße an einem Pfeiler der Arkaden. Seine zwei Freunde sind weitergegangen.«

Krieger betrachtete stirnrunzelnd seine Pfeife. Sie wollte nicht ziehen. »Wie sehen die beiden aus?«

»Mittelgraue Anzüge von der Stange, steifer Stoff. Einer mit hellerem Haar, einer mit dunklem. Beide mit ausrasiertem Nakken. Offene Hemdkragen. Nichtssagende Gesichtszüge, keine besonderen Merkmale. Mittelgroß, kräftig.«

»Verstärkung«, sagte Krieger leise. »Aber das war zu erwarten. Ludvik hatte Zeit genug, sie herzuholen. Er ist seit dem frühen Morgen hier.« Die Pfeife zog endlich, und er hielt ein Streichholz an den Tabak.

»Woher weiß er aber von Meran?«

»Weil ich Mark Bohn davon erzählt habe.« Krieger sah den entsetzten Ausdruck auf Davids Gesicht. »Ich wußte genau, was ich da tat«, sagte er gereizt. »Wie sollte ich sonst die undichte Stelle aufspüren? Machen Sie nicht so ein verdammt erschrokkenes Gesicht. Ja, ja, es war Bohn!«

Einen Augenblick war David sprachlos. »Bohn ...«, stöhnte er dann unterdrückt.

»Vorsicht! Vorsicht! Da kommt unser Bier.« Krieger sprach jetzt wieder deutsch. Sprach von den Raketen. Und den Trauben. Dann hob er den riesigen Bierkrug. »Auf die Trauben, die jetzt gefahrlos der Lese im nächsten Monat entgegenreifen können. Ja, ja, dann müßte man hier sein! Jubel, Trubel, Heiterkeit.« Die Serviererin lächelte zustimmend und stapfte davon. Ihr weiter Rock schwang um die stämmigen Hüften.

David sagte: »Wir müssen unbedingt ...«

»Das Wichtigste zuerst. Tarasp. Ich werde Ihnen jetzt schnell die Einzelheiten mitteilen. Für den Fall, daß wir unterbrochen werden.«

»Aber wir müssen Irina aus Meran hinausschaffen. Sofort. Bohn hat ...«

»Sie haben durchaus recht. Also hören Sie zu.« Mit kurzen Worten beschrieb ihm Krieger Obertarasp, ein kleines Dorf mit einem Schloß oben auf einem Hügel, und erklärte ihm, wie man zu dem Haus gelangte, in dem Irina ihren Vater treffen sollte. Im Gasthaus waren für Jo und David Zimmer bestellt worden. »Alles verstanden?« fragte Krieger.

David nickte. »Und was dann?«

»Dann werden die beiden untertauchen, bis sein Buch veröffentlicht wird. Bis dahin werden so viele Menschen Kenntnis von seinem Inhalt haben, daß es sogar Jiri Hrádek schwerfallen wird, die Tatsachen, die es mitteilt, zu unterdrücken.«

Sie werden untertauchen ... David starrte auf die Tischplatte. Ich habe sie gefunden und wieder verloren. Genau wie damals. Er riß sich zusammen.»Und wenn Jiri auf Rache sinnt? Ein altmodischer Begriff, das stimmt, aber Jiri Hrádek ist zweifellos der Typ, der noch daran glaubt. Irina... Nun ja, das ist mein ganz persönliches Problem, meine Herausforderung. Ich glaube kaum, daß er sie so einfach entkommen läßt. Außerdem besteht noch eine zusätzliche Gefahr: Sie hat zwei Tagebücher ihres Vaters aus dem Land geschmuggelt, wichtige Bücher mit Einzelheiten über Jiris politische Manipulationen im Jahre 1968. Was wird er tun, wenn er das erfährt?«

»Kusaks Notizen? Sie hat sie mitgebracht?«

»Ja.«

Nur langsam erholte Krieger sich von dem Schock. »Ja«, sagte er leise, »das ist tatsächlich eine weitere Gefahr. Eindeutig. Das heißt, falls Jiri Hrádek davon weiß. Aber Gott sei Dank ist das nicht der Fall.«

»Er weiß davon. Wir haben Bohn in Brixen abgesetzt, und er hat sofort telefoniert.«

»Bohn?« Er stieß den Namen heraus wie einen Pistolenschuß.

»Er wartete an der Grenze auf uns und hat durch Zufall die beiden Bücher gesehen.« Durch einen wohlberechneten Zufall, das ist mir jetzt klar. »Er war mehrere Minuten lang mit Irina allein.« David wollte aufstehen, nach seinem Mantel greifen. »Alles Weitere werde ich Ihnen in Tarasp erklären. Jetzt werde ich erst mal Irina aus Meran hinausbringen.«

Kriegers Hand umklammerte Davids Handgelenk wie ein Schraubstock, so daß er sich nicht vom Platz rühren konnte. »Sie ist schon fort«, sagte Krieger ruhig. Dann ließ er Davids Handgelenk los.

David starrte ihn an, blieb sitzen.

»Sie ist mit Jo gefahren.« Krieger warf einen Blick auf seine Uhr. »Vor ungefähr zehn Minuten.«

David sagte noch immer nichts.

»Es ist so am sichersten, David. Schnelligkeit. Unerwartete

Schachzüge. Das ist alles, was uns einen Vorteil verschaffen kann. Die Tricks und die hübschen, kleinen Apparate sind im Besitz der Gegenseite. Wir sind ausschließlich auf unseren Verstand und unsere schnellen Beine angewiesen. Mehr haben wir nicht zur Verfügung.« Er hielt inne und beobachtete David. »Und damit Irinas Sicherheit nicht gefährdet ist, berichten Sie mir jetzt bitte alles über Bohn. Aber wirklich alles. Jedes Detail. Was hat er erfahren?«

Vor zehn Minuten ... Ich hätte es mir denken können, fand David. Jos letzte Bemerkung ... diejenige, die mir so seltsam vorkam ... Das war ihr Hinweis gewesen. Sein Zorn machte sich Luft. »Sie sind ein Mistkerl, Krieger!«

»Irgend jemand muß hin und wieder diese Rolle übernehmen. Also, was ist mit Bohn?«

»Jo hätte es mir ehrlich sagen müssen.«

Krieger kaschierte seine Ungeduld. »Sie wollte. Ich war dagegen. Denn was wäre passiert? Es hätte Diskussionen gegeben. Verzögerungen. Und schließlich haben Sie ja auf jeden Fall hierher kommen müssen, um die Einzelheiten über Tarasp zu erfahren. Und was wäre passiert? – Sie wären nicht rechtzeitig gekommen, um Ludvik da drüben Posten beziehen zu sehen. Er hätte Sie entdeckt – und hätte Sie zu Irina zurückverfolgen lassen. Weil Sie natürlich verlangt hätten, daß sie wartet, bis Sie wiederkommen. Stimmt's?«

Doch, Krieger hatte recht. In jeder Beziehung. David schluckte seinen Zorn und bemühte sich, ruhig zu sein. »Ich möchte dem Wort, mit dem ich Sie eben bezeichnet habe, etwas hinzufügen: Sie sind ein überzeugend kluger Mistkerl.«

Krieger nickte. »Was ist also mit Bohn? Fassen Sie sich bitte kurz. Ich möchte, daß Sie in einer halben Stunde aufbrechen.«

»Von mir aus gern. Wenn ich mich beeile, kann ich Jo noch vor der Grenze einholen.«

»Nein, weitaus früher. Wir haben alles gründlich geplant. Sie fährt in aller Ruhe auf der Bundesstraße 38 nach Westen. Wo die nach Süden abbiegt, fährt sie auf der Bundesstraße 40 nach Norden weiter. Aber höchstens fünf bis sechs Kilometer weit, dann wird sie anhalten und auf Sie warten. Bei einer Wallfahrtskapelle. St. Marien. Sie können sie nicht verfehlen. Sie steht abseits auf einem Hügel. Halten Sie nach Jos Wagen auf einem Picknickplatz neben der Straße Ausschau. Sie werden dann über die Gebirgspässe fahren. Jo hat gestern einen anstrengenden Tag gehabt. Außerdem kennt sie die Einzelheiten über Tarasp nicht. Je weniger davon wissen, desto besser. Nur für den Fall des Falles.«

Für den Fall, zum Beispiel, daß sie von Ludvik geschnappt würde. Dann kam David ein neuer beunruhigender Gedanke. »Irina ist über Tarasp informiert. Ich habe es ihr selbst gesagt.«

»Und hat sie es Bohn verraten?« fragte Krieger rasch.

»Nein.«

»Was hat sie ihm denn gesagt?« Kriegers Stimme klang scharf.

»Direkt gesagt hat sie ihm nichts«, berichtigte David, Irina in Schutz nehmend. »Bohn hat es einfach aus ihr herausgeholt, daß ...«

»Also gut«, schnitt Krieger ihm das Wort ab. »Was hat er aus ihr herausgeholt?«

David hörte auf, sie zu rechtfertigen, und erzählte die gesamte Story.

Zwei Dinge weiß ich jetzt, dachte Krieger, nachdem der Bericht beendet war und David aufstand, um seinen Mantel vom Haken zu nehmen. Eines davon ist eine ganz neue Komplikation, von der ich nicht sprechen werde: Er liebt sie immer noch, und sie ihn. Das zweite ist, daß ich Bohn falsch eingeschätzt habe: Er steckt viel tiefer drin, als ich gedacht hatte, und mehr, als ihm selber wahrscheinlich klar ist. Falls Jiri Bohn braucht, wird er ihn weiterhin benutzen. »Ich habe mich in Bohn getäuscht«, gab Krieger mit leiser Stimme zu. »Ich war so sicher, daß er kneifen würde.«

»Das hat er jetzt getan.«

»Nein, er möchte vielleicht. Aber ...« Krieger zuckte die Achseln. »Wissen Sie genau, daß er von Tarasp nichts erfahren hat?«

»Irina hätte es mir erzählt.« David machte Miene, sich zu verabschieden. »Sonst noch was?«

»Gehen Sie durch die Hintertür. Ich werde noch ein wenig warten und dann versuchen, Ludvik hinter mir herzuziehen. Wenn er sieht, daß ich hier bleibe, glaubt er vielleicht, wir ruhen uns für die nächste Reiseetappe aus. Übrigens, Sie wissen ja wohl, daß die jetzt hinter einem grünen Mercedes her sind, nicht wahr?«

»Ja.« Gott strafe Mark Bohns Augen! »Ich werde scharf aufpassen, ob mir jemand folgt.«

»Möglicherweise fahren sie immer noch den weißen Fiat; sie wissen ja nicht, daß wir ihn in Graz gesehen haben. Viel Glück, also. Warten Sie in Tarasp auf mich. Es kann sein, daß ich mich ein bißchen verspäte. Aber ...« Er brach ab, weil ein Stoß frischer Luft in den Raum geweht kam. Die Hintertür des Schankraums hatte sich geöffnet.

»Zwei Männer«, teilte ihm David mit. Mehr konnte er in dem Dämmerlicht, das da hinten herrschte, nicht erkennen. Zwei Männer, zwei flüchtige Silhouetten in der offenen Tür, und dann, als sie geschlossen wurde, zwei Schatten. Sie blieben stehen, um ihre Augen an die gedämpfte Beleuchtung zu gewöhnen.

»Gehen Sie!« drängte Krieger mit leiser Stimme. »Weg von mir! Los, gehen Sie schon!«

Und David ging. Er schlenderte gemächlich in den Hintergrund des Restaurants. Lässigkeit, das würde seine beste Chance sein. Weit hinter ihm wurden die Stimmen der drei Bauern lauter, sie riefen nach der Serviererin, die von dem Tisch aufstand, an dem sie ihr Trinkgeld gezählt hatte. Klimpernd warf sie die Münzen in ihre Geldtasche zurück und zeigte, als sie an David vorbeikam, seine Richtung mißdeutend, auf eine Tür mit der Aufschrift ›Herren‹. Er blieb an der Tür stehen, als habe er vor, hindurchzugehen, und wartete, bis die beiden Männer auf gleicher Höhe mit ihm waren. Ja, das waren die beiden, die mit Ludvik gesprochen hatten. Sie hatten also einen Bogen geschlagen und waren zur Hintertür des Roten Löwen gegangen. Entweder hatten sie es nun satt, in einer dunklen Gasse zu warten, oder sie wollten nachsehen, ob Krieger noch da war. Daß Krieger ihre Zielperson war, stand fest. David schenkten sie keinen Blick. »Komme gleich!« rief ihnen die Serviererin zu. »Hat Zeit«, erwiderte der eine.

David änderte abermals seine Position und schlüpfte in einem Moment, als sie ihm beide den Rücken zuwandten, in die am nächsten liegende Nische. Von dort aus sah er gerade noch die Vorderkante von Kriegers Tisch. Krieger selbst war durch die

Nischenwand verdeckt. Auch die beiden Fremden, die jetzt in der Nische hinter Krieger saßen, waren für ihn nicht zu sehen. Das war zwar kein perfekter Ausguck, aber er blieb wenigstens unbeobachtet. Sein kleines Manöver hatten die beiden jedenfalls nicht gesehen. Davon war David überzeugt. Aber das war auch das einzige, wovon er in diesem Augenblick überzeugt war. Wenn Krieger gesehen hätte, daß er noch hier war, der hätte wahrscheinlich in sein Bier geflucht. Ich weiß, ich weiß, dachte David wütend. Ich sollte jetzt eigentlich in der Gasse hinter dem Haus und zu meinem Mercedes und einem eiligen Start aus Meran hinaus unterwegs sein. So oft ich mir aber auch einzureden versuche, daß Krieger mit dieser Situation fertig wird – er sitzt dort ganz allein am Tisch. Kann man einen Mann mit zwei solchen Ganoven allein lassen? Gewiß, Krieger hat es so gewollt: Er ist derjenige, der für unsere Rückendeckung verantwortlich ist. Aber die Sache gefällt mir nicht. Sie gefällt mir ganz und gar nicht.

Eine Minute verging. In der vorderen Hälfte des Schankraumes entstand Unruhe. Die Bauern wollten aufbrechen. Er hörte die Geräusche ihrer Absätze auf dem Holzfußboden. Dann blieben sie stehen, machten ein paar Witze und brachten die Serviererin zum Lachen. Ein junger Mann rief ihnen in breitem Dialekt etwas zu. Einer der älteren Männer antwortete. Lautes Gelächter; noch eine Bemerkung; der Anfang einer laut geführten Unterhaltung, halb Streit, halb Scherz.

Eine zweite Minute verging, und David behielt unruhig die Uhr im Auge, während er auf das leiseste Geräusch lauschte. Krieger hatte sich nicht gerührt; die beiden Fremden schienen entschlossen, sitzen zu bleiben und zu warten, bis sie ihm nach draußen folgen konnten. War das alles? David zögerte. Er kam sich töricht vor. Sollte er gehen?

Plötzlich erhoben sich die beiden Männer und traten mit raschen Schritten an Kriegers Tisch. David griff in seinen Regenmantel, umklammerte die Automatic, ließ die Männer nicht aus den Augen. Einer steckte die Hand in die Jackentasche, die sich drohend wölbte. Die beiden drangen auf Krieger ein, so daß er nicht aufstehen konnte, und der eine sprach ein paar scharfe Worte. Mit seinem zur Hintertür gerichteten Daumen unterstrich er seinen Befehl.

Vorsichtig, den Blick fest auf die Männer gerichtet, löste sich David von seinem Tisch. Sie hatten ihm wieder voll den Rücken zugekehrt und konzentrierten ihre Aufmerksamkeit auf Krieger, der sich mit kalkuliert langsamen Bewegungen erhob. Auch er sagte jetzt etwas – gerade genug, um ihre Aufmerksamkeit zu fesseln, ihre Angst vor einem Trick zu fördern. Das gab David die paar Sekunden, die er brauchte, um den Mann mit dem Revolver in der Tasche zu erreichen. Der andere drehte sich um, rief eine Warnung. Sie kam um einen Sekundenbruchteil zu spät. David sprang zu und schlug dem Mann den Kolben seiner Automatic über den Hinterkopf, während Krieger dem anderen seinen Bierkrug ins Gesicht schmetterte. Die beiden sackten beinahe gleichzeitig zusammen: der eine auf dem Fußboden, wo er nicht nur bis Neun schlafen würde; der andere auf dem Tisch, beide Hände vors Gesicht geschlagen.

Krieger warf etwas Geld neben dem Stöhnenden auf die Tischplatte. »Das wird auch für den zerschlagenen Bierkrug reichen«, sagte er, als er David zur Hintertür folgte. Sie betraten eine stickige Gasse. Krieger deutete nach links. »Ihre kürzeste Route. Ich gehe hier entlang.« Damit wandte er sich nach rechts. Aber er blieb noch einmal stehen, drehte sich um und sagte kopfschüttelnd: »Sie sind ein dickköpfiger Narr. Aber trotzdem vielen Dank.«

David lächelte und folgte im Laufschritt der Gasse, die sich zwischen hohen Mauern hindurchwand. Es war schattig hier, und still. Der Streifen Himmel, den er hoch über den roten Ziegeldächern sehen konnte, war wieder blau und frei von Gewitterwolken. Als er eine Straße erreichte, die nach Norden führte, mäßigte er sein Tempo und ging mit raschen Schritten weiter.

17

Irina hatte Davids Schritten nachgelauscht, die sich eilig die Holztreppe hinunter entfernten. Sie stand vom Bett auf, das Brötchen immer noch in der Hand, und trat ans Fenster. Aber er war schon nicht mehr zu sehen. Unten war nichts als der menschenleere Weg und die friedvollen Weinberge. Als sie zurückkam, mied sie Jos Blick. »Sie haben recht«, sagte sie. »Es sieht nach einem Gewitter aus.«

»Essen Sie auf.« Jo räumte bereits den Toilettentisch ab, packte die übrig gebliebenen Lebensmittel zusammen und verstaute sie sorgfältig in der Tüte, die noch eine ganze Menge mehr enthielt. Denn eines hatte sie auf dieser Reise gelernt: Man mußte immer auf alles gefaßt sein.

»Essen Sie doch auch etwas. Haben Sie keinen Hunger?«

»Später«, antwortete Jo. »Wir können nachher picknicken.« Vielleicht hatte sich ihr nervöser Magen bis dahin beruhigt; der Versuch, mittags etwas zu essen, war katastrophal verlaufen. Ich wünschte, ich wäre so ruhig, wie ich aussehe, dachte sie, als sie das Zimmer aufräumte. Zum Glück hatte Irina nicht viel ausgepackt.

»Haben Sie die Perücke weggeworfen?«

Irina machte ein entsetztes Gesicht. »Weggeworfen? Ich mag sie zwar nicht, aber so was würde ich niemals tun!« Sie aß ihr Brötchen auf und trank den Wein. Die Pfirsiche waren bereits verpackt. Jo war beinahe etwas zu tüchtig. »Ich möchte noch einen Pfirsich.«

»Später. Das dauert zu lange. Zuviel Saft. Zuviel Umstände.«

»Aber wir haben noch viel Zeit...«

»Haben wir nicht. Kommen Sie, Irina, setzen Sie die Perücke auf. Das verändert Sie ein wenig.«

»Nein. Ich binde mir lieber das Kopftuch um.«

»Dann los!« Alles, nur keine langen Diskussionen, dachte Jo. Die Perücke kann sie später aufsetzen, wenn wir erst mal aus der Stadt heraus sind und ich für St. Marien rothaarig werde. »Nun, machen Sie schon!« wiederholte Jo scharf.

»Jetzt?«

»Jetzt. Und pudern Sie sich das Gesicht, damit Sie blaß wirken. Und auf gar keinen Fall Lippenstift.«

»Wollen wir denn schon fahren? Ohne David?«

»Ja, wir fahren. Ludvik, Milan und Jan hocken bestimmt nicht in einem gemütlichen, kleinen Schlafzimmer herum und warten, daß sich das Wetter bessert. Bitte, Irina, glauben Sie mir! Es ist die einzige Möglichkeit, Sie...«

»Ich fahre nicht«, erklärte Irina fest. »Fahren Sie nur allein. Ich bleibe.«

Jo setzte sich auf die Bettkante. »Mir ist schlecht.«

Irinas Miene veränderte sich. Der feindselige Ausdruck war verschwunden. »Dann ruhen Sie sich lieber aus, Jo. Legen Sie sich ein bißchen hin.«

»Geht nicht. Wir müssen weiter.«

Irina sah Jos schneeweißes Gesicht, hörte die Verzweiflung in ihrer Stimme. Freundlich sagte sie: »Aber ich möchte auf David warten.«

Jo holte ganz tief Luft. »Sie sind genauso dickköpfig wie Ihr Vater. Nur war er wenigstens Vernunftgründen zugänglich.«

»Sie kennen meinen Vater?«

»Ich habe ihn in London kennengelernt, als ich bei meinem Onkel wohnte. Ihr Vater kam gerade aus Prag. Ich war dabei, als man ihn beinahe umgebracht hätte.«

»*Was* hat man gemacht?«

»Das werde ich Ihnen im Auto erzählen. Wir haben viel Zeit, bis David uns einholt.« Jo erhob sich, nahm ihren Regenmantel. Gott sei Dank, daß Dave uns nachkommt, dachte sie. Die Straße nach Westen sah auf der Karte nicht besonders schwierig aus – allerdings nur, bis sie nach Norden in die Schweiz abbog. »Bei St. Marien müssen wir auf ihn warten. Bis dahin sind es nur fünfundvierzig Kilometer.« Irina hatte sich nicht vom Fleck gerührt. »Kommen Sie?«

Irina schüttelte den Kopf. »Ich warte auf David.«

»Damit er umgebracht wird – wie Josef und Alois Pokorny?«

Irina riß die Augen auf. Jetzt bin ich brutal, dachte Jo, aber es gibt keine andere Möglichkeit. »Oder haben Sie nicht bemerkt, daß jeder, der einige Zeit mit Ihnen verbringt, bei einem tödlichen Unfall ums Leben kommt? Warum? Danach sollten Sie Jiri fragen. Er ist dabei, ein wunderhübsches Märchen über Ihre Flucht zusammenzuzimmern und kann es sich auf gar keinen Fall leisten, sein Lügengewebe zerreißen zu lassen.« Jo hielt inne. »Und jetzt verstecken Sie Ihr Haar. Hier, ziehen Sie meinen Mantel an. Ich werde Ihren tragen. Ein bißchen Verwirrung kann niemals schaden.«

»Was für ein Märchen?« fragte Irina, knotete sich aber gehorsam das Kopftuch zu. Sogar den Regenmantel zog sie an.

Der Knoten in Jos Magen löste sich. Die Schlacht ist gewonnen, dachte sie. »Kommen Sie, wir müssen fort. Die Einzelheiten erzähle ich Ihnen später.« Aber Irina rührte sich nicht, sondern sah Jo mit fragenden Augen an.

»Die Zeitungen von heute bringen einen Bericht aus Prag«, sagte Jo schließlich. »Über Sie. Und eine politische Entführung.«

Irina stand stockstill. »Eine Entführung?«

»Behauptet Jiri. Krieger hatte so etwas erwartet. Also machen Sie sich keine Sorgen, Irina. Haben Sie Vertrauen zu Krieger. Er wird sich schon etwas einfallen ...«

»Vertrauen zu Krieger?« Irinas Stimme klang bitter. »Er hat sich das da doch ausgedacht, nicht wahr?« Dabei deutete sie auf Davids Reisetasche, die Jo gerade mit der Lebensmitteltüte zusammen hinaustragen wollte. Sekundenlang schien es, als wolle Irina den Regenmantel wieder ausziehen.

Jos Ärger machte sich Luft. »Krieger«, sagte sie schroff, und ihre Stimme wurde sehr englisch, »bleibt in Meran, solange es geht. Und jede Minute seines Aufenthalts kann gefährlich für ihn werden. Es ist sogar nicht ausgeschlossen, daß er umgebracht wird, meine liebe Irina, und das alles nur, weil er Ihnen hilft. Also hören Sie endlich auf. Wenn Sie unbedingt jemanden hassen müssen, hassen Sie Ludvik und seine Freunde. Die waren es nämlich, die Alois umgebracht haben. Und Krieger ist ein Augenzeuge, der sie dafür an den Galgen bringen kann.« Nach diesem Ausbruch öffnete Jo die Tür. Ungeduldig drehte sie sich noch einmal um und sah, daß Irina immer noch an ihrem Regenmantel herumhantierte. Aber ausziehen tat sie ihn nicht. Sie versenkte zwei kleine Notizbücher aus ihrer Handtasche in die tiefe Innentasche des Mantels.

Irina schloß die Handtasche.

»Sie war zu voll«, erklärte sie.

»Außerdem könnte man sie mir leicht stehlen.« Prüfend blickte sie an sich herab.

»Keine auffallende Wölbung«, versicherte ihr Jo. Seltsam, dieses Mädchen! Was versteckte sie da? Und wieso hatte sie – ausgerechnet zu einem solchen Zeitpunkt – Angst vor Taschendieben? Aber wenigstens hatte Jos Strafpredigt gewirkt. Und Jo selbst fühlte sich auch erleichtert. Das haben wir wohl beide gebraucht, dachte sie. Die Meuterei ist vorüber, und meine Übelkeit auch. »Überlassen Sie es mir, Frau Sowieso und ihrem Sohn unsere Abreise zu erklären«, wandte sie sich beim Hinuntergehen an Irina. »Sonst widersprechen wir uns noch.«

Als sie eben den schmalen Hausflur erreichten, ließ eine heftige Explosion die Fenster erzittern. Jo verpaßte die letzte Stufe und wäre beinahe gestürzt. Irina zuckte erschrocken zusammen. Sie sahen sich an und gingen weiter. Von Frau Hartmann war nichts zu sehen. »Die hat sich vermutlich im Schrank versteckt«, sagte Jo. »Das hat jedenfalls meine Mutter immer getan, wenn es donnerte.«

»Das Gewitter ist sehr nah«, sagte Irina.

»Zu nah«, bestätigte Jo.

Auf der Straße hörten sie ein langgezogenes, angsterregendes Zischen, das in einer weiteren Explosion endete. »Ob da ein Gasrohr explodiert ist?« überlegte Jo. »Dann könnte es Verkehrsstauungen geben.« Sie begannen zu laufen.

Die Werkstatt war bis auf die beiden Wagen leer. Franz selbst stand draußen auf der Straße und sah mit zurückgelegtem Kopf zum Himmel. Ein drittes, lautes Zischen sowie ein dritter, ohrenbetäubender Knall wurden von einem vierten Zischen und einer vierten Explosion gefolgt. Diesmal schraken sie beide eindeutig zusammen. »Können das vielleicht Raketen sein?« fragte Irina. »Ein Fest, möglicherweise?«

Die Spannung zwischen ihnen löste sich. Beide lachten.

»Wie dem auch sei –« Jo lud das Gepäck, darunter auch Davids Reisetasche, auf den Rücksitz des braunen Ford –, »Herr Hartmann ist offenbar zu sehr mit dem Zählen der Explosionen beschäftigt, um uns Beachtung zu schenken.« Und damit sparen wir mindestens fünf Minuten, ergänzte sie in Gedanken erleichtert.

Aber er hatte gute Ohren. Kaum begann der Motor zu laufen, da kam er in die Werkstatt gerannt, um nachzusehen, wer an seinen Autos herumspielte. Jo wollte gerade anfahren. »Meine Freundin fühlt sich nicht wohl. Ich bringe sie übers Wochenende aufs Land«, erklärte sie. »Bitte, sagen Sie Ihrer Mutter herzlichen Dank. Und richten Sie Herrn Mennery aus, daß wir sein Gepäck schon mitgenommen haben. Wir erwarten ihn bei meiner Tante, direkt südlich von hier, bei Bolzano.« Sie hatte mit ihm deutsch gesprochen; der italienische Name war ihr herausgerutscht. »Bei Bozen«, verbesserte sie sich und hoffte, daß er ihr verzieh.

»Was ist aber mit dem Benzin? Ich habe Ihren Tank...«

»Das bezahlt er zusammen mit seiner Rechnung.« Strahlend lächelnd und freundlich winkend fuhr Jo langsam aus der Werkstatt und wollte rechts abbiegen, um den kürzesten Weg zur Straße nach Westen zu nehmen.

Franz Hartmann rief aufgeregt: »Fräulein Schmidt!« Sie hielt. »Nicht da entlang!« rief er, während er ihr nachrannte. »Wenn Sie nach Süden wollen, müssen Sie links fahren...«

»Über den verstopften Kornmarkt? Nein, danke. Ich kenne eine bequemere Strecke zur Straße nach Bozen.«

»Aber das ist ein Riesenumweg. Sie müssen...«

»Immer noch besser als im Schneckentempo durch die Altstadt. Auf Wiedersehen!«

Franz Hartmann stand an seiner Werkstattür und sah dem davonfahrenden braunen Ford nach. Das Zimmer war ihnen also nicht gut genug gewesen. War das der Grund? Die Schwester des Amerikaners war krank, das war Fräulein Schmidts Version gewesen, die vermutlich sogar zutraf. Die Blonde hatte so blaß ausgesehen, als hätte sie ihr Gesicht in einen Mehltopf gestippt. Da konnte er froh sein, daß sie den Raum oben nicht noch zum Krankenzimmer gemacht hatten. Trotzdem gefiel ihm das Ganze nicht. Am liebsten hätte er seine Werkstatt für ein paar Minuten verlassen. In diesem Augenblick jedoch hielt ein Wagen an der Tankstelle und verlangte dreißig Liter Benzin. Während er den Tank füllte, sah er Willi, den Nachbarsjungen, herüberkommen, um sich wie üblich einen Schraubenschlüssel auszuleihen. »Willi!« rief er. »Lauf bitte mal schnell zu unserem Haus rüber. Sag meiner Mutter, die beiden Frauen wären abgereist. Sie soll im Gästezimmer nachsehen, ob irgendwas fehlt.«

Ein zweiter Wagen kam, der zwanzig Liter Benzin brauchte, während ein dritter am Bordstein hielt, um dort zu warten, bis die Zapfsäule frei war. Willi kam mit laut klappernden Sohlen durch die Werkstatt gelaufen und nahm sich den Schraubenschlüssel. »Deine Mutter hat nachgesehen«, berichtete er. »Alles in Ordnung. Und den da bringe ich in fünf Minuten zurück.« Er winkte mit dem Schraubenschlüssel und lief nach Hause.

Es fehlt also nichts, dachte Franz. Dann stimmte es doch, daß ihnen das Zimmer nicht gut genug war. Ärgerlich winkte er den dritten Wagen an die Zapfsäule.

Aber der Wagen rührte sich nicht vom Fleck. Statt dessen stiegen zwei Männer aus. Schon wieder Fremde, die vermutlich auch wieder nur eine Auskunft brauchten. Franz hängte den Zapfhahn ein, wischte sich die Hände an einem Lappen ab und ging ihnen entgegen. Sie kamen aus Graz – das stand jedenfalls auf dem Nummernschild ihres weißen Fiat –, aber Österreicher waren sie nicht, auch wenn der Größere helles Haar und helle Augen hatte. Das Wort führte der andere, der Dunklere. Er sprach ein langsames Italienisch, sorgfältig, als hätte er sein Sprüchlein auswendig gelernt. Aber er fragte weder nach einer Straße noch nach einer schwer zu findenden Adresse. Er behauptete, einen Freund zu suchen, der gerade erst in Meran angekommen sei – mit einem grünen Mercedes und Wiener Zulassungsnummer.

»Warum versuchen Sie's nicht mal bei den Hotels?« erkundigte sich Franz.

»Wir haben in sämtlichen Hotels und Gasthöfen angerufen.«

Und jetzt kontrollieren sie also die Autowerkstätten, dachte Franz. Das ist mehr als nur die Suche nach einem Freund. Das ist Polizei. Und damit will ich nichts zu tun haben. Ich nicht. Italienische Polizisten sind die beiden nicht, das steht mal fest; aber die arbeiten doch alle zusammen. Eine Beschwerde von denen an die Adresse der Italiener, und ich bin erledigt. »Grüner Mercedes?« fragte er.

»Das sagte ich.« Dem Sprecher gelang es, sogar die italienische Sprache kalt und hart klingen zu lassen. »Der Fahrer ist ein Amerikaner und hat ein hübsches, blondes Mädchen bei sich.«

Die dunklen Augen musterten Franz eindringlich, doch erst die abrupte Bewegung, die der andere auf die Werkstatt zu machte, gab Franz den allerletzten Stoß. »Ein Amerikaner?« wiederholte er. »Ja, der war hier.«

»Er *ist* hier«, rief der Hellhaarige herüber. »Wenigstens ist sein Wagen hier.«

Jetzt ging sein Freund ebenfalls in die Werkstatt. Franz folgte. Aber sie berührten den Wagen nicht; sie kontrollierten lediglich das Nummernschild. Der Hellhaarige trat Franz entgegen. Sein Freund hielt ihn zurück. Dann fragte er mit dieser kalten, harten Stimme: »Wo ist der Amerikaner?«

»Hier nicht.«

»Wo denn?«

»Er ist in die Stadt gegangen.«

»Mit dem Mädchen?«

»Nein.«

»Wo ist die denn?«

Erleichtert antwortete Franz: »Mit einer Freundin weggefahren.«

»Mit wem?«

»Mit einem anderen Mädchen. Vor ungefähr zehn, fünfzehn Minuten.« Und Gott sei gedankt, daß ich ihnen nichts von dem Zimmer zu sagen brauche. Die beiden hier würden Mutter zu Tode erschrecken. Der Große hat etwas an sich, was sogar mich in Angst versetzt. Die hätten das Haus durchsucht – ganz zweifellos; vom Keller bis zum Dachboden. Franz spürte, wie ihm der kalte Angstschweiß ausbrach.

»Mit was für einem Wagen?«

»Mit einem Ford. Braun. Meraner Zulassung. Sie wollten in südlicher Richtung nach Bozen.«

»Nach Süden? Das ist ein Witz. Sie sind doch sicher nach Westen gefahren, nicht wahr?«

»Das schon. Aber sie wollten den dichten Verkehr in der Altstadt vermeiden...«

Lachend gingen die Männer hinaus.

Und was ist mit dem Amerikaner? dachte Franz. Wollten sie nicht auf ihn warten?

Anscheinend hatten sie kein Interesse mehr an dem Amerikaner. Franz sah den weißen Fiat an seiner Werkstatt vorbei nach Westen fahren.

Als Willi kurz darauf den Schraubenschlüssel zurückbrachte, stand Franz immer noch da und versuchte das Rätsel zu entwirren. »Fehlt dir was?« fragte ihn Willi fürsorglich. Wortlos schüttelte Franz den Kopf.

Er war auch noch nicht zum Antworten aufgelegt, als David wieder bei der Werkstatt ankam, sondern präsentierte seine

Rechnung mit einem Minimum an Worten. »Sie sind fort. Ihr Gepäck haben sie mitgenommen. Sie wollten nach Bozen.«

David überprüfte die Rechnung. Sie war sehr sorgfältig aufgestellt worden, ehrlich bis zur letzten Lira. Der Betrag für Jos Benzin stimmte aller Wahrscheinlichkeit nach auch. Geht ohnehin alles über dasselbe Spesenkonto, dachte David. Dann machte er einen Scherz über die Männer, die immer die Rechnung begleichen müssen, hatte aber keinen Erfolg damit. Was Franz nur hat? überlegte er. »Tut mir leid, daß ich so überstürzt fortgelaufen bin. Ich wollte unbedingt noch das Aspirin holen, bevor das Gewitter losbrach. Aber es ist gar nicht so weit gekommen, wie?«

»Nein.« Franz konzentrierte sich auf das Abzählen des Wechselgeldes.

»Das war ein ganz schönes Spektakel, das mit den Raketen. Sind die Mädchen während des Feuerwerks losgefahren?«

»Kurz danach.« Franz zählte das Wechselgeld in Davids Hand.

»Stimmt irgendwas nicht?« David steckte das Kleingeld in seine Tasche. Franz war ein so ehrlicher Mensch, daß er seine Sorgen nicht verheimlichen konnte. Irgend etwas ist hier los, dachte David und versuchte es noch mal. »War mit den Mädchen alles in Ordnung? Keine Verzögerung?«

»Keine Verzögerung.« Franz wandte sich ab und ging auf den kleinen Holztisch zu, der ihm als Büro diente.

Ach was, soll er zum Teufel gehen, dachte David und stieg in den Mercedes. Beim Hinausfahren bremste er noch einmal kurz in der Nähe des Tisches. »Vielen Dank«, sagte er mit einem gezwungen-freundlichen Grinsen. »Das nächstemal werden wir ...«

»Das nächstemal kommen Sie gefälligst nicht hierher. Auf Leute von Ihrer Sorte können wir verzichten.«

David stellte die Zündung ab. »Und was für eine Sorte ist das?«

»Die Sorte, die nur Ärger macht.«

David unterdrückte seine aufsteigende Wut. »Was für Ärger?«

Franz sah sich um, weil er feststellen wollte, ob Willi sich auch nicht in der Nähe herumtrieb. »Zwei Polizeibeamte. In Zivil.«

Milan und Jan? Davids Miene wurde finster. »Einer mit dunklem Haar und dunklen Augen, der andere etwas größer, mit hellem Haar?« fragte er.

Franz starrte ihn verblüfft an; dann nickte er.

Ja, das konnten Jan und Milan sein. Dann waren sie also auf der Suche nach einem grünen Mercedes. David atmete tief durch. »Was ist mit dem braunen Ford? Haben Sie ihnen gesagt, daß...«

»Den haben sie nicht gesehen«, antwortete Franz kurz und ging wieder auf die Straße hinaus.

»Aber Sie haben den beiden davon erzählt, nicht wahr?« rief David hinter ihm her.

Ja, dachte er, Franz hat ihnen davon erzählt, aber er wird es niemals zugeben. Mehr werde ich nicht aus ihm herausholen können. Trotzdem versuchte er es noch einmal, als er den Wagen aus der Werkstatt fuhr. »Was hatten die beiden für einen Wagen?« erkundigte er sich, neben Franz anhaltend. »Ich meine, die Männer – was für eine Marke?«

Die drängende Sorge, die aus Davids Stimme sprach, zwang Franz zu einer Antwort. »Einen weißen Fiat.« Dann sah er den Blick des Amerikaners, angstvoll, verzweifelt, mit dem dieser die Straße absuchte. Und sein Trotz ließ weiter nach. »Sie haben nicht auf Sie gewartet. Sie sind in Richtung...«

Der Mercedes bog nach rechts, schoß in eine Verkehrslücke hinein und wandte sich Richtung Westen.

»Aber woher weiß er das?« fragte Franz laut. Woher wußte der Amerikaner, daß die beiden nach Westen gefahren waren? Und warum jagte ein Verfolgter hinter zwei Polizisten her? Franz stand da, die Hände in die Hüften gestemmt, die Brauen finster-nachdenklich zusammengezogen und starrte dem Mercedes nach. Ach was, geht dich nichts an, sagte er sich; eine völlig verrückte Bande, diese Ausländer, benehmen sich absolut unlogisch. Und du, mein Junge, brauchst keine Angst mehr zu haben. Keiner wird die Werkstatt oder das Haus durchsuchen. Jetzt nicht mehr. Keine Ausfragerei, kein Herumschnüffeln. Kein Geschwätz mehr bei den Nachbarn, nicht mehr das Gefühl, beobachtet zu werden. Eines aber tust du jetzt vor allem: Du holst die Waffen und das Dynamit aus dem Keller. Sollen sich deine Freunde ein anderes Versteck für dieses Zeug suchen. Du sagst ihnen heute abend beim Tanz, da sagst du diesen verdammten Hitzköpfen, daß sie dich in Ruhe lassen sollen. Und diesmal werden sie gehorchen. Diesmal, Franz, hast du endlich einen stichhaltigen Grund für den Hinauswurf: die Polizei.

Ein Volkswagen hielt an der Zapfsäule. »Fünfzehn Liter? Sofort, mein Herr.« Franz Hartmann grinste übermütig, seine Miene war so wolkenlos wie der Himmel über ihm. Ja, dachte er zufrieden, jetzt habe ich eine gute Ausrede. Kein Druck mehr, kein Überreden, kein Geschimpfe, er sei ein erbärmlicher Feigling. Du lieber Gott, wenn gute Freunde sich mit Politik befassen, machen sie einem das Leben zur Hölle.

»He, Willy!« rief er über die Straße. »Sag deiner Schwester, daß sie um acht Uhr fertig sein soll. Wir gehen heute abend tanzen.« Vielleicht, dachte er mit breitem Grinsen, sollte ich dem Amerikaner dankbar sein. Und er begann eine Polka zu pfeifen.

Als David Meran mit seinen belebten Straßen hinter sich gelassen hatte, nahm sein Zorn zugleich mit den Verkehrsproblemen ab. Seine Gedanken wurden klar und übersichtlich wie die schnurgerade Straße vor ihm: kein mühsames Hakenschlagen und keine Täuschungsmanöver mehr, um sicherzugehen, daß ihm kein weißer Fiat folgte.

Es war sinnlos, Franz Hartmann seine Redseligkeit vorzuwerfen: Der Junge hatte einfach nicht gewußt, um was es ging. Wenn irgend jemand die Schuld an allem trug, dann war es Mark Bohn. Bohn hatte den Mercedes gesehen, hatte seinen Bericht durchgegeben, der Bericht war an Ludvik und Kompanie weitergeleitet worden, und zwar vermutlich innerhalb einer Stunde. Die hatten die nötigen Apparate dazu, sagte sich David: Funksprechgeräte, Zerhacker und Gott weiß was noch für sinnvolle Erfindungen. In diesem Fall haben Irina und ich Glück gehabt, daß wir nicht entdeckt wurden, als wir in Meran ankamen. Aber ich hatte ja auch nicht die übliche Route nach Meran über Bozen genommen, das heißt, ich bin nicht von Süden gekommen, sondern auf der weniger frequentierten, schwierigeren Strecke von Norden. Und all diese unsägliche, verdammte Mühe für nichts und wieder nichts. Weil all die verschiedenen Wagen, die wir benutzt haben, weil alle schönen Pläne von Krieger in dem Moment ihren Sinn verloren, als Franz seine große Klappe aufriß. Oder mit einer Antwort zögerte. Das kam letztlich auf dasselbe heraus. Milan und Jan hatten lediglich dieses arglose Gesicht zu beobachten brauchen, um schnurstracks in die Werkstatt zu gehen. Und dort hatten sie irgendwie auch herausgefunden, daß Irina nicht mehr da war. Das einzige, was wir unbedingt geheimhalten wollten – das ausgerechnet mußten sie auf dem Silbertablett präsentiert bekommen.

Krieger, dachte er sofort; welchen Sinn hat es jetzt noch, daß Krieger in Meran bleibt? Er riskiert seinen Kopf. Die beiden Importtschechen im Roten Löwen hatten einen bestimmten Auftrag hinsichtlich Krieger, und den werden sie, auch wenn sie ein bißchen flügellahm sind, nicht unerledigt lassen. Sie nicht, und auch Ludvik nicht. Warum? Krieger hatte keine Zeit mehr, mich zu informieren, aber hinter allem steckt ein ganz bestimmter Grund. Vielleicht – möglich ist es – haben sie erfahren, daß er Jan und Milan am Schauplatz des Mordes gesehen hat. Aber woher? Ach, hör auf! Du hast auch so genug Sorgen, ohne daß du unausgegorene Vermutungen anstellst. Aber drei kostbare Minuten solltest du tatsächlich noch drangeben, um am nächsten Telefon zu halten und Krieger zu informieren. Wo ist der überhaupt? Nicht einmal das weißt du. Aber irgendwie wird er in sein Hotel zurückkehren. Und hoffen wir, daß die Nachricht für ihn nicht zu spät kommt.

Im nächsten Dorf machte er vor einem neon-beleuchteten Café halt, das aussah, als verfüge es sowohl über eine Herrentoilette als auch über ein Telefon. Seine Nachricht hatte er in Gedanken schon vorbereitet: alles in klares Deutsch übersetzt und so harmlos formuliert, wie es nur ging. »Resultate enttäuschend. Kein Grund mehr für weiteren Aufenthalt dort.«

Der Hotelportier wirkte intelligent und tüchtig. Er wiederholte die beiden Sätze fehlerlos. Selbstverständlich, er werde dafür sorgen, daß Herr Krieger die Nachricht erhielt, sobald er ins Bristol zurückkomme.

David stieg wieder in den Wagen. Der kurze Aufenthalt hatte noch einem zweiten Zweck gedient. In dem weißen Fiat, der ihm, wie er festgestellt hatte, in einiger Entfernung gefolgt war, hatte lediglich eine zahlenmäßig recht starke Familie gesessen, die nun ausstieg, um Bier für die Erwachsenen und Eis für die

Kinder zu bestellen. Und auf dem Parkplatz stand kein weiterer Fiat, der darauf wartete, ihm zu folgen. Immerhin, sie kannten den Weg, den er nehmen würde. Dafür hatte ganz zweifellos schon Mark Bohn gesorgt.

Bevor er den Wagen anließ, griff David nach seiner Straßenkarte. Besser, er sah noch einmal nach, wie er fahren mußte. Er faltete die Karte so, daß der Abschnitt, den er brauchte, oben lag. Die leuchtendrote Linie der Straße lief quer darüber, von Meran aus nach Westen, und teilte sich, wo die Bundesstraße 40 nach Norden abzweigte. Und das hier hat Bohn gesehen, dachte er; eine Straße, die direkt über die Grenze in die Schweiz hineinführt. Plötzlich fiel sein Blick auf Tarasp, und er erstarrte. Tarasp war deutlich gekennzeichnet. Eindeutig. Ein Bleistiftring um einen von einer scharfen Spitze durchbohrten Punkt.

Er zwang sich, die Route zu studieren, die jetzt direkt vor ihm lag, und fand Santa Maria auf dem Felsen hoch über der Autostraße eingezeichnet. Ja, das war St. Marien. Jo konnte inzwischen schon dort angekommen sein. Und dieser gottverdammte Fiat? An ihm war der nicht interessiert, das stand fest. Seine Unruhe verstärkte sich. Er legte die Karte beiseite und ließ den Motor an. Dann lenkte er auf die Fahrbahn hinaus. Wenn er die Dörfer hinter sich hatte, die sich die nächsten zwanzig bis dreißig Kilometer an der Straße entlangzogen, konnte er Gas geben. Immer mit der Ruhe, mahnte er sich jedoch sofort: *piano piano va lontano;* du wirst es viel schneller schaffen, wenn du dich nicht mit einem italienischen Polizisten rumstreiten mußt. Die waren nämlich unterwegs; zwei hatte er Streife fahren sehen, und einer hatte einen Wagen angehalten. Also bekämpfte er seinen Impuls und hielt sich, jeden einzelnen Kilometer verfluchend, streng an die vorgeschriebene Geschwindigkeit.

18

»Krieger hatte recht.« Jo deutete auf die Wallfahrtskapelle Santa Maria, winzig klein, aber unüberwindlich auf ihrer luftigen Höhe, einer steilen, vorspringenden Felsnase. »Das ist nun wirklich nicht zu verfehlen, wie?«

Zum erstenmal zuckte Irina bei dem Namen Krieger nicht zusammen. David, dachte sie erleichtert, wird Santa Maria ebenfalls nicht verfehlen und sie ohne weiteres finden können. Keine Verzögerungen, keine mühselige Suche. Ihre Zweifel begannen zu schwinden. Seit dem Augenblick, als Jo in dieses langgestreckte Tal hineingefahren war, in dem sogar an diesem sonnigen Tag ein scharfer Wind dem Wagen entgegenblies, war die kleine Wallfahrtskirche mit ihrem winzigen Kirchturm zu sehen gewesen: ein zierlicher Bau vor dem Hintergrund steiler Hänge, die sich zu wilden Berggipfeln türmten. Sie lag noch immer weit entfernt, ihre Einzelheiten wurden aber immer deutlicher, hoben sich stärker hervor. Der vordere Felsenabhang sah immer bedrohlicher aus, denn er fiel senkrecht bis auf die Straße ab. »Wie der Bug eines großen, stolzen Schiffes, das gleich in die Straße hineinbrechen wird«, sagte Irina.

»Na, das wird noch ein paar Jährchen dauern«, antwortete Jo beruhigend. Zum Glück, dachte sie, führt die Straße in weitem Bogen respektvoll um die Klippe herum und weicht zurück, soweit das möglich ist, ohne sich in den Bach drängen zu lassen, der durch das Tal rauscht. Trotzdem hatte sich aus den von der Bergwand heruntergekommenen zersplitterten Felsbrocken und zerbröselten Steinen am Fuß der Klippe ein regelrechter Geröllhang gebildet. Warnschilder an der Straße verkündeten: *Caduta Massi.* »Steinschlag«, übersetzte Jo für Irina. »Keine Angst. Hinaufzuklettern brauchen wir nicht.«

»Und wie schaffen das die Wallfahrer?«

»Nun, auf dieser Seite bestimmt nicht. Krieger sagt, daß direkt neben dem Felsen ein Picknickplatz liegt. Wir müßten eigentlich gleich da sein.« Aber wo? Der Wald, der die Straße zu beiden Seiten säumte, verbarg alles. Vor ihr bog die Schlange der Wagen, die sie überholt hatten – langsam fahren, hatte Krieger ihr geraten –, bereits um die Felsnase herum. Hinter ihr setzte ein riesiger Lastzug ungeduldig zum Überholen an. »Jetzt nicht, Freundchen«, knurrte sie ärgerlich. »Du bleibst schön hinter mir und gibst mir Deckung. Oh, verdammt, diese türkischen Fahrer! Drängen einen ewig von der Straße. Anscheinend steigert das ihr Selbstwertgefühl, daß sie diese schweren Brummer vom Balkan bis nach Hamburg und Amsterdam fahren. Kaum kommt jemand mit einem ausgefallenen Wagen wie einem Cadillac oder

Jaguar, wird er einfach in den Graben gedrängt. Bleib zurück, du Idiot, verdammt noch mal!« Beinahe hätte sie die Einfahrt zu einer Lichtung direkt neben der Straße verfehlt und mußte, um die Wiese am Fuß von Santa Maria zu erreichen, abrupt rechts einbiegen. Hinter ihr schrie jemand etwas auf türkisch und drückte ungestüm auf die Hupe. »Du mich auch, Liebling«, beendete Jo ihren Monolog und suchte nach einem möglichst versteckten Platz zum Parken.

Vorn auf der Wiese waren parallel zur Straße zwei einheimische Kleinbusse abgestellt worden. Dahinter Picknicktische, Kinder und Bänke. Und dahinter wiederum drei ungünstig geparkte, nicht mehr ganz neue Volkswagen. Zwischen den Bussen war eine Lücke, wie Jo feststellte. Gerade Platz genug für den Ford, den sie behutsam hineinsteuerte. So, dachte sie erleichtert, jetzt ist er von der Straße aus nicht mehr zu sehen.

Der einzige Haken daran war, daß sie die Straße auch nicht mehr sehen und somit auch nicht nach dem weißen Wagen Ausschau halten konnte, der ihnen seit ungefähr einer halben Stunde in einiger Entfernung gefolgt war. »Schnell!« drängte sie Irina. Sie stieg aus, hängte sich den blauen Mantel um die Schultern und schob die Locken ihrer kastanienroten Perücke zurecht. Dann holte sie die Tüte mit den Lebensmitteln aus dem Fond. »Am besten picknicken wir gleich hier«, erklärte sie fröhlich und ging an den nächsten Tisch hinüber, an dessen einem Ende die Busfahrer saßen. Die anderen beiden Tische waren bis auf den letzten Platz besetzt: Kleine Mädchen, sauber aufgereiht, warteten geduldig unter den aufmerksamen Blicken von drei Nonnen. Jo setzte sich, ohne die bewundernden Blicke der Busfahrer zu beachten, und wartete auf Irina.

Irina hatte über das Duell zwischen Türken und Ungläubigen lächeln müssen und dann laut gelacht, als der Ford über die Wiese rumpelte, daß das Gepäck auf dem Rücksitz in die Höhe geworfen wurde. Jetzt aber, Jos Trenchcoat eng um die Taille gegürtet, das eigene Haar gehorsam unter der schwarzen Perücke verborgen und die Tasche über die Schulter geschlungen, ließ sie wiederum Anzeichen von Meuterei erkennen. Ihre Lippen waren aufeinandergepreßt, die Augenbrauen finster zusammengezogen. Aber sie war klug genug, nicht allzu laut zu sprechen. »Da kann David den Wagen bestimmt nicht sehen«, begann sie.

»Und uns findet er mit Sicherheit auch nicht, bei all diesem...« Sie deutete auf die zwanzig jungen Augenpaare, die die Neuankömmlinge, weit aufgerissen vor Interesse, neugierig anstarrten.

»Und ich hoffe, andere auch nicht«, entgegnete Jo ruhig. »Setzen Sie sich, Irina. Da, mit dem Rücken zur Straße. Ich passe schon auf, daß David nicht an uns vorbeifährt.«

»Können Sie denn von da aus sehen?«

»Einigermaßen. Noch besser allerdings, wenn Sie sich hinsetzen und mir die Sicht nicht versperren würden.«

Irina zögerte, tat aber, was Jo sagte. »Wonach halten Sie sonst noch Ausschau?«

»Nach einem weißen Wagen.«

»Ist uns jemand gefolgt?«

»Ich weiß es nicht.«

»Aber irgend etwas vermuten Sie doch.« Sonst hätte Jo nicht all diese Vorsichtsmaßregeln ergriffen. »Bitte, Jo...«

»Kommen Sie, amüsieren wir uns ein bißchen. Schließlich sind wir hier auf einem Picknick, nicht wahr?« Jo nickte den beiden Männern am anderen Ende des Tisches zu und lächelte. Vermutlich hatten sie die leise geführte Unterhaltung gar nicht belauschen können oder höchstens Worte gehört, aber nicht verstanden, dennoch waren sie eindeutig fasziniert. »Nur Ruhe«, wandte sich Jo wieder an Irina. »Die Einheimischen sind freundliche Menschen. Sie wissen nur nicht, was sie von uns halten sollen. Wir kommen aus einer anderen Welt.« Und ich, dachte sie bei sich, gäbe einiges darum, in diesem Augenblick zu der ihren gehören zu können, zu einer schlichteren, weniger komplizierten Welt. »Möchten Sie einen Pfirsich? Schokolade ist auch da – ganze Tafeln. Oder wollen Sie lieber ein Schinkenbrötchen? Käse? Großer Gott, Dave hat ja für eine ganze Kompanie eingekauft. Aber so sind eben die Männer: Schickt man sie in ein Geschäft, kaufen sie alles, was ihnen unter die Augen kommt. Meine Mutter, eine ausgezeichnete Hausfrau, läßt meinen Vater nicht mal in die Nähe eines Supermarkts.« Sie holte die Flasche Chianti heraus und stellte sie auf den Tisch. »Jetzt sehen wir wirklich aus, als ob wir uns amüsieren wollen.« Die Straße ließ sie keinen Moment aus den Augen.

»Bitte, Jo...«, sagte Irina abermals, »behandeln Sie mich nicht wie eines von den Kindern da drüben.« Sie sah zu den beiden Tischen voll stiller, kleiner Gesichter hinüber und lächelte ihnen zu. Was mochten das nur für Kinder sein, alle in den gleichen, sehr schlichten Kleidchen, mit straff geflochtenen Zöpfen und großen, freundlichen Augen? Die Nonnen schienen sie zu ermahnen; die großen Augen ließen das Starren sein. »Was beunruhigt Sie denn nur, Jo?« Es kann bestimmt nichts Schlimmes sein – nicht in dieser harmlosen Umgebung.

»Ich bin ziemlich langsam gefahren. Alle Autos auf der Straße haben uns überholt, nicht wahr?«

»Ja, bis auf den Lastwagen«, spöttelte Irina.

»Vorher aber alle. Nur einer nicht. Er fiel jedesmal, wenn er uns sah, wieder ein kleines Stück zurück.«

Jetzt wurde auch Irina ernst. »Ein weißer Wagen?«

»Ja.« Jo hatte ihn zum erstenmal gesehen, nachdem sie hinter Meran kurz angehalten hatten, um sich die Perücken aufzusetzen.

»Aber es gibt so viele weiße ...«

»Ich weiß. Aber dieser ...« Jo zögerte. Dann fuhr sie fort: »Ein weißer Fiat war gestern abend in Graz. In der Nacht tauchte er in Lienz auf. Und fuhr dann vor Tagesanbruch weiter.«

»Wer waren die Fahrer?«

»Milan und Jan. In Lienz stieß dann auch Ludvik zu ihnen. Dann fuhren sie nach Meran.«

Jo beobachtete Irina genau: keine Panik; sie nahm die Nachricht gelassen hin.

Ein wenig ermutigt sprach Jo weiter. »Jetzt verstehen Sie sicher, warum ich mir Gedanken über einen weißen Wagen mache, der uns, wie alle anderen, hätte überholen können, sich aber lieber hinter uns hielt.«

Irina schreckte aus ihren Gedanken hoch. »Klug von Ihnen, langsam zu fahren«, lobte sie und gab sich Mühe, unbeschwert zu erscheinen. Sie waren also in Meran, als wir kamen, dachte sie; seit Stunden.

»Es war nicht meine Idee; Krieger hatte das angeordnet.« Und ich hielt ihn deswegen für übergeschnappt. Er weiß genau, wie ich es hasse, eine Schnellstraße entlangzuschleichen wie ein Bauernweib, das seine rohen Eier zum Markt fahren muß. Fast hätte Jo laut aufgelacht, teils über sich selbst, teils vor Erleichterung: Irina hielt sich großartig. Nur nicht hysterisch werden, befahl sie sich. Entweder der Wagen ist uns gefolgt, oder er ist uns nicht gefolgt. Und wenn er uns doch gefolgt ist? Wir bleiben hier und warten auf Dave. »Vielleicht habe ich mir zu früh Sorgen gemacht. Das tue ich oft; schlechte Angewohnheit. Inzwischen habe ich den Eindruck, daß uns der Wagen doch nicht gefolgt ist. Er hätte längst hier vorbeikommen müssen. Vielleicht ist er von der Straße abgebogen, um ebenfalls irgendwo zu picknicken.«

»Ja, vielleicht.«

»Was könnte ihn denn sonst so lange aufhalten?«

»Daß sie eine Nachricht nach Meran durchgeben. Und um weitere Instruktionen bitten.«

»Also, Irina ... Ihre Fantasie ist ja noch wilder als meine eigene!« Sie nahm sich einen Pfirsich. »Auch einen? Eine Meraner Spezialität.« Nur nicht hysterisch werden, ganz normal bleiben, mahnte sie sich abermals.

»Nein, danke.«

»Ja, was machen wir dann mit diesen Pfirsichen? Sollen wir sie den Kindern geben? Ich kriege keinen Bissen herunter, solange sie alle so mit den Augen an meinem Mund hängen.« Irina nickte zustimmend. »Gut. Sie achten inzwischen auf die Straße.« Jo erhob sich, nahm die Picknicktüte und ließ nur die Chiantiflasche auf dem Tisch stehen. »Wenn sie uns diesmal auch folgen, können wir wenigstens nicht Mark Bohn die Schuld daran geben.« Sie merkte, wie Irinas Gesicht erstarrte, wie ihre Miene ungläubig wurde. »Ja«, sagte Jo, »er war der Verräter.« Sie preßte die Lippen zusammen, nahm die Tüte und ging zu den drei Nonnen hinüber.

Irina atmete tief, um sich zu beruhigen. Ja, David und sie hatten viel zu positiv von Bohn gedacht: David aus Freundschaft, und sie, weil ... Ja, weswegen? Weil sie dumm war? Weil ihr der idiotische Lapsus mit der Straßenkarte peinlich war? Niemand würde darauf achten, hatte sie gedacht. Aber Bohn hatte darauf geachtet. Das war ihr jetzt klar. Die Schrecksekunde ging vorüber; eine merkwürdige Ruhe überkam sie, während sie jenen kleinen Ausschnitt der Straße beobachtete, der von ihrem Platz aus zu sehen war.

Sie lauschte Jos fließendem Italienisch, dem Dank der Nonnen, dem vielstimmigen Geplauder der Kinder; sie sah die Autos vorüberfahren – ein blaues, ein braunes, wieder ein blaues, ein graues; und stellte sich immer wieder dieselbe Frage. Warum wurde sie noch verfolgt? Mark Bohn hatte seinen Bericht nach Wien schon vor Stunden durchgegeben. Er mußte von Wien nach Prag, und von dort aus nach Meran weitergeleitet worden sein. Inzwischen mußte Ludvik erfahren haben, daß die Schweiz ihr Endziel war. Warum also wurde sie noch verfolgt? Gewiß, Jo konnte sich auch geirrt haben. Das hatte Jo ihr ebenfalls einzureden versucht. Vielleicht war der weiße Wagen bereits von der Straße abgebogen, vielleicht war er nur...

Und dann sah sie ihn. Er fuhr sehr schnell. Irina saß ganz still und starrte regungslos auf das Stück Straße, das inzwischen wieder leer war.

»Genau, wie ich es mir gedachte habe«, sagte Jo, als sie wiederkam. »Es sind Waisenkinder auf einem Sonntagsausflug. Die Ärmsten...« Sie brach ab. Irinas Blick haftete wie hypnotisiert auf der Straße. »Haben Sie ihn gesehen?« fragte sie ungläubig.

»Ja.« Irina riß sich zusammen. »Ja, ich habe ihn gesehen.«

»Einen weißen Fiat?«

»Die Marken kann ich nicht unterscheiden, aber jedenfalls war er weiß. Und vorn saßen zwei Männer.«

»Großer Gott!« stöhnte Jo verzweifelt. Sie sah noch einmal zu den Waisenkindern hinüber. Na ja, wenigstens die waren ein bißchen glücklich. Und ich Dummkopf, dachte sie: Da tue ich anderen eine winzige gute Tat, und zur Belohnung stecke ich mit der Nase noch mehr im Dreck. Ich hätte wissen müssen, daß es Leute gibt, die einen Rolls nicht von einem Pfannkuchen unterscheiden können. Jo nahm ihre Gedanken zusammen. »Also – hat er angehalten, oder ist er langsamer gefahren?«

»Nein. Er fuhr sehr schnell.«

»Haben sie herübergesehen?«

»Nur ganz kurz.«

»Na, wennschon!« Jo versuchte ihre aufsteigende Besorgnis zu kaschieren. »Hilft ihnen auch nichts. Alles, was die gesehen haben, war eine dunkelhaarige Frau, die mit zwei Busfahrern an einem Tisch saß, eine Rothaarige mit einer Gruppe Kinder und drei Nonnen. Den Ford haben sie von der Straße aus nicht sehen können. Also werden wir es uns gemütlich machen, auf Dave warten und Milan und Jan zur Schweizer Grenze jagen lassen.«

Aber weit werden die beiden bestimmt nicht kommen, ehe sie merken, daß sie uns verloren haben. Und dann machen sie kehrt und kontrollieren bei der Rückfahrt jede Stelle, an der man von der Straße abbiegen kann. Wie viele es davon wohl gibt, von hier nach Norden bis zur Grenze?

»Wann wird David hier ankommen?«

»In ungefähr einer halben Stunde. Vielleicht auch eher.« Oder später, doch davon wollen wir gar nicht reden. »Aber wir brauchen nichts zu befürchten. Hier sind wir wirklich in Sicherheit.« Sie sah zum Tischende hinüber, merkte, daß die Busfahrer sie beobachteten. Sie hatten die ganze Zeit kaum etwas anderes getan. Lächelnd reichte sie ihnen die Chiantiflasche. »Bitte sehr«, sagte sie und überschüttete die Männer mit einer Flut Italienisch. Sie akzeptierten den Wein mit höflichem Dank. Ja, dies sei ein hübsches Plätzchen für ein Picknick, bestätigten sie. Ob es nördlich von hier weitere Picknickplätze gäbe? Nein, dies sei der einzige für viele, viele Kilometer. Ja, die Straße verlaufe ziemlich gerade; sehr übersichtlich, bis zu den hohen Bergpässen. Nach dieser letzten Information überließ Jo sie dem Chianti.

»Tja«, sagte Jo, nachdem sie Irina Bericht erstattet hatte, »dann können wir diese Männer also in Kürze erwarten. Das heißt, wenn es sich wirklich um Jan und Milan handelt. Viel zu suchen werden sie an dieser Straße nicht haben. Aber wir wollen nicht in Panik geraten, wenn sie hierherkommen, um nachzusehen. Und gründlich nachsehen werden sie bestimmt. Die werden denselben Fehler nicht zweimal machen.«

»Und dann?« Irina lächelte sonderbar.

Ja, was dann? Jo mühte sich tapfer, gelassen zu wirken. »Wahrscheinlich werden sie hierbleiben, herumlungern, darauf warten, daß wir abfahren. Sie werden völlig harmlos tun und glauben, daß wir von ihnen und dem weißen Fiat nichts wissen. Und wir werden ihr Spielchen mitspielen, werden tun, als hielten wir sie für Touristen. Wenn Dave erst da ist, dann können wir handeln. Wir werden ihnen schon entwischen.« Aber wie? überlegte Jo. Am liebsten wäre sie plötzlich weggelaufen. Alberner Einfall, tadelte sie sich, während sie sich umsah, als bewundere sie die Szenerie. Direkt neben ihnen stieg der Fels steil empor und hielt den scharfen Nordwind ab, der das Tal entlangpfiff. Auf dieser Seite war er mit Büschen und vereinzelten Bäumen bestanden, die den unwegsamen Kletterpfad zur Kapelle hinauf verbargen, während das Kirchlein selber so hoch oben lag, daß man es von hier unten nicht sehen konnte. Im Osten und Süden wurde der Platz von steil ansteigenden, dicht mit Lärchen bestandenen Hängen gesäumt. An ihrem Westrand zog sich die Straße entlang. Sie waren sicher geschützt, von allen Seiten. Oder saßen in einer Falle. Je nachdem, wie man es betrachtete.

»Ihr Spielchen mitspielen?« Irina maß Jo amüsiert. Dann schüttelte sie ernst den Kopf. »Es ist kein Spiel mehr, Jo. Hier geht es nicht mehr um ein kindisches ›Wer ist der Klügste?‹ «

»Nur so eine Redensart«, verteidigte sich Jo mit verärgert geröteten Wangen. »Haben Sie vielleicht einen Vorschlag?«

»Nein, aber eine Frage. Warum werde ich noch verfolgt?« Und nach einer Pause fügte sie hinzu: »Dazu besteht keine Veranlassung mehr.«

»Keine Veranlassung?« Jo starrte sie verständnislos an.

»Jetzt nicht mehr. Ich bin für Jiri Hrádek von keinerlei Nutzen mehr.«

Jos Augen wurden noch größer. Sie bringt ihr Englisch durcheinander, dachte sie. Oder ich. Aber sie spricht doch ganz kühl, ganz ruhig. Ich bin diejenige, die hysterisch wird. »Das sind Sie schon noch«, antwortete sie aufgebracht, »und das wissen Sie ganz genau. Hrádek würde meine Person gern von seiner Liste streichen, das stimmt; und David ebenfalls. Wir haben ausgedient. Sie aber, Irina, Sie braucht er dringend. Sie müssen ihn zu Ihrem Vater führen.«

»Jiri weiß, wo mein Vater ist. Das hat ihm Mark Bohn schon vor Stunden mitgeteilt. Zeit genug ... doch, Jo, Zeit genug, um seine Anweisungen im Zusammenhang mit mir zu ändern.«

Diese Geschichte, die sie mir erzählt hat, über Bohn, die Straßenkarte und das Blatt, auf dem die Route in die Schweiz zu sehen war – ist es vielleicht das, was sie so beunruhigt? Laut sagte Jo: »Das ist eine Vermutung. Und wenn Jiri Hrádek Bohns Informationen wirklich bekommen hat? Was dann? Dann hätte er immer noch nur die allgemeine Richtung Schweiz. Seine Männer müßten Ihnen also immer noch bis zum eigentlichen Treffpunkt folgen.«

»Und wenn Jiri den ebenfalls erfahren hat?«

»Wie denn? Wo nicht einmal ich weiß, wo er ist?«

»Es ist ein Dorf namens Tarasp«, sagte Irina.

»Aber wer hat Ihnen...«

»Wieviel sieht Bohn mit seiner Brille?«

Sie muß verrückt sein, absolut verrückt, dachte Jo.

»Wieviel?« drängte Irina.

»Sie vergrößert.«

»Stark?«

»Ja.«

Kurzes Schweigen. »Dann weiß Jiri Bescheid«, stellte Irina nüchtern fest.

Diesmal dauerte das Schweigen länger. Dann sagte Jo schließlich: »Ich hoffe sehr, daß ich mich irre, aber wollen Sie damit andeuten, diese Männer seien geschickt worden, um Sie zu töten?«

»Ob heute oder erst morgen, wo liegt da der Unterschied? Für Jiri ist das gleichgültig.«

»Sie sind ja wahnsinnig!« Aber Jo starrte trotzdem weiter auf die Straße hinaus.

Hoch oben ertönte leise eine Glocke. Die Kinder begannen aufgeregt durcheinanderzurufen und von den Bänken aufzustehen. Die beiden Busfahrer leerten den Chianti mit einem letzten, großen Schluck. Der jüngere von ihnen, der bereits aufgestanden war, lächelte Jo dankbar zu. »Gehen Sie schon?« fragte sie ihn.

»Ja. Das ist das Zeichen.« Er deutete zur Kapelle hinauf. »Die Wallfahrer, die oben sind, kommen jetzt runter. Sobald sie unten sind, können die Kinder hinauf. Die Kirche ist zu klein, die Treppe zu schmal für...«

»Ist das der einzige Weg hinauf?«

»Von hier aus, ja. Die Stufen sind aus dem Fels gehauen.«

»Und es gibt keinen anderen Weg nach oben?«

»Doch, aber der wird nicht mehr benutzt. Die Steintreppe ist am sichersten. Sie dürfen nur nicht vom Pfad abkommen.« Er winkte ihr zu, ging davon und stieg in seinen Bus. Es war derjenige, der der Straße am nächsten stand.

»Das gefällt mir nicht«, sagte Jo leise. Sobald der Bus abgefahren war, würde der Ford von der Straße aus deutlich zu sehen sein. Aus war es, mit der leisen Hoffnung, der weiße Fiat würde doch nicht auf den Picknickplatz einbiegen, Milan und Jan würden den Platz keiner näheren Prüfung unterziehen. »Passen Sie auf, Irina, ich glaube, wir steigen in unseren Wagen und fahren wieder in Richtung Meran David entgegen.« Was für ein Schlamassel, dachte Jo; alles, aber auch alles geht jetzt schief. Und sie hatte zum erstenmal keinen anderen Gedanken, als einfach davonzulaufen. »Kommen Sie«, drängte sie, als sie eine lange Reihe von Frauen am Fuß des Pfades erscheinen sah, die eine nach der anderen die letzten Stufen hinter sich brachten und unten, sicher auf dem Platz angekommen, in fröhliches Gelächter ausbrachen.

»Warum sollen wir David wieder in Gefahr bringen?« fragte Irina. Im Augenblick war er in Sicherheit.

»Er ist immer in Gefahr gewesen«, antwortete Jo ein wenig schroff. »Und jetzt fahren wir. Dieser Platz bietet uns keinen Schutz mehr. Jetzt nicht mehr.«

»Die Frauen?« Diejenigen, die bereits unten waren, bildeten einzelne Gruppen, gesellten sich zu ihren Freundinnen. Fröhliches Durcheinander rings um den Bus.

»Wir tragen weder Dirndl mit blauen Seidentüchern und breitrandigen Trachtenhüten, noch sind wir mittleren Alters und robust. Wir könnten uns höchstens dazwischendrängen und mit ihnen kichern. Haben Sie je so ein kindisches Lachen gehört? Und nicht eine von ihnen unter vierzig.« Dann mußte Jo jedoch selber lächeln. Wenigstens ein paar Menschen, die sich an diesem gottverdammten Samstagnachmittag freuen, dachte sie. »Wir müssen fort, bevor der Bus da uns die Ausfahrt versperrt.« Sie sah zu dem Straßenausschnitt hinüber, der hinter dem Wirbel der weiten Röcke, Unterröcke und Schürzen über kräftigen Waden und Schuhen mit Silberschnallen beinahe verschwand, und hörte unvermittelt zu lächeln auf. Denn an der Einfahrt wartete, weil er nicht weiterkam, ein weißer Wagen. »Ein Fiat«, sagte sie leise. »Und äußerst ungeduldig«, ergänzte sie, als eine grelle Hupe ertönte. Der die Frauen allerdings Gott sei Dank keine Beachtung schenkten.

Rasch sah sich Jo auf dem freien Platz um: Die Strecke bis zu den bewaldeten Hängen war zu groß, zu offen. Dann beobachtete sie die Kinder. Die letzten warteten noch am Fuß der Treppe. Zappelig, ungeduldig, immer wieder in Lachen und Rufen aus-

brechend, warteten sie darauf, daß sie den anderen folgen konnten, die den Aufstieg bereits begonnen hatten und schon hinter den Büschen verschwunden waren. Eine Nonne war noch zurückgeblieben, um dann den Schluß der Kolonne zu bilden. Sie wirkte nervös und war offenbar besorgt über die mangelnde Disziplin. Mit lauter Stimme warnte sie die Wartenden immer wieder: einer nach dem anderen, nicht vom Pfad abkommen!
»Ich glaube, die Ärmste braucht ein bißchen Hilfe«, sagte Jo. »Wollen wir uns freiwillig melden?«

Irina nickte und lief auf die Felsentreppe zu. Ein paar Stufen nur den Pfad hinauf, und das Gebüsch würde sie vor allen Blikken verbergen. Und dann? Später, dachte sie; später werden wir uns etwas ausdenken. Jetzt reicht es, wenn wir nicht zu sehen sind. Jo folgte ihr und nahm im Vorbeigehen die leere Weinflasche vom Tisch. Der Busfahrer, der noch dasaß, bemerkte es verblüfft. Dann wandte er seine Aufmerksamkeit wieder dem Gewühl rings um den abfahrbereiten Bus zu. Nicht der seine – Gott sei Dank! Er brauchte sich nicht darum zu kümmern.

Die Frauen stiegen allmählich ein, mehrere jedoch schienen noch immer wütend auf den Fiat, der versucht hatte, sie einfach beiseite zu schieben. Und die Damen, die mit ihren Volkswagen gekommen waren – reiche Angeberinnen, mit mehr Spitzen an Ausschnitt und Schürze als die anderen –, mußten natürlich ausgerechnet in diesem Augenblick losfahren. Frauen am Steuer! dachte der Busfahrer belustigt, während er das Gewühl und die Stockung an der Ausfahrt zur Straße beobachtete. Aber die setzten ihren Kopf durch. Der Fiat konnte nicht anders – er mußte warten. Warum hatte der es überhaupt so eilig? Geht dich nichts an, Tommaso, sagte er sich voll Mitgefühl für seinen Busfahrerkollegen; du bist schließlich kein Verkehrspolizist. Geruhsam streckte er sich auf der Bank aus, zog seinen Hut tief über die Augen, lauschte den Stimmen, die erstarben, als der Motor angelassen wurde, und freute sich auf ein Schläfchen im warmen Sonnenschein. Hoch oben konnte er die Kinder beim Klettern singen hören. Endlich Ruhe – himmlische Ruhe!

19

Milan Kliment und Jan Bruzek fuhren auf den Parkplatz – allerdings erst, nachdem sie mit ihrem Fiat auf die Straße zurückgesetzt hatten, um drei uralten Volkswagen und einem klapprigen Bus Platz zu machen, die den Engpaß von innen nach außen passierten. Ihre Wut, die leise gebrodelt hatte, seit sie feststellen mußten, daß der braune Ford spurlos verschwunden war, einfach verschwunden am hellichten Tag, fing allmählich an zu kochen. Auch der Anblick des Wagens, der mitten auf der Wiese unschuldig neben einem anderen Bus stand, war nicht dazu angetan, sie wieder ein wenig abzukühlen.

»Da sind sie!« Milans Stimme klang so grimmig, wie er aussah.

»Die ganze Zeit sind sie schon hier gewesen«, tobte Jan. »Hättest du das nicht sehen können, als wir an diesem verdammten Picknickplatz vorbeikamen?« Er hatte am Steuer gesessen, während Milan mit Hilfe der Karten die Richtung angab.

»Genausowenig wie du. Weshalb bist du auch so wahnsinnig gefahren?«

Du weißt, warum, dachte Jan erbost. Weil wir sie aus den Augen verloren hatten. Denn du mußtest ja unbedingt haltmachen und Funkkontakt mit Meran aufnehmen. Zwei Minuten nur, hast du gesagt: höchstens fünf. Die Frauen fahren im Schneckentempo, die holen wir im Handumdrehen ein; außerdem müssen wir die Bestätigung von Bohns Bericht nach Meran durchgeben. Aber es hat ganze zehn Minuten gedauert, weil dieser Ostdeutsche alle einlaufenden Nachrichten von seinem Horchposten aus an Ludvik weitergeben mußte. Und Ludvik hatte ebenfalls Instruktionen für uns. Also, was sollte ich sonst tun, als besonders schnell fahren, nachdem wir wieder auf die Straße kamen und nirgends ein Ford zu sehen war? Vermutlich haben sie ihr Tempo gesteigert, hast du gesagt. Und genau das habe ich auch getan.

»Nun mach schon!« Milans Gereiztheit wuchs mit jeder vorübertickenden Sekunde. Jan hatte den Fiat auf die dem Bus gegenüberliegende Seite der Wiese gefahren und drehte ihn um, damit der Kühler wieder zur Straße zeigte. Das würde – falls nötig – ihre Abfahrt beschleunigen und vereinfachen. Die kleine

Verzögerung machte Milan aber nur noch nervöser. Er sprang aus dem Wagen, noch ehe Jan den Zündschlüssel abgezogen hatte. »Mach schon!« wiederholte er mit einem Blick über die Wiese dorthin, wo sich ein Mann auf einer Bank ausgestreckt hatte. »Den Kerl da werden wir uns mal vornehmen. Vielleicht kann der uns was Interessantes sagen.«

Sie gingen auf den Picknicktisch zu. Milan war zutiefst verbittert. Immer und überall nur Pech. Prag würde das allerdings anders nennen. Er mußte den Tatsachen ins Auge sehen: Sie hatten einen Fehlschlag nach dem anderen erlitten. Das heißt, bis auf den Augenblick des Triumphs in Meran, als sie endlich den grünen Mercedes fanden. Hier ein Hoffnungsschimmer, dort wieder Enttäuschung. »Jetzt ist aber Schluß mit den Mißerfolgen«, wandte er sich an Jan. »Davon haben wir allmählich genug.«

»In Wien haben wir nicht versagt«, widersprach Jan. Den Fall Alois Pokorny hatten sie genial gehandhabt.

»Und was hältst du davon, daß wir dabei Zeugen hinterlassen haben?«

»Wir waren nicht die einzigen, die Krieger unterschätzt haben. Ludvik hat ...«

»Ganz recht.« Zwei von Ludviks Leuten waren außer Gefecht gesetzt: der eine mit einer schweren Gehirnerschütterung, der andere mit einem gebrochenen Kiefer und einer ganzen Reihe ausgeschlagener Zähne. »Der hat jetzt bestimmt Verständnis für uns.«

»Vor allem, wo dieser verdammte Deutsche zugehört hat. Weshalb mußten wir ihn überhaupt hinzuziehen?«

»Weil wir alle so gute Freunde sind«, antwortete Milan mit beißendem Sarkasmus. »Außerdem haben die Ostdeutschen eine ausgezeichnete Niederlassung in Meran. Die haben wir benutzen dürfen. Weil es sich um einen Notfall handelte. Oder hast du nichts davon gehört?«

»Trotzdem, es war unangenehm. Wir sollten unser eigenes Kommunikationssystem aufbauen und ...«

»Sag das mal Hrádek.«

Jan ließ seinen Zorn an einem weniger prekären Thema aus. »Was wollen diese Ostdeutschen überhaupt hier in Südtirol?« Die sind hier, und wir nicht. Ich habe sie noch nie richtig leiden können, dachte er.

»Sie hetzen die Nationalisten auf, damit sie Banausen wie dem hier das Leben schwermachen.« Verächtlich blickte Milan auf den Italiener hinab, der friedlich auf der Bank lag und schlief. Er streckte die Hand aus und packte den Busfahrer bei der Schulter.

Tommaso hatte beide Augen geschlossen gehalten. Wenn er so tat, als ob er schlief, würden sich die fremden Stimmen vielleicht wieder entfernen. Er war ein freundlicher, liebenswürdiger Mann knapp unter Vierzig und ein bißchen rundlich um die Taille: eine Folge der ausgezeichneten Lasagne, die seine Frau machte. Außerdem verstand er kein Wort von dem, was sie sagten, wie sollte er sich also mit ihnen unterhalten? Dann wurde er plötzlich bei der Schulter gepackt und heftig geschüttelt. *Porca miseria!* So konnte man doch friedliche Menschen nicht behandeln! Er machte die Augen auf, schob seinen Hut aus der Stirn und blickte in zwei finstere Gesichter. Was habe ich denen bloß getan? dachte er. Dann richtete er sich auf und erwiderte ihren Blick mit trotziger Miene.

Der Dunkelhaarige nahm das Wort. »Wo sind sie hin? Die beiden Frauen, die in dem Ford gekommen sind – wo sind sie hin?« Er sprach nur langsam Italienisch, suchte mühsam nach jedem Wort. Gleich fühlte Tommaso sich wesentlich wohler. Er antwortete mit einer wahren Sturzflut von Sätzen, sprudelte sie heraus, so schnell er konnte, und fühlte sich sogleich noch wohler, als er sah, daß der Mann nicht begriffen hatte.

»Nicht so schnell! Wo sind sie hin?«

Tommaso blickte auf die Hand, die seine Schulter gepackt hielt. Der Mann ließ ihn los. Dann sah sich Tommaso auf dem Platz um. Er zuckte die Achseln. »Ich habe geschlafen.«

»Aber sie waren hier. Eine Blonde in blauem Mantel und eine Braunhaarige, etwas größer, mit glattem Haar.«

»Ich habe keine Blonde gesehen.« Schon wieder wurde Tommasos Schulter gepackt, diesmal von dem größeren der beiden. Seine Hand war stark, der Druck tat weh. »Keine Blonde. Und keine große Braunhaarige.«

»Aber ein blauer Mantel?«

Die Finger gruben sich tiefer in seine Schulter, und Tommaso sagte hastig: »Eine große Rothaarige in einem blauen Mantel.«

Jan wandte sich an Milan. »Ich habe eine Rothaarige mit einer

Gruppe Kinder gesehen. Was haben die beiden gemacht – die Mäntel getauscht und Perücken aufgesetzt?«

»Und die andere?« drängte Milan. »Sie muß mittelgroß gewesen sein. Welche Farbe hatte ihr Haar?«

»Schwarz.«

»Und was hatte sie an?«

»Einen Regenmantel.«

»Sie sind mit dem Ford da drüben gekommen? Und dort hinaufgegangen?« Milan deutete auf die Steintreppe.

Tommaso zögerte. Der Daumen an seiner Schulter traf einen Nerv. Er stöhnte. »Hier gehen alle da hinauf.« Er verfluchte sich selbst wegen der Tränen, die ihm vor Schmerz in die Augen stiegen.

»So«, sagte Milan wieder zu Jan, »jetzt wissen wir genau, wonach wir Ausschau halten müssen. Komm, wir haben genug Zeit vertan.«

Langsam löste Jan seine Hand von der Schulter des Italieners. »Er ist schuld, daß wir sie vertan haben. Was der wohl für ein Gesicht macht, wenn wir ihm die Kinnlade brechen?« Breit lächelnd trat Jan zurück. »Aber warum die Eile? Wir haben sie doch bequem in der Falle. Von dem Felsen da kommen die nicht wieder runter.«

Milan war jedoch noch etwas eingefallen. Er blieb stehen und kehrte zu dem Busfahrer zurück. »Gibt es noch einen zweiten Weg von der Kapelle herunter?«

»Ja, auf der anderen Seite, drüben. Er endet an der Autostraße.« Und den sollen die ruhig probieren, dachte Tommaso zutiefst befriedigt.

»Den habe ich aber nicht gesehen, als wir dort entlanggekommen sind.«

»Weil die Bäume ihn verstecken.«

Die beiden Männer wechselten einen Blick und gingen dann rasch auf die Treppe zu. »Dem breche ich mehr als nur die Kinnlade, wenn dieser dämliche Bauer ihnen Zeit zur Flucht verschafft hat«, sagte Jan zu Milan. Er zog einen Schalldämpfer aus der einen, einen Revolver aus der anderen Tasche und schraubte die beiden Teile zusammen. »Allzeit bereit«, erklärte er. Damit machte er sich an den Aufstieg. »Warum übrigens diese Änderung der Instruktionen?«

»Du hast doch gehört, was Ludvik gesagt hat.«

»Aber er hat nicht erklärt, warum.«

»Weshalb sollte er? Prag gibt ihm auch keine Erklärungen.«

Sie stiegen weiter. »Was kann an einer Handtasche schon so wichtig sein?« fragte Jan. »Wir sollen alles tun, um sie ihr abzunehmen, aber wir sollen nicht hineinschauen. Auf gar keinen Fall hineinschauen.«

»Völlig richtig.«

»Und wir sollen nicht in die Schweiz fahren.« Jan imitierte Ludviks Stimme: »Prag schickt ein neues Team.«

Und auch das ohne Erklärung, dachte Milan. Wir sind ihnen nicht gut genug für die Schlußszene.

»Hast du 'ne Ahnung, wen sie schicken?«

Milan hatte. Aber er sagte: »Nein. Und spar dir deine Worte. Halt lieber die Augen offen nach einem Regenmantel und einer schwarzhaarigen Perücke. Das ist unser Hauptobjekt.«

»Ziemlich gerissen sind die, nicht wahr?«

Milan sparte sich die Antwort. Bei dem Tempo, das Jan anschlug, brauchte er seinen Atem sowieso. Die steinernen Stufen waren unregelmäßig, die Zwischenräume immer größer. Hier oben wurde auch der Wald lichter. Die Sicht wurde zunehmend besser. Aber er sah nirgends eine Bewegung. Die beiden Frauen mußten bis auf den Gipfel geklettert sein. Die Treppe zu verlassen, so schlecht sie auch war, hätten sie bestimmt nicht riskiert, denn zu beiden Seiten fielen die Felswände steil nach unten ab, überhängende Felsblöcke balancierten auf schmalen Vorsprüngen, und Büsche und Bäume klammerten sich dicht an den Hang und bewahrten mit ihren Wurzeln das Ganze vor einem sonst unvermeidlichen Erdrutsch.

Jetzt hatten sie den Gipfel beinahe erreicht. Die Steintreppe hörte auf, ein Pfad voller Fichtennadeln wand sich zwischen den vereinzelt stehenden Bäumen hindurch. »Die beiden haben uns nie gesehen«, sagte Milan eindringlich zu Jan. »Vergiß nicht, daß sie weder wissen, wer wir sind, noch, warum wir hier sind. Also können wir ruhig dicht an sie herangehen.«

»Um so besser.«

»Aber auf gar keinen Fall vor Zeugen. Verstanden?«

»Ja. Diesmal gibt's bestimmt keine Zeugen«, versicherte Jan mit verzerrtem Grinsen. Fast hätte er laut aufgelacht, als er an

Kriegers Zusammenstoß mit Ludviks beiden Spezialagenten dachte. Ludvik hätte uns einsetzen sollen, fand er; uns hätte Krieger niemals bewußtlos im Roten Löwen zurückgelassen. »He«, fragte er Milan, »was ist eigentlich mit diesem anderen Amerikaner – dem jungen? Wo ist der jetzt?« Krieger war wieder in seinem Hotel; das hatte Ludvik ihnen berichtet. Wo aber war David Mennery?

»Das ist Ludviks Problem. Er wird's schon lösen.«

»Falls Mennery ihm nicht entwischt.« Graz war für Jan immer noch eine offene Wunde.

»Ruhe!« warnte Milan. Der Pfad endete auf einer offen daliegenden Wiese, deren lange Grashalme sich im Wind wiegten. Genau in der Mitte stand eine winzig kleine Kirche mit einem Miniaturtürmchen. Beinahe am anderen Ende der Lichtung stand ein überdachter, aber an den Seiten offener Glockenturm. Gleich dahinter erspähte Milan den Anfang eines anderen Pfades, der zur Autostraße hinunterführte. Der Busfahrer hatte also doch nicht gelogen. Dort war der Pfad. Und präsentierte wieder ein neues Problem: Waren die beiden Frauen schon auf diesem zweiten Pfad? Nein, entschied Milan. Sie wußten ja nicht, daß sie verfolgt wurden; warum sollten sie sich also beeilen? »Versteck die Kanone!« mahnte er, als eine Schar Kinder aus der Kirche strömte. Drei Nonnen mühten sich, sie zum Gänsemarsch zu formieren. Ein alter Mann mit gebeugtem Rücken hinkte zum Glockenturm hinüber. Von den beiden Frauen war nichts zu sehen.

»Was, zum Teufel, wollen die alle bloß hier oben?« fragte Jan aufgebracht. Die Situation wuchs ihm über den Kopf. Die Glocke begann zu läuten. »Und was soll das? Ist jemand gestorben?«

»Wir versuchen's in der Kirche«, entschied Milan. Sie lag in ungefähr zwanzig Schritt Entfernung. Der Glockenturm stand noch näher. Es war ziemlich eng hier auf dem Plateau. Nun ja, um so besser. »Wir werden ihnen das Schießeisen in die Rippen drücken und sie zu dem anderen Pfad rüberbringen.«

Ganz einfach, dachte Jan, während er Milan über die Wiese folgte. Durch Drohungen lassen sich Frauen immer einschüchtern: Ein Ton, und ich schieße mitten in die Kinder. Und das würden sie auch ernst nehmen, jedenfalls so lange, bis wir auf dem Pfad zur Straße sind. Wenn dann alles vorüber ist, steigen Milan und ich einfach weiter zur Straße hinunter und gehen zu Fuß zum Picknickplatz zurück. ›Wir haben unsere Freundinnen leider verpaßt‹, werden wir dem dicken Italiener erklären, falls der überhaupt noch dort sein sollte. ›Wie schade!‹ Ja, wirklich schade. Und kinderleicht. Ludvik hätte uns auf Krieger und Mennery ansetzen und den Kindergarten hier seinen neuen Leuten überlassen sollen. So was Überhebliches!

Milan blieb stehen, um mit einer der Nonnen zu sprechen. Wahrscheinlich will er sich vergewissern, dachte Jan. Ein bißchen übervorsichtig, dieser Milan; hat einfach zuviel Angst vor einer neuen Pleite. Dabei war das nichts als Pech, was wir gehabt haben. Aber das hört jetzt auf. Los, beweg dich ein bißchen! schimpfte er in Gedanken mit Milan; du vertrödelst Zeit.

Aber Milan vertrödelte keine Zeit. Im Gegenteil, er hatte ihnen ein erfolgloses Durchsuchen der Kirche erspart. Leise und knapp teilte er Jan mit: »Sie waren hier. Bis vor zehn Minuten. Die Nonne meinte, daß sie zum Picknickplatz zurückgekehrt sind.«

»Das ist doch idiotisch!« Jans Wut stachelte seinen Tatendrang an. Er machte kehrt, rannte am Glockenturm vorbei und stieß den Alten mit seiner Bimmelglocke brutal beiseite. Milan lief ebenso schnell hinter ihm her; die Grashalme peitschten um seine Knöchel. Hinter ihm rief eine Nonne erschrocken: »Nicht da entlang, *signore!*« Ohne ihren Ruf zu beachten, eilte Milan weiter. »Nicht da entlang, *signore!*« echote der Alte, der mit seiner Bimmelei aufhörte, damit sie seine Worte auch ja verstanden.

Dummköpfe! empörte sich Milan, als er den mit Fichtennadeln bedeckten Pfad hinabstürzte. Haben die denn nicht genug Grips im Kopf, um sich zu sagen, daß wir Irina Kusak und der Amerikanerin begegnet wären, wenn sie die Steintreppe zum Picknickplatz genommen hätten? Nein, nein, sie müssen hier entlanggegangen sein. Und das war vermutlich sogar sorgfältig geplant: um die Straße zu erreichen, auf ihr zum Wagen zurückzukehren und dann sofort in die Schweiz zu fahren. Wieder mal eine neue Pleite? Bestimmt nicht, wenn wir uns beeilen. Sie sind uns höchstens zehn Minuten voraus, inzwischen vielleicht auch schon weniger. Das Tempo, das wir einschlagen, können sie keinesfalls halten. Sie müssen vorsichtig sein auf diesem Pfad; er ist außerordentlich schwer zu begehen. Wir werden sie einholen, bevor sie diese verdammte Straße erreichen. »Rasch!« drängte er Jan, dessen breiten Rücken er vor sich hatte. Unnötig. Jan lief, so schnell er konnte – den Revolver jetzt in der Linken, um sich mit der Rechten an Felsvorsprüngen, Baumstümpfen, Wegböschungen festhalten zu können.

Immer schwieriger der Abstieg, dachte Milan. Sind die Frauen wirklich hier heruntergestiegen? Aber eine andere Möglichkeit gibt es nicht. Von diesem gottverfluchten Maulwurfshügel kommt man nur über zwei Pfade herunter, und den, auf dem wir heraufgekommen sind, haben sie nicht genommen, das steht fest. Also haben wir sie erwischt, sagte er sich mit einem flüchtigen Blick auf den steilen Abhang zu seiner Linken. Dort endete der Pfad gleich hinter einer schmalen Kante aus Erde und Geröll in einem schroffen Abgrund; Büsche und Bäume von einer Steinlawine ins Leere gerissen. Das ist sicher, dachte er, solange man sich an der steilen Wegböschung der Bergseite festhalten konnte, wo noch Büsche und Bäume standen, und sich, wie Jan, mit der rechten Hand abstützte. Der Teppich aus Tannennadeln auf dem Boden war einer Schicht loser Steine gewichen. Das war ihm lieber: Er fand besseren Halt mit seinen leichten Schuhen und den gefährlich glatten Ledersohlen. Wenn er ausrutschte, fing er sich ebenso geschickt wie Jan. Und auch Jans Tempo hielt er ein. Ein Abstieg war immer einfacher. Gewiß, vom Bergsteigen verstand er nicht viel, aber der Berg hier war doch nur ein Maulwurfshügel neben den Giganten, die er heute zu sehen bekommen hatte. »Achtung!« rief er einmal laut. Und wieder unnötigerweise. Jan fing sich sofort, grinste und sagte über die Schulter zu ihm: »Wir haben sie gleich. Ich glaube, ich habe da eben etwas gesehen.«

An diesem Punkt machte der Pfad eine Biegung nach rechts, wand sich um einen Böschungsvorsprung herum, dessen Flanken tief ausgehöhlt waren, so daß die trockenen Wurzeln der abgestorbenen Bäume darüber frei lagen. Unvermittelt bremste Jan, wäre beinahe gefallen, hob warnend die Arme. Milan versuchte ebenfalls anzuhalten, aber die dicke Schicht loser Steine blieb in Bewegung, nahm ihn mit, und seine Füße fanden keinen Halt. Er stürzte vornüber, fiel mit seinem ganzen Gewicht gegen Jan, und beide schlugen der Länge nach hin. Aber sie blieben auf dem Pfad. Entgeistert starrte Milan auf den nur eine Armlänge entfernten Wegrand und versuchte, nicht an den Abgrund dahinter zu denken.

Vorsichtig erhob er sich auf die Knie, ignorierte den scharfen Schmerz, den ihm die spitzen Steine verursachten, konzentrierte sich ganz auf die Aufgabe, hochzukommen, ohne eine weitere kleine Lawine auszulösen. Mit der Rechten tastete er nach der Böschung und erwischte eine Baumwurzel. Sie hielt, gab ihm ein Gefühl der Sicherheit, half ihm, sich emporzuziehen. Jetzt konnte er stehen; seine Knie zitterten zwar noch von der Anstrengung, aber sein Stand war sicher genug, so daß er den Kopf recken und den Teil des Pfades sehen konnte, der vor ihm lag. Das erste, was ihm ins Auge fiel, war der Revolver, der im Sonnenlicht glänzte. Er war Jan durch die Gewalt des Sturzes aus der Hand gerissen worden und lag nun hinter ihm auf der Erde. Jan stand bereits wieder auf den Füßen – breitbeinig, um Halt auf dem losen Geröll zu haben. Die Böschung war außerhalb seiner Reichweite, und er befand sich – ebenso wie der Revolver – allzu nahe am Abgrund. Aber der Abgrund kümmerte ihn nicht. Er deutete aufgeregt nach vorn. »Da!« rief er Milan zu, die Augen auf einen Punkt weiter unten gerichtet. »Da!«

Die Kurve, die die Böschung machte, versperrte Milan die freie Sicht. Er trat ein Stück weiter hinaus. Wenn er aufpaßte, konnte ihm auch auf dem Geröll nicht viel passieren. Entsetzt blieb er stehen, als er sah, weshalb Jan so unvermittelt angehalten hatte. Ein großes Stück Hang war abgerutscht. Der Pfad war verschwunden, begraben unter einer Geröllhalde. Und dahinter – nichts. Nur der Himmel und die weit entfernten Baumwipfel auf einem anderen Berg.

Sekundenlang konnte Milan keinen vernünftigen Gedanken fassen. Dann fielen ihm die Frauen ein, diese gottverdammten Scheißweiber. Wir haben sie verloren. Sie haben uns überlistet. Sie sind ... »Aber wo *sind* sie denn?« schrie er wütend.

»Da!« rief Jan noch einmal. »Bist du blind? Siehst du sie nicht? Wir haben sie, Milan! Wir haben sie!«

Milan ließ seine Baumwurzel los und machte vorsichtig ein paar Schritte. Als er um die Biegung kam, sah er sie. – Mitten auf dem Pfad vor ihnen, kurz vor der Geröllhalde standen die beiden Frauen.

»Nein!« hatte Irina gesagt, als sie mit Jo das Portal der kleinen Kirche erreichte. Die Kinder waren alle schon drinnen, und die Nonne versuchte, die quirlige Aufregung der Mädchen zu dämpfen. Irina trat zurück. »Nein, es hat keinen Zweck. Hier sitzen wir nur in der Falle.«

Jo warf einen letzten Blick in den Innenraum von Santa Maria. Nirgends gab es ein Versteck, keine hinter der Chorwand verborgenen Ecken, keine weiteren Ausgänge. Immerhin aber bot die Kapelle Schutz, während die Wiese vor ihrer Tür offen dalag. Also war es doch besser, bei den Kindern in der Kirche zu bleiben und zu warten, bis Dave heraufkam. Und er würde kommen. Sobald er den Picknickplatz erreicht hatte und ihren Ford *und* den anderen Wagen sah, würde ihn nichts davon abhalten können, die Steintreppe heraufzukommen. »Warten Sie«, sagte sie, als sie Irina eingeholt hatte, »eine Kirche ist doch eine Freistätte.«

»Für diese Kerle?« Irina schüttelte den Kopf.

»Aber sie können doch gar nichts gegen uns unternehmen, solange die Kinder und die Nonnen da sind.«

Irina hätte fast über ihre Naivität gelacht. »Wirklich nicht?« Mit den Blicken suchte sie die Wiese ab.

»Und wo wollen wir dann ...«

»Da drüben. Über den zweiten Pfad. Neben dem Glockenturm.« Irina hatte sich schon in Bewegung gesetzt. »Es ist unsere einzige Chance.«

Sinnlos, lange zu diskutieren. Jo gab nach und folgte Irina im Laufschritt. Sie erbot sich sogar, als erste zu gehen, nachdem sie den neuen Pfad erreicht hatten. Als sie jedoch eine Schrägung voller Tannennadeln hinter sich gebracht hatte, konnte sie es sich nicht verkneifen, vorwurfsvoll zu Irina zu sagen: »Sind Sie auch sicher ...«

»Was diese Männer angeht – ja.« Als Jo nicht antwortete, ergänzte sie: »Ich kenne den Typ. Ich habe sie bei der Arbeit gesehen – Sie nicht. Die beiden werden uns weiter folgen.«

»Da hinunter? Dann müßten sie ja schön dämlich ...«

»Wenn sie die Kirche durchsucht haben, werden sie nachkommen. Aufgeben – so etwas kennen die nicht.«

Glaubst du etwa, ich gebe auf? Na, das werden wir ja sehen! »Hoffentlich irren Sie sich«, sagte Jo laut und mit scharfer, ein wenig schroffer Stimme. Irina antwortete nicht. Schweigend kletterten sie den Pfad hinab.

Das Tempo, das sie vorlegten, war erstaunlich. Jo versuchte, nichts zu überstürzen: Die Augen fest auf den Boden vor ihren Füßen gerichtet, einen vorsichtigen Schritt nach dem anderen, gleichmäßig, ohne Ausrutscher oder Sprünge. Bob Whitfield würde sich wundern, dachte sie in Erinnerung an ihren gutaussehenden Engländer von vor drei Jahren, diesen Bergfex. Jedesmal, wenn sie einen Hang hinabsteigen wollten, hatte er sich vor Verzweiflung über sie die Haare gerauft. »Nun spring doch nicht wie 'ne verdammte Bergziege!« hatte er ihr wütend zugerufen. »Hör auf damit, du Wahnsinnige! Geh langsam. LANGSAM!« Wo Bob Whitfield jetzt wohl sein mochte – jetzt, wo sie ihn so dringend brauchte? Was hätte er zum Beispiel an dieser Stelle gemacht? Neben dem linken Wegrand gähnte plötzlich ein Abgrund.

»Tut mir leid«, brach Irina unvermittelt das Schweigen. »Dies war mein Vorschlag, aber leider kein guter. Der Pfad hier ...«

Sie schüttelte bedrückt den Kopf. »Nie hätte ich gedacht, daß er so gefährlich sein könnte.« Deprimiert betrachtete sie den unebenen Boden unter ihren Füßen. Die Tannennadeln, die weiche Erde waren hartem, scharfkantigem Geröll gewichen. »Es tut mir leid.«

Hoffentlich, dachte Jo.

»Ich hatte gedacht, wir würden Büsche oder Bäume finden, hinter denen wir uns verstecken könnten, bis die Männer an uns vorbei sind«, erklärte Irina. »Hier aber ist nichts – überhaupt nichts. Höchstens auf der Böschung da über uns. Glauben Sie, daß wir da hinauf können?«

»Unmöglich.« Die Böschung zur Rechten stieg senkrecht empor: eine übermannshohe Mauer aus trockener Erde mit Steinbrocken und Wurzeln durchsetzt. »Wir gehen weiter.«

»Wieviel haben wir denn schon geschafft?«

»Ein gutes Drittel, würde ich sagen. Möglicherweise fast die Hälfte.« Auf dem Gipfel über ihnen ertönte die Glocke von Santa Maria. Die Kinder waren nicht lange geblieben. Wir hätten in einer völlig leeren Kapelle gesessen, sah Jo jetzt ein. Sie drehte sich zu Irina um. »Vielleicht war Ihr Vorschlag doch nicht so schlecht. Hören Sie?« Die kleine Glocke läutete melodisch. Die Stunde schlägt – dir und mir, dachte Jo. Aber sie lächelte ermutigend. »Aber gehen Sie jetzt langsam. Wenn wir vorsichtig sind, passiert uns nichts. Halten Sie sich dicht an der Böschung. Sehen Sie auf keinen Fall nach links. Irina!« Irina starrte wie hypnotisiert auf den Abrund. »Nicht nach links sehen! Nicht da hinunter!« Da sprach der gute, alte Bob aus ihr, Gott segne seine weisen Lehren. Erleichtert merkte Jo, daß Irina gehorchte, und übernahm wieder die Führung.

Die Kirchenglocke läutete immer noch; dann verhallten ihre Töne im Schweigen der umliegenden Berge. Ein anderes Geräusch wurde hörbar, näher – und unmelodischer. Jo lauschte dem scharfen Geklapper fallender, loser Steine. Ihr Gesicht wurde hart. Irina hatte doch recht gehabt: Die Männer waren ihnen gefolgt. »Kommen Sie, wir gehen um diese Biegung herum.« Der Pfad machte einen Bogen nach rechts; dahinter fanden sie vielleicht eine Stelle, an der sie die Böschung erklimmen konnten. Irgendwann mußte sie doch niedriger werden. Oder nicht? »Aber langsam!« mahnte sie sowohl sich selbst als auch Irina. Der Impuls, einfach weiterzurutschen, war sehr stark. Genau das taten die Männer hinter ihnen. »Idioten – Schwachköpfe!« sagte sie. »Hören Sie sich das an!« Aber vielleicht war es besser, nicht hinzuhören. Sie kamen ihnen viel zu nahe. »Gleich müssen sie auf jeden Fall langsamer werden. Diese Strecke ist wirklich übel. Großer Gott ...«

»Dann wollen wir gar nicht daran denken.«

»Und wie soll ich das machen?« fragte Jo, die immer wieder nach einem Ausrutscher mühsam das Gleichgewicht wahren mußte. Zu ihrem Erstaunen hörte sie Irina lachen. »Was ist denn so komisch?«

»Diese Flasche, die Sie die ganze Zeit in der linken Hand halten.«

»Und Ihre Tasche, die Sie dauernd über der Schulter tragen?« konterte Jo, begann aber zu lächeln. Das kleine Zwischenspiel hatte ihre Nerven beruhigt. Ihre Gedanken hörten auf, sich im Kreise zu drehen und vor Angst zu erstarren. Lachen, damit wir nicht in Tränen ausbrechen, dachte sie, während sie Irina behutsam um den Böschungsvorsprung führte, wo der Pfad, wie sie entdeckten, ein ganzes Stück breiter wurde. Hier war auch der Boden weniger tückisch. Ihre Füße fanden so guten Halt, daß sie den Kopf heben und das Gelände vor sich mustern konnten. Nichts. Der Pfad war vollständig verschwunden, von einem großen Bergrutsch weggerissen.

Irina kam und blieb neben ihr stehen. Ungläubig, erstarrt standen sie da. Der ganze Hang vor ihnen war verschwunden, abgerutscht vermutlich, vielleicht im Frühling, vielleicht auch im Jahr davor. Ist ja egal, dachte Jo verzweifelt. Es war jedenfalls nichts übrig geblieben, was ihren Füßen Halt geboten hätte – nichts als eine gewaltige Geröllhalde aus Gesteinstrümmern, die sich in den Abgrund ergoß.

Jo holte tief Luft. »Kommen Sie näher an die Böschung, Irina. Dann können sie uns erst sehen, wenn sie um die Biegung sind.« Und dort waren die Männer beinahe schon. »Wissen Sie, alles, was ich jetzt empfinde, ist einfach nur Zorn. Seltsam, nur das – bitterböser Zorn.« Bergaufwärts gewandt stand sie da und wartete darauf, daß der erste der Verfolger ins Blickfeld kam. Irina nickte. Auch sie behielt die Biegung im Auge, während sie ihre Handtasche von der Schulter nahm und sie am Riemen packte. Über ihnen auf dem Pfad, direkt hinter der Biegung, hörte es sich an wie ein schwerer Fall. Jo sagte ruhig: »Da ist jemand gestürzt.« Und im nächsten Moment starrten sie beide auf einen Mann, der bäuchlings auf einer Rutschbahn aus Geröll den Hang herabgeschlittert kam. Durch verzweifeltes Bremsen mit Handflächen und Schuhspitzen gelang es ihm, knapp vor der Stelle anzuhalten, an der der Bergrutsch im Abgrund verschwand. Es war Jan. Wo war der andere? Der mußte doch auch gefallen sein. Aber er war nicht zu sehen. »Bleiben Sie zurück«, wandte sich Irina an Jo. »Ich bin es, hinter der sie her sind.« Sie trat von der Wegböschung fort und beobachtete den Mann, der sich jetzt auf die Knie erhob. Ich bin zu langsam, dachte Irina, als sie die ersten behutsamen Schritte den Hang hinauf wagte; er wird auf den Füßen sein, bevor ich bei ihm bin. Und er hat sicher eine Waffe. Wo ist die nur? Noch in seinem Gürtel? In einer Tasche. Das ist die Hand, nach der ich zielen muß. »Zurückbleiben!« befahl sie Jo. Jo schwieg, folgte ihr aber beharrlich.

Jan hatte sich inzwischen wieder aufgerichtet, aber noch nicht ganz das Gleichgewicht wiedergefunden. Seine Füße versanken und rutschten in der Lawine von losen Steinen, die er bei seinem Sturz mitgerissen hatte und die jetzt einen Wall um seine Knöchel und Beine bildeten. Er war ein großer Mann und sehr stark, und sein Gewicht wirkte sich nachteilig aus. »Da!« rief er, auf Irina zeigend. »Da!« Gleich darauf hörte sie eine zweite Stimme, wütend und scharf. Jan antwortete mit einem zornigen Ausruf, und dann kam Milan, der Dunkelhaarige, um die Biegung. Abrupt machte er halt und starrte zuerst auf den Pfad, dann auf die beiden jungen Frauen, die Jan gegenüberstanden.

»Nicht weitergehen!« sagte Jo warnend zu Irina. Sie war nur drei Meter von Jan entfernt, vielleicht sogar noch weniger. Trotzdem ging sie noch zwei Schritte weiter und blieb erst direkt vor der kleinen Geröllawine stehen. ›O Gott, nein!‹ dachte Jo angstvoll; gleich wird er sich auf sie stürzen, er beobachtet sie, setzt an zum Sprung.

»Hinter dir!« rief Milan. »Der Revolver liegt hinter dir!« Jans Blick war fest auf Irina gerichtet.

»Und das?« fragte Irina. Sie hob ihre Handtasche. Er griff danach. »Da hast du sie!« schrie Irina und schleuderte sie ihm ins Gesicht. Instinktiv riß er abwehrend die Arme hoch. Seine Bewegung war viel zu hastig, viel zu abrupt, und sein Stand immer noch unsicher. Er schwankte; vielleicht hätte er sein Gleichgewicht gehalten, wenn nicht Milan in diesem Augenblick noch einmal etwas gerufen und er sich daraufhin halb umgedreht hätte, um nach dem Revolver zu sehen, der dicht hinter ihm zwischen den Steinen lag. Das lose Geröll unter seinen Füßen geriet in Bewegung, rutschte über den weichen Erdrand des Bergpfades und begann sich in den Abgrund zu ergießen. Mit einem wilden Sprung suchte er sich aus dem Geröll, das seine Füße gefangenhielt und ihn unwiderstehlich mitriß, zu lösen und landete am Rand des Pfades. Die Erde gab nach, und er stürzte hinunter. Die Handtasche fiel mit ihm, wurde von den Steinen, die über den Rand rutschten und sich in den Abgrund ergossen, hin und her geschleudert. Es war ein langer, tiefer Fall.

Irina blieb ganz still stehen. Jo packte ihren Arm, zog sie an die Böschung zurück, spürte, wie sie zu zittern begann. »Stehenbleiben und festhalten!« befahl Jo. Ihre eigenen Knie waren ebenfalls weich. Sekundenlang hatte sie geglaubt, der ganze

Pfad würde abrutschen. Sie riß sich zusammen. Wenigstens denken konnte sie noch. Merkwürdig, wie kühl und gleichgültig sie geworden war: Alle Wenn und Aber waren hinweggefegt; übriggeblieben war Gewißheit. Diese Männer waren Irina nicht nur gefolgt, um sie zu beobachten. Sie waren ihr nachgekommen, um sie zu töten, und einer von ihnen war bei dem Versuch selber ums Leben gekommen. Ringsherum war jetzt alles still, als halte die Landschaft den Atem an.

Milan hatte sich nicht gerührt. Er starrte immer noch auf den Wegrand, wo Jan, ohne einen Laut von sich zu geben, verschwunden war. Er stand ein Stück über ihnen, nicht mehr als sechs Meter entfernt, dort, wo der Pfad um den Vorsprung der Böschung führte. Aber das war auch der einzige Vorteil, den er ihnen gegenüber hatte: Er stand inmitten einer Schicht scharfer, lose gehäufter Steine. Er brauchte mindestens zehn Schritte, um aus dieser unsicheren Lage herauszukommen und festeren Boden zu erreichen – den nackten Fels, der praktisch leergefegt war und auf dem Jo stand.

Milans Blick wanderte zu dem Revolver hinüber. Die Waffe lag in der Mitte zwischen Jo und ihm, am äußersten Rand der losen Steine. Vorsichtig wagte er ein paar Schritte, spürte, daß er zu rutschen begann, blieb wieder stehen.

Er faßt einen Entschluß, dachte Jo, während sie vorsichtig, die leere Weinflasche in der Rechten, auf ihn zuging. Der Revolver hat einen Schalldämpfer: eine Waffe für lautlose Arbeit. Und genau das hatte es werden sollen; nur keine lauten Geräusche, die Aufmerksamkeit erregen könnten, alles glatt, sauber und unauffällig. So wäre es ihm auch jetzt noch lieber. Ob er wohl auch eine Waffe hat? Aber natürlich – ja, er zieht sie ja schon. Und die hat, soweit ich sehen kann, keinen Schalldämpfer. Der Revolver ist ihm also nicht so viel wert, daß er deswegen eine weitere Steinlawine riskiert. Oder wird er doch noch versuchen, ihn zu holen? Langsam, ganz langsam schiebt er sich vorwärts. Sehr vorsichtig und wohl keineswegs so selbstsicher wie sonst, wenn er mit dieser kleinen Pistole herumfuchtelt. Er kann auch nicht sehen, wohin er tritt – nicht, solange er mich im Auge behält. Ein kleiner Fehltritt nur – gerade so viel, daß er die Waffe in die linke Hand nehmen und sich mit der rechten an einer Baumwurzel festhalten muß... Aber ich bin viel zu dicht dran an Jans Revolver; das kann er nicht zulassen. Da, jetzt hebt er den linken Arm. Und ich bin so nah, daß er mich gar nicht verfehlen kann. Wie steht es mit meiner Zielsicherheit?

Mit aller Kraft schleuderte Jo die Flasche und traf ihn mitten vor die Brust. Sein linker Arm zuckte, die Kugel ging in die Luft. Jo machte einen verzweifelten Satz auf den Revolver zu, hörte einen zweiten Schuß. Jetzt bin ich tot, dachte sie. Aber sie wurde nicht getroffen, nicht mal von einem Steinsplitter. Vorsichtig hob sie den Kopf von den Steinen, auf die sie gefallen war. Der zweite Schuß war gar nicht von Milan gekommen. Der Mann war herumgefahren, um den Pfad hinaufzusehen. Er feuerte jetzt auf ein neues Ziel, doch seine Linke war nicht sicher, seine Füße glitten aus, er bog den Oberkörper in Richtung Böschung zurück und hielt sich immer noch an dieser Baumwurzel fest.

»Lassen Sie die Waffe fallen!« rief eine Männerstimme laut. »Fallen lassen!«

Ich kann mich nicht rühren, dachte Jo. Ich habe den Revolver in der Hand, aber ich kann mich nicht rühren. Sie spürte, wie sich die losen Steine unter ihr bewegten. Irgend jemand kam und nahm ihren Arm. »Langsam, Jo«, sagte Irina. »Es ist alles gut. Langsam.« Sie kam auf die Füße; Irina stützte sie und zog sie vorsichtig auf festeren Boden. »Ich hatte Ihnen doch gesagt, daß Sie zurückbleiben sollen!« Jos Stimme klang scharf. Dann weinte sie.

Du bist ja selbst auch nicht zurückgeblieben, dachte Irina, die wieder den Pfad beobachtete. »Da oben ist David«, erklärte sie ruhig. Es war seine Stimme gewesen, aber die Böschung verbarg ihn vor ihren Blicken. »Er kommt«, sagte sie dann zu Jo, als sie in einiger Entfernung Davids Schritte hörte. Gleich darauf sah sie, daß Milan die Pistole nicht fallen gelassen hatte. Er war lediglich einen Schritt zurückgetreten, hatte hinter der Biegung Deckung genommen und wartete nun, die Schultern fest an die Böschung gedrückt, das Gesicht bergaufwärts gewandt. Die Pistole hatte er von der linken in die rechte Hand gewechselt. Langsam begann er sie zu heben.

Irina nahm Jo den Revolver aus der Hand, hob ihn ein wenig zitternd und ging auf Milan zu. »Jawohl«, rief sie laut, »lassen Sie die Waffe fallen. Oder ich schieße!«

Milans Kopf fuhr herum. Sekundenlang starrte er sie mit wütendem, ungläubigem Blick an. Als er hastig abdrückte, duckte sie sich instinktiv an die Böschung. Der Schuß ging fehl. Um aus einem günstigeren Winkel auf sie schießen zu können, mußte er wieder auf den Pfad hinaustreten.

Diesmal zielte David auf den Mann und traf ihn in die Schulter. Milan stolperte, verlor die Kontrolle über seine Füße. David sah ihn auf die Knie fallen, während seine Pistole in weitem Bogen in den Abgrund flog.

So schnell er konnte, bei jedem Ausgleiten auf den Steinen vor sich hin fluchend, bog David um die Wegböschung. Das war kein Pfad mehr, das war eine Geröllhalde! Doch wenigstens konnte er jetzt die Beretta wieder einstecken und sich mit beiden Händen festhalten.

Milan lag immer noch auf den Knien – fast unmittelbar am Rand des Abgrunds. Er rührte sich nicht. Er kniete da, hielt sich den verletzten Arm, als könne er dadurch die Schmerzen stillen, und starrte in den Abgrund dicht neben ihm.

Soll er zum Teufel gehen! dachte David. Und dann sah er Irina. Irina und Jo. Beide zusammen. Beide heil und gesund. In Sicherheit. Noch ein paar Schritte, und schon war er bei ihnen. Er nahm Irina in die Arme und drückte sie an sich. Dann sah er Jo an – waren das Spuren getrockneter Tränen auf ihren Wangen? – und umarmte sie ebenfalls.

»Kommt, wir gehen jetzt zum Wagen«, sagte er. »Werdet ihr es schaffen?«

Irina nickte. David küßte sie, nahm sie abermals in die Arme, küßte sie noch einmal.

»Was machen wir denn mit dem?« Jo deutete auf Milan.

»Den lassen wir hier. Soll er sehen, wie er das alles der Polizei erklärt. Los, kommt...«, drängte er. »Sie zuerst, Jo. Dann Irina. Ich bilde den Schluß.«

»Polizei?«

»Irgendwer wird die Schüsse gehört haben. Ich möchte, daß wir fort sind, bevor jemand Fragen stellen kann.« Er hob die Fünfundvierziger mit dem Schalldämpfer auf, die neben Irinas Füßen lag. Gott sei Dank, daß Milan nicht damit auf mich geschossen hat, dachte er.

»Das war Jans Waffe«, erklärte Jo.

»Und wo ist er selbst?« David spähte den Pfad entlang und

entdeckte erst jetzt, daß er ein kleines Stück weiter endete – gefährlich, abrupt. Großer Gott! dachte er und musterte die beiden Mädchen.

»*Sotto*«, antwortete Jo mit einer Geste zum Abgrund. Sie hatte sich bereits wieder gefaßt. Sie konnte sogar über ihren makabren Scherz lachen. David kontrollierte den Sicherungshebel des Revolvers und stellte fest, daß die Waffe gesichert war. Dann warf er sie ebenfalls in den Abgrund.

»Sie hat ohnehin nicht funktioniert«, sagte Irina. »Sie wollte nicht schießen. Ich ...«

»War sie gesichert?« fragte Jo.

David mahnte: »Setzt euch in Bewegung, ihr beiden – ja? Reden können wir später.«

Sie sahen nicht mehr zurück. Mit größter Vorsicht umrundeten sie den Vorsprung. Von da an kam ihnen der Pfad beinahe kinderleicht vor. Bald erreichten sie den Gipfel. Die kleine Kirche sah ihnen zu, wie sie durch das lange, weiche Gras schritten und die Treppe zum Parkplatz hinunterstiegen.

»Ist das die Glocke?« fragte Jo, die einen leisen Ton gehört hatte, ein sanftes Murmeln, das einen kurzen Moment lang in der Luft zu schweben schien. »Da! Jetzt wieder! Wer ist ...«

»Weitergehen!« befahl David. »Das ist nur der Wind, der mit der Glocke spielt.«

»Können Glocken Selbstgespräche halten?«

»Gehen Sie weiter, Jo.« David schüttelte den Kopf. Weiber! dachte er. Einfach unglaublich ...

Kurz darauf erreichten sie die Picknickwiese, ein friedliches Plätzchen mit leeren Tischen und länger werdenden Schatten. Irina stützte sich schwer auf David; es schien, als sei sie ausschließlich aufgrund ihrer Willenskraft bis dahin gekommen. Und auch Jos Kräfte ließen sehr gegen ihren Willen nach.

»Nicht gehenlassen! Noch nicht!« mahnte er.

»Können wir uns nicht in dieses herrliche, grüne Gras legen? Nur fünf Minuten?« bettelte sie.

»Dann wärt ihr in drei Minuten eingeschlafen.« Er ging auf den Mercedes zu, den er direkt neben dem Ford geparkt hatte. Nur nicht daran denken, wie ich hier hereingefegt bin, dachte er, oder wie mir zumute war, als ich keine Spur von den beiden sah

– nur diesen leeren Wagen und einen weißen Fiat! Das Umladen des Gepäcks bot kein Problem. Aber der Ford selbst bot eines. »Was sollen wir nur damit machen?« wandte er sich an Jo, obwohl er ganz genau wußte, was er damit zu tun beabsichtigte. Er mochte es nur nicht so direkt vorschlagen.

»Stehenlassen. Der kann später abgeholt werden.«

»Ohne daß neugierige Fragen gestellt werden?« Um Zeit zu sparen, begann er das Gepäck auf dem Rücksitz des Mercedes zu verstauen. Irina saß bereits auf ihrem Platz, den Kopf gesenkt, die Augen geschlossen.

»Ach ja«, sagte Jo langsam, »die würde es ganz sicher geben.« Sie seufzte. »Na, dann fahre ich ihn wohl besser hinaus.« Sie zögerte. »Nicht wahr?« Sie hoffte, er würde sagen, daß sie den Ford ruhig stehenlassen könne.

»Gute Idee! Aber fahren Sie nur ein paar Kilometer weit. Ich hole Sie dann am Straßenrand ab.« Er nahm Jos Handtasche aus dem Ford und reichte sie ihr. Sie nahm sie, als wäre es das Natürlichste von der Welt, daß eine Frau ihre Handtasche in einem unverschlossenen Wagen liegenließ. Sogar der Zündschlüssel steckte noch. Die beiden müssen Furchtbares durchgemacht haben, Panik, angstvolle Flucht, dachte er und unterdrückte den Impuls, sich diese Szene vorzustellen.

»Fahren wir Richtung Norden?« erkundigte sich Jo.

»Dort geht's zur Grenze.«

»Wollte mich nur vergewissern.« Das klang nach Entschuldigung. »Komisch, nicht wahr? Mein ganzer Kopf dreht sich.« Aber oben auf dem Hügel – mein Gott, in meinem ganzen Leben bin ich noch nicht so kaltblütig gewesen. »Komisch«, wiederholte sie, als sie in den Ford einstieg.

Ob sie es schaffte? David beobachtete, wie sie zurücksetzte und davonfuhr. Dann stieg er in den Mercedes und folgte ihr. Irina machte die Augen auf. Also hatte sie doch nicht geschlafen. »Deine Handtasche habe ich leider nicht gefunden«, sagte er. Das machte ihm wirklich Sorgen. »Hast du sie irgendwo stehenlassen?« Ich kann diesen verdammten Pfad unmöglich noch einmal betreten.

»Sie ist mit Jan in den Abgrund gefallen.«

Gott im Himmel! dachte er. Ist Jan so nah an sie herangekommen?

»Aber meinen Paß habe ich«, fuhr sie fort, als sie seine Miene sah. »Hier drin.« Sie klopfte auf ihre Manteltasche. »Nur, da ist noch was, David ... Die ganze Zeit überlege ich schon, wie ich es dir beibringen soll.«

»Was denn?«

Sie nahm seine Straßenkarte, schlug sie auf und sagte: »Tarasp ...«

»Ja, ich weiß«, antwortete er.

»Es war Zufall. Ich war ärgerlich und hatte den Drehbleistift in der Hand. Ich zielte damit auf den Ortsnamen, und da kam eine Kurve, ich wurde zur Seite geworfen und ...«

»Schon gut«, tröstete er sie. »Vergiß es, Irina.« Guter Rat, dachte er. Wo ich doch selber ständig daran denken muß.

»Aber sie werden uns in Tarasp erwarten.«

»Vielleicht. Vielleicht auch nicht. Das hängt davon ab, wie schnell wir dort sind. Und wie schwierig es für sie ist, hinzukommen.« Er war bemüht, seiner Stimme einen beruhigenden Ton zu verleihen. Und das half.

Irina entspannte sich, legte den Kopf auf die Rücklehne. »Ja«, sagte sie, als sie Jo am Straßenrand neben dem Ford stehen sah, »die haben auch ihre Probleme. Sie machen den Eindruck, als wären sie überhaupt nicht zu schlagen. Und dennoch ...« Sie schloß die Augen. »Die Handtasche hatte Alois für mich gekauft«, sagte sie leise. »In gewisser Weise gehörte sie ihm.«

David hielt erst an, als er an dem Ford vorbei war. Jo hatte aus einem Hinterreifen die Luft abgelassen. Langsam wurde er immer platter. »Kann ich Sie ein Stück mitnehmen?« erkundigte sich David grinsend, als er sah, daß sie ihm entgegenlaufen wollte. Sofort besann sie sich und ging wieder langsam. In diesem Augenblick bremste ein entgegenkommender Wagen. Drei Männer. Davids Herz drohte stehenzubleiben. Doch als der Wagen hielt, entdeckte er eine Polizeiuniform. Die anderen beiden waren Zivilisten – Landvolk, mit schwarzen Jacken, Silberknöpfen und Trachtenhüten.

»Stehen Sie schon lange hier?« rief der Polizist herüber. Es war ein junger, energischer Beamter.

»Gerade gekommen«, antwortete David. Er begann eine Erklärung, daß er der Dame – Jo stand jetzt neben dem Mercedes –

helfen wollte, fiel aber vom Italienischen ins Französische und blieb mitten im Satz stecken.

Der Polizist musterte Jo und stieg aus dem Wagen. Aber nur, um höflich vor ihr zu salutieren und sie zu fragen, wie lange sie denn schon hier stehe.

»Auch noch nicht lange. Mein Wagen streikte, deshalb habe ich gehalten. Dieser Herr hier hat sich erboten, mich zur nächsten Reparaturwerkstatt zu fahren.«

»Ah, die Dame spricht Italienisch!« sagte der Beamte erleichtert. »Haben Sie von dem Hügel dort hinten Schüsse gehört?«

»Ja«, sagte Jo. »Wahrscheinlich Jäger.«

»Nicht auf *dem* Hügel.« Die dunklen Augen des Polizisten blickten ernst. »Das ist ein Wallfahrtsort.«

»Möglicherweise habe ich mich getäuscht. Ich war schon ein Stück weit entfernt. Und es gibt hier so viele Berge.«

Jetzt mischten sich die Bauern ins Gespräch. Doch, es sei *dieser* Berg gewesen, erklärten sie fest. Sie könnten doch hören, woher Schüsse kämen. Außerdem hatte Tommaso erzählt, daß er auf der Picknickwiese von Santa Maria zwei Männer getroffen habe – widerliche Typen –, von denen einer einen Revolver oder so etwas Ähnliches gehabt habe. Das hatte Tommaso ganz sicher gewußt. Er hatte die Waffe gesehen, als die beiden Männer die Treppe zur Kirche hinaufzusteigen begannen. Jawohl, er hatte eine Schußwaffe gesehen. Und Tommaso hatte gute Augen.

David lauschte dem schnellen Italienisch; verstehen konnte er nur eines von drei Wörtern. Das kann ja ewig dauern, dachte er, und beugte sich hinüber, um als Wink mit dem Zaunpfahl für Jo die hintere Wagentür zu öffnen.

Jo zog die Tür ganz auf, setzte einen Fuß in den Wagen und belohnte den Polizisten mit einem freundlichen Lächeln. »Wo ist, bitte die nächste Reparaturwerkstatt?« fragte sie. Aufmerksam hörte sie sich die Wegbeschreibung an, bedankte sich und stieg ein.

Ein forscher Gruß, ein kurzes Winken von Jo, und David fuhr los. Sobald sie außer Sichtweite waren, gab er Gas. »Und wer, zum Teufel, ist Tommaso?« fragte er Jo. Die aber war auf dem Rücksitz in sich zusammengesunken, und auch Irina war kurz vor dem Einschlafen. Das ist alles, was wir je darüber wissen werden, dachte David: Tommaso hat gute Augen.

»Geben Sie mir eine Viertelstunde, David«, bat Jo. »Dann werde ich Sie ablösen. Sie sind schon den ganzen Tag gefahren und ...« Ihre Stimme verklang.

Er ließ die beiden Mädchen schlafen, bis die italienische Grenze in Sicht kam. Die Durchfahrt verlief ohne Zwischenfall. Dann kam die Schweizer Grenze mit einigen wenigen Formalitäten, die aber auch schnell erledigt waren. Es herrschte noch gutes Tageslicht, mindestens für eine Stunde, wenn nicht länger, und bis Tarasp waren es nur knapp fünfzig Kilometer.

21

Ein paar Minuten nach sechs Uhr betrat Walter Krieger guten, soliden Schweizer Boden und blieb kurz stehen, um dem leichten Flugzeug zuzusehen, das ihn von Bozen hierhergebracht hatte. Es holperte über die Piste, diesmal jedoch zum Start für den Rückflug in den heimatlichen Horst mit der Nase im Wind. Immerhin, es hatte ihn hergebracht, und das war eine Tatsache, auf die er vor einer Viertelstunde, als sie die massigen Gipfel entlang der italienisch-schweizerischen Grenze umflogen, keine zehn Cent gewettet hätte. Das nächstemal, wenn es um einen Flug zwischen drohend gezackten Bergriesen ging, würde er lieber einen schönen, kleinen Jet chartern, statt eine von diesen uralten zweisitzigen Maschinen. So einen zum Beispiel, wie er dort drüben stand, an der anderen Seite des Flugplatzes.

Amüsiert beobachtete er das kleine Flugzeug, das sich in die Lüfte hob und aus dem weiten, grünen Tal hinaus wieder auf die zerklüfteten Felswände zu brummte. Nun ja, wenn Kolibris zweimal pro Jahr die Strecke Brasilien–New England zurücklegten – wieso hatte er dann bezweifelt, daß er sicher in Samaden ankommen würde?

Seine Aufmerksamkeit richtete sich wieder auf den kleinen Jet. Er hatte seine Landemanöver gerade beendet, als Kriegers Maschine den Flugplatz von Samaden anflog. Jetzt war er ordentlich an der Seite abgestellt worden. Zwei Besatzungsmitglieder standen daneben. Hielten sie Wache? Krieger betrachtete die Maschine näher, und die Falten auf seiner Stirn vertieften sich. Dann machte er sich auf, die Formalitäten zu erledigen: Paß, Papiere, allgemeine Beweise für seine Harmlosigkeit. Lange würde es nicht dauern. Er hatte seinen festen Wohnsitz in der Schweiz, und seine Firma in Vevey galt praktisch als nationale Institution. Außerdem benutzte er diesen kleinen Flugplatz immer wieder einmal, wenn er ein Wochenende in St. Moritz verbrachte. Daher war er hier kein Fremder. Und all diese Tatsachen wirkten sich aus wie ebenso viele Tropfen Öl, die dazu beitrugen, die Räder der Bürokratie ein wenig schneller laufen zu lassen. Seine Vermutung erwies sich als richtig. Außerdem hatte er kein Gepäck. Seine Reisetasche war noch in Meran. Nachdem er Davids Nachricht erhalten hatte, war er nicht mehr in sein Hotelzimmer hinaufgegangen. Das beschleunigte den Vorgang noch. Nur eine einzige Verzögerung gab es: Der Wagen mit Chauffeur, den er über Funk für sich bestellt hatte, war noch nicht eingetroffen. »Er muß aber jeden Moment kommen, Herr Krieger«, versicherte der Mann, der sich um die Belange der Passagiere zu kümmern hatte. »Drüben im Dorf ist heute ein Fest, und Prozessionen bilden nun mal ... na ja, Verkehrshindernisse. Verstehen Sie?«

Krieger nickte. Er tröstete sich mit dem Bewußtsein, daß Samaden an der Straße lag, die direkt nach Norden, nach Tarasp führte. Fünfzig Kilometer nur ... Wenn er Glück hatte, schaffte er es in einer halben Stunde. Wenn er Glück hatte und keine weiteren Prozessionen oder samstäglichen Verkehrsstaus die Straßen verstopften.

Der Mann warf jetzt einen Blick auf Kriegers bandagierte Hände. »Jetzt verstehe ich, warum Sie einen Wagen mit Chauffeur verlangt haben«, sagte er mitfühlend.

»Ach, das ist nichts Ernstes. Nur ein paar leichte Verbrennungen.« Längst nicht so schlimm, wie es hätte werden können, dachte Krieger, und überhaupt nichts im Vergleich zu dem, was ursprünglich beabsichtigt war. Er musterte das ruhige, typische Schweizer Gesicht des Mannes und überlegte, wie sich seine Miene wohl verändern würde, wenn er jetzt sagte: ›Drüben in Meran, auf dem friedlichen Hof eines renommierten Hotels ist die Vordertür meines Wagens so präpariert worden, daß der Fahrersitz explodieren mußte, sobald ich einstieg und die Tür ins Schloß zog. Zum Glück aber kamen ein paar Zehnjährige vorbei, machten die Tür auf, um nachzusehen, wie ein so großer, amerikanischer Wagen von innen aussieht, sahen mich kommen und warfen die Tür hastig zu. Das genügte, um den Sprengsatz in die Luft zu jagen. Schöner Abschiedsgruß, nicht wahr? Den beiden Jungens ... nun ja, dem einen ist überhaupt nichts passiert, der andere hat ein paar Brandflecken in der Jacke. Die Flammen konnten sich nicht entwickeln, ich konnte sie mit den Händen ausschlagen. So kamen die beiden mit dem Schrecken davon, und ich mit ziemlich wunden Händen. Und daraus ergab sich ein Problem. Wie sollte ich in die Schweiz kommen? Lösung: eine Taxifahrt von zwanzig Minuten zum Flughafen von Bolzano.‹ Aber Krieger hielt den Mund. Statt dessen betrachtete er seine gründlich mit Natriumbikarbonat durchtränkten Bandagen, ein Andenken an die Hotelküche, und erklärte: »Das Ärgste daran ist, daß ich mir meine Pfeife nicht stopfen kann.«

Der Mann hörte auf, sich Sorgen wegen der Verzögerung zu machen. Der Amerikaner verhielt sich großartig – im Gegensatz zu diesen anderen, die kurz vor ihm angekommen waren. »Tut mir wirklich leid, daß Sie dadurch aufgehalten werden.«

»Ist ja nicht Ihre Schuld. Ich habe eben den falschen Zeitpunkt gewählt. Übrigens, was sucht denn eine russische Maschine hier in Samaden? Die werden doch nicht zum Wochenende nach St. Moritz jetten!«

Der Schweizer lachte. »Lediglich eine Stippvisite.« Dann senkte er seine Stimme. »Das sind keine Russen. Das sind Tschechen. Drei Tschechen und ein Amerikaner.«

»Was Sie nicht sagen!« Krieger gab sich desinteressiert.

»Aus Innsbruck, wie ich gehört habe.«

Krieger mimte naives Staunen. »Nanu, ich hätte doch eher gedacht aus Prag.«

»Dorther kommen sie, wie ich glaube, ursprünglich.«

»Ach so, dann haben sie in Innsbruck wohl nur kurz haltgemacht.« Sonderbar, wirklich sonderbar, dachte Krieger. Er sah sich um. Der Flugplatz war praktisch leer. Die meisten Wochenendler waren entweder am Tag zuvor oder am Vormittag gekommen. »Anscheinend sind sie bereits fort. Sicher haben sie mit den Transportmöglichkeiten mehr Glück gehabt als ich.«

»Nein, nein, Herr Krieger, sie warten noch. Auf zwei Wagen. Das ist natürlich nicht über uns gelaufen. Wir haben die Wagen nicht bestellt.« Aber das hat die Kerle nicht gehindert, mir Vorwürfe zu machen. Als ob ich für die Verkehrsstockung verantwortlich wäre!

»Zwei Wagen?« Krieger war belustigt. »Die reisen anscheinend in Luxus. Wo sind sie denn?«

»Im Warteraum.« Der Schweizer konnte ein leichtes Grinsen nicht unterdrücken. »Ganz allein.«

»Aller Wahrscheinlichkeit nach Diplomaten. Wer würde sich sonst so öffentlichkeitsscheu verhalten?«

»Da mögen Sie recht haben«, antwortete der Mann, seinerseits ebenfalls eine Art Diplomat. Bis hierher und nicht weiter, schien sein höfliches Lächeln zu sagen.

»Nun«, meinte Krieger, »ich glaube, ich gehe ein bißchen vor die Tür und versuche mich in Gedankenübertragung, damit der Fahrer sich beeilt. Oder haben Sie die Telefonnummer des Autoverleihs? Dann könnte ich denen ein bißchen Beine machen.«

Der Schweizer nannte ihm die Nummer, schien es aber sofort zu bereuen. »Ihr Wagen ist bestimmt unterwegs. Sie brauchen wahrscheinlich gar nicht anzurufen.« Und vermutlich ist mein Bruder der Fahrer, dachte er. »Das könnte das Ganze nur komplizieren ...«

»Sicher, sicher«, gab Krieger nach. »Ich möchte dem Fahrer keinerlei Schwierigkeiten machen.«

»Es ist wirklich nicht seine Schuld. Glauben Sie mir, Herr Krieger.«

»Ich glaube Ihnen.« Krieger lächelte zerstreut und ging auf den Vordereingang zu. Seine Gedanken ließen ihm keine Ruhe; sie sprangen von einer Vermutung zur anderen. Aufhören, mahnte er sich. Innsbruck und ein Amerikaner muß nicht unbedingt bedeuten, daß Mark Bohn Anweisung erhalten hat, auf der Fahrt nach München den Zug zu verlassen, damit er dort von einem neuen Expertenteam Hrádeks aus Prag abgeholt und mitgenommen werden konnte. Warum auch? Weil sie glauben, daß wir ihm immer noch vertrauen? Weil er ihr liebstes trojanisches Pferd ist? Aufhören! mahnte er sich abermals. Aus welchem Grund sollten Hrádeks Männer in diese Gegend kommen? Sie hatten doch keine Ahnung von Tarasp. Von der Schweiz – ja; falls Bohn seine Beobachtungen richtig interpretiert hatte. Aber Tarasp? Nein. Das war wieder etwas ganz anderes.

Trotzdem fand Krieger keine Ruhe; das Fragezeichen im Hintergrund seiner Gedanken war zu groß: ein instinktiver Zweifel, der mit Vernunftgründen nicht auszuräumen war. Als eine Minute darauf sein Wagen eintraf, bat er den Fahrer, einen Moment zu warten, er habe noch etwas zu erledigen. Der Fahrer war ein Philosoph. All diese Eile – für nichts und wieder nichts, dachte er, während er seinem Fahrgast nachsah. Dann ließ er den Wagen ein Stückchen weiterrollen, um für zwei Neuankömmlinge Platz zu machen: starke und sehr schnelle Wagen, und nicht hier am Ort gemietet. Auch die Fahrer kannte er nicht. Kräftige, untersetzte Männer, die aber im Augenblick etwas nervös wirkten. Einer von ihnen lief hinein, um nach seinen Fahrgästen zu suchen. Wozu die Eile? »Laß dir Zeit, Kerl, dann lebst du länger«, rief Kriegers Chauffeur hinter dem anderen her. Kopfschüttelnd zog er ein zerlesenes Taschenbuch heraus, schlug es an der Seite auf, die er mit einem Eselsohr markiert hatte, und begann zu lesen. Wie würde der Kampf um die Wagenburg im Wilden Westen ausgehen?

Die vier Männer verließen den Warteraum; der Chauffeur führte sie zu den beiden Wagen. Eifrig sprudelte er Erklärungen hervor. »Das reicht!« sagte Jiri Hrádek. »Gehen Sie weiter.« Er war in unauffälliges Dunkelgrau gekleidet, aber hochgewachsen, mit geradem Rücken und guter Haltung. Eine gewisse Autorität in seinem Verhalten war nicht zu übersehen. Der Flughafenangestellte, der ihn mit den beiden Untergebenen zur Seite hinausgehen sah, fand ihn gut aussehend: kraftvolle Gesichtszüge, sorgfältig gebürstetes, dunkles Haar und eine gesunde, braune Gesichtsfarbe. Ganz anders als die Tschechen, die mit ihm zusammen angekommen waren: Die hatten blasse, breite Kartoffelgesichter. Immerhin aber waren auch sie ordentlich, sowohl in der Kleidung als auch im Verhalten. Der Amerikaner dicht hinter ihnen wirkte dagegen völlig verwahrlost, die Haare wirr, die Jacke zerknittert...

Er wandte sich ab, damit sie sein Interesse nicht bemerkten, hatte aber das seltsame Gefühl, daß der Amerikaner in dieser kleinen Gruppe gar nicht besonders glücklich war. Dann jedoch entdeckten seine scharfen Augen den anderen Amerikaner, der bei den Telefonen stand und der Halle den Rücken wandte.

Ohne die Bandagen an den Händen hätte ich ihn gar nicht erkannt. Er muß durch eine Seitentür hereingekommen sein, während ich am Haupteingang nach seinem Wagen Ausschau hielt. »Mr. Krieger!« rief er auf englisch. »Sie brauchen nicht mehr zu telefonieren. Ihr Wagen wartet draußen auf Sie!«

Krieger schien ihn nicht zu hören, doch seine Hände gaben den sehr schmerzhaften Versuch, eine Nummer zu wählen, auf. Er stand ganz still, als lausche er in den Hörer, den er zwischen Schulter und Ohr eingeklemmt hatte. O Gott, betete er, mach, daß es gut ausgeht, mach Mark Bohn taub und meinen Schweizer Freund stumm! Aber da rief der Mann schon wieder: »Mr. Krieger!« Diesmal klang es näher, als käme er auf ihn zugeeilt. Dann hörten seine Schritte auf. Krieger wagte sich nicht umzusehen. Er konnte aus der Seitentür schlüpfen und es bis zum Wagen schaffen. Aber dann wäre Tarasp nicht vorgewarnt. Verzweifelt wählte er und schaffte es auch. Ein einziges Wort brauchte er nur zu sagen – ›Notausgang‹ –, dann würde Hugh McCulloch eingreifen.

Aber er kam nicht mehr dazu. Hinter ihm näherten sich leichte Schritte, eine Hand preßte sich in seinen Nacken, er fühlte einen tiefen Stich. Dann knickten seine Knie ein. Er wollte rufen und konnte es nicht. Während er zusammensank, drehte er sich noch halb um. Er sah seinen hilfsbereiten Schweizer, der sich, mit dem Rücken zu ihm, mit einem der beiden Tschechen unterhielt. Er blickte zu dem anderen auf, der ihn gepackt hielt und langsam zu Boden gleiten ließ. Lautlos. Vollkommen lautlos. Der Telefonhörer baumelte an der Schnur, eine quäkende Stimme fragte: »Wer ist denn da?« Kriegers Augen fielen zu.

Der Tscheche legte den Hörer auf, schritt energisch auf den Schweizer zu und tippte ihn freundlich auf die Schulter. »Da drüben beim Telefon scheint einem Mann schlecht geworden zu sein.«

»Wie bitte?« Erschrocken fuhr der Schweizer herum und sah Krieger regungslos auf dem Boden liegen.

»Ich glaube, Sie sollten einen Krankenwagen rufen«, sagte der Tscheche. »Möglicherweise ein Herzanfall.« Er sah den Schweizer entsetzt zu Krieger hinüberlaufen und den beiden Mädchen, die am Schalter mit dem jungen Mann plauderten, etwas zurufen. »Niemand hat was gemerkt«, stellte er belustigt fest, als er mit seinem Kollegen in Richtung Tür ging. Hrádek und der Amerikaner verließen gerade das Gebäude. »Ausgezeichnet«, lobte sein Freund. Aber ich habe meine Sache auch nicht schlecht gemacht, dachte er. War doch geschickt, wie ich diesen Schweizer Dummkopf abgelenkt habe. Man braucht diesen Idioten nur überschwenglich für ihre Liebenswürdigkeit und Tüchtigkeit zu danken, und sie sind ganz Ohr. »Ging alles glatt.«

Die beiden traten auf die Straße und blieben kurz an Hrádeks Wagen stehen. Mark Bohn saß mit grauem Gesicht und merkwürdig schweigsam im Fond.

»Hat er telefonieren können?« fragte Hrádek.

»Dazu hat er keine Zeit mehr gehabt.«

Nickend stieg Jiri Hrádek ein. Der Wagen setzte sich in Bewegung. Gute Arbeit, keine Sekunde verschwendet, seit er beim Klang von Kriegers Namen stehengeblieben war und Vaclav mit Pavel die Lösung dieses Problems übertragen hatte. Die beiden ergänzten sich ausgezeichnet, brauchten kaum Anweisungen. In gewissem Sinne war dies eine Probe für den Abend.

Hrádek drehte sich um und sah aus dem Rückfenster. Vaclav und Pavel folgten ihnen im zweiten Wagen. Jetzt konnte er sich völlig entspannen. »Wissen Sie«, sagte er lächelnd, »wir hätten ihn auch verpassen können. Von uns aus war er nicht zu sehen. Cleverer Bursche, dieser Krieger.«

Mark Bohn schwieg.

»Ich habe da eine Theorie«, fuhr Hrádek fort. »Ich glaube, sie hat sich heute als richtig erwiesen.«

Bohn sagte noch immer nichts.

»Meine Theorie geht dahin, daß es immer die kleinen, die unerwarteten Dinge sind, die den cleveren Agenten zu Fall bringen. Mit Plänen und Gegenplänen wird er fertig, eine freundliche Stimme jedoch, die hilfsbereit seinen Namen ruft...« Hrádek zuckte lachend die Achseln. Dann sah er Bohn an. »Machen Sie nicht so ein Gesicht!« befahl er barsch.

»Aber Krieger hat mich gesehen.«

»Sie sind mit drei Journalistenkollegen unterwegs, um in Erfahrung zu bringen, ob Jaromir Kusak tatsächlich gegen seinen Willen an der Rückkehr in seine Heimat gehindert wird. Das ist Ihre Version, und die werden wir bestätigen.«

Gewiß, dachte Bohn, aber wie soll ich das mit Tarasp erklären?

Ich könnte natürlich sagen, daß ich es von Irina erfahren habe. Das glaubt man mir möglicherweise – falls Irina nicht in Hörweite ist. »Es gibt einfach zu viele Komplikationen«, sagte er zögernd. Immer tiefer gerate ich hinein; das alles habe ich nicht gewollt.

»Die gibt es immer.«

»Wenn aber Krieger nun ...«

»Hören Sie auf, an Krieger zu denken. Der ist von der Bildfläche verschwunden.«

»Tot?« Bohn starrte Hrádek außer sich an.

»Seien Sie doch nicht albern! Ein Toter in einem kleinen Schweizer Flughafen? Das würde eine Untersuchung auslösen. Polizei, Fragen, Verdächtigungen, Verzögerungen. Nein, nein, ich möchte diesen Flugplatz heute abend noch benutzen, und zwar ohne irgendwelche Störungen, die uns am Abflug hindern.«

»Fliege ich mit Ihnen zurück?« Dies war bisher noch nicht geklärt worden, und Bohn machte sich deswegen Sorgen.

Von mir aus kannst du zum Teufel fliegen, dachte Hrádek. Laut sagte er: »Wie wär's denn statt dessen mit einem Wochenende in St. Moritz? Sie haben doch sicher Ihre üblichen Berichte zu schreiben. Ich habe fünf Zeitungen dafür interessiert. Keine Angst, Ihr Name wird nicht erwähnt – auf gar keinen Fall, bevor die Story nicht weitgehend akzeptiert worden ist und in der ganzen Welt die Runde gemacht hat. Dann können Sie an die Öffentlichkeit treten, Ihr Buch schreiben und *der* Experte der Affäre Jaromir Kusak werden. Und das sind Sie ja schließlich auch, nicht wahr?«

Das sagt er nur, damit ich nicht mehr an Krieger denke, sagte sich Bohn. »Wie lange wird Krieger bewußtlos bleiben? Ich möchte ihm nicht wieder begegnen. Er ist ein zu harter Gegner, glaubt mir bestimmt kein Wort, wenn ich alles zu erklären versuche.«

»Lange genug, um uns nicht mehr in die Quere zu kommen. Keine Sorge, Bohn. Der ist endgültig einsatzunfähig.«

»Und die anderen in Tarasp – werden die ebenfalls einsatzunfähig sein?« wollte Bohn wissen. »Ich will nichts damit zu tun haben, Jiri. Der Teil des Unternehmens geht mich nichts an.«

»Natürlich nicht. Sie brauchen sich nur Zutritt zu Kusaks

Haus zu verschaffen. Den Rest erledigen Pavel, Vaclav und ihr Chauffeur.«

»Aber ich werde doch anwesend sein. Man wird mich in Verbindung bringen, mit ...«

»Nicht, wenn Sie schnell genug sind. Ich werde ganz in der Nähe auf Sie warten.«

Ganz recht, dachte Bohn, du wartest sicher versteckt in einem unbeleuchteten Wagen. »Wie dumm von mir!« sagte er. »Das hatte ich tatsächlich vergessen. Sie ziehen es ja vor, per Fernsteuerung zu dirigieren.«

»Sie etwa nicht?«

Bohn zwang sich zu einem Lächeln und zu einem gelasseneren Ton. »Aber bitte keine Gewalt, Jiri. Das haben Sie mir versprochen. Ich habe dieser Reise nur zugestimmt, falls es zu keinerlei Gewalttätigkeiten ...«

»Aber nein! Keine Gewalttätigkeiten.« Bohns Euphemismus belustigte Hrádek. Für Bohn schien Gewalttätigkeit ausschließlich in Mord zu bestehen. Wofür hielt er eigentlich den Überfall auf Krieger? Für einen Akt der Gewaltlosigkeit? »Unsere Gegner werden nicht zahlreich sein. McCulloch, zweifellos, und David Mennery. Der müßte inzwischen angekommen sein; Meran hat er am Nachmittag verlassen. Allein.« Und dabei hätte er Meran niemals verlassen dürfen. Eine verpaßte Gelegenheit. Ludvik hatte bei diesem Zwischenfall im Roten Löwen kläglich versagt; er hatte ja nicht einmal gewußt, daß Mennery mit Krieger dort zusammen war. Bis es zu spät war. »Was für ein Mensch ist dieser Mennery eigentlich?«

Aber Bohn hing immer noch seinen eigenen, unruhigen Gedanken nach. »Er hat Meran allein verlassen? Ohne Irina? Das glaube ich nicht. Da müssen Sie falsch informiert worden sein.«

Tiefes Schweigen. Hrádek starrte auf den schmalen Fluß hinaus, der in ihrer Fahrtrichtung das Tal durchfloß. »Ich werde niemals falsch informiert«, antwortete er. »Aber warum glauben Sie nicht daran?«

Er weiß etwas von Irina und Dave, dachte Bohn, aber ich werde ihm keinesfalls mehr sagen. Überbringer schlechter Nachrichten laufen Gefahr, ihren Kopf zu verlieren. »Nun ja, Irina kann nicht Auto fahren. Deswegen nahm ich natürlich an, daß sie mit Dave fahren würde.«

»Natürlich?« Mit sonderbarer Betonung.

»Nur eine Vermutung«, versicherte Bohn hastig. »Aber vielleicht irre ich mich. Vielleicht fährt sie mit Jo Corelli nach Tarasp. Um wieviel Uhr müßten sie ihrer Schätzung nach eintreffen?«

Hrádek starrte immer noch auf den Fluß hinaus. »Das also ist der Inn«, sagte er. »Ein Flüßchen hier, aber außerordentlich ehrgeizig. Von hier aus fließt er durch Österreich, streift Deutschland und erreicht beinahe die Tschechoslowakei. In Passau jedoch versagt seine Kraft, und er wird von der Donau verschlungen. Das erinnert mich an einige Menschen, die ich kenne.« Dabei sah Hrádek zu Bohn hinüber.

Bohn ignorierte seinen Blick. »Wann müßten Jo und Irina ankommen?« wiederholte er.

»Gar nicht.«

»Wie bitte?«

»Sie sind aufgehalten worden.«

»Wieso?«

»Nicht weiter schlimm. Eine Handtasche, die verschwunden ist. Und ein Paß. Kleiner Ärger an der Grenze – gerade genug, um zu verhindern, daß sie auftauchen, wenn wir mitten in den Verhandlungen mit Kusak stecken. Wir hielten es so für besser.«

Bohn war beruhigt. »Viel besser«, stimmte er zu. »Dann hat also einer Ihrer Männer den Taschendieb gespielt, wie?«

Hrádek lachte nicht.

»Gute Arbeit«, lobte Bohn. »Außerdem ist auf diese Weise dafür gesorgt, daß uns Papa Kusaks Tagebücher nicht durch die Lappen gehen.« Hrádek sagte immer noch nichts. »Wissen Sie«, fuhr Bohn eifrig fort, »mir ist da eine tröstliche Idee gekommen. Wir werden Dave Mennery nicht in Tarasp vorfinden.«

»Und warum nicht?«

»Weil Irina ihn an der Grenze mit ihren neuen Problemen erwartet. Er ist bestimmt jetzt mit ihr zusammen.«

»Meinen Sie?« Um Hrádeks Lippen spielte die Andeutung eines Lächelns.

»Darauf können Sie Gift nehmen. Sobald er sieht, daß die beiden an der Grenze aufgehalten ...«

»Er hat die Grenze vor ihnen überquert.«

Bohn schüttelte den Kopf. Hrádek war während des ganzen

Flugs von Innsbruck nach Samaden pausenlos mit Informationen versorgt worden – sogar dieser Wagen hatte Telefon und Funkgerät –, der Bericht über Dave aber war einfach unlogisch. »Das glaube ich nicht. Dave würde Irina niemals in Meran zurücklassen.«

Hrádek wandte sich ab, blickte wieder aus dem Fenster. »Erzählen Sie mir von Mennery und meiner Frau.«

Bohn zog die Augenbrauen hoch. »Ihrer Frau?« Aber natürlich doch geschieden! Trotzdem vermied Bohn jede Anspielung darauf. Er hatte sich in die Nesseln gesetzt. »Da gibt es nicht viel zu erzählen«, antwortete er, hektisch nach einer Ausrede suchend. »Jedenfalls nichts Wichtiges. Das heißt« – nachdem Hrádek ihn wieder ansah –, »nichts, was für unser Unternehmen hier von Bedeutung wäre.«

»Aha«, entgegnete Hrádek. Dann schwieg er wieder.

Er weiß Bescheid, dachte Bohn. Nur gut, daß ich nicht alles abgestritten habe. Und was sind schon Dave und Irina für mich im Vergleich zu Jiris früheren Gefälligkeiten und dem Lohn, der mich in Zukunft erwartet? Jiri vergißt seine Freunde nicht. Und er ist auf dem Weg nach oben. In wenigen Wochen schon kann er an der Spitze sein.

Zu Bohns Erleichterung legte Hrádek urplötzlich sein finsteres Schweigen ab. »Ich habe da auf dem Flug nach Innsbruck einen Reiseführer gelesen«, sagte er, jetzt wieder freundlich und jovial. »Wußten Sie, daß es zwei Tarasp gibt?«

Bohn starrte ihn an, konnte nur stumm den Kopf schütteln. Das war wirklich eine schockierende Nachricht – falls sie zutraf.

»Eines liegt an dieser Straße – ein Dorf, offenbar mit Heilquelle und Golfplatz. Aber es gibt auch noch ein zweites, auf einem Berg darüber, zu dem eine andere Straße führt, anscheinend ein sehr kleiner Ort, nur ein Schloß mit ein paar Häusern. Welches ist denn nun das richtige?«

»Das Tarasp, das auf Daves Autokarte verzeichnet ist.«

»Und welches ist das?«

»Das an der Straße. Ich habe Ihnen doch gesagt...«

»Hier, zeigen Sie es mir.« Hrádek hatte seine eigene Karte aufgeschlagen.

Bohn nahm sie ihm aus der Hand. »Das ist nicht die gleiche«, protestierte er. Trotzdem fand er immerhin ein Tarasp, und zwar an der Autostraße. »Das ist es.« Er zeigte es Jiri. Was das andere Tarasp betraf, das erkannte er nur verschwommen. Den Namen konnte er erst lesen, als er diese verdammte Karte dicht an seine Nase hob. Angestrengt mühte er sich ab, kam sich lächerlich vor und entzifferte schließlich die winzige Schrift. »Es heißt Tarasp-Fontana«, sagte er. »Das ist unfair, Jiri. Das ist unfair.«

»Trotzdem ist es immer noch Tarasp, und so wird es auch in den Reiseführern bezeichnet. Fontana ist vermutlich das nächste Dorf. In dieser Gegend gibt man den Ortschaften gern Doppelnamen. Haben Sie Tarasp-Fontana auf Mennerys Karte denn nicht gesehen?«

»Das war gar nicht möglich. Mir blieb gar keine Zeit für ein genaueres Kartenstudium. Ich habe lediglich einen Ortsnamen in normaler Druckschrift gesehen. Tarasp.«

»Dann ist es das.« Hrádek faltete die Karte zusammen und legte sie in Reichweite neben sich. Halb scherzhaft fügte er hinzu: »Und wehe Ihnen, wenn Sie sich irren.«

Bohn reagierte nicht darauf. Hrádek wußte, daß er recht hatte. Bohn hätte Tarasp nie erwähnt, wenn er nicht hundertprozentig sicher gewesen wäre. Seine Informationen waren stets zuverlässig gewesen, und das war Hrádek ebenfalls bekannt. Warum hätte Hrádek sonst auf der Stelle eingegriffen? Der Mann war zweifellos ein politisches Genie; seine Fähigkeit, zu planen und zu organisieren, war einmalig. Brillant. In wenigen Jahren gibt es mindestens fünfzig Bücher und tausend Zeitungsartikel über ihn, dachte Bohn, und ich werde der führende Berichterstatter sein. Und mein Buch ist mit Sicherheit das beste. Bei meinen Verbindungen kann nichts schiefgehen. Er lehnte sich bequem zurück und döste zufrieden vor sich hin, während sie sich Tarasp näherten und Jiri Hrádek dem Fahrer komplizierte, aber exakte Anweisungen zu erteilen begann. Jiri, dachte Bohn belustigt, hat seinen Reiseführer gründlich studiert. Jetzt gab er das Signal zum Anhalten. Sie waren von der Hauptstraße abgebogen, um kein Verkehrshindernis zu bilden.

Pavels Wagen hielt hinter ihnen, und Pavel selbst kam mit den neuesten Bulletins. Bohn versuchte, dem raschen Tschechisch zu folgen, sich ein Bild von dem zu machen, was sich abgespielt haben mußte. Und das schien eine ganze Menge zu sein. Pavel war während der Fahrt nach Tarasp offenbar sehr emsig gewesen: Er hatte ständig mit verschiedenen Stellen in Verbindung gestanden. Vor allem mit einer Tankstelle diesseits der Grenze, mit einem Café am Straßenrand weiter westlich und einem Campingplatz kurz hinter der Stelle, an der sich die Autostraße nach Süden wandte. Von dort hatte er die genaue Zeit bekommen, zu der ein grüner Mercedes mit Wiener Kennzeichen mit hoher Geschwindigkeit vorbeigerast war: keine vollständige Identifikation, aber die Zulassungsnummer stimmte. Von dem Campingplatz aus war Stefan ihm gefolgt. Er hatte zweimal ganz kurz angehalten, um Pavel über Funk zu verständigen. Stefans letzter Bericht vor zehn Minuten hatte angezeigt, daß sich der Mercedes nunmehr der Ortschaft Scuol näherte. Seitdem war kein weiterer Bericht mehr eingetroffen.

»Wir werden uns trennen«, befahl Hrádek. »Ihr fahrt ein gutes Stück vor uns her. Laßt niemanden merken, daß wir zusammengehören. Sobald ihr die erste Kurve dort hinter euch habt, haltet ihr an. Wir bleiben über Funk in Verbindung. Und sag Stefan, er soll weitere Berichte von nun an direkt an diesen Wagen durchgeben.« Pavel gehorchte und entfernte sich im Laufschritt.

Als Hrádek sich an Bohn wandte, sprach er wieder englisch.

»Wir werden hierbleiben, am Südrand von Tarasp. Weiterzufahren brauchen wir erst, nachdem der Mercedes bis zu Kusaks Haus verfolgt worden ist. Das kann allerdings jeden Augenblick passieren. Scuol liegt nur zehn Kilometer nördlich von hier.«

Sechs Meilen ... »Das ist aber ziemlich knapp«, sagte Bohn. Die Sonne begann schon unterzugehen.

»Das liegt an ihm.«

»An Dave?« Aber Dave war doch sehr schnell gefahren. *Keine vollständige Identifikation*, hatte Pavel gesagt. Was sollte das überhaupt heißen? Identifikation des Fahrers? Möglich. Hrádek hatte es jedenfalls so aufgefaßt; es paßte zu seiner festen Überzeugung, daß Mennery allein war. Und ich werde ihm nicht noch einmal widersprechen, entschied Bohn. Vor allem jetzt, da Hrádek an einem neuen Problem herumrätselt.

»An wem sonst?« fragte Hrádek gereizt zurück. »Er hat sich verspätet. Was kann ihn bloß so lange aufgehalten haben? Er hätte schon vor fast einer Stunde hier sein müssen.«

»Der Wochenendverkehr«, meinte Bohn.

»Mit dem ist er aber gut fertig geworden, nachdem er die Grenze hinter sich hatte.« Die Verzögerung muß eingetreten sein, bevor er die Schweiz erreichte, dachte Hrádek. Was war der Grund?

»Haben Sie ihn denn nicht auf der ganzen Strecke verfolgen lassen?«

»Nein«, antwortete Hrádek knapp. Ludvik hatte auf der ganzen Linie versagt. Mennery hatte diese Autowerkstatt in Meran verlassen, bevor dort ein Mann zur Verfügung stand, der sich an seine Fersen heften konnte. Ludvik war mit Kriegers Wagen beschäftigt gewesen. Und was war das Ergebnis? Kriegers Hände waren bandagiert, sonst nichts. »Das war nicht nötig. Stefan hat ihn an dem Punkt erwartet, wo es wirklich wichtig war.« Und mit Ludvik wird später abgerechnet.

»Wer ist Stefan? Wie ist denn der hier hineingeraten?«

»Weil ich ihn reingeholt habe.«

»Ich wollte nicht neugierig sein«, beschwichtigte ihn Bohn. »Ich war lediglich ein bißchen verblüfft.« Das war er wirklich. »Sie sind ein erstaunlicher Mann, Jiri.«

Hrádek beruhigte sich und lächelte. »Stefan ist heute vormittag in Meran angekommen. Am frühen Nachmittag habe ich ihn in die Schweiz geschickt. Er hat sozusagen den Boden bereitet, hat dafür gesorgt, daß freundlich gesinnte Augen für uns Wache halten. Jetzt folgt er dem Mercedes bis zu seinem Bestimmungsort.« Hrádek sah auf seine Uhr. »Wir müssen jede Minute von ihm hören.«

»Und dann?« Bohn wurde allmählich wieder nervös.

»Er hält sich in der Nähe von Kusaks Haus auf und erklärt uns, wie wir hinkommen. Wir warten hier. Sobald es anfängt, dunkel zu werden, aber solange es noch hell genug ist, um das Haus ohne Schwierigkeiten zu finden, fahren wir hin. Und wenn es dunkel ist, schlagen wir zu.« Er hielt inne. »Ganz einfach. Der Überraschungsfaktor bringt uns mit Sicherheit den Sieg.«

Zuschlagen ... Das Wort gefiel Bohn überhaupt nicht. Aber er mußte sich wohl mit der unangenehmen Wahrheit abfinden, daß es einiger handfester Argumente bedurfte, um Jaromir Kusak so weit zu bringen, daß er in den Wagen stieg und mit ihnen zum Flugplatz fuhr. Stumpf starrte er auf das Stück Straße vor ihnen, das in einer hinter dicken Bäumen verborgenen Kurve verschwand. Seine Lippen waren trocken. Er hätte nicht mitkommen dürfen, hätte sich rundweg weigern müssen. Aber wie? Unmöglich. Sonst hätte er alles, wirklich alles verloren. Seine Vergangenheit wäre bloßgelegt, durch winzige Lecks der amerikanischen Presse bekanntgemacht worden; und seine Zukunft... Nein, daran mochte er nicht einmal denken. »Und wenn wir zugeschlagen haben«, fragte er, »was kommt dann?«

Hrádek sah ihn an, als hätte er ein zweijähriges Kind vor sich.

»Was immer notwendig ist«, antwortete er leise. »Ich bin nicht hergekommen, um einen Fehlschlag zu erleben.« Und als er Bohns Miene sah, fügte er ungeduldig hinzu: »Kümmern Sie sich um Ihre eigenen Angelegenheiten. Machen Sie sich keine Gedanken über uns. Das ist nicht Ihre Sache, wie Sie uns wiederholt erklärt haben...«

In diesem Augenblick meldete sich Stefan über den Funk, und Hrádek lauschte aufmerksam seiner Stimme. Er stellte das Gerät so leise, daß nur er hören konnte, was gesagt wurde, und forderte Stefan auf: »Sprechen Sie deutlicher. Ja, so ist es besser.« Er lauschte schweigend, bis Stefan endete. »Nehmen Sie die Straße! Jawohl, sofort! Solange es noch hell genug ist. Und lassen Sie sich nicht blicken, bis wir ebenfalls dort sind!«

Ist etwas falsch gelaufen? fragte sich Bohn. Doch Hrádek wirkte kühl und gelassen, als er dem Fahrer Anweisung gab, den Motor anzulassen und wieder loszufahren. Beinahe im selben Atemzug erteilte er Pavel und Vaclav neue Befehle. Sobald das erledigt war und der Wagen den Kurven und Windungen der immer schmaler werdenden Straße folgte, die von den dicht heranrückenden Berghängen und dichten Wäldern beinahe verschluckt zu werden schien, während der Fluß sich tiefer in das Tal hineingrub, wandte Hrádek sich an Bohn. Sekundenlang verlor er die Beherrschung und überschüttete Bohn mit einer Flut tschechischer Flüche, so daß es diesem die Sprache verschlug.

Dann riß Hrádek sich wieder zusammen. »Stefan hat den Mercedes an einer Kurve auf dieser verdammten Straße verloren. Er ist weitergefahren, bis er beinahe Pavels Wagen erreicht hatte. Da erst hat er gemerkt, daß der Mercedes ein Stück zuvor über den Fluß gefahren sein und eine Nebenstraße auf dem rechten Ufer genommen haben mußte.« Außerdem hatte Stefan etwas ganz Neues berichtet: Im Mercedes hatten mindestens zwei, möglicherweise aber sogar drei Personen gesessen. Verstärkung, natürlich. Nun, dachte Hrádek, mit denen werden wir schon fertig. Zusammen mit Stefan und den beiden Fahrern sind wir zu sechst. Bohn mitgerechnet, sechseinhalb.

»Hat er den Mercedes wiedergefunden?« erkundigte sich Bohn. Bald wurde es dunkel. Bei Nacht war ein dunkelgrüner Wagen schwer auszumachen.

»Nein.«

»Dann werden wir Kusak niemals finden!« Und all diese Alpträume für nichts und wieder nichts, dachte Bohn, all diese endlosen Stunden, die ich auf der Folter verbracht habe, umsonst.

»Wir finden ihn. Die Nebenstraße ist nur kurz. Sie führt bergauf. Zu dem anderen Tarasp.«

Bohn wurde blaß.

»Dem mit dem Schloß. Erinnern Sie sich?« Jiri Hrádeks Augen waren ebenso hart wie seine Stimme.

22

Als sie die Straße nach Tarasp erreicht hatten, atmete David erleichtert auf. Er hatte von der Schweizer Grenze aus eine Abkürzung genommen, eine Strecke voller Haarnadelkurven, die in dem Mercedes atemlose Stille hervorriefen. Jetzt dagegen fuhren sie langsam, aber stetig steigend, flußaufwärts am linken Innufer entlang, so daß er sich auf das nächste Problem konzentrieren konnte. Verdammt noch mal, eine Schwierigkeit nach der anderen, dachte er. Und sagte laut: »Jo, Sie sind jetzt schön genug. Helfen Sie mir mit der Karte.« Er warf die Straßenkarte auf den Rücksitz.

»Alles in Ordnung. Richtige Straße, richtige Fahrtrichtung«, antwortete Jo und fuhr fort, ihr Haar zu bürsten, damit es wieder ein wenig Glanz bekam. Irina war damit bereits fertig. Sie hatten Gesicht und Hände von Staub und Schmutz gesäubert und konnten sich jetzt wieder sehen lassen. »Ziehen Sie lieber den Regenmantel aus, Irina. Der ist ohnehin nur noch ein Fetzen. Ich leihe Ihnen eine Strickjacke. Wir können Sie Ihrem Vater doch nicht wie eine ...«

»Verdammt!« schimpfte David. »Kontrollieren Sie die Karte, Jo!«

»Tarasp liegt südlich, an dieser Straße. Sie können es nicht verfehlen.« Gehorsam warf sie die Haarbürste in ihren Koffer zurück. Mit einem müden Mann soll man sich niemals streiten, dachte sie philosophisch; vor allem nicht, wenn er Hunger hat. Etwas zu essen – das könnten wir jetzt gebrauchen; und ein heißes Bad; und ein paar Kleider, die nicht so aussehen, als kämen sie direkt vom Trödler. Sie entfaltete die Karte, entdeckte Tarasp auf den ersten Blick. »Markiert?« Ihre Stimme klang ungläubig. »War das nicht ziemlich ...«

»Meine Schuld«, bekannte Irina.

»Ein Versehen«, erklärte David. »Was sehen Sie auf der Karte, Jo? Gibt es eine Nebenstraße aus Tarasp heraus?«

»Nein, nichts.«

»Sind Sie ganz sicher?« Sein Ton war scharf. »Krieger sprach von einem Ober-Tarasp. Das bedeutet, daß es zwei davon gibt.« Auf einem Hügel mit einem Schloß, hatte Krieger das Dorf beschrieben. Aber das Schloß war von der Straße aus vielleicht erst zu sehen, wenn es zu spät war, abzubiegen. David wollte jede Verzögerung, jedes Zurücksetzen und zeitraubendes Suchen vermeiden.

»Ich sehe hier nur ein Tarasp, und das liegt nahe an dieser Straße.« Jo griff in ihren Koffer. »Ich habe eine Schweizer Karte; vielleicht ist die detaillierter.« Sie entfaltete den Plan. »Dave, können Sie nicht ein bißchen langsamer fahren – wenigstens einen Augenblick? Dieser kleine Druck ist wirklich ...« Sie brach ab, als David das Tempo verringerte, konzentrierte sich noch intensiver. »Mein Gott, ist das kompliziert!«

»Reden Sie!« David fügte sich ins Unvermeidliche. Er hätte wissen müssen, daß Krieger keinen Treffpunkt auswählen würde, der ohne weiteres zu finden war: bestimmt kein Dorf direkt an einer großen Straße.

»Wie weit ist es noch bis Scoul?« fragte Jo. »Sind das nicht zauberhafte Namen?«

»Zehn Minuten oder weniger.« David beobachtete ein Motorrad, das sie beinahe eingeholt hätte, als sie langsamer wurden, und jetzt wieder ein Stückchen zurückgefallen war. Es handelte sich um eine schwere Maschine, die sich bereits seit mehreren Kilometern hinter ihnen hielt. Ein Schweizer Cowboy, hatte er gedacht und jeden Augenblick erwartet, daß der Fahrer an ihnen vorbeibrausen würde. Aber er hatte es nicht getan. Ob er das Rennen aufgegeben hatte? David war nicht so recht davon überzeugt und behielt den anderen im Auge.

»Also gut«, sagte Jo, über die Karte gebeugt, den Finger fest auf ihrer Route. »Sie fahren durch Scoul. Ungefähr anderthalb Kilometer weiter biegen Sie links ab und fahren auf das rechte Flußufer hinüber. Dann befinden Sie sich auf einer schmalen Straße, die nach Vulpera führt.« Ach, diese wunderschönen Namen! dachte sie. »Sie halten sich rechts, und wenn die Straße sich teilt, nehmen Sie die linke Abzweigung. Ungefähr drei Kilometer weit bergauf, und wir sind da. Tarasp. Klein gedruckt.«

»Mit einem Schloß?«

Jo schaute noch einmal nach und sah das eingezeichnete kleine Dreieck. »Ja.« Und als David nicht reagierte, sondern schweigend Tempo zulegte, fragte sie: »Soll ich alles noch mal wiederholen?«

»Nicht nötig. Vielen Dank, Jo. Alles klar.« Jetzt entdeckte David den Motorradfahrer wieder. Auch er hatte seine Geschwindigkeit gesteigert.

»Kann ich mir jetzt die Haare bürsten?«

»Nein. Achten Sie auf die Straßenschilder. Vier Augen sehen mehr als zwei.«

»Sind Sie immer so vorsichtig, Dave?« Aber sie rutschte gehorsam auf die linke Seite des Rücksitzes hinüber, um einen besseren Blick auf den Fluß und die Brücke zu haben.

»Manchmal.« David sah zu Irina hinüber. »Hallo, Liebes!« sagte er leise. »Alles in Ordnung?« Und jetzt, dachte er, jetzt muß nur noch das letzte Problem gelöst werden, das allerwichtigste. Aber er gestand sich ein, daß er diese Lösung nicht mehr beeinflussen konnte; sie war ohne ihn gefunden worden, und zwar anders, als er es sich gewünscht hätte. Doch – blieb denn eine andere Möglichkeit? Er beobachtete das Motorrad, fuhr etwas langsamer. Die Maschine drosselte ihr Tempo auch und mußte hinter einem großen Bus zurückbleiben.

»Warum so langsam?« fragte Jo. Neugierig spähte sie aus dem Heckfenster, zuckte aber sofort zurück, weil ihr Davids Anweisungen einfielen. Kopf runter, möglichst nicht sehen lassen, hatte er ihnen eingeschärft. Rutscht so tief in den Sitz, wie es geht, schlaft von mir aus ein bißchen, aber sorgt auf jeden Fall dafür, daß niemand euch sieht.

»Ich möchte eine gleichmäßige Geschwindigkeit halten.« Der Kerl soll sich an dieses Tempo gewöhnen, dachte David.

»Ist wieder ein Wagen hinter uns her?« erkundigte sich Irina erschrocken.

»Kein Wagen.« Von dem Motorrad sagte er nichts. Ihre Angst war schon wieder durch die äußerliche Ruhe zu spüren.

»Scoul!« verkündete Jo munter. »Irina, ziehen Sie die Strickjacke an. *Bitte!*« Sie reichte ihr das Kleidungsstück.

Irina lehnte lächelnd ab. »Danke, ich brauche diesen Regenmantel.« Dabei klopfte sie sich auf die Taschen, spürte die beruhigenden Umrisse der beiden kleinen Notizbücher. David hatte ihre Bewegung gesehen. »Ja«, sagte sie zu ihm, »ich habe sie beide.« Seine Miene war verblüfft, dann sogar belustigt. Laut lachend schüttelte er den Kopf. Dann konzentrierte er sich wieder auf die Straße.

»Na, das klingt großartig«, sagte Jo. David hatte während der ganzen Fahrt nicht gelächelt, nicht einmal, als er sie am ersten Grenzposten geweckt und ihnen geraten hatte, die Perücken abzunehmen, damit ihre Paßfotos nicht beanstandet wurden.

»David«, begann Irina zögernd, »ich habe mich inzwischen entschieden. Ist es das, worüber du dir Sorgen machst?« Aber David antwortete nicht. Kein günstiger Augenblick für meine Mitteilung, folgerte Irina, als sie seine Miene betrachtete. Sie schwieg.

Davids Aufmerksamkeit galt ausschließlich der Straße. Sie ließen Scuol jetzt hinter sich, und der Motorradfahrer blieb zurück, als halte er das Risiko, bei dieser Reisegeschwindigkeit entdeckt zu werden, für zu groß. Trotzdem war der Mann aber noch in Sicht. Nicht mehr lange, du Scheißkerl, sagte David in Gedanken. Die Straße wurde jetzt sehr kurvig, auf einer Seite dichter Baumbestand und immer näher heranrückende Berghänge, auf der anderen der schnelle Fluß in seinem tief eingegrabenen Bett. Jetzt, hinter der nächsten Kurve, kam der richtige Zeitpunkt für einen Spurt. »Achtung!« warnte er die beiden Mädchen.

»Die Brücke!« rief Jo laut. »Vergessen Sie nicht abzubiegen!«

Er hatte es keineswegs vergessen, sondern drosselte das Tempo, um links auf einen Viadukt einzubiegen und so den Fluß zu überqueren. Rasch vergewisserte er sich: Der Motorradfahrer war noch nicht um die Kurve gekommen. Er hielt sich rechts. Und sofort befanden sie sich in dichtem Wald, vor Straße und gegenüberliegendem Ufer vollkommen verborgen. »Gleich geht's bergauf – die linke Abzweigung, nicht wahr?« Seine Stimme klang fast fröhlich.

»Ja«, sagte Jo. »Aber was sollte das?« Er schien sie nicht gehört zu haben. »Mund halten, sagte er immer«, scherzte sie. Ein alter Witz, aber besser als gar keiner. Was hat er nur? dachte sie. Er ist auf dem richtigen Weg, wir haben nur noch drei Kilometer vor uns, er hat sein Mädchen – er sollte glücklich sein. Oder werden wir verfolgt? Beunruhigt sah Jo sich um. Nichts. Lediglich eine schmale Landstraße, die sich zwischen mit Wildblumen bewachsenen Böschungen einen Berghang hinaufwand. Rechts senkten sich grüne Felder in ein Tal und zu einer von hier aus nicht sichtbaren Straße hinab; links steile Felsklippen und grasüberzogene Steinbuckel. So friedlich, dachte sie; ein herrlicher Sonnenuntergang und weiche, weiße Wolken, besonders schön in Form und Wirkung. Die Berge gefielen ihr auch; sie bildeten einen geschlossenen Ring, waren aber nicht zu nahe, als hätten sie beschlossen, dem kleinen Hügel Raum zum Atmen zuzugestehen. Von senkrechten, einengenden Bergwänden hatte sie in den zwei letzten Tagen genug gesehen. So in der Ferne bildeten sie eine herrliche Silhouette vor einem langsam verblassenden blauen Himmel.

David ergriff Irinas Hand. »Gleich sind wir da. Ein bis zwei Kilometer noch.« Und dann? Er wußte, was dann getan werden mußte. Mit zusammengepreßten Lippen wandte er sich ab.

Irina richtete sich auf, um ihm einen Kuß auf die Wange zu geben. »Liebster«, sagte sie leise, »mach dir keine Sorgen. Bitte! Ich bleibe bei dir. Mein Vater wird auf mich hören, bestimmt! Laß mir nur ein bißchen Zeit, damit ich unter vier Augen mit ihm sprechen kann, damit ich ihm sagen kann ... Ganz bestimmt, er wird mich verstehen. Das weiß ich genau.« Sie mußte Davids Hand loslassen, weil er zwei Kindern, drei Ziegen und einem kleinen Hund ausweichen mußte. »Er will ja nur, daß ich in Sicherheit bin – und frei. Er muß nur wissen, daß ich glücklich bin.« Lachend winkte sie den Kindern zu. »Und dann wirst du ihn kennenlernen und mit ihm sprechen. Das ist ganz bestimmt nicht schwierig. Er braucht bloß ein bißchen Zeit, damit er sich ...«

»Das Schloß!« rief Jo, zu ihrer Linken den Berg hinauf deutend. Unfaßbar, daß dieses stolze Bauwerk bis eben noch unsichtbar war, dachte sie.

Der Mercedes nahm eine letzte Kurve, passierte das unauffällige Eingangstor des Schlosses und hielt an einem überdachten und mit Geranien geschmückten Brunnen. Sie befanden sich auf einem kleinen Platz – wenn man es überhaupt so bezeichnen kann, dachte David – mit wenigen Häusern in respektvollem Abstand vom Schloß über ihnen.

»Ist der Ort unbewohnt?« fragte Jo. »Oder sind die zweihundert Einwohner gerade alle beim Abendessen?« Mehr als zweihundert Menschen konnten diese flache Hügelkuppe unmöglich bewohnen. »Irina, sehen Sie nur – diese bemalten Wände ... und die Holzschnitzereien ... die tief eingesetzten Fenster ... Sehen Sie doch! Reines Engadin!«

David betrachtete die einzige Straße, die er ausmachen konnte. Sie verlief zwischen eng stehenden, großen, soliden Engadiner Häusern aus braunem Holz, dreistöckig, weiß verputzt. Viele von ihnen waren kunstvoll bemalt, entweder, um ein Fenster oder eine Tür hervorzuheben, oder um eine flächige Wand zu schmücken. David jedoch suchte nach einer Malerei, wie Krieger sie ihm beschrieben hatte, und überlegte, ob er es riskieren konnte, den breiten Wagen durch jene schmale Gasse zu steuern, ohne ganze Hauswände mitzunehmen. Aber er brauchte nicht lange zu suchen. Aus einem Haus nahe der Ecke von Marktplatz und Straße kamen zwei Männer, blieben einen Moment an der Tür im ersten Stock stehen und stiegen sodann die breiten Steinstufen zum Parterre hinunter. Einer von ihnen trug Uniform, der andere war Zivilist, ein großer Mann mit blonden Haaren, die aber schon schütter und weißgrau wurden. Mit breitem Lächeln winkte er ihnen zu. Es war Hugh McCulloch

– weit glücklicher als damals, als David ihn bei dem Transatlantikflug nach Amsterdam erlebt hatte.

»Welches Haus ist es?« fragte Jo, als David den Zündschlüssel abzog und die Handbremse anzog. »Hoffentlich das mit dem Hund im Fenster.« Sie deutete auf das Haus hinter dem Brunnen.

Irina blickte ebenfalls hinüber und lachte. »Sieh doch, David! Ein großer Hund auf einer Fensterbank – direkt neben einem Geranientopf!«

Aber David war bereits ausgestiegen. »Nun kommt schon!« mahnte er sie. Wir dürfen keine Zeit verlieren, sagte er sich immer wieder.

Irina hörte die Dringlichkeit in seiner Stimme. Die Hand nach der seinen ausgestreckt, kam sie um den Wagen herumgelaufen. »Ist was nicht in Ordnung?« Sie erstarrte, als sie die beiden Männer – Unbekannte – am Fuß der Steintreppe stehen sah.

»Nein.« Er konnte es ihr einfach nicht sagen. Sie würde protestieren; fünf, vielleicht sogar zehn Minuten würden mit Bitten, Weinen und sinnlosem Diskutieren, das ihm das Herz zerreißen mußte, vertan werden. Deswegen sagte er lediglich: »Jetzt bist du bei deinen Freunden.«

Sie legte ihre Arme um ihn und drückte ihn an sich. »Wir sind da – in Sicherheit. Gott sei Dank! Gott sei Dank! O David ... David ...« Sie stellte sich auf die Zehenspitzen und küßte ihn. Auch er nahm sie in beide Arme. Zum Teufel mit dieser einen Minute, die wir verschwenden, zum Teufel mit McCulloch und seinem uniformierten Freund, dachte David und gab Irina einen letzten, langen Kuß. Dann schritten sie Hand in Hand über den kleinen Platz. Irina lachte und redete aufgeregt auf ihn ein.

Besser hätte es gar nicht kommen können, dachte McCulloch, nachdem er seiner Überraschung Herr geworden war. Er sah Oberst Thomon an, der neben ihm stand. Wie war das mit dem Märchen von einer Entführung? Als ehemaliger Diplomat und jetziger Jurist hütete sich McCulloch jedoch vor jedem Versuch, diesen so überaus wichtigen Zeugen zu beeinflussen. Allerdings konnte er es nicht lassen, sich zur Haustür umzudrehen, um sich zu vergewissern, ob auch Ernst Weber herausgekommen und ebenfalls Zeuge dieser Ankunft gewesen war. Ja, tatsächlich – er stand oben an der Treppe, hielt sich diskret im Hintergrund und beobachtete die Szene mit seinem geübten Journalistenauge. Wird ja immer besser, dachte McCulloch, während er David herzlich die Hand drückte.

»Und Irina«, wandte er sich an das Mädchen. Blondes Haar, blaue Augen, ein liebes Lächeln in dem reizenden Gesicht. »Herzlich willkommen! Sie haben ja gar keine Ahnung, wie wir uns freuen. Ihr Vater wartet drinnen im Haus. Wir wollten nicht, daß er sich sehen läßt. Hallo, Jo! Schön, daß Sie da sind!«

»Wie schnell kann Kusak ...«, begann David, aber McCulloch schüttelte warnend den Kopf. »Zuerst möchte ich Sie alle mit Oberst Thomon bekannt machen, der hierhergekommen ist, um dafür zu sorgen, daß keinerlei Ordnungswidrigkeiten vorkommen«, sagte er. Was soll das sein – ein Einwanderungsverhör hier auf dem Hügel? fragte sich David verwundert. Aber McCulloch bekam seinen Willen. Oberst Thomon salutierte zuerst vor Irina, dann vor Jo und schüttelte schließlich David die Hand. Aufmerksam musterte er ihre Gesichter, während er tat, als bemerke er ihre Kleidung nicht.

»Wir sind schon beinahe zwei Stunden hier«, erklärte McCulloch. »Oberst Thomon wollte gerade gehen. Er hätte Ihnen gern ein paar Fragen gestellt.« Und ich ebenfalls, dringend sogar.

Der Oberst nickte. »Soll ich Englisch sprechen?« wandte er sich an Irina. »Oder Französisch? Oder Deutsch?«

»Englisch.«

»Ich werde mich kurz fassen. Haben Sie die Tschechoslowakei freiwillig, aus eigenem Antrieb verlassen?«

»Ja«, antwortete Irina erstaunt.

»Es hat Sie also niemand dazu gezwungen?« Der Oberst sah erst David, dann Jo Corelli an.

»Nein, niemand. Man hat mir bei der Flucht geholfen.« Warum fragt er so was? dachte Irina. Dann fiel ihr der Zeitungsbericht ein, den Jo in Meran erwähnt hatte. »Nein, ich wurde nicht gekidnappt. Meine Freunde haben mich in Wien abgeholt und mich heil und sicher hierhergebracht.«

»Warum sind Sie hergekommen?«

»Um meinen Vater wiederzusehen. Jaromir Kusak.«

»Und Sie«, soufflierte ihr der Oberst freundlich, »wollen ebenfalls in der Schweiz um Asyl nachsuchen.«

Irina zögerte. »Ich ...«

»Jawohl«, mischte sich David hastig ein. »Das stimmt.« Er blickte vielsagend auf seine Uhr und spähte dann die Straße entlang, auf der sie nach Tarasp gekommen waren. Hoffentlich verstand der Oberst den Wink.

»Keine weiteren Fragen«, erklärte der Oberst mit einem freundlichen Lächeln für Irina. Sein Blick jedoch, der wieder auf David ruhte, war neugierig.

»Irina – du gehst ins Haus und läßt dich nicht sehen!« verlangte David.

»Du aber auch.« Wieder ergriff sie seine Hand.

»Später«, antwortete er, küßte ihre Hand und drängte sie auf die Treppe zu. Verzweifelt wandte er sich an Jo. »Sorgen Sie um Gottes willen dafür, daß sie endlich hineingeht!«

Jo erklärte dem Oberst noch schnell: »Man hat heute einen Mordanschlag auf sie verübt.«

»Wer?« Jetzt lächelte der Oberst nicht mehr.

»Zwei Mörder, die von der Wiener Polizei gesucht werden. Tschechen. Jiri Hrádeks Männer.«

Den Namen kannte der Oberst. »Folgen die Ihnen immer noch?«

»Nicht dieselben. Aber andere ... glaube ich ...« Sie warf einen Blick zu David hinüber. Doch, es gab eindeutig andere. »Kommen Sie, Irina, diese Treppe werden wir schaffen. Längst nicht so schlimm wie die andere, die wir heute mit Jan und Milan auf den Fersen hinaufgeklettert sind.«

»Ja, schnell hinauf!« befahl McCulloch tief beunruhigt.

»Sind wir bis hierher verfolgt worden?« fragte Irina, die ihren Blick noch immer nicht von David losreißen konnte.

»Warum wäre David sonst wie ein Verrückter gefahren«, antwortete Jo in scharfem Ton.

Ohne weiter zu zögern, stieg Irina die Treppe hinauf, blieb aber auf halber Höhe noch einmal stehen, drehte sich um und blickte hinunter. David winkte, sie solle weitergehen. Sie kam zur Tür. Trat ein. Hinter ihr fiel die Tür ins Schloß.

»Wie schnell«, begann David noch einmal, »kann Kusak mit Irina Tarasp verlassen? In fünf Minuten? Zehn? Auf keinen Fall mehr. Bitte, glauben Sie mir: auf gar keinen Fall mehr. Und wo ist Ihr Wagen?« wandte er sich an McCulloch. »Meiner ist denen leider bekannt.«

»In der Scheune da drüben. Der Oberst ist natürlich mit einem Hubschrauber gekommen.«

»Mit einem Hubschrauber? Wo steht der?«

»Unten auf der Wiese.«

»Östlich oder westlich von diesem Hügel?«

»Östlich.«

»Dann können sie ihn nicht sehen.« David sprach seine Gedanken laut aus. »Die Straße liegt im Westen.« Er vergewisserte sich mit einem wütenden Blick auf die untergehende Sonne. »Wie erreicht man den Hubschrauber?«

»Moment mal, Dave ...« Hugh McCulloch sah den Oberst voll Sorge an.

»Ein Motorrad ist uns durch Scuol gefolgt. An der Brücke habe ich den Kerl abgeschüttelt, aber der kehrt bestimmt sofort wieder um und sucht nach der Stelle, an der ich abgebogen bin. Und die findet er. Innerhalb von ...«

»Ach so – nur einer!« McCulloch schien beruhigt zu sein.

»Dem andere zweifellos folgen werden«, sagte David. »Verstärkung... Den ganzen Tag lang haben sie Männer zur Verstärkung bekommen. Warum sollten sie jetzt damit aufhören?«

Der Oberst schritt energisch auf die Treppe zu. »Sie sollten lieber auch mitkommen«, sagte er zu McCulloch. »Sie können dem Mädchen das alles besser erklären als ich. Sie könnte...« Er zuckte die Achseln und sah sich zu David um. »Tut mir leid, daß wir Sie nicht mitnehmen können. Der Hubschrauber hat nur wenige Plätze.«

»Ich muß ohnehin auf Krieger warten«, wandte David sich an McCulloch, der immer noch zögerte. »Haben Sie etwas von ihm gehört?«

»Bis jetzt noch nicht.«

»Gehen Sie nur, Hugh. Und sagen Sie Irina... sagen Sie ihr, daß wir etwas arrangieren werden. Sobald es ungefährlich ist.«

David sah McCulloch die Treppe hinauflaufen und oben kurz mit einem dunkelhaarigen Mann sprechen, der während der vergangenen paar Minuten unauffällig an der Haustür gestanden hatte.

»Ganz und gar nicht«, rief der Unbekannte McCulloch nach.

»Ich bin froh, daß Sie mich zum Mitkommen überredet haben. Äußerst aufschlußreich.« Und, als er die Treppe hinunter auf David zukam: »Ich bin Ernst Weber.« Er streckte die Hand aus. »Journalist aus Genf.«

David ergriff die dargebotene Hand. »Ich dachte, Kusak meidet alle Reporter.«

»Normalerweise, ja. Aber dies ist eine besondere Gelegenheit. Meinen Sie nicht?« Weber musterte mitfühlend das erschöpfte Gesicht des Amerikaners. »Haben Sie ein Jackett im Wagen? Das werden Sie brauchen, hier in der Abendluft. In den Bergen wird es ziemlich kalt.« Er selbst war mit seinem Kamelhaarmantel passend ausgerüstet. »Außerdem sollten wir uns lieber ein Stück von diesem Haus entfernen.«

David nickte. Auf halbem Weg über den Platz blieb er stehen und drehte sich um. Nirgends ein Zeichen von Kusak oder Irina. Weder vom Oberst noch von McCulloch.

»Sie benutzen nicht diese Tür«, erklärte Weber. »Es gibt einen weniger exponierten Ausgang, und von da aus führt dann ein Pfad zur Wiese hinunter. Wahrscheinlich sind sie schon unterwegs. Wie ich den Oberst kenne, ist der sofort mit ihnen aufgebrochen. Hier – davon können Sie bestimmt einen Schluck gebrauchen.« Er reichte David eine Taschenflasche mit Cognac.

»Woher kommt der Oberst? Von der Einwanderungsbehörde?«

Weber lachte. »Nein. Von irgendeinem Geheimdienst. In dieser Hinsicht drückt er sich immer sehr vage aus. Ich habe es nie geschafft, ihm eine konkrete Antwort herauszulocken.«

»Aber warum ...« David gab auf. Bin einfach zu müde, dieses Problem noch zu enträtseln, dachte er. Dann trank er.

Hinter ihnen ertönte Jos Stimme. »Wartet auf uns!« Als sie sich umdrehten, sahen sie sie mit einem jungen Mann in Uniform die Treppe herunterkommen.

»Ein Hauptmann, einer von der Truppe des Oberst«, erklärte Weber. Dann lachte er wieder; anscheinend amüsierte er sich königlich. »Den haben sie also auch an die Luft gesetzt. Er hat für Kusak den Wachhund gespielt. Nun, wahrscheinlich bedeutet das, daß Kusak sich nicht mehr im Haus befindet. Wie Sie sehen, fühlt sich unsere Regierung für das Wohlergehen von Jaromir Kusak verantwortlich. Sie lassen ihn nicht aus ihren Augen.

Doch, tatsächlich – sie wissen genau, wo er wohnt. Das heißt, wenigstens zwei oder drei Männer wissen es.«

»Und Sie?« David erwachte allmählich wieder.

»Ich weiß nicht mal, wer diese zwei oder drei Männer sind.«

»Keine undichte Stelle?«

»Ihre Washingtoner Spezialität? Nein. Indiskretion gehört nicht zu unseren Lastern.«

»Na, dann ein Prost auf die schöne Schweiz.« David überlegte, ob er möglicherweise schon angetrunken war.

»Darf ich auch?« erkundigte sich Jo.

»Aber nur einen kleinen Schluck«, antwortete Weber. »Die kalte Bergluft verdoppelt die Wirkung.« Der namenlose Hauptmann lächelte zustimmend.

»Warum sind Sie hiergeblieben?« fragte David Jo ein wenig ärgerlich.

»Ich glaube, wir sollten jetzt alle aufbrechen«, sagte der Hauptmann. »Mr. McCulloch hat mir die Schlüssel von seinem Wagen gegeben. Ich werde fahren. Wohin möchten Sie?«

»Mir persönlich wäre Samaden am liebsten. Dort bin ich auch angekommen.« Weber lächelte. »Wenn Sie ein bißchen dienstlich auftreten, Hauptmann, bekomme ich bestimmt eine Maschine. Das ist das Schöne, wenn man mit dem Militär reist: Alles läßt sich arrangieren. Und Sie«, wandte er sich an Jo, »brauchen wirklich ein bißchen Schlaf – aber möglichst weit weg von hier.«

»Ich warte hier auf Walter Krieger«, entgegnete Jo. Sie betrachtete ihre zerkratzten Schuhe, den Riß in Irinas blauem Mantel, die Dreckflecken, die sich nicht abreiben lassen wollten. Ihr rechter Ellenbogen tat weh, und ihre Knie waren zerschrammt. »Nur keine Angst, mir geht es glänzend. Ich sehe immer so aus wie jetzt.«

»Ich bleibe auch«, erklärte David. Die beiden Schweizer traten beiseite, um eine kurze Beratung zu halten.

»Die halten uns für Idioten«, sagte Jo, »und das sind wir möglicherweise auch. Aber« – ratsuchend sah sie David an –, »Krieger kann jeden Augenblick eintreffen, da können wir doch nicht zulassen, daß er hier heraufgejagt kommt und niemanden vorfindet.«

Oder die falschen Leute, dachte David. Er nickte Jo beruhigend zu, ohne jedoch den Blick vom östlichen Himmel zu lassen. Es war immer noch ein bißchen hell, aber es wurde sehr schnell dunkler. Und dann sah er den Hubschrauber – leicht vornübergeneigt kam er ins Blickfeld, stieg langsam auf, schien einen Moment in der Luft stillzustehen, bevor er seitlich abschwenkte. Sie ist in Sicherheit, dachte er. Irina ist in Sicherheit.

Der Hauptmann war wieder bei ihnen. »Hören Sie? Da kommt ein Motorrad den Berg herauf.«

Der Hubschrauber war noch immer zu sehen: ein kleiner, schwarzer Fleck vor dem Hintergrund der fernen, dunkelnden Berggipfel.

»Hören Sie es?« wiederholte der Hauptmann.

Nur sehr zögernd wandte ihm David seine Aufmerksamkeit zu.

»Das ist der Motorradfahrer«, sagte Weber. »Sie hatten recht: Man hat Sie verfolgt. Aber er kommt ein bißchen zu spät.« David sah wieder ins Tal hinaus. Der Hubschrauber war fort.

Jo hatte David beobachtet. Sie wandte sich ab, ging zum Wagen, nahm ihre Strickjacke heraus und hängte sie sich um die Schultern. »Irgendwo muß ich doch diesen Zeitungsausschnitt haben«, sagte sie, während sie weiter im Wagen herumsuchte. »Haben Sie ihn gesehen, Dave? Eine wilde Geschichte über Irina, die wir entführt haben sollten.« Sie betonte Irinas Namen besonders stark. »Irina soll von ein paar bösen Amerikanern entführt worden sein, die dem armen, alten Jiri Hrádek einen ganz üblen Streich gespielt haben.« Das wirkte.

»Ein Zeitungsbericht?« David drehte sich zu ihr um. »Geben Sie her, Jo.«

»Ich kann ihn nicht finden«, antwortete sie fröhlich. »Aber so ungefähr lautete der Inhalt.«

»Keine Sorge«, beruhigte Weber sie alle beide, »das wird bald richtiggestellt werden. Ich habe heute genug gesehen und gehört, um solchen Gerüchten den Garaus zu machen, bevor sie erst richtig in Umlauf gekommen sind.«

»Wissen Sie«, sagte Jo, »Sie sind der wichtigste Mann, den wir hier haben. Deswegen sollten Sie sofort abfahren. Ich möchte morgen nämlich gern Ihre Kolumne lesen.«

Weber lächelte. »Keine Kolumne«, verbesserte er freundlich, »eine ganze Seite.«

»Lieber Himmel, dann haben wir ja den richtigen Knaller auf unserer Seite!« Und dann sagte Jo: »Er hat angehalten. Er war beinahe hier und hat jetzt angehalten.«

Sie hatte recht. Der Motorradfahrer hatte an der letzten Kurve angehalten. In der Dämmerung war er als ferner Schatten zu erkennen.

»Worauf wartet er?« fragte Weber.

»Auf die anderen«, antwortete David.

23

Eine endlose Minute verging. Durch die Abenddämmerung starrte der Motorradfahrer zu den vier Gestalten neben dem Wagen hinauf. Erkennen konnte er sie auf diese Entfernung nicht, aber der Wagen hatte die richtige Größe und Form, und die Farbe war dunkel. Er stand vor einem Haus, das an der Straße lag. Das also war es. Er machte kehrt und schob seine Maschine um die Kurve zurück und zog sie dicht an die steile Böschung.

»War das der Mann, der Ihnen gefolgt ist?« erkundigte sich der Hauptmann bei David, als der Motorradfahrer verschwunden war.

»Weiß nicht. Ich konnte ihn nicht genau erkennen.« Und das bedeute, daß der Motorradfahrer sie auch nicht richtig gesehen hatte.

»Ist er fort? Ganz und gar?« fragte Weber. »Vielleicht war es nur jemand, der sich verfahren hatte. Vielleicht hat er erkannt, daß er im falschen Ort war.«

Den Teufel hat er, dachte David. »Und jetzt geht er zu Fuß den Berg hinunter?«

»Möglicherweise hat er Ärger mit der Batterie«, meinte der Hauptmann. »Haben Sie nicht gesehen? Er ist ohne Licht hier heraufgekommen.«

»Doch, habe ich gesehen«, antwortete David knapp. In diesem Augenblick gingen hinter ihm die Straßenlaternen an, von denen zwei hoch unter Giebeln nahe gelegener Häuser einen Teil ihrer Umgebung beleuchteten. Wenn der Mann jetzt nur ein paar Schritte weit um die Kurve kam, würde er sie zweifellos erkennen. »Zurückbleiben, Jo – außer Sicht halten!« Dann winkte er Weber und dem Hauptmann. »Sie ebenfalls.« Jo und Weber hörten das Drängen in seiner Stimme und traten tiefer in den Schutz des Wagens. Nur der Hauptmann hielt die Stellung, die Hände auf dem Rücken verschränkt, den Blick auf die Straße geheftet, die zu einem schwarzen Band geworden war. »Und Sie?« erkundigte sich der Hauptmann.

»Mich erwarten sie zu sehen.«

»Aha – aber Miß Corelli nicht?«

»Nein«, sagte Jo. »Auf gar keinen Fall.« Sekundenlang wanderten ihre Gedanken nach Santa Maria zurück. Sie zitterte und bemerkte, daß Weber seine Neugier nun nicht länger bezähmen konnte. »Wo sind die Leute denn nur alle? Warum machen sie keinen Abendspaziergang?« Wütend starrte sie auf das hinter ihr liegende Haus. »Nicht mal ein Hund ist auf der Straße.« Genau wie in den anderen Häusern waren auch in diesem bei Einbruch der Dunkelheit ein paar Fenster hell geworden, deren Läden jedoch sofort geschlossen wurden. Dunkel stachen die hölzernen Rechtecke von den weiß verputzten Wänden ab.

»Die Leute waren den ganzen Tag auf dem Feld«, sagte der Hauptmann. »Sollen sie da noch einen Abendspaziergang machen?«

»Ach so«, antwortete Jo. »Und wenn die Schießerei losgeht, schlafen sie friedlich weiter, nicht wahr?« Und dann ist es für Dave und mich wahrscheinlich zu spät.

Weber musterte sie aufmerksam. »Sie machen Witze!« sagte er.

»Ganz recht. Ich mache Witze.« Aber sie begann wieder zu zittern. Wärmesuchend schlang sie sich die Ärmel ihrer Wolljacke um den Hals.

»Das sollten sie besser nicht versuchen«, sagte Weber. »In diesem Ort – und jedem anderen Ort in der Schweiz – gibt es kein einziges Haus, in dem nicht ein Gewehr und eine Uniform wäre. Wir sind nämlich alle Reservisten.«

»Sie auch?«

Weber nickte. Ihre Verwunderung machte ihm Spaß. »Das gehört zur Wahrung der ... Neutralität.«

Hoffentlich könnt ihr sie hier und heute auch richtig wahren, dachte Jo. Aber zuerst müßt ihr endlich aufhören, für alles, was geschieht, logische Gründe zu suchen: Wir haben es nicht mit Logik zu tun, mein Lieber. Nicht hier. Nicht heute. »Achtung, da kommt ein Wagen!« sagte sie. Alle fixierten die dunkle Straße.

»Ungefähr auf halber Höhe«, wandte sich der Hauptmann an David.

»Ein ziemlich starker Wagen, wie mir scheint.«

»Sie müssen natürlich im ersten Gang fahren.«

»Trotzdem...« David versuchte das Geräusch einzuschätzen. »Vielleicht ist es nicht nur ein Wagen?«

»Könnte sein. Ja, möglicherweise sind es zwei.«

»Wissen Sie, am liebsten möchte ich sie bis hierher auf den Marktplatz locken, damit ich sehen kann, wer es ist«, sagte David.

»Das möchte ich auch«, stimmte der Hauptmann zu.

»Dann sollen Sie ein Stück zurücktreten. Wenn die eine Uniform sehen...«

»Sie werden auf den Platz kommen *müssen*. Es gibt keine Möglichkeit zum Wenden auf der Straße. Und auch hier oben ist der Platz begrenzt.«

»Ich weiß. Aber aus taktischen Gründen möchte ich...«

»Ach so! Eine kleine Überraschung, wie?« Lächelnd blickte der Hauptmann zu Jo hinüber. »Ja, das ist besser als eine Schießerei. Mr. Weber, bitte bleiben Sie mit Miß Corelli hinter dem Wagen. Ducken Sie sich.« Er selbst machte sich zu der Scheune am anderen Ende des Platzes auf, blieb aber nach wenigen Schritten stehen. »Das genügt«, stellte er fest. So konnte er erst gesehen werden, wenn der Wagen direkt auf den Platz gefahren kam.

Ein Dickkopf, dachte David, war aber sehr froh darüber. Und selbst die Winzigkeit des rechteckigen Platzes war für ihn eine Beruhigung. Hier gab es keine Fahrerflucht. Der Raum zum Wenden war für jedes Auto auf ein Minimum begrenzt und durch den Mercedes noch weiter verringert. Auch der Brunnen bildete ein Hindernis. Sie wollen uns also in die Enge treiben, dachte David. Wie werden sie es anstellen? Er schob die Hand in seine Tasche und umklammerte die Beretta, als er das erste Scheinwerferlicht sah. »Zwei Wagen«, berichtete er dem Hauptmann. Sie hielten mit laufendem Motor an. »Wahrscheinlich sprechen sie mit dem Motorradfahrer.«

Die Unterhaltung war nur kurz. Gleich darauf setzten sich die Autos mit abgeblendeten Scheinwerfern wieder in Bewegung und hielten diesmal erst, als sie fast schon auf dem Platz waren. Irgend jemand muß ihnen genaue Anweisungen geben, überlegte David; ihre Bewegungen sind zu gut koordiniert. Unvermittelt wurden die Scheinwerfer ausgeschaltet. Alles schwarz, dachte David; ich kann nichts sehen. Sie sind so nah – fünfzehn bis zwanzig Meter entfernt –, aber alles, was ich tun kann, ist stehenbleiben, warten und auf die Schatten starren. Dann hörte er ein Geräusch; irgend jemand stieg aus dem hinteren Wagen. Ein Mann kam aus der Dunkelheit und blieb an der Peripherie des erleuchteten Sektors stehen. Es war Mark Bohn.

»Hallo!« grüßte Bohn mit strahlendem Lächeln, während er direkt auf David zukam. »Sie hätten in Brixen nicht so schnell weiterfahren sollen. Wenn Sie gewartet hätten, bis ich mein Gespräch mit München geführt hatte, hätten Sie mich bis hierher mitnehmen können. Mein Münchner Auftrag ist verschoben; ich muß erst am nächsten Wochenende dort sein. Also bin ich hergekommen.« Freundlich, glattzüngig – das war Bohn. Das einzige Zeichen seiner Nervosität war die Art, wie er mit den Blikken Davids Gesicht abtastete.

David schwieg.

»Warum auch nicht?« plauderte Bohn weiter. »Eine so gute Story kann man sich als Journalist nicht entgehen lassen. Außerdem hat es gewisse Entwicklungen gegeben. Jawohl, Dave – ziemlich schwerwiegende sogar. Haben Sie heute die Zeitungen gelesen? Ich habe mir einige in Brixen angesehen. Es gibt da einen Bericht – keineswegs nur ein Gerücht –, daß Irina entführt worden sein soll.«

»Ja, Himmeldonnerwetter noch mal«, schimpfte David, »Sie wissen genau …«

»Es ist da eine Tatsache ans Licht gekommen, von der ich nichts wußte und von der Sie ebenfalls nichts wußten. Hinter dieser ganzen Sache steckt Washington, Dave! Krieger ist ein Agent, und Irinas sogenannte Flucht könnte durchaus eine politische Entführung sein. So liest es jedenfalls heute die Öffentlichkeit. Am besten versuchen wir beide die Sache aufzuklären, damit wir uns reinwaschen können. Man hat uns ausgenutzt, manipuliert. Und das lasse ich mir von niemandem gefallen.«

David enthielt sich jeden Kommentars.

»Irina weiß mehr, als sie Ihnen erzählt hat. Sie können ihr vielleicht die Wahrheit entlocken. Krieger wird natürlich alles leugnen, aber Irina wird auf Sie hören. Meinen Sie nicht?«

Sieh zu, daß du Bohn los wirst, bevor bei dir eine Sicherung durchbrennt, mahnte sich David. Seine Hand umklammerte die Waffe in seiner Tasche. »Sie ist nicht hier.«

»Nanu, dann hat sie sich aber ziemlich verspätet.« Allzu erstaunt schien Bohn nicht zu sein. »Na ja... ist schließlich eine ziemlich schwierige Route. Sogar hier, unten an der Gabelung, hätten wir den Weg hierherauf beinahe nicht gefunden.« Bohn schüttelte den Kopf, als er an diesen Fehler dachte: weitere Minuten verloren, während Hrádek jede einzelne von ihnen in stummer Wut mitzählte. »Wirklich, eine überaus vertrackte Route.«

»Wir?« erkundigte sich David betont.

Bohns Redefluß kam wieder schneller. »Ich habe einen zweiten Journalisten mitgebracht, einen alten Freund, absolut zuverlässig. Er war selig über die Chance mitzukommen; dieser Entführungsbericht hat uns alle ziemlich umgehauen. Außerdem hat er zwei seiner Kollegen von den Nachrichtenagenturen mitgenommen, aber er garantiert für sie. Sie sind also bestimmt in Ordnung.« Bohn hielt inne, als warte er auf weitere Inspirationen. Diese seine Variante der Hrádek-Story würde ihn rausreißen, falls Pavel und Vaclav gewalttätig wurden: Er kannte sie nicht, hatte sie auf Treu und Glauben mitgenommen. »Ich finde es gar nicht so schlecht, wenn sie dabei wären, David. Einen oder zwei Zeugen für das, was wir da aufdecken, können wir gut gebrauchen.«

»Und wo haben Sie all diese hilfreichen Freunde aufgetan?«

»Aber hören Sie, David – das Wunder des Telefons ist Ihnen doch wohl bekannt!«

»Ein Anruf von Brixen aus, und Sie haben sich alle miteinander getroffen. Wo?«

»In Innsbruck.« Bohn fing sich gerade noch rechtzeitig. »Alles ganz einfach; Routine für jeden Auslandskorrespondenten. Ein heißer Tip, man nimmt seinen Wochenendkoffer und schnappt sich das erste Flugzeug, das erreichbar ist.« Bohn beobachtete David immer noch. »Was ist los? Warum dieses Mißtrauen?«

Dann jedoch fand er eine Antwort darauf, die ihn zu belustigen schien. »Ich wette, Sie möchten wissen, wie ich von Tarasp erfahren habe. Auch das war einfach. Irina hat es mir erzählt. Es ist ihr rausgerutscht, und ich habe sofort nachgehakt. Warum auch nicht? Sie hätten es mir ruhig selber erzählen können«, fügte er gekränkt hinzu. »Na ja, Schwamm drüber. Wo ist Kusak?«

»Was ist denn mit Ihren Freunden? Wollen die nicht auch herkommen?« Davids Gesicht war starr vor Zorn. Es hatte ihn beträchtliche Mühe gekostet, etwas zu sagen. Die anderen verfolgten zweifellos einen Plan. Aber welchen?

»Ach, die können bleiben, wo sie sind – bis ich Kusak gesehen und ihm erklärt habe, wer, warum und was. Ich möchte den alten Knaben nicht verschrecken, wenn wir so unvorbereitet über ihn herfallen. Aber jetzt muß er aus seinem verdammten Mauseloch wirklich rauskommen, sonst stecken Sie dick in der Tinte, David. Sie gelten als der Hauptdrahtzieher bei dieser Entführung, und wenn diese Version nicht widerlegt werden kann...«

»Nein, nein, nun reicht's mir aber!« schimpfte Jo und kam mit Weber hinter dem Wagen hervor.

Bohns Kopf fuhr herum. Erschrocken starrte er in die Richtung, aus der die Stimme kam. Dann wandte er sich zu David zurück. »Sie haben gelogen!« Er deutete auf das Haus hinter dem Mercedes. »Irina ist dort. Mit ihrem Vater.« Er riß sich zusammen, sah Davids Miene und senkte die Stimme. »Gewiß, Vorsicht muß sein. Aber mit mir, Dave? Kommen Sie, gesellen wir uns zu der glücklich wiedervereinten Familie. Es ist verdammt kalt hier draußen. Keine Angst – ich bleibe nicht lange. Ich möchte nur drei kurze Fragen stellen. Heute abend möchte ich nämlich in St. Moritz zu Abend essen.«

»Dann machen Sie sich am besten gleich auf den Weg. Kusak ist fort. Irina auch. Und dies war auch nicht das richtige Haus.«

»Ich glaube Ihnen nicht«, erklärte Bohn. »Was soll das, Dave? Was ist in Sie...«

Jetzt mischte sich Ernst Weber ein. »Mr. Mennery sagt die Wahrheit. Mr. Kusak und seine Tochter sind schon vor einiger Zeit abgereist – in Begleitung einiger ihnen freundlich gesinnter Personen. Von einer Entführung kann keine Rede sein.«

»Wer ist denn das?« wollte Bohn wissen. »Wer, zum Teufel...« Als er den Unbekannten jedoch näher betrachtete, führte er seine Frage nicht zu Ende.

»Ich bin Ernst Weber von der Genfer ›Gazette‹. Außerdem bin ich Korrespondent mehrerer Zeitungen in London, Paris und Rom. Aber das wissen Sie ja wohl. Wir haben uns in Prag kennengelernt. Vor zwei Jahren, nicht wahr?« Weber wartete. Es kam keine Antwort: keine Silbe, keine Bemerkung kam über diese sonst so geschickte Zunge. Weber hätte beinahe gelächelt. »In einer Hinsicht haben Sie jedoch recht, Mr. Bohn. Es ist verdammt kalt hier draußen. Warum folgen Sie also nicht Mr. Mennerys Vorschlag und verschwinden?«

Bohn riß sich zusammen. »Hat anscheinend keinen Zweck, daß ich bleibe.« Allmählich gewann er einiges von seiner Haltung und den größten Teil seiner Selbstsicherheit zurück. »Dave – wir unterhalten uns später über dieses Thema, nicht wahr?«

»Hau ab!« Davids Stimme überschlug sich vor Wut. »Ihr alle – macht, daß ihr weg kommt!« Drohend trat er einen Schritt vor.

Bohn wich zurück. Dann drehte er sich um und begann zum Wagen zurückzugehen. In diesem Augenblick sah er zum erstenmal den Uniformierten, der die ganze Zeit schweigend in der Nähe gestanden, zugeschaut und zugehört hatte. Bohn beschleunigte seine Schritte. Als er die Einmündung der Straße erreichte, rannte er fast.

David sah ihm aufmerksam nach, die Hand immer noch um die Pistole in seiner Tasche gekrampft. Die dunkle Straße verschluckte Bohn; nur seine Schritte waren noch zu hören. Sie passierten den ersten Wagen und gingen mehrere Sekunden lang weiter. Dann machten sie unvermittelt halt. Eine Wagentür wurde zugeschlagen. Vollkommene Stille.

Ein Schrei über ihren Köpfen durchbrach diese Stille. Sofort richtete David seine Aufmerksamkeit auf das Haus hinter ihnen. Er drehte sich um und sah ein Fenster, dessen Läden aufgestoßen worden waren. Eine ärgerliche Frau beugte sich heraus. Er verstand kein einziges Wort; er hatte die Sprache noch nie gehört, aber der Sinn der wütend geschüttelten Faust war klar. David drehte sich wieder zu den beiden Wagen um. Um diesen Protest mußte sich der Hauptmann kümmern. Und das tat er auch. Er trat einen Schritt vor und rief eine Antwort hinauf, die die

Frau sofort still werden ließ. Vielleicht war es aber auch nur die Uniform, die die Frau beruhigt hatte. Sogleich herrschte wieder Ruhe auf dem Platz.

Der Hauptmann stellte sich neben David und blickte ebenfalls die dunkle Straße hinab. »Sie lassen sich Zeit.« Ihm paßte das auch nicht.

»Der zweite Wagen, das ist der wichtigere. Dort erstattet Bohn jetzt Bericht.«

»Vielleicht glauben sie ihm seinen Bericht nicht.« Das würde die Verzögerung erklären. »Vielleicht sind sie der Meinung, Jaromir Kusak und seine Tochter seien noch hier.«

»Daß Irina bis hierher kam, war doch gar nicht vorgesehen«, sagte David.

»Eine knifflige Situation«, antwortete der Hauptmann. Er war jünger als David, groß, gut proportioniert, adrett und tüchtig; in diesem Moment wirkte er jedoch um zwanzig Jahre älter. »Wenn die glauben, Fräulein Kusak sei überhaupt nicht eingetroffen, dann nehmen sie möglicherweise an, daß ihr Vater immer noch auf sie wartet.«

»Das glaube ich nicht. Bohn hat Jo sehr deutlich gesehen. Und sie ist der Beweis dafür, daß Irina tatsächlich hier war. Der lebende Beweis«, erklärte David grimmig. Wir haben sie bei Santa Maria besiegt, sagte er sich. Nachdem wir das geschafft haben, könnte es uns hier auch gelingen.

»Aber diese Verzögerung...«

»Änderung der ursprünglichen Pläne. Sie müssen improvisieren«, meinte David.

»Dann müssen die beiden Wagen miteinander in Verbindung stehen.«

»Irgend jemand hat die Leitung. Das steht fest.«

»Meinen Sie, der zweite Wagen?«

»Ja, den meine ich.«

»Auf welcher Seite ist Bohn eingestiegen?«

»Er ist am linken Straßenrand entlanggegangen.«

»Dann ist er rechts in den Wagen gestiegen.«

»Ja, es hörte sich so an.«

»Sie müssen ausgezeichnete Ohren haben.«

»Das gehört zu meinem Job.« David mußte plötzlich lachen. »Ich bin Musikkritiker.«

Der Hauptmann zog etwas aus seiner Tasche. »Nur ein Feuerzeug«, erklärte er David lächelnd. »Keine Pistole.« Er klopfte leicht auf Davids Tasche. »Ich bin froh, daß Sie Ihre nicht benutzt haben. Was ist es für eine?«

»Eine Beretta, Automatic.«

»Das wäre zwar eine höchst einfache Lösung, muß ich zugeben. Aber trotzdem eine, die unvermeidlicherweise immer Schwierigkeiten mit sich bringt, die gewöhnlich recht unangenehm sind.« Abermals lächelte der Hauptmann, jedoch nur flüchtig. »Benutzen Sie sie bitte nicht. Wir werden es auch so schaffen.« Dann schritt er auf die Mitte des Platzes hinaus. »Sobald sie den Berg heraufkommen, verstecken Sie sich hinter Ihrem Wagen. Weber ...«

Den Teufel werde ich, dachte David. Aber er zog die Hand aus der Tasche.

Weber hatte sich umgedreht, als ihn der Hauptmann anredete. Er stand immer noch neben Jo. »Ja, Hauptmann Golay – was kann ich für Sie tun?«

»Schaffen Sie das Mädchen fort!«

Weber ergriff Jos Hand. »Befehl von oben.«

»Nein!« Jo blickte hinter sich an dem Haus hoch. Dort waren inzwischen drei Fensterläden geöffnet worden und dunkle Silhouetten zeichneten sich hinter den Scheiben ab. Die Haustür war ebenfalls weit offen: Dort stand, halb verborgen, ein Mann mit einem Militärmantel über den Schultern. In seiner Hand glänzte es metallisch. »Auch Befehl von oben?« fragte sie.

»Der Mann, ja. Die Leute oben – ganz einfach Neugierige.« Weber hatte selbst Neugier verspürt, als er sah, daß David und Hauptmann Golay sich intensiv unterhielten. Verdammt, dieses Gespräch hatte er nur wegen des Mädchens verpaßt! Aber wie hätte er sie einfach stehenlassen können – frierend, elend, praktisch dicht vor dem Zusammenbruch? »Bitte!« drängte er sie.

»Ich *muß* hierbleiben. Bohns Freunde müssen mich unbedingt sehen. Sonst glauben sie ihm nicht und ...« Gebannt starrte sie zur Straße hinüber, aus der mit aufbrüllenden Motoren die Wagen geschossen kamen. »David – aufpassen!« Der erste Wagen verfehlte ihn, schoß wenige Zentimeter neben dem Mercedes vorbei, wurde herumgerissen und wäre fast auf die Hauswand geprallt; der zweite Wagen folgte ihm auf dem Fuß. Und die Insassen hatten in jenem Sekundenbruchteil mehr gesehen als Jo: ein Haus mit geöffneten Fensterläden, mehrere Gestalten an den Fenstern, in der offenen Tür einen Mann mit einem Gewehr. Bremsen kreischten, als die beiden Wagen abrupt bremsten – so dicht hintereinander, daß es fast eine Karambolage gegeben hätte. Der erste Wagen wäre beinahe in die Steintreppe gekracht.

Der Hauptmann handelte mit unglaublicher Geschwindigkeit. Schon war er beim zweiten Wagen, stand an der linken hinteren Seite, klopfte ans Fenster und deutete mit Gesten an, daß die Insassen es öffnen möchten. Jetzt erst hatte David den Hauptmann eingeholt. Die beiden Männer auf dem Rücksitz waren von dem plötzlichen Bremsruck ziemlich durchgeschüttelt worden. Einer von ihnen war Mark Bohn; er hockte zusammengekauert in der entfernten Ecke und rief, als er sich mühsam aufrappelte: »Ich habe Ihnen doch gesagt, daß ich einen Polizisten gesehen habe! Ich habe Ihnen doch gesagt, daß da noch andere sein müßten. Ich habe Ihnen doch gesagt...« Der Mann auf dem linken Platz befahl: »Aufhören! Ruhe!« Er wandte sich dem Hauptmann zu und drückte auf den elektrischen Knopf, mit dem man das Fenster öffnen konnte. »Was wollen Sie?« fragte er auf deutsch. Aufmerksam musterte er die Uniform.

»Ich dachte, es könnte jemand verletzt sein.«

Jetzt klang die Stimme des Mannes weniger barsch. »Nein, niemand. Nur ein kleiner Stoß.«

»Wie ich hörte, haben Sie sich auf dem Weg nach Tarasp verfahren. Vielleicht kann ich Ihnen helfen, damit Sie wissen, welche Richtung Sie von hier aus einschlagen müssen.« Hauptmann Golay hielt eine kleine Straßenkarte in der Hand, die er, an den Wagenschlag gelehnt, durchs Fenster reichte. »Viel zu dunkel«, erklärte er. »Warten Sie, so geht es besser.« Er ließ sein Feuerzeug aufschnappen. Versuchte es noch einmal. Es funktionierte nicht.

Der Mann im Fond wandte sich hastig ab. »Straßenkarten haben wir selbst.«

Wer ist denn das? fragte sich David. Auf jeden Fall einer, der nicht will, daß der Hauptmann sein Gesicht erkennt. Zu schade, daß das Feuerzeug nicht funktioniert hat, aber sehr geschickt gemacht. Neugierig musterte David den Kopf, der immer noch zur anderen Seite gewandt war.

»Ausgezeichnet.« Der Hauptmann gab sich völlig gelassen. Dann veränderte sich sein Ton. »Fahren Sie los!« Er trat zurück, winkte dem Chauffeur, zurückzusetzen, gab ein gebieterisches Zeichen, als es genug war. Dann kümmerte er sich um den ersten Wagen, ließ ihn ebenfalls zurücksetzen, dirigierte ihn um die Stufen herum, und mit unmißverständlicher Geste bedeutete er ihm weiterzufahren. Ein Stückchen weiter vorn auf dem Platz hielt der Wagen wieder an. Der Hauptmann fluchte vor sich hin und gab ihm abermals ein Zeichen. Der Wagen rührte sich nicht von der Stelle.

»Nein!« Bohn hatte Hrádeks Arm gepackt, als dieser das Funkgerät für einige letzte Instruktionen hob. »Jiri, um Gottes willen – wollen Sie wirklich alles aufs Spiel setzen? Und wofür?«

»Das ist meine Angelegenheit.«

»Wird Prag Ihnen das abkaufen?«

Hrádek schüttelte Bohns Hand ab. Aber die Warnung hatte gewirkt. Der Fehlschlag hier war zwar sehr bitter, wenn er sich aber bis Prag herumsprach – Katastrophe. Endlich zögerte er nicht mehr. »Fahren Sie!« befahl er dem Chauffeur. Und zu Pavel sagte er: »Unser Plan ist annulliert. Folgen Sie mir den Berg hinunter. Sofort.« Hrádek legte das Funkgerät hin. Er lehnte sich in die Polster zurück und hielt das Gesicht abgewandt, damit die beiden Männer, die seinem Wagen bis zur Straßeneinmündung nachsahen, ihn nicht erkennen konnten.

»Das ist Weber, der Journalist«, erklärte Bohn aufgeregt und deutete auf eine einsame Gestalt an einer Seite des kleinen Platzes. Sie waren dicht an ihm vorbeigekommen.

»Er hat mich nicht gesehen.«

»Aber er hat es versucht.«

»Na und?« fragte Hrádek ungeduldig. »Bevor sein Bericht veröffentlicht wird, bin ich längst wieder in Prag.« Mit einem hieb- und stichfesten, bereits arrangierten Alibi für diesen Samstagnachmittag. Kann Bohn wirklich so naiv sein, sich einzubilden, ich hätte mir kein Alibi besorgt? »Ihr Freund, der Schweizer Journalist, wird zum Gespött der ganzen Presse.« Hrádek sah über die Schulter zurück, um sich zu vergewissern, daß Pavel und Vaclav ihnen folgten. Der andere Wagen war dicht hinter ihnen. »Schneller!« drängte er den Fahrer. »Machen Sie schon!«

Dann lehnte er sich in seine Ecke, senkte den Kopf, schloß die Augen und verschränkte die Arme. Seine verkrampfte Kinnpartie und die fest zusammengepreßten Lippen jedoch verrieten, daß er nicht schlief.

»Dann haben Sie ja nichts zu befürchten«, versuchte es Bohn ein letztes Mal. Aber er bekam keine Antwort. Bohn wurde still. Er hatte genügend eigene Probleme zu wälzen. Nun, wenigstens hatte man Dave Mennery nicht gezwungen, in Pavels Auto zu steigen, um später mit ihm abzurechnen. Aber es hatte auf Messers Schneide gestanden. Dave wird niemals erfahren, wieviel er mir verdankt, dachte Bohn.

Hinter ihnen war Tarasp verschwunden. Zurück blieb die bittere Erinnerung.

24

David starrte immer noch zur Straße hinüber, lauschte immer noch dem leiser werdenden Motorengeräusch der beiden bergab fahrenden Wagen. Allmählich erstarb es, und überall herrschte Stille. »Sie sind fort«, sagte er zu Jo, die neben ihn getreten war. Er konnte es noch nicht recht glauben.

»Können wir uns darauf verlassen?« fragte Jo.

»Ja«, antwortete Hauptmann Golay, der ein paar Zahlen in sein Notizbuch schrieb.

»Ich weiß nicht recht«, gab David zurück. Seine Nerven waren zum Zerreißen gespannt gewesen, und nun plötzlich – nichts. »Sie meinten es ernst. Sie wollten tatsächlich hier Krawall anfangen. Und dann sind sie einfach abgefahren. Warum?«

Weber grinste. »Weil wir ein Abschreckungsmittel hatten.« Er deutete auf den Mann, der jetzt vor seine Haustür getreten und deutlich zu sehen war – er und das Gewehr in seiner Hand. »Hauptmann Golay, ich glaube, Sie können Ihre Truppe jetzt entlassen.«

Golay notierte sich noch die letzten Ziffern der Zulassungsnummern der beiden Wagen, dann steckte er sein Notizbuch ein. Er rief dem Mann vor dem Haus etwas zu. Beide lachten. Der Mann sagte ebenfalls etwas, ging ins Haus und schloß die

Tür. Die Fensterläden oben wurden ebenfalls geschlossen. Hauptmann Golay grinste immer noch. »Ich habe ihm erklärt, daß unsere Besucher nicht wiederkommen würden. Die Ausdrücke, mit denen er sie beschrieb, sind leider nicht zu übersetzen« – mit einem kurzen Blick auf Jo –, »aber ich glaube, wir wären alle derselben Meinung.« Dann bemerkte er ihr verkrampftes Gesicht. »Bitte glauben Sie mir, Miß Corelli, die Gefahr ist endgültig vorüber.«

Jo versuchte ihre Niedergeschlagenheit zu kaschieren. »Die kommen bestimmt wieder zurück. Vielleicht nicht hierher, aber ...«

»Nein, nein, dem können wir leicht ein Ende setzen. Möglicherweise ist das bereits heute abend geschehen. Mr. Weber, haben Sie den Mann erkannt?«

»Ich konnte nur einen flüchtigen Blick auf sein Gesicht werfen. Er hat sich zu schnell abgewandt. Einen Moment jedoch glaubte ich, das Profil schon einmal gesehen zu haben – vor zwei Jahren, als ich in Prag war. Aber das kann eigentlich nicht sein. Das ist meiner Ansicht nach unmöglich.«

»Es kann nicht Jiri Hrádek sein?« fragte Golay.

»Hrádek?« David und Jo sagten es unisono.

»Dann war es tatsächlich Hrádek?« fragte Weber. Seine Verblüffung wich jubelndem Triumph. »Und Sie haben ihn erkannt? Hauptmann, wir beide sind im Geschäft!«

»Ich habe ihn nach einem Foto erkannt. Er glich der Aufnahme aufs Haar.«

Webers Lächeln erlosch. »Das genügt nicht. Sie brauchen meine Bestätigung für das, was Sie gesehen haben, und die kann ich Ihnen nicht geben. Ich habe den Mann nicht deutlich genug gesehen, um zu schwören, daß es sich um Jiri Hrádek handelte.«

»Das hier«, erwiderte Golay, »wird Oberst Thomon als Beweis genügen.« Er zog sein Feuerzeug aus der Tasche, hielt es empor.

»Eine Kamera ... Infrarotfilm ...«, sagte David. Er lächelte. Das, mußte er plötzlich denken, hätte Krieger sehen müssen. Wie dieses kleine Ding da funktioniert hat. Der Trick des Hauptmanns hätte ihn begeistert. Krieger ... David wurde wieder ernst. Krieger hätte längst da sein müssen. Er hatte doch sicher ...

»Und jetzt«, sagte Golay, »muß ich ein paar Nachrichten absetzen. Anschließend kann ich Sie dann mitnehmen. Wenn Sie wollen bis nach Zürich.«

»O bitte, nein!« stöhnte Jo leise.

»Samaden wäre mir weit lieber«, antwortete Weber. »Das ist nur eine kurze Fahrt, und das wird Miß Corelli gewiß auch vorziehen.«

Miß Corelli, entschied Jo, würde es vorziehen, überhaupt nicht mehr fahren zu müssen. Sie sah David an, aber der war mit seinen eigenen Gedanken beschäftigt.

»Samaden ist heute nacht nichts für uns.« Das klang endgültig. Der Hauptmann hatte mehrere gute Gründe dafür, aber die behielt er lieber für sich. Bohn war der Ortsname von St. Moritz herausgerutscht. Das war ein Fehler, den viele geschickte Lügner begingen, wenn sie sich eine Erklärung für irgend etwas zurechtzimmerten: Sie fügten unweigerlich eine beweisbare Tatsache hinzu, um ihr Lügengewebe glaubhaft zu machen. *Abendessen in St. Moritz.* Dort hatte Bohn sich heute abend sehen lassen wollen. Aber auch die Tatsache, daß er Innsbruck erwähnt hatte, war interessant: Er mußte dort gewesen sein, mußte das Gefühl gehabt haben, daß seine Fahrt nach Innsbruck mühelos nachzuweisen war; und so war wieder ein winziges Fragment der Wahrheit ans Licht gekommen. Was er aber nicht erkannt hatte – ein weiterer häufiger Fehler vieler Lügner –, das war, daß eine Tatsache zur nächsten führen konnte. Wir wissen also jetzt, daß Hrádeks Maschine in Innsbruck gelandet ist, dachte Golay. Wir können ihren Weiterflug bis in die Schweiz verfolgen. »Samaden«, erklärte er den anderen, »wird in Kürze unter strenger Bewachung stehen. Und wir wollen die Sache nicht komplizieren.« Und, dachte er, wir wollen nicht auf Hrádeks Nachhut stoßen. Einen Mann hat Hrádek mindestens als Beobachter zurückgelassen. »Entscheiden Sie sich, wohin Sie fahren«, sagte Golay abschließend. »Geben Sie mir Bescheid, bevor Sie aufbrechen.« Ein kurzes, freundliches Salutieren vor Jo, dann eilte Hauptmann Golay davon.

»Na?« fragte Weber.

»Keine Sorge«, antwortete David, »wir können hier in Tarasp übernachten.« Das war ihm selbst zwar gar nicht recht, aber Jo war nicht mehr in der Lage, eine Autofahrt anzutreten. Außerdem war da noch Krieger. »Krieger sagte, er habe zwei Zimmer für uns bestellt... hier irgendwo...« David sah sich unsicher um. Großer Gott, war er müde! Dennoch würde er lieber sonstwohin fahren, nur um den Anblick dieses Hauses loszuwerden. Als er jetzt hinüberblickte, sah er Hauptmann Golay die Treppe hinaufeilen. Das Haus, in dem Irina aus seinem Leben entschwunden war.

Weber sagte zutiefst erleichtert: »Na, das ist ja großartig! Das Gasthaus hat nicht viele Zimmer. Warten Sie, ich zeige Ihnen den Weg.« Er nahm Jos Arm, um sie davonzuführen. »Es ist nicht weit – gleich hinter dem Haus, das Mr. Krieger für die Zusammenkunft heute abend gemietet hat.«

»Aber wo ist Krieger selbst?« wollte Jo wissen. »Dave, was ist mit Krieger geschehen?«

»Gar nichts.« Weber lächelte beruhigend. »Er wird hier ankommen und sich ärgern, daß er den ganzen Rummel versäumt hat. Bitte... es hat doch keinen Zweck, hier stehenzubleiben, Mr. Krieger weiß, wo der Gasthof liegt.«

Jo setzte sich in Bewegung. Krieger kann nichts zustoßen, sagte sie sich immer wieder – Krieger nicht! Aber warum hatte Dave ihr nicht geantwortet? Er starrte zu der Straße hinüber, als hoffe er jeden Moment den großen Chrysler auftauchen zu sehen. »Dave...«, rief sie ihm bittend zu.

»Er kommt schon«, sagte Weber und zog sie weiter. David folgte ihnen langsam, den Kopf krampfhaft von jenem Haus abgewandt. Am liebsten hätte Jo ihm zugerufen: »Dave, machen Sie sich keine Sorgen! Irina geht es gut. Sie werden sehen.« Nein, entschied sie dann jedoch, nur nicht Irinas Namen erwähnen. Jetzt ist nicht der richtige Zeitpunkt dafür.

David ging an dem Haus vorbei, eine hohe Steinmauer, die neben der Steintreppe aufragte, entzog sie seinem Blick. Er wünschte, er könnte das letzte Bild von Irina loswerden: wie sie auf dieser selben Steintreppe gestanden hatte, zögerte, sich fragend noch einmal zu ihm umdrehte. Ist es so richtig, ist es das, was du gewollt hast? schien sie zu fragen. Und er hatte ihr mit einem Lächeln geantwortet und sie mit einer Handbewegung weitergeschickt. Morgen oder übermorgen konnte er es wagen, an sie zu denken. Heute abend schmerzte die Wunde noch.

Er ging die kurze, unebene Straße hinauf und versuchte, sich den Gedanken auszureden, daß das Leben sich stets wiederholte, daß er zum zweitenmal von Irina getrennt worden war und es keine dritte Chance geben würde. Dann kam ihm ein anderer Gedanke. Diesmal hast du die Entscheidung selbst getroffen. Du allein. Diesmal ist es nicht wie vor sechzehn Jahren in Wien, wo dir gar keine Wahl blieb und es nichts gab, wogegen du kämpfen konntest. Damals waren unsichtbare Kräfte am Werk gewesen, unerreichbar und mächtig genug, um das Leben eines Menschen gegen seinen Willen zu verändern. Jetzt dagegen war er nicht hilflos. Jetzt wußte er, womit er es zu tun hatte, was ihm bevorstand. Und darum konnte er jetzt kämpfen. Zumindest würde er es, verdammt noch mal, versuchen. Jiri Hrádek... Das war die Gefahr, die Irinas Zukunft bedrohte. Nicht ihr Vater, auch nicht die Pflicht oder das Gefühl: Jiri Hrádek.

Weber erwartete ihn an der Tür des Gasthofes, eines Hauses wie alle anderen in diesem Dorf, nur daß es ein paar mehr Lampen und ein kleines Wirtshausschild hatte. »Miß Corelli ist schon nach oben gegangen. Oh, nicht endgültig. Sie möchte sich vor dem Essen nur etwas... frisch machen, war, glaube ich, der Ausdruck, den sie gebraucht hat.« Bei dem Gedanken an Jo lächelte Weber. »Ein bemerkenswertes Mädchen. Und so attraktiv. Finden Sie nicht?«

»Warten Sie ab, bis Sie sie sehen, nachdem sie sich frisch gemacht hat«, antwortete David. »Sie werden staunen.«

Weber lachte erleichtert auf. Mennery schien sich gefaßt zu haben. Ganz allerdings immer noch nicht, aber wenigstens so weit, daß das Schreckensbild eines schweigsamen Abendessens voll düster-drückender Depression in weite Ferne wich. Seine Freuden kann der Mensch teilen, dachte Weber, seinen Kummer jedoch nicht. Er schlug David leicht auf die Schulter. »Kommen Sie, wir gehen hinein und bestellen uns einen Drink. Schließlich haben wir Grund zum Feiern: Wir haben die Schlacht von Tarasp gewonnen.« Er deutete zu dem Schloß hinauf, das wie eine weiße Geisterburg in den dunklen Nachthimmel ragte. »Ein merkwürdigeres Scharmützel hat das alte Gemäuer in seinen ganzen achthundert Jahren wohl nicht gesehen.«

David blieb stehen. »Ist das der Inhalt Ihrer Titelgeschichte über Hrádek?« fragte er bitter.

»Nein«, antwortete Weber geduldig. Und fuhr mit leiser

Stimme fort: »Ich werde über Irina Kusaks glückliche Flucht aus der Tschechoslowakei schreiben, und der Bericht wird sofort veröffentlicht. Die Story über Hrádek kommt dann später, sobald seine politischen Feinde mit ihm abgerechnet haben. Und das werden sie. Sehr bald.«

»Aber woher sollen die wissen...«

»Das lassen Sie Oberst Thomons Sorge sein. Und die seiner Vorgesetzten.«

»Hrádek hätte nie gewagt, Prag zu verlassen, wenn er nicht ein perfektes Alibi hätte.«

»Oh, das wird er mit Sicherheit haben. Ein kleiner Jagdausflug in die Tatra, ein Nachmittag beim Angeln mit zwei Begleitern, die beschwören, daß jedes Wort der Wahrheit entspricht. Aber sein Alibi wird in der Luft zerrissen.«

»Dazu braucht es aber mehr als ein paar Fotos.«

»Ich glaube«, gab Ernst Weber sehr leise zurück, »Sie vergessen, aus welcher Quelle diese Fotos stammen. Wir Schweizer pflegen keine internationalen Zwischenfälle zu inszenieren.«

»Verzeihen Sie. Mein Fehler.« Jetzt wurde er ein wenig ruhiger.

»Und Hauptmann Golays Bemerkung über Samaden – haben Sie die auch vergessen? Samaden ist der nächste Flugplatz von Tarasp aus. Hrádeks Maschine muß irgendwo in der Nähe warten. Meinen Sie nicht?«

Jetzt konnte David beinahe schon wieder lächeln. *Streng überwacht,* hatte der Hauptmann gesagt. Ankommende und Abreisende notiert; Fotos von Personen, die an Bord des Jet gehen. Das würde ein eifriges Hantieren mit Feuerzeugen und anderen kleinen Apparaten geben! »So könnte Hrádek unschädlich gemacht werden«, sagte er. Und fügte hinzu: »Soweit es die Schweiz betrifft.«

»Soweit es die anderen betrifft, ebenfalls«, entgegnete Weber. »Die Männer, die in der Tschechoslowakei an der Regierung sind, dulden keine Machtmanipulationen neben sich. Hrádek ist ein Neo-Stalinist und außerdem fanatischer Nationalist. Eine Kombination, der die Russen nicht trauen; jedenfalls nicht in Satellitenländern. Und die jetzige tschechische Regierung folgt dieser Linie. Hrádek war überaus geschickt: Er hat nie offen opponiert. Aber im geheimen... Ich bin der Ansicht, daß er seine eigenen Pläne geschmiedet hat, und ich bin ganz bestimmt nicht der einzige, der Hrádek beobachtet hat und einen derartigen Verdacht hegt. Er ist fast oben angelangt. Aber ein Mann, der fast den Gipfel erreicht hat und ein klein wenig ausrutscht, der fällt sehr tief.«

»Hrádek ist ein so cleverer Typ, der landet sicher auf einem Vorsprung und klettert noch einmal hinauf.« Und vielleicht, dachte David niedergeschlagen, klettert er schon wieder hinauf, bevor Kusaks Buch veröffentlicht werden kann. »Außerdem hat er seine Freunde. Wenn er ihrer nicht hundertprozentig sicher wäre, hätte er diese Aktion heute niemals gewagt. Sobald er spürt, daß er auszurutschen droht, wird er nicht warten, bis er fällt, sondern ihnen das Zeichen geben. Und sie werden die Macht ergreifen.«

»Die jetzigen tschechischen Machthaber werden das bestimmt nicht außer acht lassen. Sie werden handeln, und zwar schnell. Hrádek wird innerhalb einer Woche ausgeschaltet sein.«

David musterte ihn scharf, aber Weber schien es ernst zu meinen.

»Möglicherweise sogar noch schneller«, fuhr Weber fort. »Seine Feinde werden keine Zeit verlieren. Das steht fest.«

Stand das wirklich fest? Wenn Weber Gelegenheit gehabt hätte, mit Irina über Hrádek zu sprechen, wäre er jetzt vielleicht nicht so sicher. »Na schön«, sagte David, »Hrádek wird also mit den Fotos von heute abend konfrontiert und sieht, wie sich sein Alibi in Luft auflöst. Was dann? Er wird behaupten, die Reise sei notwendig gewesen, und auf die Tränendrüsen drücken.« David glaubte Hrádeks geschickte Verteidigung fast zu hören: Irina, vor einem Monat noch seine Frau, mußte am Verlassen der Tschechoslowakei gehindert werden. Negative Propaganda für den Staat, von seinen eigenen Gefühlen angesichts ihrer Flucht gar nicht zu reden. Tarasp war seine letzte Chance, sie – und Jaromir Kusak – zu finden und nach Prag zurückzubringen. Ein verzweifelter Schritt, das würde Hrádek zugeben, da er jedoch im geheimen stattfand, würde er sich zum Schutz des Staates auswirken. Und so weiter und so fort, dachte David müde.

Weber schüttelte den Kopf. »Gefühle? Dafür ist in der Machtpolitik kein Platz. Seine Feinde würden ihn auslachen ...«

»Und er würde für dümmer gehalten werden, als er ist. Und

daher auch für weniger gefährlich. Dadurch gewinnt er ausreichend Zeit, um ...«

»Was die brauchen, ist ein richtiger Schuß vor den Bug, einwandfreie Beweise für ...« Für eine Verschwörung gegen sie. Das wäre soviel wie Hochverrat. »Ja«, sinnierte David und verbannte den flüchtigen Gedanken an Kusaks Notizen aus seinen Überlegungen, »das würde sie zum Eingreifen zwingen.«

»Die Fotos sind Beweis genug.« Weber war leicht gekränkt, daß man so sehr an ihrer Wirkung zweifelte. Doch müde Männer waren oft mürrisch. Vielsagend sah er zur Tür des Gasthauses hinüber.

»Kommen Sie, wir bestellen uns diesen Drink«, sagte David und zwang sich, die ausgetretene Schwelle zu überschreiten, hinter der ihn die Wärme und Geborgenheit von vier soliden Wänden erwartete.

25

David schlief vierzehn Stunden lang. Als er aufwachte, befand er sich in einem fremden Zimmer mit einem Fenster, das auf ihm völlig unbekannte Berge hinausblickte. Verdammt, wo bin ich? überlegte er. Dann fiel es ihm wieder ein. Er stand auf und sah auf die Uhr. Muß kurz vor Mitternacht stehengeblieben sein, dachte er zuerst, aber sie tickte munter weiter. Abgesehen von einer leichten Verkrampfung in den Schultern und einer gewissen Steifheit im Rücken fühlte er sich großartig.

Dann hörte er plötzlich Stimmen, eine Vielzahl von Stimmen, die miteinander verschmolzen, ein richtiges Stimmengewirr. Er ging ans Fenster. Unten sah er ein halbes Dutzend Tische, die alle besetzt waren; sie standen auf einer kleinen, grasbewachsenen Terrasse, die sich an ihrem Ende sanft auf die grünen Wiesen hinabsenkte, in ein friedliches Tal, das sich bis zu einem Wall gigantischer Berggipfel hinzog. Da er sich am östlichen Dorfrand befand, mußte das Tal unten dasjenige sein, von dem am vergangenen Abend der Hubschrauber gestartet war. Eine ganze Minute starrte er hinab.

»Dave!« Die Stimme kam von weit her, gehörte aber eindeutig

Jo. Sie winkte, um seine Aufmerksamkeit auf sich zu lenken. Mit Weber zusammen saß sie am entfernten Ende der Terrasse. Neben den beiden war ein dritter Stuhl schräg gegen den Tisch gelehnt. Jo zeigte auf den freien Stuhl und deutete mit Gesten an, daß er sich beeilen solle. Er begriff. Er brauchte keine zweite Aufforderung, sich zu beeilen.

Er rasierte sich, duschte und zog sich von Kopf bis Fuß frisch an. Daß er das konnte, hatte er Weber zu verdanken, der seine Tasche, seinen Regenmantel und Jos Koffer noch abends aus dem Wagen geholt und mit ins Gasthaus genommen hatte. Der Wagen selbst war in einer Garage – oder in einem Stall? – untergestellt worden, um etwas mehr Raum auf dem Dorfplatz zu schaffen. Und das war gut, nach der Menge der Sonntagstouristen zu urteilen, die sich an den Tischen auf der Terrasse drängten.

Es müssen Nachrichten eingegangen sein, dachte er immer wieder. Gut oder schlecht – es müssen inzwischen Nachrichten eingelaufen sein.

David stieg einen kurzen, aber steilen Pfad hinunter und erreichte die Terrasse, auf der die hungrigen Touristen ihren Tellern mehr Aufmerksamkeit widmeten als dem atemberaubenden Blick. Jo und Weber boten ebenfalls einen sehr hübschen Anblick. Sie hatte wieder zu ihrer Eleganz zurückgefunden: weißer Pullover, weiße Hose. »Gut sehen Sie aus heute morgen«, sagte er, als er am Tisch ankam. Ihr Gesicht wirkte jedoch leicht gespannt, als stehe sie immer noch kurz vor dem Zusammenbruch. Weber dagegen war vollkommen entspannt. Er trug heute einen leichten Gabardineanzug, ein makelloses Hemd und eine gedeckte Krawatte. Sein Verhalten wirkte ebenso ruhig und gelassen wie sein Gesicht.

David setzte sich, versuchte nonchalant zu sein und machte sich innerlich auf das Schlimmste gefaßt. »Na, gibt's schon was Neues?«

»Verschiedenes«, antwortete Weber. »Aber ich glaube, es sind zu viele Leute hier, um über Ortsnamen und Personen zu diskutieren. Wir wollen erst essen, dann können wir...«

»Nein«, widersprach David. »Wir werden leise sprechen.«

»Außerdem sind die alle viel zu sehr in ihr Schnitzel vertieft«, ergänzte Jo mit einem Blick zu den anderen Tischen hinüber. Sie gab sich Mühe, einiges von ihrer ursprünglichen Fröhlichkeit spüren zu lassen, aber es war ein armseliger Versuch.

»Schlechte Nachrichten?« fragte David.

»Nein, größtenteils gute.« Weber hatte mehrere Zettel aus seiner Tasche geholt. »Hier habe ich sie – genau in der Reihenfolge, in der sie heute vormittag eintrafen.«

»Grundgütiger Himmel«, sagte Jo, »geben Sie ihm die Nachricht über Irina bloß zuerst. Der Rest hat Zeit, bis er sein Frühstück bestellt hat. Sie ist in Sicherheit, Dave – in Sicherheit!«

»Hier ist die Nachricht.« Weber suchte einen Zettel heraus und reichte ihn David.

Alles Liebe warte auf mich Liebling.

»Das kam zusammen mit dieser Nachricht von McCulloch«, erklärte Weber. »Hugh ist inzwischen wieder in Genf.« Er gab sie David. *Alles in Ordnung. Zielort erreicht. Keine Schwierigkeiten. Hoffe Sie baldmöglichst zu sehen. Glückwünsche und aufrichtigen Dank. Hugh.*

Weber reichte ihm die dritte Nachricht. »Die hier kam mit den anderen beiden. Alle mit Datum von gestern Mitternacht, aber natürlich erst heute vormittag von McCullochs Genfer Büro hierher durchtelefoniert.«

Um Mitternacht war Irina also schon in Sicherheit gewesen. Aber wo? dachte David. Er las die Nachricht. Sie war ebenso kurz und unsigniert wie die von Irina. *Ich stehe tief in Ihrer Schuld. Eines Tages hoffe ich Sie kennenzulernen.*

»Ich nehme an, daß die von Kusak ist. Nicht wahr?« fragte Weber. Taktvolle Zurückhaltung mit Neugier gepaart.

»Ja. Wir haben uns nie kennengelernt.« David versuchte, seine Miene unter Kontrolle zu halten. *Hoffe Sie kennenzulernen.* Nicht: *möchte Sie kennenlernen.* Der kleine Unterschied bedrückte ihn. Kusak wollte sich also nicht festlegen. Das hatte David schon befürchtet. Aber es war zu erwarten gewesen. Kusak wollte Irina verstecken. Er fürchtete für ihre Sicherheit: Hrádek, natürlich – die immer drohende Gefahr. David tat einen tiefen Atemzug. Nun, jetzt lag alles in Hauptmann Golays und Oberst Thomons Händen.

»Wir wollen unsere Bestellung aufgeben, Dave«, sagte Jo. »Sie haben gestern abend kaum etwas gegessen.«

»Sie auch nicht.« Jo hatte lediglich einen Teller Suppe heruntergebracht.

»Aber ich habe vor beinahe vier Stunden gefrühstückt.«

»Toast und Kaffee oder nur Kaffee?« Er lächelte ihr zu und zerstreute damit einen Teil ihrer Sorgen. In ihren Augen aber stand immer noch eine seltsame Traurigkeit. »Wie lautet die andere Nachricht, Weber?«

»Die heben wir auf, bis Sie gegessen haben«, antwortete Jo.

Weber hatte den letzten Zettel wieder eingesteckt und eine Kellnerin herbeigewinkt. »Frühstück oder Mittagessen?«

»Morgens pflege ich meist zu frühstücken«, sagte David. »Aber kräftig. Eier, Schinken, Wurst – alles.«

»Aha, auf Londoner Art. Ja, das hat mir auch damals gut gefallen.« Weber gab Davids Bestellung gleich in dreifacher Ausführung auf. »Je simpler die Order, desto schneller werden wir bedient. Herrliches Panorama, nicht wahr? Das da drüben ist der Schweizer Nationalpark. Diese Berge dort...«

»Nun rücken Sie schon raus mit den schlechten Nachrichten«, verlangte David. »Sind sie von Krieger oder von Hauptmann Golay?«

»Nicht *von* Krieger, sondern *über* Krieger«, antwortete Weber. »Soll ich es Ihnen sagen, oder wollen Sie lieber mein Französisch lesen? Ich habe sie mir notiert, als Hugh McCulloch mich beim Frühstück anrief. Das war, nachdem ich die anderen schon bekommen...«

»Ja, ja. Was ist mit Krieger? Nun sagen Sie schon!«

»Sie hätten ihn beinahe umgebracht«, sagte Jo.

»Aber er lebt«, ergänzte Weber. »Und er hat eine kräftige Konstitution. Er wird durchkommen. In ein oder zwei Tagen kann er das Krankenhaus schon verlassen.«

»Liegt er in Meran?« Dann hat er meine Nachricht also gar nicht erhalten, dachte David. Er griff nach Jos Hand. Sie war eiskalt.

»Nein, in Samaden«, sagte Weber. »Dort haben sie ihn auf dem Flugplatz erwischt.«

»Wie?«

»Eine Injektion in den Nacken. Mit einer Droge, die tödlich sein kann – falls nicht rechtzeitig das entsprechende Gegenmittel verabreicht wird. Das Problem liegt dabei darin, daß der Patient nicht wieder so weit zu sich kommt, daß er etwas sagen kann, oder daß er nicht mal richtig weiß, was mit ihm geschehen ist, so daß die Ärzte nicht wirksam helfen können. Es sieht dann so aus, als habe er einen schweren Herzanfall. Krieger allerdings hat es geschafft, das Bewußtsein wiederzuerlangen und zu berichten, was passiert ist.« Weber hielt inne, schüttelte den Kopf. »Von da an war es lediglich eine Frage der richtigen Behandlung.«

Jo sagte mit erstickter Stimme: »Das ist doch immer das Problem. Aber wird auch Hrádek die ihm zustehende Behandlung bekommen? Mein Gott, warum haben Sie ihn gestern abend nicht kurzerhand erschossen, als Sie die Möglichkeit dazu hatten?« Sie versuchte, ihm ihre Hand zu entziehen.

Beide Männer starrten sie an. Davids Antwort bestand darin, daß er ihre Hand festhielt. Weber sagte: »Das wird wahrscheinlich ein anderer tun. Und vielleicht schneller, als Sie denken. Hauptmann Golay ...« Weber zögerte.

»Haben Sie etwas von ihm gehört?« fragte David scharf.

»Er hat mich erst vor einer Stunde angerufen. Wollte uns lediglich versichern, daß alles ausgezeichnet laufe. Schöner Doppelsinn, finden Sie nicht?«

David nickte. Jede Bemerkung, die er auf diese Frage machen konnte, hätte wahrscheinlich etwas zu hart gewirkt. *Es läuft alles ausgezeichnet.* Sehr diplomatische Ausdrucksweise, aber das genügte nicht. Wann wurden die Fotos von Hrádek nach Prag geschickt? Wann wollte die Schweiz ihren massiven Protest erheben?

Weber bemerkte Davids vorsichtiges Schweigen, ignorierte es jedoch und fuhr fort, in seiner ruhigen, bedächtigen Art von Hauptmann Golay zu berichten. »Ebenfalls wurden bei dem Gespräch gewisse Dokumente erwähnt, die soeben in Kusaks Besitz gelangt sind.«

»Die Notizbücher? Was ist damit?«

Weber runzelte die Stirn, erstaunt und zugleich sehr interessiert. »Notizbücher?«

»Ja, ja. Was ist damit?«

»Jaromir Kusak hat sich bereit erklärt, von bestimmten Seiten Kopien anfertigen zu lassen, damit diese nach Prag übermittelt werden können.«

David erholte sich von seinem Schock: Die anfängliche Ungläubigkeit wich benommener Erleichterung. Doch dann kehrte seine Besorgnis zurück. »Wann??«

»Sofort.« Das war es, was meinem Freund hier Sorgen gemacht hat, dachte Weber. Er glaubte, daß wir nicht schnell genug handeln würden. »Das Ganze wird natürlich äußerst diskret gehandhabt: Die Seiten werden wahrscheinlich als Bestandteil unseres Dossiers über Hrádek ausgegeben und im Zusammenhang mit einer nachdrücklichen Beschwerde abgesandt.«

»Sofort?« wollte David noch einmal wissen.

»Die Beschwerde wird bald folgen; man braucht Zeit, sie zu formulieren. Die eigentlichen Beweise sowie das Kusak-Material sind jedoch schon unterwegs.« Weber lächelte. »Schließlich ist der Zeitfaktor wesentlich. Nicht wahr?«

David nickte abermals, diesmal jedoch sogar mit einem winzigen Lächeln in den Augen.

»Ich verstehe überhaupt nichts«, beklagte sich Jo.

David schien sie nicht gehört zu haben. »Aber wer hat Kusak dazu überredet? McCulloch etwa?« Irgend jemand mußte ihn genötigt, ihn dazu gebracht haben, daß er aktiv wurde, und zwar sofort.

»Nein, es war, glaube ich, die Tochter.«

»Irina?« Davids Freude war nicht zu übersehen.

»Sie war es jedenfalls, die darauf bestand, daß Hauptmann Golay Sie von dieser neuen Entwicklung unterrichtete.« Weber beobachtete die Miene des Amerikaners. »Nun, sind damit die Probleme gelöst?« sondierte er vorsichtig, auf der Suche nach Aufklärung.

»Ja.« Mehr sagte David dazu nicht.

»Und erscheint Ihnen das alles logisch?«

»Sehr logisch sogar.« Herrlich, wunderbar, wunderbar logisch. Am liebsten hätte er Jo um die Taille gepackt und wäre mit ihr über die Terrasse getanzt.

»Mir nicht«, sagte Jo ein wenig schroff. »Notizbücher ... Entwicklungen ...«

»Später, Jo, später.« Zuerst muß ich Ordnung in meine Gedanken bringen. Auf diesen Schritt von Kusak hätte ich niemals auch nur zu hoffen gewagt.

»Ich wüßte nicht, was zu so einem Freudenausbruch Anlaß

gäbe.« Jo war eindeutig verärgert. »Hrádek lebt immer noch, und Walter Krieger liegt hilflos ...«

»Na, na«, fiel Weber ihr beschwichtigend ins Wort, »hilflos bestimmt nicht. Im Gegenteil, er ist äußerst hilfreich. Die Tatsache, daß er im Krankenhaus liegt, beweist, daß er am Flugplatz von Samaden in verbrecherischer Absicht überfallen wurde. Der Angriff auf ihn fixiert den genauen Zeitpunkt, zu dem Hrádek sich gestern abend auf dem Flugplatz befand. Hrádek war dort, an jenem Platz, zu jener Zeit, und weder er noch seine Männer können das jemals leugnen. Krieger hat sie alle auf den Fotos erkannt.«

»Krieger ...« David sagte es versonnen. »Ja, wer außer Krieger hätte das Tüpfelchen auf dem *i* liefern können.« Er unterdrückte ein Lachen: Jo war immer noch deprimiert. »Krieger hat die Falle zuschnappen lassen«, erklärte er ihr.

»Und was nützt das? Hrádek befindet sich außerhalb der Schweizer Gerichtsbarkeit. Er sitzt wieder in der Tschechoslowakei, plant und intrigiert und sinnt auf Rache. Die er sich bestimmt nicht entgehen lassen wird.«

»Hrádek ist erledigt, Jo.«

Sie schwieg, beobachtete aber aufmerksam seine Augen. »Wir haben es geschafft, Jo.« Sein Ton klang aufrichtig überzeugt. »An Hrádek brauchen wir keinen Gedanken mehr zu verschwenden.«

Sie war beinahe überzeugt. »Hrádek hat zahlreiche Freunde, vergessen Sie das nicht, Dave. Denn die werden uns bestimmt nicht vergessen.«

»Die können Sie ebenfalls aus Ihrem Notizbuch streichen.« Dafür hatten Jaromir Kusaks Aufzeichnungen gesorgt. »Die stellen für uns keine Gefahr mehr dar.«

»Glauben Sie wirklich ...« Jo zögerte, zwischen Zweifeln und Hoffnung hin und her gerissen.

»Ja.«

»Und Ihr Freund, Mr. Krieger, ist ebenfalls dieser Ansicht«, ergänzte Weber. »Ich glaube, das hier ist der Beweis dafür.« Er begann seine Taschen nach McCullochs Bericht zu durchwühlen.

»Sie scheinen so fest überzeugt zu sein, Dave. Haben wir es denn wirklich geschafft?«

»Ja, Jo. Sie und ich und Krieger und Irina. Vor allem aber wohl Irina.«

Weber hatte den Zettel gefunden, seine Aufmerksamkeit galt jetzt jedoch Davids Worten.

David erzählte: »Irina nahm das größte Risiko auf sich. Sie schmuggelte zwei Notizbücher über die Grenze und verdoppelte dadurch die Gefahr, die ihr drohte. Die Notizbücher enthielten brisante Informationen, die für Hrádek vernichtend sind. Er muß gewußt oder gefürchtet haben, daß derartiges Material existiert. Als er erfuhr, daß Irina die Bücher außer Landes gebracht hatte, wurde er aktiv. Sie war jetzt nicht mehr ein Werkzeug bei der Suche nach ihrem Vater, sondern das Hauptobjekt, das zusammen mit den Informationen, die Irina bei sich trug, zerstört und vernichtet werden mußte. Darüber war sie sich im klaren, als sie die Notizbücher mitnahm. Hätte sie auf Nummer Sicher gehen wollen, hätte sie sie zurückgelassen.«

»Und wann hat Hrádek erfahren, daß sie sie besaß?«

»Gestern. Um die Mittagszeit.«

»Aber wie?«

»Durch einen Telefonanruf. Bohn rief ihn von Brixen aus an.«

»Ach, wirklich?«

David verhinderte seine nächste Frage durch eine eigene. »Was haben Sie denn da in der Hand, Weber? Noch eine Überraschung?«

»Nein, nein. Nichts Besonderes. Nur ein paar Worte von Mr. Krieger – eine Nachricht, die er an McCullochs Genfer Büro geschickt hat. Ich hoffe, das wird Sie endgültig beruhigen, Miß Corelli. Also, warten Sie ...« Seine Augen flogen über das eng beschriebene Blatt. »Ja, da ist es. *Wir haben den Feind gestellt, und er ist unser.*« Weber begann den Zettel sorgfältig zu zerreißen. »Das ist alles«, erklärte er. »Ziemlich wortgewaltig, Ihr Mr. Krieger.«

»Das ist doch ein Zitat, nicht wahr?« fragte Jo. Sie hatte ihr Lächeln wiedergefunden. Müde war sie immer noch, aber wenigstens konnte sie wieder lächeln. »Ach ja, ich weiß, Nelson hat das mal gesagt.«

David schüttelte den Kopf.

»Dann war es John Paul Jones.«

»Perry.«

»Ich wußte doch, daß es was mit der Marine zu tun hatte! Hörte sich ganz danach an. Wissen Sie genau, daß es nicht doch Nelson war? Er läßt sich so wunderbar zitieren.«

»*Kiss me, Hardy*«, witzelte David, und Jo mußte lachen. Ihre Hand war zwar immer noch viel zu kalt, aber nicht mehr so verkrampft. Als die Kellnerin kam, ließ er sie langsam los. »Mit einer Hand werden Sie mit dem Frühstück nicht fertig. Werden Sie Ihre Eier mit Schinken auch essen?«

Jo nickte. »Zum Teufel mit den Kalorien! Alle Kraft voraus!«

David begegnete Webers erstauntem Blick. »Ja«, bestätigte er dem Schweizer, »wir sind jetzt wirklich ein bißchen albern.«

»Aha, die Erleichterung. Ich verstehe.«

Entweder dies, dachte David, oder Tränen.

Merkwürdige Menschen. Weber hörte auf, die beiden zu beobachten, und konzentrierte sich auf das Essen. Im Moment sprachen sie davon, daß sie nach dem Essen abfahren und Mr. Krieger besuchen wollten. Wirklich außergewöhnlich, nach dem, was sie in der vergangenen Nacht durchgemacht hatten. Und was die Fahrt von Wien bis hierher betraf, darüber mußte er noch Genaueres erfahren. Anscheinend hatte es sich um mehr gehandelt als nur um einen langen Treck westwärts. Jo war seinen Fragen am Vormittag charmant ausgewichen. »Das wird Dave Ihnen alles erzählen«, hatte sie erwidert. Würde er wirklich? Weber schob seinen Teller fort. »Ich werde ebenfalls abfahren. Bis zum Nachmittag muß ich wieder in Genf sein. Würden Sie mich bis Samaden mitnehmen?«

»Wenn Sie das Steuer übernehmen – gern«, meinte David.

»Und wenn Sie Mr. Krieger besucht haben, wohin geht's dann?«

»Ich werde nach Zürich fliegen und eine Maschine nach Rom nehmen«, sagte Jo. »Ein paar Tage Erholung dort, dann bin ich wieder soweit, daß ich eine Modenschau verkraften kann. Und Sie, Dave?«

»Ich werde Genf einen Besuch abstatten.«

Ach ja, dachte sie: Genf, Hugh McCulloch und ein Gespräch über Irina. Sie schenkte sich eine letzte Tasse Kaffee ein und wurde schweigsam. Weber setzte eine Zigarre in Brand. David betrachtete das Tal, das sich vor ihnen ausbreitete. Seine Gedanken jedoch waren weiter weg als die Berge.